JULIE GARWOOD

Um amor para LADY JOHANNA

São Paulo
2018

Grupo Editorial
UNIVERSO DOS LIVR

2ª edição

Diretor editorial
Luis Matos

Editora-chefe
Marcia Batista

Assistentes editoriais
Aline Graça
Letícia Nakamura

Tradução
Cely Couto

Preparação
Sandra Scapin

Revisão
Jonathan Busato
Francisco Sória

Capa
Zuleika Iamashita

Arte
Francine C. Silva
Valdinei Gomes

Diagramação
Renato Klisman

Avaliação do original
Rayanna Pereira

Dados Internacionais de Catalogação na Publicação (CIP)
Angélica Ilacqua CRB-8/7057

G229a

Garwood, Julie
Um amor para Lady Johanna / Julie Garwood; tradução de Cely Couto. – São Paulo: Universo dos Livros, 2016.
400 p.
2ª edição
ISBN: 978-85-503-0081-8
Título original: *Saving Grace*
1. Literatura norte-americana I. Título II. Couto, Cely

16-1262 CDD 813.6

Universo dos Livros Editora Ltda.
Rua do Bosque, 1589 – Bloco 2 – Conj. 603/606
Barra Funda – Cep: 01136-001 – São Paulo/SP
Telefone/Fax: (11) 3392-3336
www.universodoslivros.com.br
e-mail: editor@universodoslivros.com.br
Siga-nos no Twitter: @univdoslivros

Caro leitor,

Há romances que jamais perdem seu encanto: livros de autores que você ama, mas que nunca conseguiu encontrar, ou histórias que você leu há muito tempo e ainda ressoam em seu coração. *Um amor para Lady Johanna,* de Julie Garwood, é indiscutivelmente uma dessas joias duradouras. Leitores que acompanharam a carreira prolífica dessa autora número um nos mais vendidos do *The New York Times* sabem que poucos romancistas são páreo para seu estilo e habilidade em trazer tantos cenários e personagens diversos à vida. Do romance nas Terras Altas da Escócia e Inglaterra medieval, passando pelos encantos vizinhos da fronteira americana, até agentes sensuais do FBI perseguindo perigosos predadores, Julie Garwood sempre proporciona uma autêntica, irresistível e inesquecível experiência de leitura. Envolva-se em sua magia de contar histórias agora mesmo – deixe que *Um amor para Lady Johanna* o leve de volta a um lugar onde a paixão vive entre as névoas do tempo...

Boa leitura!

Em amorosa memória
à Mary Felicita Kennedy Murphy,
minha salvação.

Prólogo

Monastério de Barnslay, Inglaterra, 1200

– Santo Bispo Hallwick, pode nos explicar a hierarquia no paraíso e na terra? Quem é o mais estimado aos olhos de Deus? – perguntou o aluno.

– Não são os apóstolos que estão em primeiro nas boas graças de Deus? – questionou o segundo aluno.

– Não – respondeu o sábio bispo –; o arcanjo Gabriel, protetor das mulheres e das crianças, o patrono dos inocentes, está acima de todos os outros.

– Quem vem depois, então? – perguntou o primeiro estudante.

– Todos os outros anjos, é claro – respondeu o bispo –; depois deles estão os apóstolos, com Pedro à frente dos doze, seguido então pelos profetas, pelos operadores de milagres e por aqueles bons professores da palavra de Deus na Terra. Por último, no Paraíso, estão todos os outros santos.

– E aqui na Terra, quem é o mais importante, Bispo Hallwick? Quem é mais abençoado aos olhos de Deus?

– O homem – ele respondeu de imediato. – E o maior e mais importante entre os homens é nosso Santo Papa.

Os estudantes acenaram em aceitação àquele ditado. Thomas, o mais velho dos dois jovens, apoiava-se em seu lugar sobre o muro de pedra do lado de fora do santuário. Sua testa estava enrugada de concentração.

– Em seguida, no amor de Deus, estão os cardeais, e então os outros homens ordenados por Deus – ele interveio.

– É isso mesmo – concordou o bispo, satisfeito com o palpite de seu aluno.

– Mas quem vem em seguida, em ordem de importância? – perguntou o outro aluno.

– Certamente os governantes dos reinos aqui na Terra – explicou o bispo. Ele sentou-se no centro do banco de madeira, abriu seu manto negro suntuosamente adornado e acrescentou: – Aqueles líderes que engordam o tesouro da Igreja são mais amados por Deus, é claro, do que aqueles que acumulam ouro para o seu próprio prazer.

Mais três homens jovens se aproximaram para ouvir a lição de seu sagrado líder, acomodando-se em um meio círculo aos pés do bispo.

– Os homens casados e depois os solteiros são os próximos? – perguntou Thomas.

– Sim! – respondeu o bispo. – E estão na mesma posição que os comerciantes e xerifes, mas acima dos servos acorrentados à terra.

– Quem vem depois, Bispo? – perguntou o segundo aluno.

– Os animais, começando com o mais leal, o cão doméstico – respondeu o bispo –, e terminando com o estúpido boi. Desse modo, acredito que dei a vocês a hierarquia completa para repetirem aos seus alunos logo que fizerem seus votos e se tornarem homens ordenados de Deus.

Thomas balançou a cabeça.

– O senhor se esqueceu das mulheres, Bispo Hallwick. Qual a posição delas perante o amor de Deus?

O bispo coçou a testa, enquanto ponderava a questão.

– Eu não me esqueci das mulheres – disse finalmente. – Elas são as últimas na hierarquia do amor de Deus.

– Abaixo dos estúpidos bois? – o segundo aluno questionou.

– Sim, abaixo dos bois.

Os três jovens rapazes sentados no chão acenaram em concordância imeadiatamente.

– Bispo? – perguntou Thomas.

– O que foi, meu filho?

– Você nos deu a hieraquia de Deus ou a da Igreja?

O bispo ficou perplexo com a pergunta. Para ele, cheirava a blasfêmia.

– É a mesma coisa, não?

Um grande número de homens que viveram nos primeiros séculos acreditavam que as visões de Deus eram sempre interpretadas com precisão pela Igreja.

Algumas mulheres sabiam que não. Esta é a história de uma delas.

Capítulo 1

Inglaterra, 1206

A notícia iria destruí-la.

Kelmet, seu mordomo fiel e encarregado sênior desde a partida precoce do Barão Raulf Williamson da Inglaterra para tratar de assuntos pessoais do rei, era responsável por contar à sua senhora as péssimas notícias. O servo não adiou a temível tarefa, pois supôs que Lady Johanna gostaria de questionar os dois mensageiros antes que retornassem a Londres, caso ela conseguisse conversar com alguém depois que soubesse do seu querido marido.

Sim, ele precisava contar à gentil dama quanto antes. Kelmet compreendia bem o suficiente o seu dever, e embora acreditasse estar ansioso para cumpri-lo, seus pés se arrastavam como se estivesse atolado em lama até os joelhos enquanto seguia para a capela recém-construída, na qual Lady Johanna fazia suas preces vespertinas.

Padre Peter MacKechnie, um clérigo visitante da propriedade dos Maclaurin, das Terras Altas, vinha subindo pelo íngreme caminho desde a muralha inferior quando Kelmet o parou. O servo deixou escapar um rápido suspiro de alívio antes de anunciar uma convocação ao padre de semblante sério.

– Preciso dos seus serviços, MacKechnie – bradou Kelmet entre os ventos crescentes.

O padre acenou com a cabeça; em seguida, olhou desconfiado. Ele ainda não perdoara o mordomo por seu comportamento ofensivo de dois dias atrás.

– Quer que eu ouça a sua confissão? – gritou de volta o padre, com um toque de zombaria em seu forte sotaque.

– Não, padre.

MacKechnie balançou a cabeça.

– Você tem uma alma pervertida, Kelmet.

O mordomo não respondeu à provocação, mas esperou pacientemente até que o escocês de cabelos escuros chegasse ao seu lado. Então pôde ver o contentamento nos olhos do padre, e teve certeza de que estava zombando dele.

– Há outra questão mais importante que a minha confissão – começou Kelmet. – Acabo de receber uma mensagem...

O padre não o deixaria concluir sua explicação.

– Hoje é Sexta-feira Santa – ele interrompeu. – Nada poderia ser mais importante que isso. Você não receberá a comunhão na chegada da manhã de Páscoa a menos que confesse seus pecados hoje e implore pelo perdão de Deus. E deve começar pelo desagradável pecado da falta de educação, Kelmet. Sim, esse seria um começo apropriado.

Kelmet se manteve paciente.

– Pedi desculpas ao senhor, Padre, mas vejo que ainda não me perdoou.

– É bem verdade que não.

O mordomo franziu a testa.

– Como expliquei ontem e no dia anterior, eu não permiti sua entrada na torre principal porque recebi ordens específicas do Barão Raulf para não deixar ninguém entrar enquanto ele estivesse fora. Recebi ordens para proibir até mesmo a entrada de Nicholas, irmão de Lady Johanna, caso ele aparecesse. Padre, procure compreender. Sou o terceiro mordomo aqui em menos de um ano, e apenas tento manter minha posição por mais tempo que os outros.

MacKechnie bufou. Ainda não terminara de provocar o mordomo.

– Se Lady Johanna não tivesse intervindo, eu ainda estaria plantado do lado de fora dos muros, não é mesmo?

Kelmer concordou.

– Sim, estaria – ele admitiu. – A não ser que desistisse de sua vigília e voltasse para casa.

– Eu não vou a lugar nenhum enquanto não falar com o Barão Raulf e deixá-lo a par do caos que seu vassalo está causando nas terras de Maclaurin. Inocentes estão sendo claramente assassinados, Kelmet, mas eu tenho fé de que o seu barão não tem ideia do homem maldoso e sedento por poder que Marshall acabou se tornando. Ouvi dizer que o Barão Raulf é um homem honrado, e espero que esse elogio seja verdadeiro, pois ele tem de acabar com essa atrocidade o mais rapidamente possível. Agora mesmo, alguns dos soldados de Maclaurin estão indo para o lado de MacBain, para apoiá-lo, e uma vez que eles lhe prometam sua lealdade e o nomeiem lorde, as portas do inferno serão abertas. MacBain entrará em guerra contra Marshall e contra qualquer outro homem inglês que ataque as terras de Maclaurin. O guerreiro das Terras Altas está familiarizado com a fúria e a vingança, e eu apostaria minha alma que até o esconderijo de Barão Raulf estará em perigo caso MacBain veja por si mesmo o estupro das terras Maclaurin pelos infiéis que seu barão colocou no comando.

Kelmet, embora não se importasse pessoalmente com o drama dos escoceses, ainda assim envolveu-se história. Havia também o fato de que, inadvertidamente, o padre o estava ajudando a postegar sua temível tarefa. *Alguns minutos a mais certamente não causariam nenhum dano,* pensou Kelmet.

– O senhor está sugerindo que esse guerreiro MacBain viria para a Inglaterra?

– Não estou sugerindo – contestou o padre. – Estou constatando um fato. Seu barão não terá a menor suspeita de que ele está aqui até que sinta a lâmina de MacBain na garganta. Então será tarde demais, é claro.

O mordomo balançou a cabeça.

– Os soldados do Barão Raulf o matariam antes mesmo que ele chegasse à ponte levadiça.

– Eles nunca teriam essa chance – atestou MacKechnie, com a voz firme e convicta.

– O senhor faz esse guerreiro parecer invencível.

– Estou pensando que talvez ele seja. A verdade é que nunca conheci outro como ele. Não vou assustá-lo com as lendas que ouvi sobre MacBain, mas devo dizer que você não gostaria da ira dele sendo derramada nessa fortaleza.

– Nada disso importa agora, Padre – sussurou Kelmet, com um tom exausto.

– Ah, certamente importa – rebateu o padre. – Vou esperar o tempo que for necessário para ver o seu barão. A questão é muito grave para que a impaciência tome conta.

Padre MacKechnie fez uma pausa para retomar o controle. Ele sabia que a questão dos Maclaurin não dizia respeito ao mordomo; contudo, uma vez que começara a explicar, a raiva que vinha guardando dentro de si transbordara e ele não fora capaz de evitar o tom de fúria na voz. Quando mudou de assunto, forçou-se a falar em um tom de voz mais calmo.

– Você ainda é um pecador, Kelmet, com a alma de um velho cão, mas é um homem honesto que tenta cumprir o seu dever. Deus se lembrará disso quando você estiver diante Dele, no Juízo Final. Se não está querendo que eu ouça a sua confissão agora, então de que serviço necessita?

– Preciso da sua ajuda com Lady Johanna, Padre. Acaba de chegar uma mensagem do Rei John.

– Sim? – MacKechnie inquiriu quando o mordomo hesitou em continuar sua explicação.

– O Barão Raulf está morto.

– Deus do céu, não pode ser!

– É verdade, Padre.

MacKechnie soltou um suspiro profundo e pesaroso; então, apressou-se em fazer o sinal da cruz, inclinou a cabeça, uniu as mãos e sussurrou uma prece pela alma do barão.

O vento jogou a bainha da batina negra do padre contra seus joelhos, mas MacKechnie estava muito concentrado em sua oração para prestar atenção nisso. Kelmet lançou o olhar ao céu. As nuvens estavam escuras, carregadas, empurradas no espaço por um vento insistente e uivante. O som da tempestade avançando era sinistro, ameaçador... apropriado.

O padre terminou sua reza, fez outro sinal da cruz e voltou sua atenção ao mordomo.

– Por que não me disse logo? Por que deixou que eu continuasse falando? Você devia ter me interrompido. Por Deus, o que acontecerá com os Maclaurin agora?

Kelmet balançou a cabeça.

– Eu não tenho respostas, Padre, sobre as propriedades do barão nas Terras Altas.

– Você devia ter me dito logo – repetiu o padre, ainda estarrecido pela péssima notícia.

– Alguns minutos a mais não fazem diferença – respondeu Kelmet. – E talvez eu estivesse adiando essa tarefa ao manter a conversa. É meu dever informar Lady Johanna, o senhor sabe, e eu apreciaria muito a sua ajuda. Ela é tão jovem, tão inocente de qualquer traição. Seu coração ficará partido.

MacKechnie concordou.

– Eu conheço sua senhora há apenas dois breves dias, mas já vi que ela tem uma natureza gentil e um coração puro. Não tenho certeza se serei de grande ajuda, no entanto. Sua senhora parece ter muito medo de mim.

– Ela tem medo da maioria dos clérigos, Padre. E tem uma boa razão.

– E qual seria essa razão?

– Seu confessor é o Bispo Hallwick.

Padre MacKechnie franziu a testa.

– Não precisa dizer mais nada – murmurou com desgosto. – A reputação perversa de Hallwick é bem conhecida, até mesmo nas Terras Altas. Não é de admirar que a moça tenha medo. É incrível que ela tenha vindo em meu socorro e insistido para que você me deixasse entrar, Kelmet. Isso exigiu coragem, agora percebo. Pobre moça – ele acrescentou com um suspiro –; ela não merece a dor de perder seu amado marido em uma idade tão tenra. Por quanto tempo ela foi casada com o barão?

– Ela é sua esposa há três anos. Lady Johanna era praticamente uma criança quando se casou. Padre, por favor, venha comigo até a capela.

– Certamente.

Os dois homens caminharam lado a lado. A voz de Kelmet estava hesitante quando ele falou em seguida.

– Sei que não terei as palavras apropriadas. Não tenho certeza do que devo dizer...

– Seja direto – aconselhou o padre. – Ela gostará disso. Não a faça adivinhar dando-lhe pistas. Talvez ajudasse se chamássemos uma mulher para confortar sua senhora. Lady Johanna, com certeza, precisará da compaixão de outra mulher além da nossa própria.

– Não sei quem chamaria – admitiu Kelmet. – Um dia antes de partir, o Barão Raulf substituiu toda a criadagem novamente. Minha senhora mal sabe o nome dos servos. Houve tantos deles. Ela está se resguardando por esses dias – ele acrescentou. – Ela é muito gentil, Padre, mas distante de seus criados, e aprendeu a guardar para si seus pensamentos. A verdade é que ela não possui confidentes que pudéssemos levar conosco agora.

– Por quanto tempo o Barão Raulf esteve fora?

– Faz quase seis meses.

– Mesmo durante todo esse tempo, Lady Johanna não veio a depender de ninguém?

– Não, Padre. Ela não confia em ninguém, nem mesmo em seu mordomo – disse Kelmet, referindo-se a si mesmo. – O barão nos disse que ficaria fora por uma semana e nós temos vivido com a expectativa de seu retorno ao lar todos os dias.

– Como ele morreu?

– Ele tropeçou e caiu de um penhasco – disse o mordomo, sacudindo a cabeça. – Estou certo de que há mais explicações além da que recebi, pois o Barão Raulf não era um homem desajeitado. Talvez o rei dê mais detalhes à Lady Johanna.

– Um acidente bizarro então – decidiu o padre. – Que seja feita a vontade de Deus – acrescentou, quase como uma reflexão tardia.

– Deve ter sido obra do diabo – murmurou Kelmet.

MacKechnie não considerou aquela possibilidade.

– Lady Johanna certamente se casará de novo – ele anunciou, acenando com a cabeça. – Ela herdará uma quantia considerável, não?

– Ela ganhará um terço das propriedades de seu marido. Ouvi dizer que são vastas – explicou Kelmet.

– Poderia uma dessas propriedades ser a terra de Maclaurin, que seu Rei John roubou do rei da Escócia e deu ao Barão Raulf?

– Talvez – admitiu Kelmet.

MacKechnie guardou aquela informação para usar no futuro.

– Com os cabelos dourados e lindos olhos azuis da sua senhora, imagino que todo barão solteiro da Inglaterra desejará se casar com ela. Ela é muito bonita, embora admiti-lo seja possivelmente pecaminoso para mim. Vou lhe dizer que fiquei meio afetado ao vê-la. Sua aparência poderia facilmente enfeitiçar um homem, mesmo sem os bens que ela terá a oferecer.

Eles alcançaram os degraus estreitos que levavam às portas da capela logo acima, quando o padre concluiu suas observações.

– Ela é bonita – concordou o mordomo. – Eu vi homens feitos babarem por ela. Barões, certamente, a desejarão – ele adicionou –, mas não para casar.

– Que bobagem é essa?

– Ela é estéril – disse Kelmet.

O padre arregalou os olhos.

– Santo Deus – ele sussurrou. Ele abaixou a cabeça, fez o sinal da cruz e rezou pelo fardo da pobre moça.

Lady Johanna também estava em oração. Ela se posicionara atrás do altar e fazia uma prece, rogando orientação. Estava determinada a fazer a coisa certa. Segurava um rolo de pergaminho nas mãos, e quando terminou sua súplica a Deus, enrolou o objeto nos panos de linho que já havia aberto sobre a superfície de mármore.

Mais uma vez, ela considerou destruir a maldita evidência contra o seu rei. Então sacudiu a cabeça. Algum dia, alguém haveria de encontrar o rolo, e se um único homem descobrisse a verdade sobre o cruel rei que governara a Inglaterra, então talvez um pouco de justiça fosse feita.

Johanna colocou o rolo entre duas placas de mármore debaixo do altar e certificou-se de que o objeto estivesse escondido e protegido de qualquer dano. Fez outra prece rápida, ajoelhou-se em reverência e desceu pelo corredor. Abriu a porta para sair.

A conversa entre o Padre MacKechnie e Kelmet parou imediatamente.

A visão de Lady Johanna ainda afetava o padre, que reconheceu a verdade sem sentir uma culpa nauseante. MacKechnie não se considerou atingido pelo pecado da luxúria por ter reparado no brilho dos cabelos dela ou demorado seu olhar um pouco mais que o necessário em seu belo rosto. Em sua mente, Johanna era simplesmente uma das criaturas de Deus, um exemplo magnífico, certamente, da habilidade do Senhor de criar a perfeição.

Ela era inteiramente uma moça anglo-saxônica, com as maçãs do rosto proeminentes e bem coradas. Era um pouco mais baixa em estatura do que as outras, o que a tornava de média altura, no máximo, mas, pelos modos de rainha que ostentava, parecia mais alta aos olhos do padre.

Sim, a aparência dela o agradava, e ele estava certo de que ela também agradava a Deus, já que possuía um coração puro e gentil.

MacKechnie era um homem compassivo. Tomou as dores pelo golpe cruel que a pobre moça já havia sofrido. Uma mulher estéril não tinha qualquer propósito no reino. Sua única razão para existir lhe fora arrancada. O fardo que ela carregava, ciente de sua própria inferioridade, era certamente a razão pela qual nunca a vira sorrir.

E agora eles estavam prestes a causar outro baque cruel na vida dela.

– Podemos ter uma palavra com você, minha senhora? – perguntou Kelmet.

O tom de voz do mordomo deve tê-la alertado de que algo estava errado. Uma expressão defensiva tomou conta de seus olhos, e as mãos se fecharam em punhos dos dois lados. Acenou com a cabeça e virou-se lentamente, voltando para dentro da capela.

Os dois homens a seguiram. Lady Johanna virou-se para encará-los ao alcançar o centro do corredor, entre as fileiras dos bancos de madeira.

O altar estava exatamente atrás dela. Quatro velas proviam a única luz dentro da capela. As chamas tremiam dentro de seus globos de vidro, separados a uma mão de distância no longo topo do altar de mármore.

Lady Johanna endireitou os ombros, juntou as mãos e manteve seu olhar firme no mordomo. Parecia estar se preparando para más notícias. Sua voz era suave e calma, destituída de qualquer emoção.

– Meu marido retornou ao lar?

– Não, minha senhora – respondeu Kelmet. Ele olhou de relance para o padre, recebeu seu aceno encorajador, e então falou de uma vez. – Dois mensageiros acabaram de chegar de Londres e trouxeram notícias terríveis. Seu marido está morto.

Um minuto de silêncio seguiu-se após o anúncio. Kelmet começou a abrir e fechar as mãos, enquanto esperava que a notícia fosse assimilada. Sua senhora não demonstrou nenhuma reação, e ele começou a achar que ela não entendera o que ele acabara de dizer.

– É verdade, minha senhora. Barão Raulf está morto – ele repetiu em um sussurro rouco.

Ainda assim, não obteve resposta. O padre e o mordomo trocaram olhares preocupados, e então se voltaram novamente a Lady Johanna.

Lágrimas apareceram repentinamente em seus olhos. O Padre MacKechnie quase deixou escapar um suspiro aliviado. Ela entendera a notícia.

Esperou que ela negasse em seguida, já que em seus consideráveis anos de experiência consolando situações de luto, vira a maioria das pessoas usando a negação para escapar da verdade por um pouco mais de tempo.

A negação dela foi imediata e violenta.

– Não! – ela gritou, e balançou a cabeça com tanta força que sua longa trança se enrolou em seu ombro. – Eu não vou dar ouvidos a essa mentira. Não vou.

– Kelmet está dizendo a verdade – Padre MacKechnie insistiu, em voz baixa e suave.

Ela sacudiu a cabeça na direção dele.

– Isso só pode ser algum truque. Ele não pode estar morto. Kelmet, você deve ir atrás da verdade. Quem lhe contaria tal mentira?

O padre deu um passo rápido para a frente, para apoiar seu braço ao redor da moça aflita. A angústia em sua voz o fez querer chorar.

Ela não permitiria ser confortada. Afastou-se para trás, apertou as mãos unidas e exigiu saber:

– Isso é algum tipo de truque cruel?

– Não, minha senhora – respondeu Kelmet. – A notícia veio do próprio Rei John. Havia uma testemunha. O barão está morto.

– Que Deus tenha a sua alma – entoou o padre.

Lady Johanna debulhou-se em lágrimas. Ambos os homens se apressaram na direção dela, que os afastou, indo para trás novamente. Incertos sobre o que fazer, eles se detiveram e observaram enquanto a mulher de coração partido se virava. Ela desabou sobre os joelhos, cruzou os braços sobre o estômago e dobrou-se, como se tivesse acabado de receber um murro fortíssimo.

Seus soluços eram de cortar o coração. Os homens a deixaram descarregar sua desolação por longos minutos, e quando ela finalmente estava apta a recobrar um pouco de controle e seus soluços tinham cessado, o padre colocou a mão em seu ombro e sussurou palavras de conforto.

Ela não retirou sua mão. MacKechnie observou enquanto ela lentamente recuperava sua dignidade. Ela respirou fundo, enxugou o rosto com o pano de linho que ele trouxera, e então deixou que a ajudasse a se levantar.

Manteve sua cabeça baixa quando se dirigiu aos homens.

– Eu gostaria de ficar sozinha agora. Preciso... rezar.

Não esperou que eles concordassem; apenas se virou, andou até o primeiro banco, ajoelhou-se no genuflexório revestido de couro e fez o sinal da cruz, sinalizando o começo de suas orações.

O padre saiu primeiro. Kelmet o seguiu. Ele estava acabando de fechar a porta atrás de si quando sua senhora o chamou.

– Jure, Kelmet. Jure pela alma do seu pai que meu marido está realmente morto.

– Eu juro, minha senhora.

O mordomo esperou mais um minuto ou dois para ver se sua senhora queria mais alguma coisa dele, e então terminou de fechar a porta.

Johanna fixou o olhar no altar por um longo, longo tempo. Sua mente era uma confusão de pensamentos e emoções.

Ela estava muito chocada para ter pensamentos razoáveis.

– Devo rezar – ela sussurrou. – Meu marido está morto. Devo rezar.

Fechou os olhos, juntou as mãos e finalmente começou sua prece. Era uma litania simples e direta, que vinha de seu coração.

– Graças a Deus. Graças a Deus. Graças a Deus.

Capítulo 2

Terras Altas da Escócia, 1207

O barão, obviamente, tinha o desejo de morrer. O lorde iria satisfazê-lo.

Pela intrincada teia de fofocas, MacBain ouvira, quatro dias antes, que o Barão Nicholas Sanders estava a caminho, subindo as últimas e íngremes colinas cobertas pela neve até a propriedade da família Maclaurin. O homem inglês não era um estranho e, na verdade, lutara ao lado de MacBain durante uma batalha feroz contra os infiéis ingleses estabelecidos nas terras de Maclaurin. Quando a luta revigorante terminou, MacBain tornara-se lorde diante de seus próprios seguidores e do clã Maclaurin; e como seu novo líder, decidiu permitir que Nicholas permanecesse pelo tempo suficiente para se recuperar de seus consideráveis ferimentos. MacBain acreditava que fora bastante receptivo na ocasião, e também extremamente cordial, mas por uma boa razão. Por mais custoso que fosse admitir, o Barão Nicholas, de fato, salvara a vida de MacBain durante a batalha. O lorde era um homem orgulhoso. Era difícil para ele dizer obrigado; na verdade, era impossível. Então, em agradecimento por salvá-lo de uma espada inglesa apontada às suas costas, MacBain não permitiu que Nicholas sangrasse até a morte. Como não havia ninguém por perto com experiência em cuidar de feridos, MacBain imobilizou o barão e limpou ele mesmo seus ferimentos. Sua generosidade não parara por aí, embora, em sua mente, sua dívida já estivesse suficientemente paga. Quando Nicholas estava forte o bastante para viajar, MacBain o deixara montar seu magnífico cavalo e lhe dera um de seus próprios mantos para que vestisse e pudesse atravessar em segurança o caminho de volta à Inglaterra. Nenhum outro clã ousaria tocar um MacBain; por isso, o tradicional manto xadrez protegia mais que uma armadura.

Sim, ele fora hospitaleiro de fato, e agora ali estava o barão, determinado a tirar vantagem de sua boa natureza.

Que se danasse, era preciso matar aquele homem.

Apenas um pensamento pôde evitar que seu humor se amargasse completamente: ele ficaria com o cavalo de Nicholas dessa vez.

– Alimente um lobo uma vez, MacBain, e ele voltará farejando ao redor para conseguir mais comida.

O primeiro-comandante do lorde, um guerreiro loiro de ombros largos chamado Calum, lhe fizera essa observação com zombaria na voz. O brilho em seus olhos indicava que ele estava realmente se divertindo com a chegada do barão.

– Você vai matá-lo?

MacBain pensou sobre a questão por um longo minuto antes de responder.

– Provavelmente. – Sua voz era propositalmente indiferente.

Calum riu.

– O Barão Nicholas é um homem muito corajoso para voltar aqui.

– Corajoso, não – corrigiu MacBain –, estúpido.

– Ele está subindo a última colina vestindo o seu manto, do jeito que você queria, MacBain – Keith, o mais velho dos guerreiros Maclaurin, anunciou em voz alta enquanto entrava, escorando-se na porta.

– Quer que eu o traga para dentro? – perguntou Calum.

– Para dentro? – resmungou Keith. – Estamos mais fora do que dentro, Calum. O fogo acabou com os telhados, e só três das quatro muralhas ainda estão em pé. Eu diria que estamos quase do lado de fora.

– Os ingleses fizeram isso – relembrou Calum. – Nicholas...

– Ele veio para livrar a terra de Maclaurin dos infiéis – MacBain recordou ao soldado. – Nicholas não participou da destruição.

– Ele ainda é inglês.

– Eu não esqueci. – MacBain afastou-se da prateleira em que estava apoiado, murmurou um palavrão quando uma ripa de madeira se chocou contra o chão, e saiu. Calum e Keith se alinharam logo atrás dele, tomando suas posições um a cada lado de seu líder ao final da escadaria.

MacBain se elevava acima de seus soldados. Era um homem gigante, feroz na aparência e no temperamento, com cabelos castanho-escuros e olhos acinzentados. Ele parecia mau. Até sua postura era contundente. Suas pernas estavam afastadas, os braços cruzados sobre seu peito enorme, e o cenho franzido permanecia firme no lugar.

O Barão Nicholas avistou o lorde assim que seu cavalo chegou ao topo da colina. MacBain parecia, de fato, furioso. Nicholas lembrou a si mesmo que aquela era uma condição usual. Ainda assim, a expressão ameaçadora era sinistra o suficiente para fazê-lo pensar duas vezes. *Eu devo ser maluco,* murmurou para si mesmo. Inspirou profundamente e soltou um assobio agudo em saudação. Acrescentando um sorriso, para indicar boas intenções, ergueu um punho no ar, em um gesto de cumprimento.

MacBain não se impressionou com os modos do barão. Esperou até que Nicholas chegasse ao centro do inóspito jardim antes de erguer a mão e pará-lo com um sinal tácito.

– Achei que tivesse sido malditamente claro, Barão. Avisei-o para não voltar aqui.

– Sim, você me disse para não voltar – concordou Nicholas. – Eu me lembro.

– Você também se lembra de que eu avisei que o mataria caso pisasse em minha terra novamente?

Nicolas assentiu.

– Tenho uma ótima memória para detalhes, MacBain. Lembro-me dessa ameaça.

– Então esse é um desafio declarado?

– Você poderia concluir que sim – respondeu Nicholas, com um negligente dar de ombros.

O sorriso no rosto do barão confundiu totalmente MacBain. Nicholas estaria achando que se tratava de algum tipo de jogo? Seria ele tão estúpido assim?

MacBain soltou um longo suspiro.

– Tire o meu manto, Nicholas.

– Por quê?

– Não quero derramar seu sangue nele – disse MacBain, com a voz trêmula de fúria.

Nicholas implorou a Deus que fossem só ameaças. Ele acreditava que era igual ao lorde em termos de músculos e força, e certamente era tão alto quanto. Ainda assim, não queria lutar com ele. Se matasse o lorde, seu plano falharia; e se o lorde o matasse, jamais saberia que raio de plano era aquele antes que fosse tarde demais. Além disso, MacBain era muito mais rápido na batalha, e também não lutava limpo, uma característica que Nicholas considerava impressionante.

– Sim, esse manto é seu – ele gritou para o bárbaro. – Mas a terra, MacBain, agora pertence à minha irmã.

A expressão de MacBain ficou ainda pior. Sem gostar de ouvir a verdade, deu um passo à frente e puxou sua espada da bainha lateral.

– Inferno! – Nicholas murmurou, enquanto desmontava do cavalo. – Nada é fácil com você, não é, MacBain?

Ele não esperava por uma resposta. Retirou o manto que estava vestindo como uma bandeira ao redor de um ombro e jogou-o sobre a sela do cavalo. Um dos guerreiros Maclaurin apressou-se em levar o animal. Nicholas prestou pouca atenção nele, e tentou ignorar a multidão se aglomerando em um círculo ao redor do jardim. Sua mente estava totalmente focada no adversário.

– Foi seu cunhado quem destruiu essa propriedade e metade do clã Maclaurin – bradou MacBain. – E eu já sofri o suficiente com sua presença.

Os gigantes trocaram olhares furiosos. Nicholas balançou a cabeça.

– Atenha-se à verdade dos fatos, MacBain. Foi o marido da minha irmã, o Barão Raulf, quem colocou o infiel Marshall e seus homens arrependidos no comando dessa propriedade; mas quando Raulf morreu e minha irmã se libertou de seu controle, ela me enviou para livrar essa terra dos vassalos traidores. Ela é a dona dessa propriedade, MacBain. Seu Rei William, o Leão, esqueceu-se de tomá-la de volta de Richard, quando aquele bom homem foi rei da Inglaterra e precisou desesperadamente de moedas para suas cruzadas, mas John nunca se esqueceu do que lhe foi passado. Ele deu esta terra ao seu leal servo Raulf, que agora está morto, e Johanna a herdou. A terra é dela por direito, goste você ou não.

Desenterrar as afrontas do passado deixou ambos os guerreiros furiosos. Eles avançaram um contra o outro como touros raivosos. O choque de suas poderosas espadas liberava faíscas azuladas e sons perturbadores ao baterem uma contra a outra. O barulho ecoava pelas colinas, arrancando gritos de aprovação da multidão.

Nenhum dos guerreiros disse uma palavra por, pelo menos, vinte minutos. A luta consumiu toda a força e concentração de ambos. Na batalha, MacBain era o agressor e Nicholas, o defensor, bloqueando todos os golpes mortais.

Os guerreiros MacBain e os soldados Maclaurin estavam totalmente satisfeitos com o espetáculo. Muitos aplaudiam os movimentos rápidos do inglês, pois, em suas mentes, Nicholas já havia demonstrado habilidades superiores ao permanecer vivo por tanto tempo.

MacBain virou-se de repente e deu uma rasteira em Nicholas, que caiu para trás, rolou e levantou-se mais uma vez, tão rápido quanto um gato, antes que o lorde pudesse aproveitar a oportunidade.

– Você está sendo absurdamente hostil – ofegou Nicholas.

MacBain sorriu. Ele poderia ter terminado a batalha quando Nicholas caiu, mas, enfim, reconheceu para si mesmo que seu coração não estava na luta.

– Minha curiosidade está mantendo você vivo, Nicholas – anunciou MacBain, trabalhando a respiração. Sua testa estava coberta de suor quando ele girou sua espada para baixo, em um arco amplo.

Nicholas arqueou sua espada para cima, indo de encontro ao golpe poderoso.

– Nós seremos parentes, MacBain, quer você goste, quer não.

Levou alguns segundos até que a declaração fosse assimilada. O lorde não abrandou seu ataque ao perguntar:

– Como isso é possível, Barão?

– Eu me tornarei seu cunhado.

MacBain não tentou esconder seu espanto diante da afirmação ultrajante e sem dúvida lunática do barão. Ele deu um passo para trás e, com lentidão, baixou sua espada.

– Você ficou completamente louco, Nicholas?

O barão riu e jogou sua espada de lado.

– Parece que você acabou de engolir sua espada, MacBain.

Após fazer essa observação, ele atirou-se de cabeça contra o tórax do lorde. A sensação era de ter batido em uma muralha de pedra. A tática doeu demais, mas provou-se eficaz. MacBain soltou um grunhido baixo e os dois guerreiros foram arremessados para trás. MacBain deixou cair sua espada, e Nicholas acabou estatelado em cima dele, exausto demais para se mexer, e com muita dor para querer fazê-lo. MacBain o empurrou para o lado, ajoelhou-se com rapidez e estava prestes a alcançar sua espada de novo quando, de repente, pareceu mudar de ideia e virou-se lentamente para encarar Nicholas.

– Casar-me com uma mulher inglesa?

Ele parecia horrorizado. Estava sem fôlego também. A última observação deixara Nicholas consideravelmente satisfeito; logo que fosse capaz de recobrar o fôlego, exaltaria o fato de que levara o lorde à exaustão.

MacBain levantou-se e ajudou Nicholas a ficar em pé. Ele o empurrou para trás, para que não pensasse que se tratava de um ato de gentileza, então cruzou os braços sobre o peito e exigiu uma explicação.

– E com quem você acha que eu me casaria?

– Com a minha irmã.

– Você é louco.

Nicholas balançou a cabeça.

– Se você não se casar com ela, o Rei John a entregará ao Barão Williams, aquele filho de uma cadela – acrescentou com voz áspera e exaltada. – Deus tenha misericórdia de você se isso acontecer, MacBain. Se Williams se casar com ela, os homens que enviará farão Marshall parecer extremamente justo e bondoso.

O lorde não esboçou nenhuma reação àquelas notícias. Nicholas esfregou a lateral da cabeça em uma tentativa de reduzir os danos antes de continuar falando.

– Você provavelmente matará qualquer um que ele enviar – ele mencionou.

– Pode apostar que sim – disparou MacBain.

– Mas Williams apenas continuará com a retaliação, enviando mais... e mais... e mais homens. Você está disposto a pagar o preço de estar em guerra constante com a Inglaterra? Quantos mais Maclaurin irão morrer antes que isso se resolva? Olhe ao seu redor, MacBain. Marshall e seus homens por pouco não destruíram tudo. Os Maclaurin lhe pediram ajuda e fizeram de você seu lorde; eles dependem de você. Se você se casar com Johanna, a terra se tornará legalmente, e o Rei John o deixará em paz.

– Seu rei aprova essa união?

– Sim, ele aprova – a voz de Nicholas era enfática.

– Por quê?

Nicholas deu de ombros.

– Não sei ao certo o motivo, mas ele quer Johanna fora da Inglaterra, disso eu sei; ele deixou isso claro muitas vezes. Pareceu ansioso pelo casamento e concordou em dar-lhe a terra Maclaurin no dia da cerimônia. E eu vou receber os títulos das propriedades dela na Inglaterra.

– Por quê? – indagou novamente MacBain.

Nicholas suspirou.

– Acredito que minha irmã saiba o motivo de John a querer tão longe; ele chama este local de "fim do mundo", mas Johanna não me dirá quais são essas razões.

– Então você também lucraria com este casamento.

– Eu não quero as propriedades da Inglaterra – Nicholas disse. – Isso só me trará mais impostos a cada ano, e eu já tenho muito o que fazer para reconstruir meu próprio patrimônio.

– Então, por que você quis tomar da sua irmã...

Nicholas não deixou que ele terminasse.

– John entende de ganância – ele interrompeu. – Se pensasse que eu estava apenas protegendo minha irmã do Barão Williams, poderia ter negado minha sugestão de dar a mão dela a você. Ele insistiu em cobrar uma multa pesada, é claro, mas eu já a paguei.

– Você está se contradizendo, Barão. Se John quisesse Johanna longe da Inglaterra, por que consideraria casá-la com o Barão Williams?

– Porque Williams é extremamente leal a John. Ele é seu cão de estimação e manteria minha irmã sob seu controle.

Nicholas balançou a cabeça nesse momento. Em um sussurro, disse:

– Minha irmã teve acesso a alguma maldita informação secreta, e John não quer que seus pecados do passado retornem para assombrá-lo. Ah, ela jamais conseguiria testemunhar na corte contra nenhum homem, nem mesmo contra seu rei, pois é mulher e, portanto, não seria ouvida por nenhuma autoridade. Ainda assim, há barões dispostos a se rebelar contra o rei, e Johanna poderia inflamar seu fervor se lhes contasse o que sabe. É um quebra-cabeça, MacBain, mas quanto mais eu reflito sobre isso, mais me convenço de que meu rei, na verdade, tem medo do que Johanna sabe.

– Se sua suposição for verdadeira, surpreende-me que ele não tenha mandado matá-la. Seu rei é bem capaz de atos sujos como esse.

Nicholas sabia que jamais ganharia a cooperação de MacBain se não fosse completamente honesto com ele, e acenou afirmativamente mais uma vez.

– Ele é capaz de matar. Eu estava com Johanna quando ela recebeu a convocação para ir a Londres e vi sua reação. Acho que ela pensou que estava partindo para sua execução.

– No entanto, ainda está viva.

– O rei a mantém sob guarda constante. Ela tem aposentos particulares e não pode receber convidados. Vive todos os dias com medo, por isso a quero longe da Inglaterra. Casá-la com você é minha solução.

O lorde apreciou a sinceridade do barão. Sinalizou para que o acompanhasse e começou a caminhar pelas ruínas que agora chamava de lar. Nicholas o seguiu logo atrás.

A voz de MacBain estava baixa quando ele observou:

– Então foi você quem surgiu com esse plano astuto.

– Sim – Nicholas assentiu. – E bem a tempo; John planejava casá-la com Williams há seis meses, mas ela conseguiu resistir.

– Como?

Nicholas deu um sorriso forçado.

– Exigindo uma anulação de seu primeiro casamento.

A surpresa de MacBain era evidente.

– Por que pediria anulação se seu marido está morto?

– Foi uma tática para atrasar o processo – explicou Nicholas. – Havia uma testemunha da morte do marido, mas o corpo não foi encontrado, e minha irmã disse ao rei que não se casaria com ninguém enquanto houvesse uma fagulha de esperança de que Raulf pudesse estar vivo. Ele não morreu na Inglaterra, pois bem. Estava em uma cidade construída sobre a água, atuando como o enviado de John, quando o acidente ocorreu. O rei não aceitaria ser contestado, é claro, mas como está tendo muita dificuldade com a Igreja atualmente, decidiu fazer o que ela queria. Enfim, Johanna acabou de receber os papéis: a anulação foi concedida.

– Quem era essa testemunha da morte do marido dela?

– Por que quer saber?

– Apenas curiosidade – respondeu MacBain. – Você sabe?

– Sim – respondeu Nicholas. – Williams foi a testemunha.

Gabriel guardou aquela pequena informação no fundo de sua mente.

– Por que eu e não o barão inglês?

– Williams é um monstro, e não posso lidar com a hipótese de minha irmã sendo controlada por ele. Você é o menor de dois males; sei que irá tratá-la bem... se ela o quiser.

– Que bobagem é essa? Não cabe a ela decidir.

– Receio que sim – disse Nicholas. – Johanna deve conhecê-lo primeiro, e então tomar sua decisão. Foi o melhor que pude fazer. Na realidade, ela não se casaria com ninguém se pudesse continuar pagando as moedas que o rei exige de quem permanece solteiro. Isso é o que ela pensa, pois a verdade é que o rei a faria casar-se novamente de um jeito ou de outro.

– Seu rei é um homem ganancioso – disse MacBain. – Ou essa punição foi feita especialmente para conseguir a cooperação da sua irmã?

– O imposto? – perguntou Nicholas.

MacBain assentiu.

– Não – disse Nicholas. – John pode forçar as viúvas de seus tenentes no comando a se casarem novamente. Se elas estiverem determinadas a permanecer livres ou quiserem escolher seus próprios maridos, bem, nesse caso terão de pagar uma considerável multa todos os anos.

– Você mencionou que já pagou a multa. Então, está cogitando que Johanna me considerará aceitável?

Nicholas concordou.

– Minha irmã não sabe que eu paguei a multa, e eu agradeceria se não comentasse com ela quando a encontrar.

MacBain juntou as mãos nas costas e foi para dentro. Nicholas o seguiu.

– Preciso ponderar sua proposta – anunciou o lorde. – A ideia de me casar com uma inglesa é difícil de digerir, e acrescentando o fato de ser sua irmã, é quase impensável.

Nicholas sabia que estava sendo insultado, mas não se importou. MacBain já havia provado seu caráter durante a batalha contra Marshall e seus correligionários.

O lorde podia ser um pouco duro por fora, mas também era um homem corajoso e honrado.

– Tem outra coisa que você precisa ponderar antes de decidir – disse Nicholas.

– O que é?

– Johanna é estéril.

MacBain assentiu com a cabeça, para que Nicholas soubesse que ele o ouvira, mas não fez nenhum comentário sobre a notícia por vários minutos. Então, deu de ombros.

– Eu já tenho um filho.

– Você fala de Alex?

– Sim.

– Fiquei sabendo que ao menos três homens podem ser seu pai.

– É verdade – retrucou MacBain. – A mãe dele era uma prostituta do acampamento militar e não tinha como saber o nome do homem que a engravidou de Alex, mas acreditava que fosse eu. Ela morreu no parto do menino e eu o assumi como meu filho.

– Algum dos outros homens reinvidincou a paternidade?

– Não.

– Johanna não pode lhe dar filhos. O fato de Alex ser ilegítimo importará no futuro?

– Não fará diferença – anunciou MacBain, com voz firme e inflexível. – Eu também sou ilegítimo.

Nicholas riu.

– Quer dizer que quando o chamei de bastardo, no calor da batalha contra Marshall, eu não o estava insultando, mas dizendo a verdade?

MacBain assentiu.

– Eu matei outros homens por me chamarem assim, Nicholas. Considere-se sortudo.

– Você será um homem de sorte se Johanna aceitá-lo como marido.

MacBain balançou a cabeça.

– Eu quero o que pertence a mim por direito. Se ganhar a posse da terra significa me casar com a megera, eu o farei.

– Por que acha que ela é uma megera? – perguntou Nicholas, perplexo com a conclusão de MacBain.

– Você já me deu pistas suficientes do caráter dela – respondeu MacBain. – Ela é, obviamente, uma mulher teimosa, porque se recusou a confiar em seu irmão quando questionada sobre as informações que possui contra seu próprio rei. "Ela precisa de um homem que a controle", foram essas suas palavras, Nicholas; então, não me olhe com essa cara de surpresa... e, por fim, ela é estéril. Parece muito interessante, não é mesmo?

– Sim, ela é interessante.

MacBain zombou da resposta.

– Eu não idealizo meu futuro como marido dela, mas você está certo, irei tratá-la muito bem. Imagino que encontraremos um modo de não cruzar nossos caminhos.

O lorde serviu vinho em duas taças de prata e entregou uma a Nicholas. Em seguida, cada um ergueu a sua taça, em saudação, e beberam seu conteúdo em um só gole. Nicholas conhecia a etiqueta própria das Terras Altas, e arrotou prontamente. MacBain acenou em aprovação.

– Suponho que isso signifique que você voltará aqui toda vez que der na telha?

Nicholas riu, e MacBain parecia bastante perturbado com a possibilidade.

– Terei de levar muitos mantos comigo – ele disse. – Você não gostaria que nada ruim acontecesse com a sua noiva, não é mesmo?

– Vou lhe dar mais do que alguns mantos, Nicholas – retrucou MacBain. – Quero, no mínimo, trinta homens os escoltando. Cada um vestirá minhas cores, para proteção, e você os dispensará assim que alcançar o riacho Creek. Somente você e sua irmã poderão entrar em nossas terras depois. Ficou claro?

– Eu estava brincando a respeito dos mantos, Lorde. Eu posso tomar conta da minha irmã.

– Você fará como eu mandei – ordenou MacBain.

Nicholas cedeu. Então o lorde mudou de assunto.

– Por quanto tempo Johanna foi casada?

– Por pouco mais de três anos. Johanna queria permanecer solteira, mas John não está preocupado com os sentimentos da minha irmã. Ele a está mantendo trancada em Londres. Só me permitiram visitá-la brevemente, e John esteve presente todo o tempo. Como lhe disse antes, minha irmã é uma ponta solta que ele precisa resolver, MacBain.

MacBain franziu a testa e Nicholas sorriu de repente.

– Como se sente ao saber que você é a resposta para as preces do Rei John?

O lorde não achou graça.

– Ficarei com as terras – ele reforçou. – É tudo o que importa.

Nicholas distraiu-se quando o cão gigantesco de MacBain, um irish wolfhound, veio trotando pela entrada. A besta era uma coisa assustadora, com sua pelagem tigrada e olhos negros. Nicholas imaginou que pesava o mesmo que ele. O cão examinou o barão, ao passar pelo canto, e desceu a escada, soltando um rosnado alto e ameaçador que fez seus cabelos se arrepiarem.

MacBain vocalizou um comando em gaélico e seu monstruoso animal de estimação imediatamente se posicionou ao seu lado.

– Um conselho, MacBain. Esconda essa gárgula horrorosa quando eu trouxer Johanna aqui. Ao se deparar com vocês dois, ela dará meia-volta e voltará para a Inglaterra.

MacBain riu.

– Guarde minhas palavras, Nicholas. Eu não serei rejeitado. Ela irá me querer.

Capítulo 3

– Eu não vou ficar com ele, Nicholas. Você deve ter perdido a cabeça se pensou que eu sequer consideraria me tornar esposa dele.

– As aparências enganam, Johanna – retrucou seu irmão. – Espere até vê-lo de perto. Você, certamente, notará a bondade em seus olhos. MacBain a tratará bem.

Ela balançou a cabeça. Suas mãos tremiam com tanta violência que quase deixou cair as rédeas do cavalo. Ela apertou a alça das correias de couro e tentou não demonstrar espanto diante do guerreiro enorme… e do animal monstruoso parado ao lado dele.

Eles estavam se aproximando do átrio da propriedade desolada. O lorde permaneceu à frente, liderando-os até a fortaleza arruinada. Não parecia particularmente feliz em vê-la.

Ela sentiu-se enojada com a visão dele. Inspirou fundo, em uma tentativa de se acalmar, então sussurrou:

– Qual a cor dos olhos dele, Nicholas?

Seu irmão não sabia.

– Você enxergou bondade nos olhos dele, mas não reparou na cor?

Ela o encurralara, e ambos sabiam disso.

– Homens não reparam nesses detalhes insignificantes – ele se defendeu.

– Você me disse que ele era um homem gentil, com uma voz suave e um sorriso fácil. Ele não está sorrindo agora, está, Nicholas?

– Johanna, veja bem…

– Você mentiu para mim.

– Eu não menti para você – ele argumentou. – MacBain salvou a minha vida não apenas uma, mas duas vezes durante a batalha contra Marshall e seus homens, e ele se recusa até mesmo a reconhecer isso. É um homem orgulhoso, mas honrado. Você precisa confiar em mim a respeito disso. Eu não iria sugerir que você se casasse com ele se não estivesse convencido de que será uma união válida.

Johanna não respondeu; o pânico tomava conta dela. Seu olhar continuava oscilando entre o guerreiro gigantesco e a besta repugnante.

Nicholas pensou que ela ia desmaiar, e buscou algo inteligente para dizer, algo que pudesse ajudá-la a se acalmar.

– MacBain é o da esquerda, Johanna.

Ela não achou graça na piada.

– Ele é um homem bem grande, não é?

O irmão aproximou-se dela e deu-lhe um tapinha na mão.

– Só não é maior do que eu – respondeu.

Ela empurrou a mão dele; não queria o seu conforto. E também não queria que ele sentisse suas mãos tremendo de medo.

– A maioria das esposas desejaria ter um marido forte para defendê-las. O tamanho de MacBain pode ser um conforto para você e um traço a seu favor.

Ela balançou a cabeça.

– É um traço contra ele – anunciou.

Ela continuou encarando o lorde, que parecia estar crescendo bem diante de seus olhos. Quando mais perto chegava, maior ele se tornava.

– Ele é muito belo.

Ela emitiu sua opinião em um tom de voz que soava como uma acusação.

– Se você acha – Nicholas decidiu concordar.

– Esse é outro ponto negativo para ele; não quero me casar com um homem bonito.

– Não faz sentido.

– Não precisa fazer sentido. Eu já decidi: não o quero. Leve-me para casa, Nicholas. Agora.

Nicholas puxou as rédeas para deter o cavalo dela, então a forçou a olhar para ele. O medo que viu em seus olhos fez doer-lhe o coração. Só ele sabia o inferno que ela enfrentara enquanto era casada com Raulf, e embora ela não falasse sobre o assunto, ele sabia qual era seu verdadeiro temor naquele momento. Com um tom de voz baixo e fervoroso, disse-lhe:

– Me escute, Johanna, MacBain jamais irá machucá-la.

Ela não tinha certeza se acreditava nele ou não.

– Eu nunca permitiria que me machucasse.

A veemência na resposta dela o fez sorrir em aprovação. Raulf não conseguira derrotar seu espírito, e Nicholas considerou aquilo uma bênção.

– Pense em todas as razões pelas quais deveria se casar com ele – disse – Você ficará longe do Rei John e de seus correligionários, e eles não virão atrás de você. Estará segura aqui.

– Há essa ponderação a fazer.

– MacBain odeia a Inglaterra e o nosso rei.

Ela mordeu o lábio inferior.

– Esse é outro ponto a favor dele – admitiu.

– Esse lugar, inóspito como parece agora, um dia será um paraíso, e você terá ajudado a reconstruí-lo. Você é necessária aqui.

– Sim, eu ajudaria a reconstruí-lo – ela disse. – E sempre desejei um clima mais quente. A verdade é que só concordei em vir para cá porque você me convenceu de que a terra é muito mais próxima do Sol. Não sei porque não percebi isso antes. Devo admitir que não ter de vestir um manto grosso por mais do que um mês no ano tem um ótimo apelo. Você disse que era estranho que o tempo estivesse tão frio para essa época do ano.

Por Deus, ele esquecera daquela pequena mentira. Johanna odiava o frio e não sabia absolutamente nada sobre as Terras Altas. Ele a enganara de propósito, no esforço de tirá-la da Inglaterra em segurança, e agora se sentia extremamente culpado. E também corrompera um clérigo, já que implorara ao Padre MacKechnie para sustentar sua mentira.

O padre tinha seus próprios motivos para querer que Johanna se casasse com o Lorde MacBain, e mantivera-se em silêncio toda vez que Johanna mencionara quão atraente era um clima quente e ensolarado. Apesar disso, ele lançava um olhar de desaprovação a Nicholas sempre que o assunto surgia.

Nicholas deixou escapar um suspiro. Imaginou que, quando afundasse os joelhos na neve, Johanna perceberia que ele lhe mentira. Com sorte, nesse momento, ela já teria abrandado sua opinião sobre MacBain.

– Ele vai me deixar em paz, Nicholas?

– Sim.

– Você não contou nada a ele sobre os meus anos com Raulf?

– Não, claro que não. Eu não quebraria minha promessa.

Ela assentiu.

– E ele sabe, por certo, que não posso lhe dar filhos?

Eles discutiram essa questão, pelo menos, doze vezes na jornada pelas colinas. Nicholas não sabia o que mais poderia dizer para tranquilizá-la.

– Ele sabe, Johanna.

– Por que isso não importa para ele?

– Ele queria as terras. Ele é um lorde agora e precisa colocar o clã acima de seus interesses pessoais. Casar-se com você é simplesmente um modo de ele alcançar seus objetivos.

Era uma resposta fria e honesta. Johanna assentiu.

– Eu vou conhecê-lo – ela, finalmente, concordou. – Mas não prometo que irei me casar com ele; então pode tirar esse sorriso do rosto agora mesmo, Nicholas.

MacBain estava cansado de esperar que sua noiva viesse até ele e começou a descer as escadas assim que ela direcionou seu cavalo adiante. Ainda não a observara de maneira apropriada, já que ela estava completamente coberta por uma capa preta e um capuz; no entanto, sua estatura miúda o surpreendeu. Ele esperava uma mulher muito maior, a julgar pelo tamanho de Nicholas.

A aparência dela não era importante para ele. O casamento era um arranjo prático, nada mais. Ele previu, de qualquer forma, que, por ser irmã de Nicholas, ela teria os mesmos cabelos escuros e castanho-avermelhados, mas estava enganado.

Nicholas desmontou primeiro. Jogou as rédeas para um dos soldados e foi até o lado de Johanna, para ajudá-la a descer.

Ela era uma coisinha pequena. O topo da sua cabeça só alcançava os ombros de seu irmão. Nicholas estava com as mãos em seus braços e sorrindo para ela. Era óbvio que ele se importava muito com sua irmã, mas MacBain achou a devoção do irmão um pouco exagerada.

Enquanto Johanna desamarrava o cordão de sua capa, os soldados começaram a alinhar-se atrás de seu líder. Os homens Maclaurin agruparam-se atrás do lorde e à esquerda dos largos degraus, enquanto os guerreiros MacBain posicionavam-se atrás do líder, à direita. Em questão de segundos, os seis degraus estavam repletos de homens curiosos, todos querendo ver a noiva do lorde.

MacBain ouviu murmúrios de aprovação no segundo após Johanna tirar sua capa e entregá-la ao irmão. MacBain achou que não tinha emitido nenhum som, mas não tinha certeza. A visão dela tirou-lhe o fôlego.

Nicholas não dissera uma palavra sobre a aparência dela, e MacBain não se interessara o suficiente para perguntar. Agora ele olhava para o barão e via o sorriso em seus olhos. *Ele sabe que estou abalado,* pensou. MacBain disfarçou a perplexidade e voltou sua atenção à belíssima mulher que caminhava em sua direção.

Meu Deus! Ela era deslumbrante. Seus cachos dourados no comprimento da cintura dançavam a cada passo que ela dava. A mulher não parecia ter nenhum defeito. Havia algumas sardas delicadas ao redor de seu nariz, e ele gostou daquilo. Seus olhos eram de um vívido tom de azul, sua tez era pura e sua boca, ó Deus, sua boca poderia causar pensamentos impróprios em um santo. Ele gostou daquilo também.

Alguns dos soldados Maclaurin não eram tão disciplinados em suas reações quanto os MacBain, e os dois homens parados logo atrás de seu lorde deixaram escapar longos assobios de apreciação. MacBain não deixou de repreender o comportamento rude: virou-se, levantou cada um deles pelo pescoço e os arremessou contra a lateral da escada como se fossem troncos. Os outros soldados tiveram de abaixar para sair do caminho.

Johanna parou por um segundo, olhou para os soldados largados no chão e depois de volta para o seu líder, que não parecia sequer ofegante.

– Um homem gentil? – ela sussurrou para Nicholas. – Isso era mentira, não?

– Dê a ele uma chance, Johanna. Você deve isso a ele e a mim.

Ela lançou um olhar de desaprovação para seu irmão antes de se virar de volta para o lorde.

MacBain deu um passo à frente. Seu cão o acompanhou e permaneceu novamente ao lado do mestre.

Johanna começou a rezar para ter coragem suficiente de continuar andando. Quando estava a apenas um passo ou dois do guerreiro, parou e executou uma reverência perfeita.

Seus joelhos estavam tremendo tanto que ela ficou feliz de não cair de cara.

Ouviu uma bufada alta e vários grunhidos enquanto estava com a cabeça abaixada, e não sabia se eram sons de aprovação ou de censura.

O lorde estava vestindo seu manto xadrez e tinha pernas extremamente fortes, que ela tentou não encarar.

– Bom dia, Lorde MacBain.

Sua voz tremia. Ela tinha medo dele, e MacBain não se surpreendeu. A visão dele já havia feito mais de uma jovem mulher correr de volta para o colo do pai, mas ele nunca considerara tentar mudar a reação de nenhuma delas, porque nunca estivera particularmente interessado em nenhuma.

No entanto, agora ele se importava. Jamais convenceria a mulher a se casar com ele se não fizesse algo para aliviar seu medo. Ela continuou lançando olhares preocupados para o cachorro dele, e MacBain deduziu que o cão também a assustava.

Nicholas não foi de grande ajuda. Ele apenas ficou lá parado, sorrindo de forma simplória. MacBain o encarou, exigindo auxílio, mas decidiu que não deveria tê-lo feito quando Johanna deu um passo para trás, rapidamente.

– Ela fala gaélico? – MacBain perguntou a Nicholas, mas Johanna foi quem respondeu.

– Tenho estudado seu idioma.

A resposta dela não foi em gaélico. Suas mãos estavam unidas à sua frente, com as juntas brancas de tão apertadas.

Conversas mundanas devem acalmá-la, pensou MacBain.

– E desde quando está estudando nossa língua?

A mente dela ficou em branco. Era culpa dele, claro. O olhar dele era tão intenso, devastador, e ela não parecia conseguir formar uma frase. Deus do Céu, ela mal conseguia se lembrar do que estavam falando.

Ele, pacientemente, repetiu a pergunta.

– Há quase quatro semanas – ela soltou.

Ele não riu. Um dos soldados segurou a risada, mas o olhar de MacBain o conteve. Nicholas franziu a testa para a irmã, tentando entender porque ela mentira para o lorde. Havia quase quatro meses que o Padre MacKechnie começara a ensiná-la. Ele percebeu o pânico em seus olhos quando ela o encarou, e então entendeu. Johanna estava nervosa demais para pensar direito.

MacBain decidiu que não queria uma plateia durante esse importante encontro.

– Nicholas, espere aqui. Sua irmã e eu vamos entrar para conversar.

Depois de dar a ordem, MacBain avançou para segurar o braço de Johanna. O cão o acompanhou. Ela afastou-se instintivamente, percebeu o que estava fazendo e como aquela retirada devia ter parecido covarde para o lorde; então avançou de novo com rapidez.

A besta gigantesca rosnou para ela. MacBain deu uma ordem em gaélico e o cão parou imediatamente com o som baixo e ameaçador.

Johanna parecia prestes a desmaiar de novo. Nicholas sabia que ela precisava de um pouco de tempo para recobrar sua coragem e deu um passo à frente.

– Por que não permitiu que meus homens e o Padre MacKechnie atravessassem o riacho Creek? – ele perguntou.

– Sua irmã e eu precisamos nos resolver antes que o padre possa entrar aqui. Seus homens nunca terão permissão para entrar em nossas terras, Nicholas. Você se esqueceu das minhas condições? Nós discutimos os detalhes quando esteve aqui da última vez.

Nicholas concordou com um aceno. Não poderia pensar em nada mais para pedir.

– O Padre MacKechnie ficou bastante aborrecido com a sua ordem de esperar lá embaixo – disse Johanna.

MacBain não pareceu estar muito preocupado em alienar um homem de Deus. Os olhos dela se arregalaram em reação. Durante os três anos de seu casamento com Raulf, ela aprendera a temer os padres, aqueles que ela conhecera como homens poderosos e implacáveis. No entanto, MacKechnie não era como os outros. Era um homem de bom coração, que arriscara sua vida para ir à Inglaterra defender os Maclaurin. Ela não deixaria que ele fosse insultado agora.

– Padre MacKecnie está exausto da longa jornada, milorde, e certamente apreciaria comida e bebida. Por favor, mostre a ele sua hospitalidade.

MacBain assentiu e virou-se para Calum.

– Cuide disso – ordenou.

Ele pensou que, ao atender seu pedido, os medos dela se atenuariam, pois acabara de provar que, afinal, podia ser um homem complacente. Contudo, ainda parecia prestes a sair correndo. Maldição, ela era mesmo tímida demais. Seu animal de estimação não estava ajudando muito. Ela continuava observando o cão, aterrorizada, e cada vez que o olhava fixamente, o animal rosnava.

MacBain considerou agarrá-la, jogá-la sobre os ombros e carregá-la para dentro, mas mudou de ideia. O pensamento pareceu-lhe engraçado, mas ele não riu. Manteve-se paciente, ofereceu-lhe a mão e simplesmente esperou sua reação.

Pelo olhar de MacBain, ela soube que ele adivinhara seu medo e estava achando sua timidez engraçada. Então, forçou-se a respirar profundamente e deu-lhe a mão.

Ele era todo enorme. Sua mão tinha pelo menos o dobro do tamanho da dela, e ele certamente devia ter sentido seus tremores. Mas, afinal, ele era um lorde; ela deduziu que não teria conquistado aquela posição de poder sem ganhar algumas maneiras de cavalheiro no caminho; e concluiu, portanto, que não mencionaria sua condição vergonhosa.

– Por que está tremendo?

Ela tentou retirar a mão, mas ele não deixou. Ele a tinha agora, e não estava disposto a deixá-la escapar.

Antes que Johanna pudesse inventar uma explicação plausível para sua questão, ele virou-se e a puxou escada acima, até a porta.

– Por causa do seu clima atípico – ela soltou.

– Por causa do quê? – Ele pareceu confuso.

– Não dê importância a isso, Lorde.

– Explique o que quis dizer – ele solicitou.

Ela suspirou.

– Nicholas me disse que o clima aqui era quente na maior parte do ano... Achei que ele havia lhe contado sobre sua... – ela ia dizer mentira, então mudou de ideia; o lorde poderia não entender o quanto ela rira da lorota ultrajante que seu irmão lhe contara sobre as Terras Altas.

– Sobre o quê? – perguntou MacBain, curioso ao vê-la corar repentinamente.

– Nicholas disse que não eram comuns esses ventos gelados por aqui – ela disse.

MacBain quase caiu na gargalhada, mas se conteve. O tempo estava, inclusive, estranhamente quente para essa época do ano.

Ele nem sequer sorriu. A moça já demonstrara sua delicadeza, e ele supôs que rir de sua ingenuidade não abrandaria sua opinião sobre ele.

– E você acredita em tudo que seu irmão lhe diz? – ele perguntou.

– Sim, claro – ela respondeu, de forma que ele soubesse o quanto era leal ao irmão.

– Percebo.

– O frio é a razão pela qual estou tremendo – ela disse, por falta de uma mentira melhor.

– Não, não é.

– Não é?

– Você está com medo de mim.

Esperou que ela mentisse outra vez, mas ela o surpreendeu com a verdade.

– Sim – ela anunciou. – Eu tenho medo de você. E tenho medo do seu cachorro, também.

– Suas respostas me agradam.

Ele por fim a soltou, e ela ficou tão surpresa com o comentário que esqueceu de soltar sua mão.

– Agrada-lhe saber que o temo?

Ele sorriu.

– Eu já sabia que você tinha medo de mim, Johanna. Estou feliz por ter admitido. Você poderia ter mentido.

– Você saberia que eu estava mentindo.

– Sim.

Ele soou terrivelmente arrogante, mas ela não se ofendeu; afinal, já esperava arrogância de um homem tão grande e feroz como aquele guerreiro. Ela percebeu que ainda estava segurando a mão dele, e a soltou imediatamente. Em seguida, virou-se para observar ao redor da entrada. À direita, havia uma escadaria ampla, com um corrimão de madeira esculpido de forma ornamental. Por trás da escada seguia um corredor, e à esquerda da entrada ficava o salão nobre. Estava em ruínas. Johanna parou no último degrau e observou a devastação. As paredes estavam queimadas dos incêndios, e restava muito pouco do teto acima do saguão, pendurado em uma longa tira encostada nos cantos escurecidos. O cheiro de fumaça velha ainda persistia no ar.

Johanna desceu as escadas e atravessou a sala. Estava tão desalentada pela visão da destruição que teve vontade de chorar.

MacBain observou a mudança em sua expressão ao olhar o cômodo.

– Os homens do meu marido fizeram isso, não é?

– Sim.

Ela virou-se para ele, e a tristeza em seus olhos, na verdade, o deixou satisfeito. Ela era uma mulher de boa consciência.

– Uma terrível injustiça foi feita aqui.

– É verdade – ele concordou –, mas você não foi responsável por isso.

– Eu poderia ter tentado apelar para o meu marido...

– Duvido que lhe teria dado ouvidos – anunciou MacBain. – Diga-me uma coisa, Johanna, ele sabia que seu vassalo estava causando tamanho estrago aqui, ou era ignorante?

– Ele sabia do que Marshall era capaz – ela respondeu.

MacBain assentiu. Ele juntou as mãos nas costas e continuou a encará-la.

– Você tentou consertar a injustiça – ele observou –; mandou seu irmão para cá depois de Marshall.

– O vassalo de meu marido tinha se tornado um semideus; não quis ouvir a notícia de que Raulf estava morto e de que não era mais necessário aqui.

– Ele nunca foi necessário aqui. – A voz de MacBain tornou-se dura abruptamente.

Ela acenou em concordância.

– Não, ele nunca foi.

Ele soltou um suspiro.

– Marshall conquistou o poder; poucos homens abririam mão disso.

– Você abriria?

Ele ficou surpreso com a pergunta. Ia dizer que sim, claro que abriria mão, mas era novo em sua posição de lorde e, para ser sincero, não sabia se poderia declinar ou não desse poder.

– Ainda preciso ser testado – ele admitiu. – Gostaria de pensar que, se fosse pelo bem do clã, eu faria qualquer coisa que fosse exigida de mim, mas não posso dizer com certeza até que seja confrontado com tal desafio.

Sua honestidade a impressionou, e ela sorriu.

– Nicholas ficou bravo com você porque Marshall escapou e você não o deixou ir atrás dele. Ele disse que vocês brigaram, que você acertou-lhe um golpe e o deixou desacordado, e que, quando ele abriu os olhos, Marshall já havia pego suas coisas e ido embora.

MacBain sorriu. Nicholas com certeza havia abrandado a história sangrenta.

– Você se casará comigo, Johanna.

Ele soou enfático; não estava sorrindo nesse momento. Johanna preparou-se para a raiva dele, e então, lentamente, balançou a cabeça, em negação.

– Explique a razão por trás da sua hesitação – ele ordenou.

Ela balançou a cabeça de novo. MacBain não estava acostumado a ser contrariado, mas tentou não demonstrar sua impaciência. Ele sabia que não era muito habilidoso no trato com mulheres; certamente não sabia como fazer a corte ao sexo oposto e sabia que estava tornando essa discussão desagradável.

Por que, em nome de Deus, tinha sido dada a Johanna a escolha, para começar? Nicholas poderia simplesmente ter dito a ela que se casaria, e teria sido o ponto final de tudo isso. Essa discussão nem deveria ter existido. Mas que droga, eles poderiam estar no meio da cerimônia de casamento, trocando votos.

– Não gosto de mulheres tímidas.

Johanna endireitou os ombros.

– Não sou tímida – ela anunciou. – Aprendi a ser cuidadosa, milorde, mas nunca fui tímida.

– Percebo. – Ele não acreditou nela.

– Eu não gosto de homens grandes, mesmo os belos.

– Você me acha bonito?

Como ele manipulou as palavras dela para torná-las um elogio? Ele também parecia surpreso, como se não tivesse consciência de seus próprios atrativos.

– Você entendeu errado, milorde. Ser bonito é um ponto negativo. – Ela ignorou sua expressão incrédula e repetiu: – Eu não gosto, especificamente, de homens grandes.

Ela sabia que soara ridícula, mas não se importava. Não voltaria atrás agora. Ela o olhou diretamente nos olhos, cruzou os braços e franziu a testa, já com o pescoço doendo de tanto olhar para cima.

– O que pensa sobre a minha opinião, milorde?

O desafio estava na postura e em seu tom de voz. Ela o estava o enfrentando com bravura agora e, mais uma vez, ele teve o impulso repentino de rir. Mas em vez disso, suspirou.

– São opiniões insensatas – ele respondeu, sendo o mais franco possível.

– Talvez – ela concordou –, mas isso não muda o que sinto.

MacBain decidiu que já tinha perdido tempo suficiente na discussão. Já passara da hora de ela entender o que iria acontecer.

– O fato é que você não irá embora daqui. Você ficará comigo, Johanna. Nós iremos nos casar amanhã. A propósito, essa não é uma opinião. É um fato.

– Você se casaria comigo contra a minha vontade?

– Sim.

Maldição, ela parecia aterrorizada de novo. Ele não lidou bem com aquela reação. Tentou mais uma vez usar a razão para ganhar a cooperação dela; afinal, ele não era um ogro. Poderia ser razoável.

– Você mudou de ideia nos últimos minutos e agora quer voltar para a Inglaterra? Nicholas me disse que você queria deixar o país.

– Não, eu não mudei de ideia, mas...

– Você tem como pagar a multa que seu rei cobra para permanecer solteira?

– Não.

– É por causa do Barão Williams? Nicholas mencionou que o inglês queria se casar com você – ele disparou, sem lhe dar tempo de responder. – Não importa; não vou deixar que vá embora. Nenhum outro homem a terá.

– Eu não prefiro o Barão Williams.

– Presumo, pela repulsa em sua voz, que esse barão também seja um belo gigante...

– Ele é bonito apenas para quem acha porcos atraentes, milorde; é um homem pequeno no tamanho e de cérebro ainda menor. É completamente inaceitável para mim.

– Percebo – respondeu MacBain, com lentidão. – Então você não gosta de homens grandes nem pequenos. Entendi direito?

– Está zombando de mim.

– Não, estou zombando de seus comentários tolos. Nicholas é tão grande quanto eu – ele a lembrou.

– Sim, mas meu irmão jamais me machucaria.

A verdade fora revelada. As palavras lhe escaparam antes que as pudesse conter. MacBain ergueu uma sobrancelha ao ouvir a declaração.

Johanna baixou o olhar para o chão, mas não antes que ele pudesse vê-la corar.

– Por favor, tente entender: se um filhote me mordesse, eu teria boas chances de sobreviver, mas se um lobo me mordesse, eu não teria nenhuma chance.

Ela se esforçava com todo o seu ser para parecer corajosa, mas falhava miseravelmente. Seu terror era real e, como MacBain especulara, aprendido com as experiências passadas.

Longos minutos se passaram em silêncio. MacBain olhou-a fixamente, e ela olhou para o chão.

– Seu marido a...

– Não vou falar sobre ele.

Ele tinha sua resposta. Deu um passo na direção dela e ela não recuou. Colocou as mãos em seus ombros, fazendo-a olhar para ele. Ela obedeceu, sem pressa.

Sua voz soou baixa e rouca, como um sussurro, quando ele lhe disse.

– Johanna?

– Sim, milorde?

– Eu não mordo.

Capítulo 4

Eles se casaram no dia seguinte, à tarde. MacBain concordou em esperar que o Padre MacKechnie se preparasse para a cerimônia; no entanto, era o único aspecto em que ele estava disposto a ceder.

Johanna queria voltar ao acampamento e passar a noite em sua própria tenda, perto de seu irmão, do padre e de seus homens leais, mas Lorde MacBain não quis nem ouvir falar nisso e ordenou-lhe que dormisse em um dos chalés recém-construídos ao longo da colina, uma pequena casinha de um cômodo com uma única janela e chão de pedra.

Johanna não viu o lorde novamente até a cerimônia, nem viu seu irmão até que ele veio buscá-la. MacBain deixou dois guardas em sua porta, e ela teve medo de perguntar se os soldados estavam lá para impedir a entrada de estranhos ou para impedi-la de sair.

Ela não dormiu muito; sua mente corria de uma preocupação a outra. E se MacBain fosse igual a Raulf? Santo Deus, ela sobreviveria ao purgatório novamente? A possibilidade de estar se casando com outro monstro a fez chorar em autocomiseração e, no mesmo instante, envergonhou-se de si mesma. Afinal, ela era mesmo tão covarde? Será que Raulf tivera razão em ridicularizá-la?

Não, não, ela era uma mulher forte, que podia suportar qualquer coisa em seu caminho. Não sucumbiria ao medo nem se deixaria levar por pensamentos tão baixos sobre si mesma. Ela tinha muito valor, droga... ou não tinha?

Johanna acreditava que sua confiança voltara após a morte de Raulf. Pela primeira vez em três anos, vivia sem medo, com seus dias preenchidos por uma paz bem-aventurada. Mesmo depois que o Rei John a arrastara para a sua corte, ele a deixara em paz em seus aposentos; ninguém a incomodava. Havia um jardim em sua porta, e ela passava ali a maior parte de seus dias.

No entanto, o intervalo pacífico havia chegado ao fim, e agora estava sendo forçada a se casar novamente. Estava fadada a desapontar o lorde. E o que ele faria então? Tentaria fazê-la se sentir ignorante e imprestável? Por Deus, ela não deixaria isso acontecer outra vez. Os ataques de Raulf tinham sido tão brilhantemente dissimulados, e ela era tão jovem e inocente como uma criança que não percebeu o que ele estava fazendo até ser tarde demais. Foi um ataque lento e insidioso contra o seu caráter, e implacável também, que continuou e continuou até que ela sentiu como se ele tivesse sugado até suas últimas forças.

Então ela tentou revidar, e foi quando as surras começaram.

Forçando-se a bloquear as memórias, Johanna adormeceu rezando por um milagre.

Nicholas veio buscá-la por volta do meio-dia. Deu uma olhada em seu rosto pálido e balançou a cabeça.

– Você confia tão pouco assim no juízo do seu irmão? Eu lhe disse que MacBain é um homem de honra. Você não tem motivos para temê-lo.

Ela colocou a mão no braço do irmão e ficou ao seu lado.

– Eu confio no seu juízo – sussurrou.

Faltava convicção em sua voz, mas ele não se ofendeu; entendia o seu medo. A lembrança de ter visto o rosto dela espancado em uma ocasião em que fora visitá-la e Raulf não tivera como escondê-la a tempo o encheu de raiva uma vez mais.

– Por favor, não se inquiete, Nicholas. Estou vencendo o meu medo. Ficará tudo bem.

Nicholas sorriu. Não podia acreditar que sua irmã estava de fato tentando confortá-lo agora.

– Sim, seu casamento dará certo – ele disse. – Sabe, se você desse uma olhada ao seu redor, teria uma amostra do caráter do seu futuro marido. Onde você dormiu na noite passada?

– Você sabe muito bem onde dormi.

– É um chalé novinho, não?

Ele não deu tempo para que ela respondesse.

– Consigo ver mais três daqui, todos parecendo recém-construídos. A madeira nem se desgastou ainda.

– O que está tentando me dizer?

– Um homem egoísta consideraria seu próprio conforto primeiro, não?

– Sim.

– Você vê uma torre nova?

– Não.

– Calum é o comandante superior de todos os guerreiros de MacBain, Johanna, e ele me disse que os chalés aqui são destinados aos mais velhos do clã. Eles vêm primeiro, porque são os que mais precisam do calor das lareiras e de telhados sobre suas cabeças à noite. MacBain coloca-se em último lugar. Pense nisso, Johanna. Descobri que há dois dormitórios ao leste sobre as escadarias da torre principal e que nenhum foi atingido pelo incêndio. Ainda assim, MacBain não passou sequer uma noite lá. Ele dorme do lado de fora, com os outros soldados. Isso não lhe diz algo sobre o caráter do homem?

O sorriso dela era a resposta de que ele precisava.

A cor voltou à sua face. Nicholas acenou em satisfação.

Eles estavam quase chegando ao fim do átrio quando pararam para ver a multidão de homens e mulheres trabalhando nos preparativos da cerimônia. Como a capela havia sido consumida pelo fogo, o casamento seria realizado no jardim. Um altar improvisado, que consistia de uma grande e reta placa de madeira, foi apoiado sobre dois barris de cerveja vazios, e uma mulher estendeu um pano de linho branco sobre a tábua. O Padre MacKechnie esperou até que a cobertura estivesse ajeitada, então colocou um belo cálice dourado e um prato no centro. Duas outras mulheres estavam ajoelhadas no chão, diante dos barris, ajeitando buquês de flores na frente da madeira.

Johanna voltou a caminhar adiante, e Nicholas pegou em sua mão para detê-la.

– Tem algo mais que você deve saber – ele começou.

– Sim?

– Está vendo aquela criança sentada no último degrau?

Ela se virou para olhar. Um garotinho, que não devia ter mais que quatro ou cinco verões, estava sentado sozinho no topo da escadaria. Seus cotovelos repousavam sobre os joelhos, e sua cabeça estava apoiada pelas mãos. Ele assistia aos preparativos e parecia terrivelmente infeliz.

– Estou vendo – disse Johanna. – Ele parece entristecido, não, Nicholas?

Seu irmão sorriu.

– Sim, é verdade – concordou.

– Quem é ele?

– O filho de MacBain.

Ela quase caiu para trás.

– Ele é quem?

– Fale baixo, Johanna; não quero que ninguém ouça esta conversa. O menino pertence a MacBain. Há especulações de que não seja de fato seu filho, é claro, mas MacBain deixou claro que o aceita como tal.

Ela estava surpresa demais para falar.

– O nome dele é Alex – observou Nicholas, por falta de algo melhor a dizer. – Creio que a deixei um pouco chocada, Johanna.

– Por que não me disse antes? – Ela não lhe deu tempo para responder. – Por quanto tempo MacBain foi casado?

– Ele não foi casado.

– Não estou entendendo...

– Sim, está: Alex é ilegítimo.

– Ah...

Ela não sabia o que pensar sobre aquilo.

– A mãe do garoto morreu no parto – Nicholas adicionou. – É melhor que você saiba de tudo, irmã. A mulher era uma prostituta do acampamento militar, e há pelo menos outros três homens que poderiam ser pais do garoto.

Seu coração se voltou ao pequenino e ela olhou para ele novamente. Era uma criança adorável, de cabelos negros encaracolados. Da distância que os separava, conseguia ver seus olhos, e apostava que eram acinzentados, como os do pai.

– Johanna, é importante que você saiba que MacBain reconhece o menino como seu filho.

Ela virou para seu irmão.

– Você já disse isso duas vezes, e eu ouvi perfeitamente.

– E?

Ela sorriu.

– E o que, Nicholas?

– Você o aceitará?

– Ah, Nicholas, como você pode me perguntar uma coisa dessas? Claro que sim. Como poderia não aceitar?

Nicholas soltou um suspiro. Sua irmã não entendia as maneiras daquele mundo cruel.

– É um pomo de discórdia sobre os Maclaurin – ele explicou. – O pai de MacBain era Lorde Maclaurin, e ele não o reconheceu como filho nem no leito de morte.

– Então o homem com quem estou me casando também é ilegítimo?

– Sim.

– Ainda assim, os Maclaurin o proclamaram seu lorde?

Nicholas assentiu.

– É complicado – ele admitiu. – Eles precisavam da força dele. Ele carrega o sangue de seu pai, e os Maclaurin, convenientemente, esqueceram que ele nasceu bastardo. O garoto, no entanto...

Ele não disse mais nenhuma palavra; deixaria as conclusões para ela. Johanna balançou a cabeça.

– Você acha que o pequeno está decepcionado com o casamento?

– Parece que ele está aborrecido com algo.

O Padre MacKechnie desviou a atenção deles ao acenar. Nicholas pegou Johanna pelo cotovelo e avançou. Ela não conseguia tirar os olhos da criança. *Ó, Senhor, ele parece perdido e tristonho,* ela pensou.

– Eles estão prontos – anunciou Nicholas. – Aí vem o MacBain.

O lorde atravessou o pátio e tomou seu lugar à frente do altar, suas mãos repousando nas laterais do corpo. O padre moveu-se para ficar próximo a ele e, novamente, acenou para Johanna vir para a frente.

– Eu não posso fazer isso, não sem...

– Vai ficar tudo bem.

– Você não entende – ela sussurrou, sorrindo. – Espere aqui, Nicholas; volto num instante.

O padre acenou para Johanna outra vez, e ela acenou de volta, sorrindo. Então, deu meia-volta e se foi.

– Johanna, pelo amor de Deus...

Nicholas resmungava para o ar enquanto assistia à sua irmã abrir caminho pela multidão. Quando ela chegou às escadas, ele finalmente entendeu seu objetivo.

Nicholas voltou o olhar a MacBain, cuja expressão não revelava nada sobre seus pensamentos.

O padre torceu o pescoço para observar Johanna, então se virou para MacBain e cutucou-o com o cotovelo.

Johanna diminuiu o passo ao aproximar-se dos degraus, pois não queria que o pequenino fugisse antes que chegasse até ele.

A notícia de que MacBain tinha um filho a enchera de alegria e alívio. Por fim, tinha a resposta para a questão que a atormentava. MacBain obviamente não se importava que ela fosse estéril porque já possuía um herdeiro, ilegítimo ou não.

A culpa que ela vinha carregando despencou de seus ombros como um pesado manto.

MacBain não pôde conter seu incômodo. Maldição, não queria que ela descobrisse sobre o garoto até que estivessem casados e ela não pudesse mais mudar de ideia. Ele sabia que mulheres tinham um comportamento muito peculiar, e estava certo de que jamais entenderia exatamente como sua mente funcionava. Elas pareciam discordar de coisas tão estranhas! Além do mais, ele ouvira dizer que não aceitavam amantes, e esposas de outros guerreiros que ele conhecia não reconheciam bastardos. MacBain tinha a intenção de forçar Johanna a reconhecer seu filho, mas esperava unir-se a ela primeiro.

Alex a viu caminhando em sua direção e no mesmo instante escondeu o rosto com as mãos. Seus joelhos miúdos estavam cobertos de sujeira. Quando ele espiou para olhá-la, ela viu que seus olhos não eram cinza como os do pai, mas azuis.

Johanna deteve-se no degrau inferior e falou com a criança. MacBain ia atrás de sua noiva, mas então mudou de ideia. Cruzou os braços sobre o peito e simplesmente esperou para ver o que aconteceria. E não era o único assistindo. O silêncio preencheu o jardim quando cada MacBain e cada Maclaurin se virou para olhar.

– O garoto entende inglês? – perguntou o Padre MacKechnie.

– Um pouco – respondeu MacBain. – Ela me disse que você a estava ensinando gaélico. Ela aprendeu o suficiente para conversar um pouco com Alex?

O padre deu de ombros.

– É provável que sim – considerou.

Johanna conversou com a criança por vários minutos. Então ela estendeu sua mão para o garoto, que se levantou com agilidade, desceu correndo as escadas e colocou sua mão sobre a dela. Ela inclinou-se para baixo, afastou os cabelos dele dos olhos, ajustou o manto que estava caindo de seus ombros e puxou-o para caminhar ao seu lado.

– Ele entende aquilo – sussurrou MacKechnie.

– Entende o quê? – perguntou Calum.

O padre sorriu e disse:

– Aceitação.

MacBain assentiu. Johanna alcançou Nicholas e pegou em seu braço novamente.

– Agora estou pronta – ela anunciou. – Alex, vá ficar ao lado de seu pai. É meu dever ir até vocês dois.

O garotinho assentiu. Percorreu todo o caminho e tomou seu lugar à esquerda do pai. MacBain contemplou o filho. Sua expressão era contida, e Johanna não sabia dizer se ele estava feliz ou irritado. Seu olhar permaneceu sobre ela, mas assim que ela começou a caminhar em sua direção, ele descruzou os braços e abaixou-se para tocar o topo da cabeça do filho.

Nicholas entregou-a ao futuro marido, e ela não resistiu quando ele colocou sua mão na de MacBain. Estava orgulhoso de sua irmã, que, apesar de nervosa, não havia tentado agarrar-se a ele. Johanna estava posicionada entre os dois guerreiros, com seu noivo à direita e seu irmão à esquerda. Endireitou a postura, manteve a cabeça erguida e olhou para a frente.

Ela estava vestindo um robe de linho branco na altura dos tornozelos, combinado com uma túnica até os joelhos. O decote quadrado de seu traje era bordado com fios rosa-claro e verde, no formato de delicados botões de rosa.

Ela cheirava a rosas, também. O aroma era sutil, mas imensamente atraente para MacBain. Padre MacKechnie pegou um pequeno buquê de flores do canto do altar e o entregou a ela antes de apressar-se para o outro lado, para iniciar a missa.

MacBain manteve o olhar em sua noiva. Era uma criatura absolutamente feminina e, pela verdade de Deus, ele não sabia o que faria com ela. Sua maior preocupação era que não fosse forte o suficiente para sobreviver a uma vida tão dura. Ele forçou-se a deixar a apreensão de lado. Garantir que ela sobrevivesse se tornaria seu dever. Ele a protegeria do perigo e, se ela precisasse de mimos, então, por Deus, ele a mimaria. Não tinha a mínima ideia de como o faria, mas era um homem inteligente e iria descobrir. Ele não a deixaria sujar as mãos ou fazer qualquer trabalho braçal, e exigiria que descansasse todos os dias. Cuidar dela era o mínimo que ele podia fazer em agradecimento pela terra que ela lhe concedia e, certamente, era a única razão pela qual estava se preocupando com seu conforto agora.

O vento soprou uma mecha de cabelo em seu rosto e ela soltou a mão dele para colocá-la para trás dos ombros novamente. Foi um gesto delicado e feminino. A massa dourada de cachos parecia flutuar em suas costas. Sua mão tremia tanto que o ramalhete de flores que segurava contra a cintura rapidamente começou a perder as pétalas.

Quando ela voltou a segurar sua mão, ele ficou tão incomodado que agarrou a mão dela e puxou-a para bem perto. Nicholas percebeu o gesto possessivo e sorriu.

A cerimônia estava indo muito bem até que o Padre MacKechnie pediu que ela jurasse amar, honrar e obedecer seu marido. Ela ponderou o pedido por um longo minuto. Balançou a cabeça, virando-se para o noivo e sinalizando-lhe que se abaixasse um pouco, e ficou na ponta dos pés para poder sussurar em seu ouvido.

– Tentarei amá-lo, milorde, e certamente o honrarei porque será meu marido, mas não acredito que irei obedecê-lo muito. Descobri que total submissão não combina comigo.

Ela estava arrancando as pétalas das flores do caule enquanto explicava sua posição. Não conseguia olhar nos olhos dele, mas encarava seu queixo enquanto esperava que ele reagisse ao que acabara de dizer.

MacBain estava atônito demais com suas palavras para reparar no quanto ela estava preocupada. Teve de se conter para não rir.

– Você está brincando comigo?

Ele não sussurou sua pergunta, já que não estava muito preocupado com a plateia ouvindo a discussão, e ela tampouco se importaria. A voz dela foi tão assertiva quanto a dele ao responder.

– Brincar com você no meio dos nossos votos de casamento? Acho que não, milorde. Estou falando muito sério. Estas são minhas condições. Você as aceita?

Então ele riu. Não pôde se conter. O ímpeto de coragem durou pouco e ela sentiu-se envergonhada e humilhada, mas a questão era muito importante para deixar passar.

Restava-lhe apenas um modo de agir, e foi o que ela fez: endireitou os ombros, soltou sua mão e atirou o buquê de flores nele. Então, fez uma reverência para o padre, virou-se e foi embora.

A mensagem era clara. Ainda assim, alguns soldados Maclaurin demoraram para compreender o que estava acontecendo.

– A moça está indo embora? – Keith, o comandante dos soldados Maclaurin, murmurou alto o suficiente para que todos ouvissem.

– Ela está fugindo, MacBain! – outro gritou.

– Parece que está indo embora – interveio Padre MacKechnie. – Eu disse algo que a desagradou?

Nicholas foi atrás de sua irmã. MacBain o segurou pelo braço e balançou a cabeça em negação.

Ele jogou o buquê contra o barão, murmurou algo e então partiu atrás de sua noiva.

Ela quase chegara ao fim da clareira antes que MacBain a alcançasse. Ele a agarrou pelos ombros e a virou. Como ela não olhava para ele, forçou seu queixo para cima com a mão.

Ela se preparou para a fúria dele, certa de que a atacaria. Era uma mulher forte, lembrou a si mesma; iria resistir à sua ira.

– Você tentará obedecer?

Ele parecia exasperado. Ela estava tão espantada com a atitude dele que sorriu. *Não sou tão fraca, no fim das contas,* pensou. Acabara de se impor ao lorde e forçá-lo a negociar. Não tinha certeza se ganhara muito com isso, mas definitivamente não perdera nada.

– Sim, tentarei – ela prometeu. – Dependendo da ocasião – acrescentou, apressadamente.

Ele revirou os olhos em direção ao céu. Já concedera tempo demais àquele assunto, decidiu. Então, agarrou-a pela mão e arrastou-a de volta ao altar. Ela teve de correr para acompanhá-lo.

Nicholas parou de franzir a testa quando avistou o sorriso de sua irmã. Ele estava muito curioso para descobrir sobre a discussão, é claro, mas pensou que teria de esperar até o fim da cerimônia para saber o que acontecera.

Mas não teve que esperar, pois Johanna aceitou o buquê de seu irmão e virou-se para o padre.

– Por favor, me desculpe pela interrupção, Padre – ela sussurrou.

O padre assentiu e, novamente, pediu que ela amasse, honrasse e obedecesse ao seu marido. Dessa vez, acrescentou a palavra "agradasse".

– Eu amarei, honrarei e tentarei obedecer meu marido, dependendo da ocasião – ela respondeu.

Nicholas começou a rir. Agora entendia o motivo da discussão. Os Maclaurin e os MacBain soltaram um suspiro coletivo. Estavam horrorizados.

Seu lorde examinou a plateia e os encarou em silêncio, e então voltou seu olhar desconfiado para a noiva.

– Obediência e submissão não são necessariamente a mesma coisa – disparou.

– Fui ensinada que são – ela defendeu.

– Você aprendeu errado.

Sua expressão de descontentamento estava assustadora o suficiente para deixá-la ansiosa outra vez. Santo Deus. Ela realmente não podia ir adiante com isso. Não era forte o bastante.

Ela jogou o buquê de flores contra MacBain outra vez e virou-se para sair, mas o lorde bateu as flores na mão estendida de Nicholas e agarrou Johanna antes que ela pudesse escapar.

– Ah não, você não vai – ele murmurou. – Não vamos passar por isso de novo.

Para provar que realmente falava sério, passou o braço ao redor dos ombros dela e a ancorou ao seu lado.

– Vamos terminar isso antes que a noite caia, Johanna.

Ela se sentiu uma idiota. O padre a encarava com uma expressão que sugeria que ela perdera a cabeça. Ela respirou fundo, aceitou as flores de seu irmão novamente e então disse:

– Perdoe-me por tê-lo interropido novamente, Padre. Por favor, continue.

O padre esfregou a testa com seu pano de linho, então voltou a atenção para o noivo. Johanna mal prestou atenção no sermão do padre sobre os méritos de um bom marido. Estava ocupada demais tentando superar seu constrangimento. Decidiu que estava farta de se preocupar. Sua decisão estava tomada, e era isso. Ela fez uma prece rápida e convenceu-se a entregar seus medos nas mãos de Deus. Ele que se ocupasse disso.

Era um bom plano, ela decidiu. Ainda assim, queria que Ele lhe desse um sinal de que tudo realmente ficaria bem. Aquela ideia a fez sorrir; estava fantasiando demais. Era uma mulher e, portanto, a última a ser amada por Deus, ou assim ela ouvira repetidamente do Bispo Hallwick. Era evidente que Deus não tinha tempo para ouvir suas preocupações irrisórias, e ela provavelmente estava cometendo o pecado da vaidade esperando por algum tipo de sinal.

Ela deixou escapar um suspiro. MacBain ouviu o ruído e se virou para ela, que lhe lançou um sorriso frágil.

Era a vez de MacBain responder às questões do padre. Ele começou com seu nome e título. Chamava-se Gabriel.

Deus lhe dera um sinal. Os olhos de Johanna se arregalaram, e ela imaginou que deixara cair o queixo, mas rapidamente recobrou o controle de suas emoções. Seus pensamentos, no entanto, não estavam controlados e se atropelavam em questionamentos. Teria sua mãe o batizado deliberadamente com o nome do mais importante dos anjos, o mais estimado pelo amor de Deus? Johanna lembrou-se de suas lições religiosas sobre o arcanjo. Ele era conhecido como o protetor das mulheres e das crianças. Recordou-se das lindas histórias transmitidas por gerações, de mãe para filho, sobre o mais magnífico de todos os anjos. Sua própria mãe lhe dissera que Gabriel sempre a guardaria. Ele era seu arcanjo especial e podia ser chamado para socorrê-la na calada da noite, quando os pesadelos aterrorizavam seu sono. O arcanjo era o patrono dos inocentes e o vingador contra os maus.

Ela balançou a cabeça; estava sendo romântica demais, era só isso. Não havia nada simbólico sobre o nome de seu marido. A mãe dele, provavelmente, estava em um humor exuberante quando ele nasceu. Havia também a possibilidade de ele ter recebido o nome de algum parente.

Ela não conseguia se convencer. A falta de sono a fazia presa fácil para pensamentos tolos, supôs. Ainda assim, havia rezado por um milagre na noite anterior, e minutos antes desejara qualquer tipo de sinal que a deixasse saber que tudo ficaria bem.

Johanna havia visto um desenho de Gabriel que um homem santo fizera em carvão. Ainda se lembrava de cada detalhe da obra. O arcanjo fora retratado como um grande guerreiro com uma espada reluzente em sua mão. E tinha asas.

O homem ao seu lado não tinha asas, mas certamente era um grande guerreiro com sua espada ao lado.

E seu nome era Gabriel. Afinal, Deus teria ouvido suas preces?

Capítulo 5

Sua mãe devia tê-lo chamado de Lúcifer, Johanna concluiu no fim do dia. Bárbaro ou Selvagem também teriam sido alternativas apropriadas. Seu marido tinha o demônio dentro de si com suas ordens arrogantes e arbitrárias. O homem também era completamente desprovido de quaisquer modos civilizados.

Ele não sabia que não era de bom tom lutar no dia de seu casamento?

Ah, Gabriel começou sendo bastante agradável! Logo que o Padre MacKechnie deu a bênção final e a missa terminou, seu novo marido a virou para olhá-la. Ele estava com um belo manto multicolorido nas mãos, combinando com aquele que estava vestindo. Colocou o tecido longo e estreito sobre o ombro direito dela, enquanto um segundo manto feito com tons diferentes cobria-lhe o ombro esquerdo. O primeiro, seu marido explicou, era o manto MacBain; o segundo, o manto Maclaurin. Ele esperou que ela assentisse ao compreender, então a tomou nos braços e deu-lhe um beijo de tirar o fôlego.

Ela ficou abalada, pois esperava um beijo rápido. A boca de MacBain era firme e quente, e o calor que o beijo apaixonado acendeu fez sua bochechas ficarem rosadas. Ela considerou desvencilhar-se, mas desistiu da ideia. O beijo tornou-se tão envolvente que ela não teve força nem intenção de evitá-lo.

As risadas ao fundo enfim chamaram a atenção de Gabriel, que interrompeu abruptamente o beijo, acenou em satisfação ao ver a expressão perplexa no rosto de sua noiva e voltou sua atenção ao padre.

Ela não se recuperou tão rápido, e inclinou-se para o lado do marido.

O Padre MacKechnie apressou-se em dar a volta no altar para cumprimentá-los.

– Muito bem, foi uma bela cerimônia de casamento – ele anunciou.

Alex abriu caminho entre seu pai e Johanna. Ela o sentiu puxando a sua saia e sorriu para a criança.

O padre chamou a atenção dela novamente, com um riso abafado.

– Por um minuto, não acreditei que terminaríamos.

O marido e o padre olharam para Johanna, que sorriu de volta.

– Eu nunca tive dúvidas – ela frisou. – Uma vez que eu decido algo, vou até o fim.

Nenhum dos dois pareceu ter acreditado muito naquela afirmação. O padre puxou Alex para longe das saias de Johanna e o moveu para a esquerda do pai.

– Devemos iniciar a fila de cumprimentos? – ele sugeriu. – O clã desejará apresentar-se para oferecer suas felicitações.

Gabriel continuou contemplando sua noiva; agia como se quisesse lhe dizer algo, mas não conseguisse escolher as palavras.

– Você quer me dizer algo, Gabriel?

– Não me chame assim. Não gosto desse nome.

– Mas é um belo nome.

Ele grunhiu, e ela tentou não fazer objeções àquele ruído deselegante.

– Você devia ter orgulho de um nome tão nobre.

Ele grunhiu de novo, e ela desistiu.

– Como devo chamá-lo? – ela perguntou, tentando ser complacente.

– Lorde – ele sugeriu.

Ele não parecia estar brincando, e ela tampouco pretendia concordar com sua sugestão. Era ridículo que marido e mulher usassem nomes tão formais. Decidida a usar a diplomacia para ganhar a cooperação dele, já que não acreditava que desobediência funcionaria naquele momento, ela disse:

– Mas e quando estivermos a sós? – perguntou. – Poderei chamá-lo de Gabriel então?

– Não.

– Então como…

– Se precisar se dirigir a mim, me chame… me chame de MacBain. Sim, esse nome resolve.

– Se eu precisar me dirigir a você? Você tem noção de quão arrogante soa?

Ele deu de ombros.

– Não, mas é gentil da sua parte me chamar de arrogante.

– Não, não é.

Ele já estava farto de discutir aquele assunto.

– Você fez bem em incluir o garoto.

Por ele ter parecido tão rude, e por ainda estar processando a sugestão ridícula de chamá-lo de MacBain, ela levou mais de um minuto para perceber que ele a estava, de fato, agradecendo.

Ela não sabia ao certo como responder; então assentiu e disse:

– Ele devia ter tomado um bom banho antes da cerimônia.

MacBain tentou não sorrir. Não devia permitir que ela continuasse com aquelas reprimendas, mas, por Deus, ele estava tão feliz em ver que ela possuía algum espírito dentro de si que não a castigou.

– Da próxima vez, cuidarei para que tome banho.

Não demorou muito para a alfinetada dele atingi-la, pois a suposição de que ele se casaria novamente não lhe escapou.

– Você gosta de ter a última palavra, não é mesmo, Lorde?

– Sim, eu gosto – ele admitiu com um largo sorriso.

Alex, notou seu pai, estava encarando Johanna com entusiasmo no olhar. O padre o colocara ao lado da fila de cumprimentos, mas o garoto já havia se espremido ao lado de Johanna outra vez.

Sua noiva conquistara o menino em questão de minutos. MacBain pegou-se pensando em quanto tempo levaria para ele ganhar sua afeição, mas era um pensamento tolo. Por que, afinal, se importava com o que ela sentiria por ele? O casamento assegurou-lhe a posse das terras, e isso era tudo o que importava.

Os soldados de ambos os clãs se aproximaram, um por um, para se apresentar a Johanna e dar os parabéns ao seu lorde. As mulheres se apresentaram em seguida. Uma jovem ruiva, que se apresentou como Leila do clã Maclaurin, entregou a Johanna um lindo buquê de flores roxas e brancas. Ela agradeceu à mulher pelo presente e pensou em juntar as flores ao ramalhete que segurava na outra mão, mas quando viu a bagunça que fizera com as flores de Padre MacKechnie, desatou a rir: não havia mais flores; deu-se conta de que estivera segurando um buquê de caules durante toda a cerimônia.

Alex estava inquieto quando as apresentações terminaram. As mulheres corriam no pátio de um lado para o outro, com travessas de comida para servir as mesas dos homens que estavam se reunindo. Gabriel estava imerso em uma conversa com dois soldados Maclaurin.

Johanna virou-se para Calum e Keith.

– Há seis cavalos no pasto lá embaixo – ela começou.

– Um será meu – disparou Alex.

MacBain ouviu o comentário do seu filho e virou-se para Johanna. Seu sorriso era diabólico.

– Então foi assim que você o ganhou? – ele observou.

Ela ignorou seu marido e manteve a atenção nos soldados.

– Eles são o meu presente de casamento para meu marido… e para Alex – ela incluiu, apressadamente. – Podem mandar alguém para buscá-los, por favor?

Os soldados se curvaram e foram cumprir a tarefa. Alex puxou a ponta da túnica de Johanna para chamar-lhe a atenção.

– O papai deu um presente para você?

Seu pai respondeu à pergunta.

– Não, não dei, Alex.

Ela o contradisse.

– Sim, ele deu, Alex.

– O que ele deu? – perguntou o garotinho.

MacBain também estava curioso para ouvir o que ela tinha a dizer.

– Ele me deu um filho – ela respondeu, sorrindo para Alex.

MacBain ficou surpreso com a declaração; ela não podia estar se referindo ao seu filho.

– Mas eu sou o filho dele – declarou o menino, apontando para o próprio peito para certificar-se de que ela entenderia.

– Sim, eu sei – respondeu Johanna.

O garoto sorriu.

– Um filho é melhor que seis cavalos?

– Claro!

– Melhor até mesmo que cem cavalos?

– Sim.

Alex estava convencido de sua importância. Seu peito se estufou de orgulho.

– Qual é a sua idade? – perguntou Johanna.

Ele abriu a boca para responder, então a fechou novamente. Pelo olhar confuso em seu rosto, ela concluiu que ele não sabia. Virou-se para o marido para obter a resposta, mas ele deu de ombros; obviamente, também não sabia.

Ela ficou indignada.

– Você não sabe a idade do seu filho?

– Ele é jovem – respondeu MacBain.

Alex acenou imediatamente, concordando com a declaração de seu pai.

– Sou jovem – ele repetiu. – Papai, posso ir ver os cavalos?

Gabriel assentiu, e seu filho, largando a túnica de Johanna, foi atrás de Calum e Keith.

O Padre MacKechnie testemunhara a cena entre a criança e Johanna.

– O garoto está encantado com ela, não? – mencionou para o lorde, enquanto observava Alex correndo pelo jardim.

– Ela o subornou – resmungou MacBain.

– Sim, subornei – concordou Johanna.

– Homens são tão fáceis de ganhar – seu marido observou.

– Não estou interessada em conquistar nenhum homem, Lorde. Com licença, por favor. Gostaria de falar com meu irmão.

Foi uma bela saída, ainda que completamente arruinada quando Gabriel agarrou sua mão e a puxou de volta.

Nicholas teve de ir até ela. Ele estava cercado de mulheres, é claro, por causa de sua bela aparência e de seu charme irresistível, e Johanna teve de esperar vários minutos até que o irmão a notasse gesticulando e se livrasse de suas admiradoras.

Nicholas dirigiu-se primeiro a MacBain.

– Ma[illegible]ei homens para cá em um mês ou dois para ajudar na reconstrução.

MacBain sacudiu a cabeça.

– Você não vai mandar nenhum soldado para cá. Nós os mataremos no minuto em que pisarem na nossa terra.

– Você é um homem teimoso, MacBain.

– Qual foi o valor da multa que pagou ao seu rei?

– Que multa? – perguntou Johanna.

Nicholas e Gabriel ignoraram a pergunta dela. Nicholas informou a quantia a MacBain, e este anunciou que o reembolsaria pela despesa.

Johanna finalmente entendeu o que estava acontecendo e virou-se para o seu irmão.

– Você quer dizer que o nosso rei o fez pagar uma multa? Por que, Nicholas?

– Porque nós escolhemos o seu marido, Johanna. Ele concordou... por um preço.

– E se eu tivesse concordado em casar-me com quem ele escolhesse? – ela pressionou.

– Williams? – perguntou Nicholas.

Ela confirmou.

– Então não teria sido cobrada uma multa, é claro.

– Você mentiu para mim. Disse que não tinha moedas suficientes para me emprestar para que eu pagasse a taxa a John e pudesse permanecer livre por mais um ano.

Nicholas soltou um suspiro.

– Eu menti – ele admitiu. – Você estava adiando o inevitável, e eu estava preocupado com a sua segurança. Mas que droga, você foi mantida prisioneira em Londres. Eu não podia me certificar de que estaria segura por muito tempo, e havia ainda a preocupação de que John poderia dar a terra de Maclaurin a outra pessoa.

Ela sabia que o irmão estava certo. Sabia também que ele a amava e que estava apenas pensando em sua segurança.

– Eu o perdoo por sua mentira, Nicholas.

– Vá para casa, Barão, e não volte mais aqui. Você cumpriu o seu dever. Johanna é minha responsabilidade agora.

Johanna ficou chocada com a grosseria de seu marido.

– Agora? – ela bradou. – Você quer que ele volte para casa agora?

– Agora – repetiu seu marido.

– Meu irmão...

– Ele não é seu irmão.

Ela estava tão ultrajada pelo comportamento dele que queria gritar. Seu marido não estava prestando nenhuma atenção nela; seu olhar estava fixo em Nicholas.

– Eu devia ter notado – ele disse. – Vocês não parecem irmãos, e quando Johanna deu seu nome completo ao padre, percebi que não eram parentes. Seus sentimentos por ela...

Nicholas não deixou que MacBain continuasse.

– Você é muito astuto – interrompeu. – Johanna não tem qualquer dúvida, Lorde. Que seja.

– Lorde...

– Deixe-nos, Johanna. Essa discussão não interessa a você.

O tom de voz dele sugeria que ela não discutisse; assim, restava-lhe apenas começar a arrancar as pétalas do novo buquê enquanto observava a expressão sombria no rosto de cada um deles.

Ela não precisou decidir se ficaria ou não, pois o Padre MacKechnie, que ouvira o suficiente para saber que uma luta estava prestes a acontecer, pegou-a pelo braço, fingiu entusiasmo e disse:

– Você irá magoar os sentimentos das mulheres se não provar seus pratos especiais. Venha comigo. Elas ficarão ansiosas enquanto não receberem um pouco de aprovação de sua nova senhora. Você se lembra como se diz obrigada em gaélico?

O padre meio que a puxou, meio que a empurrou para longe dos dois homens, mas Johanna continuou olhando para trás, por cima do ombro, para ver o que estava acontecendo. Nicholas parecia furioso. MacBain também. Seu marido, ela notou, estava se sobressaindo na conversa. Nicholas olhou-a de relance, notou que ela os observava, e então disse algo a MacBain, que assentiu. E os dois homens se viraram e desapareceram encosta abaixo.

Ela não viu nenhum dos dois novamente até que o sol estava se pondo. Soltou um suspiro alto de alívio quando avistou seu marido e seu irmão subindo pela colina. Faixas alaranjadas do pôr do sol preenchiam o céu atrás deles, e a silhueta de ambos, escurecida pela distância e pelo efeito do sol, deu à cena uma aparência mística, em que os dois pareciam emergir da terra como poderosos e invencíveis guerreiros divinos. Eles se moviam com graça natural.

Eram os guerreiros mais fortes que ela já vira. O arcanjo Gabriel certamente estava sorrindo ao ver a dupla. Eles tinham sido, no fim das contas, moldados à sua imagem.

Johanna sorriu ao se dar conta de seus pensamentos fantasiosos. Olhou bem no rosto deles e deixou escapar um suspiro de horror: o nariz de Nicholas estava sangrando, seu olho direito quase fechando de tão inchado, e seu marido não parecia estar em melhores condições, com sangue escorrendo de um corte na testa e vazando de outro no canto da boca.

Ela não sabia com quem gritar primeiro. Instintivamente, pensou em correr até Nicholas e dar-lhe uma bronca, enquanto media a extensão de seus ferimentos, mas, no momento em que ergueu a ponta de sua saia e começou a correr, percebeu que deveria falar com Gabriel primeiro. Ele era seu marido agora, e deveria vir primeiro em seus pensamentos. Também porque, se conseguisse abrandar seu temperamento, ele poderia dispor-se a ser racional e permitir que seu irmão ficasse por mais alguns dias.

– Vocês estavam brigando!

Ela bradou a acusação ao alcançar seu marido. Ele achou que não precisava confirmar, pois era bastante óbvio que haviam lutado, e ele não se importava muito com o tom de raiva na voz dela.

Johanna puxou o pano de linho que guardava na manga do vestido e ergueu-se na ponta dos pés para limpar o sangue do corte e ver o quão profundo era o ferimento.Afastou gentilmente os cabelos dele para trás.

Ele jogou a cabeça para trás; não estava acostumado com ninguém se preocupando com ele e não sabia como reagir.

– Fique parado, milorde – ela ordenou. – Não irei machucá-lo.

MacBain ficou parado e permitiu que ela fizesse seu alvoroço. Maldição, mas ela o agradava, e não era porque estivesse se preocupando com ele. Não, era pelo fato de ter ido até ele primeiro.

– Vocês resolveram o que os incomodava? – ela perguntou.

– Sim – respondeu MacBain, com ar de poucos amigos.

Ela passou os olhos por seu irmão.

– E você, Nicholas?

– Sim. – O tom dele soava tão irritado quanto o do marido.

Ela voltou-se novamente ao marido.

– Por que você provocou o Nicholas? Ele é meu irmão, você sabe – ela acrescentou com um aceno. – Meus pais o trouxeram quando ele tinha apenas oito anos; ele estava lá quando eu nasci e tem sido chamado de irmão desde o momento em que aprendi a falar. Você deve desculpas a ele, meu marido.

MacBain ignorou a sugestão dela e agarrou seu punho, para que parasse de mexer no corte. Então virou-se para Nicholas.

– Despeçam-se agora – ele ordenou. – Você não a verá novamente.

– Não! – Johanna gritou, desvencilhando-se do marido e correndo para o irmão. Jogou-se em seus braços.

– Você não me disse a verdade sobre ele – ela sussurrou. – Ele não é um homem gentil. Ele é duro e cruel. Não posso suportar a ideia de nunca mais vê-lo. Eu amo você. Você me protegeu quando ninguém mais o faria. Você acreditou em mim. Nicholas, por favor, me leve para casa. Não quero ficar aqui.

– Calma, Johanna; tudo vai ficar bem. MacBain tem boas razões para querer que eu e meus homens fiquemos longe daqui. Aprenda a confiar nele.

Nicholas lidava com o olhar de MacBain enquanto dava instruções à sua irmã.

– Por que ele não quer que você volte?

Nicholas balançou a cabeça, seu silêncio dizendo-lhe que não explicaria.

– Que recado gostaria que eu desse para a mãe? Eu a verei no próximo mês.

– Eu vou para casa com você.

O sorriso de seu irmão estava cheio de ternura.

– Você é casada agora, aqui é a sua casa. Você tem de ficar com o seu marido, Johanna.

Ela não desistiria dele. Nicholas inclinou-se para baixo, beijou-a na testa e tirou suas mãos dele, empurrando-a gentilmente até seu marido.

– Trate-a bem, MacBain, ou, por tudo que é mais sagrado, eu voltarei e o matarei.

– Esse é um direito seu – respondeu MacBain, e passou por Johanna para bater sua mão contra a de Nicholas. – Você e eu chegamos a um entendimento. Minha palavra é a minha garantia, Barão.

– Tal qual a minha palavra é a minha garantia, Lorde.

Os homens acenaram em aprovação.

Johanna ficou lá parada, com lágrimas escorrendo pelo rosto, enquanto via seu irmão partir. A montaria dele estava pronta. Nicholas montou em seu cavalo e, sem olhar para trás, seguiu colina abaixo até sumir de vista.

Ao virar-se, Johanna descobriu que seu marido também a havia deixado.

Repentinamente só, ela parou à margem da clareira, sentindo-se tão vazia e desolada quanto a paisagem ao redor. Ficou ali, sem se mover, até que o sol desapareceu do céu. O vento de tremer os ossos finalmente despertou sua atenção, fazendo-a tremer de frio. Esfregou os braços e, lentamente, retornou ao pátio. Não havia um único escocês à vista, ou assim ela pensou, até que chegou ao centro da clareira. Então, viu seu marido. Ele estava apoiado na porta da torre, observando-a.

Johanna enxugou as lágrimas, recompôs-se e apressou-se adiante. Subiu as escadas com um único propósito. Por mais infantil que parecesse a ideia, estava determinada a dizer-lhe quanto o desaprovava.

Mas não teve a chance. MacBain esperou até que ela estivesse perto o suficiente e a puxou para seus braços. Pressionou-a com força contra o peito, repousou o queixo sobre o topo de sua cabeça e a abraçou.

O homem estava realmente tentando confortá-la, mas suas ações a deixavam completamente confusa. Ele fora aquele, no fim das contas, que a deixara entristecida. Ainda assim, agora tentava acalmá-la.

Maldição, estava funcionando. Ela sabia que estava totalmente exausta depois do dia longo e difícil e, certamente, era por esse motivo que não tentara se desvencilhar. Ele era deliciosamente aconchegante, e ela disse a si mesma que precisava daquele calor para espantar o frio. Ainda iria repreendê-lo, mas esperaria até que se aquecesse.

Gabriel a segurou por vários minutos, enquanto esperava pacientemente que recuperasse a compostura.

Ela por fim se desvencilhou dele.

– Sua hostilidade com meu irmão me deixou muito insatisfeita, milorde.

Ela esperava por um pedido de desculpas, mas logo percebeu que não o conseguiria.

– Gostaria de me deitar agora – anunciou. – Estou com muito sono. Você poderia me mostrar o caminho de volta ao meu chalé, por favor? Na escuridão, não saberia voltar até ele.

– O chalé em que você dormiu noite passada pertence a um dos MacBain. Você não dormirá lá novamente.

– Então, onde dormirei?

– Lá dentro – ele respondeu. – Há dois cômodos acima das escadas; os Maclaurin conseguiram deter o fogo antes que os alcançasse... – Empurrou a porta, fazendo sinal para que ela entrasse, mas ela não se moveu.

– Posso lhe fazer uma pergunta, milorde?

Ela esperou pelo seu aceno, e então disse:

– Algum dia me explicará por que mandou meu irmão embora e ordenou que nunca retornasse?

– Na hora certa você entenderá – ele respondeu. – Mas se não entender, ficarei feliz em explicar.

– Obrigada.

– Posso ser complacente, Johanna.

Ela não bufou, porque não seria apropriado para uma dama. A expressão em seus olhos revelava que não acreditara nele.

– Livrei seu irmão de um fardo, minha esposa.

– E esse fardo era eu?

Gabriel balançou a cabeça.

– Não, você não era o fardo dele. Agora, entre.

Ela decidiu obedecê-lo. A mulher que lhe dera o buquê de flores após o casamento estava parada na base da escada.

– Johanna, esta é...

Ela não o deixou terminar.

– Leila – ela disse. – Obrigada novamente pelas lindas flores, foi muita gentileza sua.

– De nada, milady – respondeu a mulher. Ela tinha uma voz suave e musical e um sorriso agradável. Seus cabelos eram tão vermelhos e impressionantes quanto o fogo, e Johanna imaginou que tivessem quase a mesma idade.

– Foi difícil para você deixar sua família e amigos para vir para cá? – Leila perguntou.

– Eu não tinha amigos próximos – Johanna respondeu.

– E seus criados? Nosso lorde sem dúvida lhe teria dado permissão para trazer sua dama de companhia.

Johanna não sabia como responder; ela mal conhecia seus criados, pois Raulf mudava a criadagem a cada dois meses. No início, achava que ele era exigente demais. Depois, se deu conta de que ele queria mantê-la isolada, sem ninguém para confidenciar algo. Ela deveria depender apenas dele. Depois de sua morte, foi forçada a ir para Londres e não criou nenhum laço enquanto prisioneira na corte do Rei John.

– Eu não teria permitido nenhuma outra inglesa aqui – disse MacBain ao ver Johanna hesitante em dar a resposta.

– Eles ficaram satisfeitos em permanecer na Inglaterra – interveio Johanna.

Leila assentiu, então virou-se e subiu os degraus. Johanna a seguiu.

– Você acha que será feliz aqui? – ela perguntou por cima do ombro.

– Ah, sim – respondeu Johanna, rezando para estar certa. – Estarei segura aqui.

MacBain franziu a testa. Johanna não tinha ideia de quanto aquele comentário dizia sobre seu passado. Ele parou no degrau de baixo, observando sua noiva.

Leila não era tão astuta quanto seu lorde.

– Mas eu perguntei se você será feliz – ela disse com uma voz risonha. – Claro que estará segura aqui, nosso lorde a protegerá.

Johanna pensou que podia cuidar de si mesma, mas não o disse a Leila, pois não queria que a mulher pensasse que ela não era grata em ter a proteção do lorde. Então virou-se para fitar o marido.

– Boa noite, milorde.

– Boa noite, Johanna.

Johanna seguiu Leila pelos degraus restantes. A área estava parcialmente bloqueada por uma pilha de caixotes de madeira à esquerda, para que ninguém entrasse no salão nobre ou no corredor abaixo. Havia um corredor estreito no lado oposto, e velas empoleiradas em suportes de bronze fixados nas paredes para iluminar o caminho. Leila começou a contar à Johanna sobre a fortaleza e disse-lhe que poderia perguntar sobre qualquer coisa que quisesse saber. Outra mulher, chamada Megan, esperava no primeiro quarto, com um banho pronto. Ela tinha cabelos castanho-escuros e olhos cor de avelã e também usava o manto MacBain. Seu sorriso era tão receptivo quanto o de Leila.

O modo como foi facilmente aceita ajudou Johanna a relaxar. O banho foi maravilhoso, e ela disse às mulheres quanto tinham sido atenciosas em imaginar que ela apreciaria aquele requinte.

– Nosso lorde requisitou o banho para você – explicou Megan. – Já que um MacBain lhe cedeu sua cama na noite passada, era a vez dos Maclaurin fazerem algo por você.

– Nada mais justo – acrescentou Leila.

Antes que Johanna perguntasse o que ela queria dizer com aquela observação, Megan mudou de assunto. Ela queria falar sobre o casamento.

– Você estava tão linda, milady. Foi você quem bordou o vestido? Estava lindo.

– Claro que ela não fez o trabalho – disse Leila. – Foi sua criada…

– Fui eu mesma que costurei – interrompeu Johanna.

A conversa prosseguiu durante todo o banho. Johanna, por fim despediu-se das mulheres e desceu pelo saguão, para o segundo quarto.

O cômodo estava aquecido e bastante agradável. Havia uma lareira na parede de fora, uma grande cama coberta com o manto MacBain na parede oposta e uma janela com vista para o pasto abaixo. Uma pele grossa cobrindo a janela bloqueava os ventos noturnos, e aquela proteção, somada às chamas flamejantes da lareira, tornava o quarto mais aconchegante.

Ela se sentiu engolida pela cama enorme. Imaginou que quatro pessoas poderiam dormir juntas sob os cobertores sem se tocarem. Seus pés estavam frios, mas era o único desconforto que sentia. Cogitou levantar-se para buscar um par de meias de lã, mas concluiu que a tarefa exigiria muito esforço. Ela, provavelmente devia ter tirado um tempo para escovar os cabelos, pensou com um bocejo alto; estariam cheios de nós pela manhã, mas, também nesse caso, concluiu que era demasiado esforço, pois estava cansada demais para se importar com o cabelo. Fechou os olhos, fez suas orações e foi dormir.

A porta se abriu justamente quando ela estava pegando no sono. Sua mente não processou o que estava acontecendo até que sentiu a cama afundando ao seu lado. Abriu os olhos lentamente. Era isso mesmo, ela concluiu. Era Gabriel, e não um intruso, sentado na beirada da cama.

Ele estava tirando as botas, e ela tentou não se alarmar.

– O que está fazendo, milorde?

Sua voz era um sussurro sonolento. Ele olhou por cima do ombro para respondê-la.

– Estou me preparando para dormir.

Ela fechou os olhos novamente, e ele achou que ela tinha voltado a dormir. MacBain ficou lá sentado, contemplando-a por vários minutos enquanto ela permanecia em seu lugar, com o rosto virado para ele. Seus cabelos, dourados como a luz do sol, estavam espalhados por seus ombros como uma colcha. Ela parecia extraordinária para ele, além de inocente e frágil. Era muito mais nova do que ele imaginava, e depois que ele e Nicholas tinham resolvido suas diferenças e o barão sabiamente decidira obedecer suas ordens, ele lhe perguntara a idade exata de sua irmã. Nicholas não se lembrava da data de nascimento dela, mas dissera que era pouco mais que uma criança quando seus pais receberam a ordem do Rei John para casá-la com seu barão preferido.

Johanna deu um salto repentino na cama.

– Aqui? Você pensa em dormir aqui, milorde? – Ela engasgou com a pergunta, enquanto ele assentiu, tentando entender por que sua esposa parecia estar em pânico.

Ela ficou boquiaberta. Estava espantada demais para falar. Gabriel levantou-se e desamarrou o pedaço de couro que segurava seu manto no lugar. Quando jogou a tira na cadeira próxima, o manto caiu no chão.

Ele estava totalmente nu.

– Gabriel... – O nome dele saiu em um sussurro, enquanto Johanna fechava os olhos, apertando-os bem.

Sim, ela fechou os olhos, mas não antes de apreciar o que se mostrava aos seus olhos, e o que viu foi suficiente para deixá-la constrangida. O homem era bronzeado do pescoço aos tornozelos, e como, em nome de Deus, isso era possível? Andaria ele por aí sem roupa nenhuma durante as horas de sol? Não, ela não lhe perguntaria isso.

Ela sentiu as cobertas sendo empurradas, sentiu novamente o peso na cama enquanto ele se esticava ao seu lado, e sentiu quando ele começou a alcançá-la.

Ela agarrou os joelhos e virou-se para olhá-lo. Estava deitado de costas e não se importou em se cobrir. Ela pegou o cobertor e lançou sobre seu corpo. Conseguia sentir seu rosto queimando de vergonha.

– Você foi enganado, milorde. Sim, você foi! – ela disparou, quase gritando.

Gabriel não sabia o que, em nome de Deus, tinha dado nela. Parecia aterrorizada. Seus olhos se encheram de lágrimas, e ele não ficaria surpreso se ela tivesse desabado em soluços.

– Como assim, enganado? – Ele manteve a voz propositalmente calma e baixa. Juntou as mãos atrás da cabeça e agiu como se tivesse todo o tempo do mundo para ouvir a resposta.

Seu comportamento casual ajudou a acalmá-la. Ela inspirou profundamente, e então disse:

– Meu irmão não lhe disse. Ele disse que havia explicado... Ah, Deus, mil perdões. Eu devia ter me certificado de que você soubesse. Quando descobri que já tinha um filho, achei que sabia sobre mim e que não se importava. Você tinha um herdeiro. Você...

Gabriel ergueu-se e cobriu a boca da esposa com as mãos. Lágrimas rolavam pelo rosto dela, e ele manteve sua voz suave quando disse:

– Seu irmão é um homem honrado.

Ela assentiu. Ele tirou a mão de sua boca, e então, gentilmente, a puxou para perto de si.

– Sim, Nicholas é um homem honrado – ela sussurrou.

Seu rosto repousava no ombro dele. Ele podia sentir as lágrimas caindo sobre a sua pele.

– Nicholas não me enganaria.

– Não achei que o faria – ela soou desnorteada.

Um longo minuto se passou enquanto ele esperava que ela lhe dissesse o que a estava incomodando.

– Talvez ele tenha esquecido de lhe dizer... ou achou que tinha dito.

– O que ele se esqueceu de me dizer?

– Eu não posso ter filhos.

Ele esperou que a esposa continuasse.

– E? – perguntou quando ela parou de falar.

Ela estava prendendo a respiração, esperando a reação dele. Achou que ficaria furioso; no entanto, ele não parecia estar. Acariciava calmamente o braço dela, e um homem enraivecido não estaria fazendo carinho, mas atacando-a.

Johanna concluiu que ele não entendera.

– Sou estéril – ela sussurrou. – Achei que Nicholas lhe havia dito. Se quiser anular o casamento, tenho certeza de que o Padre MacKechnie cuidará do pedido.

– Nicholas me contou, Johanna.

Ela saltou da cama novamente.

– Ele contou? – ela pareceu totalmente confusa. – Então porque você está aqui?

– Estou aqui porque sou seu marido e essa é nossa noite de núpcias. É normal compartilhar a cama.

– Você quer dizer que pretende dormir aqui essa noite?

– Certamente.

Ela parecia incrédula.

– E todas as outras noites – ele anunciou.

– Por quê?

– Porque sou seu marido.

Ele a puxou para perto novamente, rolou ao seu lado e encostou-se nela, afastando gentilmente os cabelos de seu rosto.

Seu toque era gentil e reconfortante.

– Você está aqui apenas para dormir, milorde?

– Não.

– Então você quer…

– Sim – ele disse, irritado por quão aterrorizada ela parecia estar.

– Por quê?

Ela realmente não entendia. A constatação acalmou seu orgulho, mas ele não podia controlar sua exasperação.

– Johanna, você não foi casada por três anos?

Ela tentava não encará-lo, mas era uma tarefa difícil. Seus olhos eram muito bonitos. A cor era o mais puro cinza. Ele tinha belas e salientes maçãs do rosto, além de um nariz reto. Era, de fato, um belo demônio, e mesmo que ela tentasse não se importar, as batidas de seu coração reagiram à proximidade dele. Estavam aceleradas agora. Além disso, seu perfume também era agradável. Ele tinha um cheiro fresco, másculo, e seu cabelo estava úmido. Gabriel tomara banho antes de se deitar.

Ela não deveria ter achado aquilo gentil, mas achou mesmo assim. Ela devia conter seus pensamentos indisciplinados. A aparência e o cheiro de seu marido não deveriam importar.

– Você vai me responder antes do amanhecer?

Ela se lembrou da questão.

– Eu fui casada por três anos.

– Então como pode me perguntar se quero dormir com você?

A dúvida dele não fazia nenhum sentido para ela.

– Para qual propósito? Eu não posso ter seus filhos.

– Você já disse isso – ele revidou. – Há outra razão pela qual quero me deitar com você.

– Que outra razão? – ela perguntou, desconfiada.

– Há prazer na consumação do casamento. Você nunca teve essa experiência?

– Eu não conheço esse prazer, milorde, mas estou bem familiarizada com a decepção.

– Você acha que vou me desapontar, ou que você se desapontará?

– Ambos ficaremos desapontados – ela disse. – E você ficará com raiva. É pelo nosso bem que deve me deixar em paz.

Ele não estava disposto a acatar aquela sugestão. Ela agia como se soubesse exatamente o que ia acontecer, e ele não precisava perguntar de onde tirara suas opiniões, pois estava claro que fora terrivelmente maltratada por seu primeiro marido. Ela era tão absurdamente inocente e vulnerável que MacBain lamentou que Raulf estivesse morto, pois adoraria matá-lo.

Ele não podia mudar o passado dela, no entanto. Tudo o que podia fazer era concentrar-se no presente e no futuro compartilhados de ambos. Inclinou-se e a beijou na testa, e ficou feliz em ver que ela não recuou nem tentou se virar.

– Essa noite é a primeira vez que você...

Ele ia explicar que aquela seria a primeira vez de ambos e que seria um novo começo para os dois, mas Johanna o interrompeu.

– Eu não sou virgem, milorde. Raulf veio à minha cama muitas vezes durante nosso primeiro ano como marido e mulher.

A declaração o deixou curioso, e ele inclinou-se para trás para olhá-la.

– E depois do primeiro ano?

– Ele foi atrás de outras mulheres. Estava decepcionado comigo. Não há outras mulheres que você possa procurar?

Ela soou entusiasmada com a possibilidade. Ele não sabia se devia se sentir ofendido ou animado. A maioria das esposas não desejaria compartilhar seus maridos, mas Johanna parecia ávida o suficiente para sair e recrutar uma amante para ele. Maldição, ela provavelmente abriria mão do seu lado na cama, também.

– Não quero nenhuma outra mulher.

– Por que não?

Ela teve a ousadia de se aborrecer. Ele estava tendo dificuldade de acreditar que estavam tendo aquela conversa bizarra, por isso forçou um sorriso e balançou a cabeça.

– Eu quero você – ele insistiu.

Ela deixou escapar um suspiro.

– Suponho que seja seu direito.

– Sim.

Ele jogou as cobertas para longe. Ela as puxou de volta.

– Só um minuto, por favor. Gostaria de lhe perguntar algo importante antes de você começar.

Ele franziu a testa ante o pedido. Ela moveu o olhar para o queixo dele, para que não percebesse quão assustada estava ficando enquanto esperava pela resposta positiva ou negativa.

– Qual é a sua pergunta?

– Gostaria de saber o que acontecerá quando você se decepcionar – ela ousou relancear para seus olhos, então acrescentou rapidamente: – Gostaria de me preparar.

– Eu não vou me decepcionar.

Ela não parecia acreditar nele.

– Mas e quando acontecer? – ela insistiu.

Ele manteve a paciência.

– Não terei ninguém mais para culpar além de mim mesmo.

Ela o encarou por um longo instante antes de soltar os cobertores aos quais se agarrava fortemente. Enquanto ele a observava, ela juntou as mãos sobre o estômago e fechou os olhos. A expressão de resignação em seu rosto o fez balançar a cabeça em frustração.

Era inevitável, ele supôs. Gabriel iria conseguir o que queria, e ela era inteligente o suficiente para saber disso.

Ela não estava em completo pânico. Lembrava-se da dor envolvida no ato marital, mas, embora não estivesse ansiosa pelo terrível desconforto, sabia que não era algo insuportável. Não a mataria. Ela já havia passado pela provação antes, lembrou a si mesma, e poderia superá-la novamente. Ela sobreviveria.

– Tudo certo, milorde. Estou pronta.

Senhor, ela era uma mulher irritante.

– Não, Johanna – ele confrontou em um sussurro baixo e rude.

Ele alcançou o laço que mantinha seu vestido no lugar e o desatou.

– Você não está pronta ainda, mas logo estará. É meu dever fazê-la me desejar, e não vou tomá-la enquanto não cumpri-lo.

Ela não demonstrou nenhuma reação à promessa. Por Deus, parecia que ela havia acabado de ser colocada dentro de um caixão de madeira. *Só faltava uma flor encaixada entre seus dedos rígidos,* pensou MacBain. Assim, ele teria certeza de que estava morta e pronta para ser enterrada.

Ele decidiu que teria de mudar sua abordagem. Sua noiva estava assustadoramente pálida, e tão tensa quanto a ruga de sua testa. Ela estava na defensiva, mas isso não o aborrecia muito, pois ele entendia suas razões, mesmo não as compreendendo. Ele teria de esperar que ela se acalmasse um pouco; então iniciaria seu ataque gentil. Sua estratégia não era tão complexa: ele simplesmente a subjugaria. Com sorte, ela não perceberia o que estava acontecendo até que fosse tarde demais. Seus escudos seriam vencidos; e uma vez que a paixão inflamasse, não haveria mais espaço para o medo em sua mente.

Ele já aprendera que sua esposa era uma moça gentil. A expressão em seu rosto quando ela falou com seu filho, antes do casamento, revelava uma mulher compassiva e zelosa. Ele não sabia se ela tinha uma natureza passional; no entanto, estava determinado a descobrir antes que um deles saísse da cama.

MacBain inclinou-se, deu-lhe um beijo na testa, rolou de volta à sua posição de costas e fechou os olhos.

Longos minutos se passaram até que ela se deu conta de que ele realmente iria dormir. Ela o encarou. Por que ganhara uma prorrogação?

– Eu já o desapontei, milorde?

– Não.

Ela continuou observando-o, esperando por mais explicações. Ele não disse mais nenhuma palavra para sanar sua curiosidade.

Não compreender os motivos dele a deixou ainda mais preocupada.

– O que você gostaria que eu fizesse?

– Tire o seu vestido.

– E então?

– Vá dormir. Eu não vou tocá-la esta noite.

Os olhos dele estavam fechados, por isso não viu a mudança na expressão dela. Porém, ouviu-a suspirar, e especulou que fosse de alívio; não podia evitar ficar um pouco irritado com a mulher. Maldição, seria uma longa noite até que conseguisse se satisfazer.

Ela não conseguia entender sua ordem. Se a deixaria em paz, porque se importava se ela estava vestindo um pijama ou não? *Talvez a ordem tenha sido uma forma de manter as aparências,* ela pensou. Não discutiria com ele; não agora, não depois de receber esse maravilhoso presente.

Já que ele estava de olhos fechados, ela não precisou se preocupar com o recato. Levantou-se da cama, tirou suas vestes, dobrou-as cuidadosamente e foi até o outro lado da cama para deixar as roupas sobre a cadeira. O manto dele estava no chão. Ela o pegou e colocou-o em cima do seu pijama.

O ar dentro do quarto havia se tornado frio, e o assoalho estava congelando seus pés. Ela apressou-se em voltar para debaixo das cobertas antes que seus dedos congelassem.

O calor dele a atraiu para seu lado, mas ela teve o cuidado de não tocá-lo. Virou-se para o seu lado, dando-lhe as costas, e então, lentamente, chegou cada vez mais perto dele.

Levou um longo tempo para que ela relaxasse. Ela tinha medo de confiar nele e, ao mesmo tempo, de não confiar, porque agora ele era seu marido e merecia sua confiança, pelo menos até provar que não valia a pena, é claro. Nicholas confiou nele. Seu irmão era o homem mais honrado que ela já conhecera, com exceção de seu pai. Nicholas também era um excelente juiz de caráter. Não teria sugerido que se casasse com o lorde se não acreditasse que Gabriel era um homem bom e decente. A favor dele, contava o fato de não tê-la tomado à força. Sim, ele estava sendo paciente.

O calor do corpo dele irradiava por suas costas. Era uma sensação maravilhosa. Ela se aproximou um pouco mais, até que a parte de trás de suas coxas encostou nas dele. Ela estava dormindo alguns minutos depois.

Gabriel concluiu que ganharia um lugar privilegiado no paraíso, independentemente de quão mortais tivessem sido seus pecados do passado, e tudo pela consideração que mostrara por sua noiva naquela noite. A expectativa fez sua testa suar frio. Rolar em brasas não teria sido tão dolorido quanto essa espera. Ele acreditava que poderia suportar qualquer dor, mas deitar-se ao lado dela com pensamentos cobiçosos correndo por sua mente fez dessa noite um desafio e tanto. Ela não estava ajudando muito: continuava pressionando as costas em sua virilha. Era a tortura mais doce que ele já havia experimentado, e tinha de pressionar a mandíbula com força para resistir à provocação.

O fogo reduziu-se a brasas na lareira, e já passava da meia-noite quando ele decidiu que já esperara o suficiente. Colocou seus braços ao redor da cintura de Johanna e inclinou-se para aninhar-se em seu pescoço. Ela despertou em um sobressalto e ficou totalmente rígida, mas apenas por um instante; posicionou sua mão sobre a dele, que repousava logo abaixo de seus seios. Tentou tirar a mão dele, mas ele não se moveu. Ela estava sonolenta, e os beijos úmidos que ele dava em seu pescoço estavam lhe dando arrepios de calor, e não de frio. Era muito gostoso para causar alguma preocupação. No entanto, apenas para ter certeza de que ele não tentaria ganhar mais liberdade, ela enlaçou seus dedos nos dele, impedindo que sua mão se movesse.

Ele sabia qual era o plano dela, mas não desistiu. Provocou seus lóbulos com os dentes, então com a língua, enquanto gentilmente soltava a mão e, bem devagar, começava a acariciar as laterais dos seios fartos com suas juntas.

As sensações percorrendo o corpo dela eram extremamente prazerosas, e também surpreendentes. Era estranho, mas o toque dele a deixara um pouco mais inquieta. A respiração dele era calma e doce em sua pele. Ela instintivamente tentou se livrar dele e, ao mesmo tempo, chegar-lhe mais perto. Seu corpo contradizia sua mente, até que ela sentiu a firme evidência da excitação dele. Um tremor de pânico a tomou e ela se virou para ele. Exigiria que mantivesse sua palavra. Ele prometera que não a tocaria aquela noite. Certamente não esquecera.

– Você prometeu que não me tocaria essa noite.

Ele beijou sua testa franzida.

– Eu me lembro.

– Então...

Ele beijou a ponta do nariz dela. Johanna, repentinamente, viu-se envolvida por seu calor. Ele a prendeu na cama com seu corpo e a cobriu da cabeça aos pés. Suas coxas firmes repousavam entre as dela. Sua excitação pressionava intimamente as curvas macias que protegiam o centro de sua feminilidade. A sensação do corpo firme dele pressionado contra o dela a fez ofegar de medo e prazer.

– Gabriel...

Ele passou seus dedos pelos cabelos dela e alisou as laterais de seu rosto. Então inclinou-se até que estivesse a centímetros dela. Seu olhar estava fixo em sua boca.

– Já passou da meia-noite, Johanna. Eu mantive a minha palavra.

Sem dar tempo para que ela protestasse ou entrasse em pânico, ele a silenciou com um beijo. Sua boca era firme e quente ao encontrar-se com a dela. A língua dele moveu-se para dentro, para livrá-la de qualquer argumento que pensasse em usar.

Gabriel queria que ela se esquecesse de seus medos antes que dominassem a sua mente. Não importava quanto a queria; sabia que jamais a tomaria à força. Se Johanna não conseguisse superar suas apreensões esta noite, então ele esperaria e tentaria de novo amanhã... e no dia seguinte...

e no outro dia. Com o tempo, ela certamente aprenderia a confiar nele; e então, com sorte, se livraria de suas inibições.

O beijo não foi terno, mas devorador e carnal. Ela não estava resistindo a ele e, na verdade, o beijava. Um gemido baixo de deleite soou atrás da garganta dele quando a língua dela timidamente encostou na sua.

O ruído sensual de aprovação a deixou um pouco mais solta. Ela estava tão estarrecida com sua própria reação ao jogo excitante que mal podia pensar. Esfregou os pés contra as pernas dele, em um movimento turbulento, e tentou se lembrar de respirar.

O sabor dela era tão bom quanto ele havia fantasiado. A boca dele se inclinou sobre a dela repetidamente, e ele não desistiu de seu atentado às suas defesas por um longo tempo. Usou a língua para fazer amor com sua boca, penetrando lentamente e então recuando, forçando-a a reagir à sua provocação deliberada.

Ele queria subjugá-la, e subjugada ela estava. Em minutos, estava tremendo de desejo. Quando as mãos dele se moveram sobre os seios e seus polegares circundaram os mamilos sensíveis, ela deixou escapar um gemido de prazer. Não conseguia parar de se arquejar contra suas mãos, tentando propositalmente obter um pouco mais daquele doce tormento.

Ele teve de fazê-la colocar os braços ao seu redor. As mãos dela estavam cerradas em suas laterais, até que ele afastou sua boca da dela e disse o que gostaria que fizesse.

Ainda assim, ela não cooperou. Ele ergueu a cabeça para olhá-la, então sorriu com pura satisfação masculina. Johanna parecia perplexa com o que estava acontecendo com ela. Havia paixão em seus olhos. Ele abaixou a cabeça novamente e beijou-a com a boca bem aberta, em um duelo de línguas, apenas para deixá-la saber quanto estava satisfeito de tê-la, e então colocou as mãos dela ao redor de seu pescoço.

– Segure-se em mim – ele ordenou, em um sussurro áspero. – Me puxe para perto.

Ela o apertou com a força de um guerreiro. Gabriel, lentamente, beijou-a até o peito. Ele segurou seus seios com as mãos, então inclinou-se para colocar um mamilo em sua boca. Ela arranhou os ombros dele, em reação, e ele grunhiu com um prazer bruto.

Gabriel estava no controle das preliminares; mas quando sua mão deslizou pela barriga lisa, macia e sedosa, e desceu para tocá-la na intimidade, começando a acariciar seu ponto mais quente, perdeu totalmente a compostura. As dobras escondidas sob suas curvas macias estavam escorregadias, úmidas e incrivelmente quentes. O polegar dele friccionou o sensível nó de carne, enquanto seus dedos a penetravam devagar.

Ela se desesperou de medo, pois o prazer intenso que ele proporcionava era novo para ela, assustador demais para que o entendesse ou controlasse. Tentou tirar a mão dele, mesmo que seu corpo negasse e se movesse incansavelmente para perto.

Santo Deus, ela não entendia sua própria mente.

– Gabriel, o que está acontecendo comigo?

As unhas dela afundaram em seus ombros e ela rolou a cabeça para o lado, enquanto ele continou seu ato de amor. Ele ajeitou sua posição, para que pudesse acalmá-la com outro beijo.

– Está tudo bem – ele sussurrou quase sem fôlego. – Você gosta da sensação, não?

Ele não deu tempo para ela responder. Sua boca apossou-se dela novamente. A língua invadiu sua boca ao mesmo tempo que seus dedos mergulhavam fundo dentro dela.

Ela se desfez inteira. Uma paixão como jamais conhecera inflamou no centro do seu ventre e espalhou-se como um incêndio por seu corpo. Ela agarrou seu marido, uivando agora, implorando com seus movimentos lentos, eróticos, que ele acabasse com o êxtase devastador.

E, ainda assim, ele se segurou. A pressão crescendo dentro dele estava quase insuportável. Ele só pensava em mergulhar no calor exposto dela. Lutou contra o desejo violento e continuou a fazer amor com ela com os dedos e a língua. Quando, repentinamente, ela o apertou com mais força, ele soube que estava prestes a alcançar seu alívio. Então, mudou imediatamente de posição, de modo que sua excitação pressionasse diretamente a abertura de sua vagina. Ele se apoiou nos cotovelos, segurou sua mandíbula com as mãos e demandou que ela olhasse para ele.

– Diga meu nome, Johanna.

A voz dele parecia rude e raivosa. A intensidade de sua expressão indicava sua contenção.

– Gabriel – ela sussurrou.

Ele a beijou rápido e com força. Ele afastou a boca, olhou no fundo dos olhos dela e exigiu:

– Hoje e sempre. Diga, minha esposa. Diga agora.

Cada nervo do corpo dela estava implorando por alívio. Ele apertou os ombros dela, enquanto esperava pela promessa.

– Hoje e sempre, Gabriel.

A cabeça dele caiu sobre seus ombros. Em um ímpeto poderoso, ele afundou-se por inteiro dentro dela, envolvido em seu calor úmido. Santo Deus, ela era tão apertada e quente que ele mal podia suportar aquela doce agonia.

Ele ainda não podia se forçar dentro dela, dando ao seu corpo tempo para ajustar-se à invasão e, no fundo de sua mente, preocupava-se em não machucá-la, ainda que estivesse impotente diante da urgência que consumia seu corpo. Seus impulsos não eram controláveis, mas fortes e urgentes. Ela ergueu os joelhos para tê-lo mais fundo dentro de si, e o envolveu, o apertou. Ele grunhiu em prazer animalesco. Era uma agonia extraordinária. Ela tornou-se selvagem em seus braços. Agarrou-se ao marido e o satisfez, arquejando sobre ele. Suas coxas se apertavam ao redor dele, e seus gemidos, suaves e incrivelmente sensuais, o deixavam louco. Ele nunca havia experimentado tamanha paixão. Ela não se conteve. Sua completa redenção a ele acabou com qualquer resistência que ele tivesse. Ele não queria que terminasse. Então afastou-se vagarosamente, até que estivesse quase por inteiro fora dela, e mergulhou outra vez.

Gabriel não se importava com mais nada agora além de satisfazê-la e também a si mesmo. Sua respiração estava pesada e instável, e quando sentiu os tremores do clímax dela e a ouviu chamar seu nome em uma mistura de medo e encanto, não pôde mais se segurar. Derramou seu sêmen dentro dela com um alto e devasso gemido.

O corpo de Johanna pareceu fragmentar-se em pedaços com seu orgasmo. Ela achou que morreria. Nem em seus ideais mais selvagens teria pensado que tamanho êxtase era possível. Era a mais impressionante e arrasadora das experiências.

Ela realmente se permitira a liberdade de entregar-se completamente a Gabriel e, querido Deus, sua recompensa fora a mais surpreendente. Seu marido a segurara perto e a deixara segura durante a tempestade feroz, e a beleza pura de seu ato de amor encheu os olhos dela de lágrimas.

Ela estava exausta demais para chorar. Ele, certamente, sugara toda sua energia. Desabou sobre ela, que, então, pensou também ter drenado todas as forças dele. Ainda assim, seu peso não a esmagou. Ela percebeu que os braços dele ainda estavam ao redor dela; apesar de parecer fisicamente esgotado, ele ainda procurava protegê-la.

O aroma de corpos que fizeram amor se espalhou pelo ar ao redor deles. O coração de ambos batia freneticamente. Gabriel foi o primeiro a se recuperar. Sua preocupação imediata foi com a esposa. Deus, a teria machucado?

– Johanna? – Ele recobrou as forças nos braços e levantou-se para olhar para ela. A preocupação em seu rosto era evidente. – Eu te...

A risada dela interrompeu a pergunta. Havia tanto prazer no som que ele não pode conter o sorriso em reação.

– Sim – ela sussurrou.

A mulher era só perplexidade para ele.

– Como você pode rir e chorar ao mesmo tempo?

– Eu não estou chorando.

Ele esfregou as pontas dos dedos sobre uma das bochechas dela, para secar as lágrimas.

– Sim, você está chorando. Machuquei você?

Ela negou, balançando a cabeça sem pressa.

– Eu não sabia que podia ser desse jeito entre um homem e uma mulher. Foi muito belo.

Aquelas palavras o fizeram assentir de orgulho e satisfação.

– Você é uma mulher intensa, Johanna.

– Eu nunca soube que era... Não até essa noite. Gabriel, foi prazeroso demais. Você me fez...

Ela não conseguia encontrar a palavra certa para descrever como se sentira, e ele ficou feliz em ajudá-la.

– Queimar?

Ela assentiu.

– Eu não sabia que alguns maridos gostavam de beijar e acariciar antes da cópula – ela disse.

Ele inclinou-se, beijou-a na boca e rolou de volta para o seu lado.

– Se chama preliminar, minha esposa.

– É ótimo – ela sussurrou, com um suspiro. A ideia de preliminar de Raulf era afastar os cobertores. Johanna bloqueou a memória imediatamente; não queria estragar a beleza do que acabara de acontecer com imagens ruins do passado.

Não queria que Gabriel fosse dormir. Por Deus, queria que ele fizesse amor com ela de novo. Não podia acreditar na própria ousadia, e teve de balançar a cabeça em negação ao seu próprio comportamento irresponsável.

Johanna cobriu-se e fechou os olhos. Um pensamento inquietante começou a atormentá-la. Agora que haviam copulado, um deles não deveria deixar o quarto? Raulf sempre vinha até a sua cama e, depois de terminar, saía imediatamente. Já que Gabriel estava agindo como se fosse adormecer, ela decidiu que era seu dever deixá-lo.

Ela queria ficar, mas a ideia de ser enxotada feria seu orgulho. *Era melhor nem dar-lhe a chance de mandá-la embora,* pensou. Johanna confrontou a preocupação por vários minutos.

Gabriel estava tendo seus próprios pensamentos desconcertantes. Seu plano astuto de subjugar sua esposa quando ela baixasse suas defesas se virara contra ele. Maldição, ela o dominara por inteiro. Ele nunca perdera totalmente o controle com nenhuma outra mulher, nunca se sentira tão vulnerável, e começou a imaginar o que ela faria se soubesse que tinha tamanho poder sobre ele. Fechou a cara só de pensar sobre o assunto.

Johanna moveu-se para o canto da cama e alcançou seu robe antes de se levantar. Permaneceu de costas para o marido enquanto se vestia. Seus sapatos, ela se lembrou, estavam próximos à porta.

Ela ainda estava hesitante em sair. Não entendia sua própria mente. Sentia-se devastada e solitária agora, e não conseguia entender porque queria chorar. O ato de amor dos dois fora maravilhoso; no entanto, agora, estava cheia de novas incertezas. Não, ela não entendeu essa mudança, mas imaginou que teria o resto da noite para pensar a respeito. Duvidava que conseguiria dormir, e pela manhã teria refletido até um estado de exaustão.

Gabriel parecia já ter adormecido. Ela tentou ser o mais silenciosa possível ao se dirigir à porta, e estava quase alcançando a maçaneta quando ele a impediu.

– Aonde você pensa que vai?

Ela virou para ele.

– Para o outro quarto, milorde. Presumi que era lá que eu deveria dormir.

– Volte aqui, Johanna.

Ela voltou devagar até seu lado da cama.

– Não queria acordá-lo.

– Eu não estava dormindo.

Ele alcançou o cinto de seu robe e sua voz soou meio curiosa quando ele perguntou:

– Por que você quer dormir só?

– Eu não quero – ela disparou.

Ele usou as mangas do robe dela para tirá-lo. Ela estava tremendo de frio. Aquela constatação foi engraçada para ele, pois estava achando o quarto quente demais. Puxou o cobertor de volta e apenas esperou que ela voltasse para a cama.

Ela não hesitou e subiu ao lado de seu marido. Gabriel a envolveu em seus braços e puxou-a para perto. O lado de seu rosto repousou no ombro dele, que ajeitou os cobertores, soltou um bocejo alto e avisou:

– Você dormirá nessa cama comigo toda noite. Entendeu, Johanna?

Ela acertou seu queixo ao assentir com a cabeça.

– É comum nas Terras Altas que marido e mulher durmam juntos?

Ele lhe deu uma resposta indireta.

– Será comum para eu e você.

– Sim, milorde.

Seu sussurro de concordância, cedido tão rapidamente, o agradou. Ele apertou seu abraço ao redor da esposa e fechou os olhos.

– Gabriel?

Ele murmurou sua resposta.

– Você está feliz por ter se casado comigo?

Ela se arrependeu de ter feito a pergunta no minuto em que as palavras saíram de sua boca. Agora ele saberia o quão vulnerável ela estava se sentindo, e quão terrivelmente insegura realmente era.

– A terra pertence a mim agora. Isso me deixa feliz.

Ele era um homem brutalmente honesto, e ela imaginou que, provavelmente, admiraria aquela característica, mas não naquela noite. Queria que ele mentisse para ela e dissesse que estava feliz em tê-la como esposa. Deus, ela estava se tornando uma tola. Não queria estar casada com um homem que mentisse descaradamente para ela. Não, claro que não queria.

Ela sabia que não estava fazendo sentido nenhum. Certamente o cansaço era responsável por tais pensamentos néscios e sem importância. Por que ela se importaria se ele a queria ou não? Ela ganhara exatamente o que pretendera ao se casar com ele: estava livre dos tentáculos do Rei John. Sim, ela estava livre... e segura.

Obtivera exatamente o que havia negociado, e ele também. A terra agora pertencia a ele.

– Você é muito doce. Eu teria preferido uma mulher mais forte, mais durona.

Ela estava quase dormindo quando ouviu o comentário dele. Já que não sabia o que responder, permaneceu em silêncio.

Outro minuto se passou até que ele falasse novamente.

– Você é muito terna para a vida aqui. Duvido que sobreviverá a um ano inteiro. Eu provavelmente deveria ter escolhido uma mulher mais robusta e racional. Sim, você não vai durar um ano aqui.

Ele não parecia particularmente incomodado com aquela possibilidade, e ela tentou não discordar. Não tentaria dissuadi-lo de suas opiniões. Argumentar que era, sim, uma mulher muito forte, com a mesma resistência de qualquer mulher das Terras Altas, teria sido inútil. Gabriel já formara sua opinião, e apenas o tempo lhe provaria que ela não era uma flor de verão. Ela tinha, de verdade, muito vigor. Já havia provado a si mesma que era uma sobrevivente. No tempo certo, mostraria isso a ele.

– Você é uma moça tímida. Eu daria preferência a uma mulher mais contundente.

Foi necessária uma força de vontade suprema para permanecer em silêncio. Ela havia feito uma simples pergunta. Um breve sim ou não teria sido uma resposta suficiente, mas ele parecia regozijar-se em listar suas fraquezas. Ela podia ouvir a risada em sua voz. Seu marido, ela estava aprendendo, era um pouco rude.

– Você tem opiniões tolas. Seria melhor ter uma esposa que sempre concordasse comigo.

Ela começou a bater os dedos no peito dele em sinal de irritação e ele colocou a mão sobre a dela para conter o movimento.

Johanna deixou escapar um alto bocejo, sinalizando para que ele a deixasse dormir. Um marido consciente teria cessado sua ladainha de insultos no mesmo instante, mas Gabriel não era particularmente consciente.

– Até as mínimas coisas assustam você – ele observou, lembrando da expressão no rosto dela na primeira vez que viu seu cão. – Eu preferiria uma mulher que causasse medo no meu cachorro – ele acrescentou.

O calor emanando do corpo dele a deixou sonolenta. Ela colocou uma de suas pernas sobre as coxas dele e chegou mais perto.

– Você é magra demais – disse então Gabriel. – O primeiro vento do norte a arrastará. Eu, provavelmente, preferiria uma mulher maior, mais robusta.

Ela estava com sono demais para discutir com seu marido. Ultraje exigia muita concentração, e Johanna adormeceu ouvindo seu marido, que continuava enumerando seus incontáveis defeitos.

– Você é terrivelmente ingênua, mulher – ele disse, quando se lembrou que ela lhe contara que gostava do clima quente o ano todo. Ela acreditara na mentira descarada de seu irmão.

– Sim, você é ingênua demais – ele repetiu.

Longos minutos se passaram até que Gabriel, enfim, decidiu responder à pergunta dela.

– Johanna?

Não houve resposta. Ele inclinou-se, beijou-lhe o alto da cabeça, e então sussurrou:

– A verdade é que estou feliz em ter me casado com você.

Capítulo 6

Johanna acordou com um ruído de batidas, seguido de um estrondo. Achou que o telhado desabara e deu um salto da cama assim que a porta se abriu. Gabriel entrou e ela agarrou os cobertores e puxou-os para cobrir o peito.

Ela sabia que sua aparência estava péssima. O cabelo caído sobre o rosto obstruía sua visão. Com uma mão, segurou a coberta, e com a outra ajeitou o cabelo para trás dos ombros.

– Bom dia, Lorde MacBain.

Ele achou graça da sua tentativa de recato, pois havia vasculhado cada pedaço do corpo dela na noite anterior. Ela também estava corando.

– Depois da noite passada, não acho que precise ter vergonha de mim, Johanna.

Ela assentiu.

– Tentarei não ficar envergonhada – prometeu.

Gabriel deu a volta no pé da cama, fechou as mãos nas costas e franziu o cenho para ela.

Ela sorriu em retorno.

– A manhã já passou – ele anunciou –, agora é tarde.

Ela arregalou os olhos de surpresa.

– Eu estava exausta – disparou, em justificativa por ter dormido metade do dia. – Normalmente, acordo ao amanhecer, milorde, mas a jornada até aqui foi muito cansativa. Que batidas são essas que estou ouvindo? – Ela acrescentou a pergunta, na tentativa de desviar o assunto de sua preguiça.

– Os homens estão trabalhando no novo telhado do salão nobre.

Ao notar os círculos escurecidos embaixo dos seus olhos e a palidez de sua pele, ele arrependeu-se de tê-la acordado. Então as marteladas começaram novamente, e ele se deu conta de que aquele barulho a teria despertado de qualquer forma. Gabriel percebeu que não deveria ter permitido que a obra no telhado começasse naquele dia, pois sua noiva precisava de descanso, não de distração.

– Há algo que queira, milorde?

– Queria dar-lhe suas instruções.

Ela reabriu um sorriso, sinalizando, esperava, sua disposição para assumir quaisquer tarefas que ele quisesse lhe dar.

– Hoje você vai vestir o manto MacBain e amanhã trocará para as cores Maclaurin.

– Vou?

– Vai.

– Por quê?

– Porque você é a senhora de ambos os clãs e deve tentar não menosprezar nenhuma facção. Seria um insulto se vestisse as minhas cores por dois dias seguidos. Entendeu? – ele respondeu, acreditando ter sido bastante específico.

– Não – ela respondeu. – Não entendi. Você não é o lorde de ambos os clãs?

– Sou.

– Então você é, portanto, considerado o líder de todos?

– Isso mesmo.

Ele soava terrivelmente arrogante, e parecia arrogante. Sua presença era... imponente. Ele se elevava acima da cama e, ainda assim, havia sido incrivelmente gentil na noite anterior. A memória de ambos fazendo amor a fez suspirar.

– Agora você entendeu? – ele perguntou, intrigado pela expressão de Johanna, que estava com os olhos arregalados.

Ela balançou a cabeça, tentando clarear seus pensamentos.

– Não, ainda não entendo – ela confessou. – Se você é...

– Não é sua função entender – ele anunciou.

Ela omitiu sua exasperação. Ele parecia querer que ela concordasse, mas não ia conseguir. Ela simplesmente continuou a encará-lo e esperou por seu próximo comentário insultuoso.

– Tem mais uma instrução que devo lhe dar – disse Gabriel. – Não quero que se preocupe com nenhum tipo de trabalho. Quero apenas que descanse.

Ela tinha certeza de que não ouvira direito.

– Descansar?

– Sim.

– Em nome de Deus, por quê?

Ele franziu o cenho para a expressão incrédula da esposa. Para ele, era óbvio o motivo pelo qual ela deveria descansar. Ainda assim, se precisava ouvir sua razão, ele lhe diria.

– Você levará tempo para se recuperar.

– Recuperar-me de quê?

– Da sua jornada até aqui.

– Mas eu já me recuperei, milorde. Dormi a manhã toda e estou totalmente descansada agora.

Ele se virou para sair.

– Gabriel? – ela o chamou, para detê-lo.

– Pedi-lhe que não me chamasse por esse nome.

– Noite passada você exigiu que eu dissesse o seu nome – ela o lembrou.

– Quando?

Ela começou a corar imediatamente.

– Quando nós estávamos… nos beijando.

Ele se lembrou.

– Aquilo foi diferente – ele disse.

– O quê? Me beijar ou exigir que eu dissesse seu nome?

Ele não respondeu.

– Gabriel é um belo nome.

– Estou farto de discutir isso – ele anunciou.

Sem saber o que pensar sobre o comportamento dele, ela resolveu deixar de lado a questão do nome, pelo menos por ora. Ele estava alcançando a maçaneta da porta quando ela lançou mais uma pergunta.

– Posso ir caçar esta tarde?

– Eu acabei de dizer que quero que você descanse. Não me faça repetir.

– Mas isso não está fazendo nenhum sentido, milorde.

Parecendo ligeiramente irritado, ele se virou e andou até a lateral da cama.

Ele não a intimidava, e a conclusão surgiu em sua mente de uma vez só. Ela sorriu em reação. Não entendia por que se sentia daquela forma, só sabia que sentia. Ela também falava o que lhe vinha à mente, e isso era um prazer novo em um longo, longo tempo. A sensação era libertadora.

– Já expliquei que estou recuperada de minha jornada – ela o lembrou.

Ele segurou sua mandíbula e inclinou sua cabeça, de modo que ela fosse obrigada a olhá-lo nos olhos. Ele quase sorriu ao ver o quão descontente ela parecia.

– Há outra razão pela qual quero que descanse – ele anunciou.

Ela afastou sua mão com gentileza, pois estava ficando com torcicolo de erguer a cabeça.

– E qual seria a sua razão, milorde?

– Você é fraca.

Ela balançou a cabeça.

– Você mencionou isso noite passada, meu marido. E não era verdade ontem, nem é verdade agora.

– Você é fraca, Johanna – ele repetiu, ignorando sua objeção. – Vai levar tempo até que recobre suas forças. Estou ciente das suas limitações, mesmo que você não esteja.

Sem dar tempo para ela contestar sua decisão, ele abaixou-se, beijou-a e deixou o quarto.

Assim que a porta se fechou atrás dele, ela jogou longe os cobertores e saiu da cama.

Como o seu marido podia formar opiniões tão intransigentes e com tanta rapidez sobre o seu caráter? Ele simplesmente não poderia saber das suas limitações, pois não a conhecia há tempo suficiente. Era descabido que tirasse quaisquer conclusões sobre ela.

Johanna continuou a pensar sobre o seu marido enquanto se lavava e se vestia. O Padre MacKechnie já a instruíra sobre o que deveria vestir por baixo do manto. Ela colocou o vestido da Terra Alta, uma blusa branca de manga comprida por baixo e uma saia, e vestiu o manto MacBain. Então moldou pregas perfeitas ao redor da cintura, jogou uma ponta da longa tira de tecido por cima do ombro direito, para que o manto cobrisse seu coração, e prendeu a roupa com um cinto fino de couro marrom.

Johanna pensou em desempacotar seu arco e flecha e ignorar por completo a ordem de seu marido, mas mudou de ideia. Desafiá-lo abertamente por certo não iria funcionar. Já aprendera que ele era um homem orgulhoso e não acreditava que conseguiria alguma coisa contestando sua decisão.

Ainda assim, "sempre há mais de uma entrada para um castelo", como sua mãe costumava sussurrar-lhe quando ela discutia com seu pai. A mãe de Johanna era uma mulher sábia. Leal ao seu marido, é claro, mas, ao longo dos anos, aprendera a contornar o temperamento teimoso que ele tinha. Johanna aprendera com o exemplo de sua mãe. A distinta mulher era cheia de ditados inteligentes, e os transmitira à filha. Ela nunca tentou manipular seu marido, explicava, pois isso seria desonroso, e os fins, na verdade, nem sempre justificam os meios. No entanto, por ser muito esperta, ela com frequência encontrava uma forma de apaziguar todos na família.

O pai de Johanna também costumava puxá-la para conversar quando ela estava discutindo com a mãe, embora sem que a mãe soubesse. Tinha seus próprios conselhos a oferecer sobre os meios delicados que empregava para lidar com a esposa quando ela estava em um de seus dias teimosos; todavia, as sugestões da mãe de Johanna faziam muito mais sentido que as do pai. Com seu pai, no entanto, Johanna aprendeu algo mais importante. Ele amava sua esposa e faria qualquer coisa ao seu alcance para deixá-la feliz; só não queria que sua mulher soubesse disso. Os dois participavam de um jogo do qual ambos saíam vitoriosos. Johanna achava o casamento deles um pouco estranho, mas eles eram muito felizes juntos e, para ela, era tudo o que importava.

Johanna só queria viver uma vida tranquila, em paz. Para conseguir isso, ela apenas se certificaria de ficar fora do caminho de seu marido. Não iria interferir em seus casos extraconjugais e, definitivamente, tentaria se dar bem com ele. Em retorno, esperava que ele tentasse se dar bem com ela e também ficasse fora do seu caminho. Depois de seus anos com Raulf, Johanna acreditava, de coração, que ser deixada em paz a faria feliz.

Ela voltou sua atenção para a organização do quarto. Arrumou a cama, varreu o chão, desfez as malas com suas roupas e as guardou no baú; então enfiou suas três sacolas embaixo da cama. Ela estava com pressa para sair, pois o dia revelara-se magnífico. Quando ela amarrou a pele que cobria a janela, a luz do sol inundou o cômodo e o perfume das Terras Altas espalhou-se pelo ar. A visão era de tirar o fôlego. O pasto abaixo era tão verde quanto esmeraldas, e as colinas estavam cobertas de gigantescos pinheiros e carvalhos. Pontos coloridos respingavam na paisagem: flores silvestres vermelhas, rosa e roxas aglomeravam-se ao longo de um caminho sinuoso que parecia levar diretamente ao paraíso.

Depois de fazer uma refeição leve, Johanna decidiu levar o pequeno Alex consigo para uma caminhada pelo pasto e pela trilha acima. Ela colheria flores para colocar sobre a cornija da lareira.

Encontrar o garotinho revelou-se um belo desafio. Ela desceu as escadas e parou na entrada do salão nobre, esperando que um dos soldados a notasse.

Havia quatro homens apoiados na parede e outros três no topo do telhado, trabalhando com as ripas, e todos pareceram notá-la de uma vez. As batidas cessaram. Como estavam todos olhando para ela, fez uma reverência em cumprimento antes de perguntar se sabiam onde Alex poderia estar.

Ninguém respondeu, fazendo-a sentir-se constrangida ao extremo. Ela repetiu a pergunta, dessa vez mantendo o olhar fixo no soldado parado à frente da lareira. Ele riu, coçou a barba, e então deu de ombros.

Por fim, o primeiro comandante de Gabriel explicou.

– Eles não entendem o que você diz, milady.

Ele se virou para o soldado e sorriu.

– Eles só falam gaélico, milorde?

– Sim – ele respondeu. – Eles só falam gaélico. Por favor, não precisa me chamar de seu lorde, sou apenas um soldado aqui.

– Como quiser, Calum.

– Você é uma moça venusta, usando nosso manto – ele disse, parecendo envergonhado em dirigir-lhe aquele elogio.

– Obrigada – ela respondeu, perguntando-se o que significaria a palavra "venusta".

Ela virou-se outra vez para os homens que a observavam e reiterou sua pergunta, dessa vez em gaélico. Ela franziu o cenho para se concentrar, pois o idioma era difícil, um verdadeiro trava-línguas, em especial para ela, que estava muito nervosa. Mas quando finalizou a pergunta, apenas um dos homens mais velhos se incomodou abertamente; os outros apenas sorriram.

Ainda assim, ninguém respondeu, mas todos se viraram para olhar fixamente para a bainha do seu vestido. Ela olhou para baixo, para ver se havia algo estranho, e então olhou indagativamente para Calum, esperando uma explicação. E notou que os olhos dele brilharam de divertimento.

– Você perguntou se eles viram o seu pé, milady.

– Eu quis perguntar se haviam visto o filho de Gabriel – ela explicou.

Calum ensinou-lhe a palavra correta e, mais uma vez, ela se virou e repetiu a pergunta.

Os homens balançaram a cabeça. Ela agradeceu-lhes pela atenção e virou-se para sair, enquanto Calum adiantava-se à sua frente para abrir a porta.

– Preciso trabalhar meu sotaque – ela anunciou. – Posso dizer, pela expressão daquele cavalheiro, que eu estava soando confusa.

Sim, estava um desastre, pensou Calum, mas não pretendia concordar, de qualquer forma, porque não queria ferir os sentimentos dela.

– Os homens apreciam o fato de que está tentando, milady.

– É a vibração do "R", Calum – explicou Johanna. – Ainda não a captei totalmente. É uma língua muito desafiadora – ela acrescentou. – Você poderia ser de grande ajuda.

– Como? – ele perguntou.

– De agora em diante, fale apenas em gaélico ao se dirigir a mim. Acredito que vou pegar muito mais rápido se tudo que eu ouvir for no seu idioma.

– Certamente – concordou Calum em gaélico.

– Perdão?

– Eu disse "certamente", milady – Calum explicou.

Ela sorriu.

– Você viu o Alex?

Ele balançou a cabeça.

– Deve estar lá embaixo, nos estábulos – ele disse em gaélico e apontou na direção dos estábulos, em uma tentativa de ajudá-la a adivinhar o que acabara de dizer.

Como estava se concentrando em entender o que Calum estava lhe dizendo, ela mal prestou atenção no que estava acontecendo no átrio. Havia soldados por toda parte, mas ela não notou suas atividades.

Por fim, entendeu o que Calum havia dito, comunicou seu agradecimento e saiu correndo pelo jardim.

De repente, viu-se no meio de um treinamento de batalha. Calum pegou-a pelos ombros e a puxou para trás no momento exato – um golpe de lança quase a havia partido ao meio.

Um dos soldados Maclaurin soltou um palavrão. Gabriel estava assistindo ao exercício do lado oposto do jardim e viu sua esposa escapar por pouco. No mesmo instante, gritou para que a sessão de treinamento fosse interrompida.

Johanna estava horrorizada com o próprio comportamento. Tamanha falta de atenção era vergonhosa. Ela pegou a lança que o soldado derrubou e entregou-a de volta a ele. Seu rosto estava queimando de vermelho, e ela não sabia se era de raiva ou de vergonha.

– Mil perdões, senhor, eu não estava olhando por onde andava.

O soldado de cabelos negros acenou rapidamente para ela. Calum ainda estava com as mãos em seus ombros, e puxou-a de volta com cuidado.

Ao virar-se para agradecer a Calum por sua rapidez ao vir em seu socorro, ela avistou seu marido, que vinha em sua direção. Seu sorriso se desfez ao ver a expressão no rosto dele.

Todos os soldados estavam olhando para ela. Os soldados MacBain estavam sorrindo, e os Maclaurin franziam o cenho. Aquela reação controversa a deixou confusa. Gabriel parou diante dela, bloqueando sua visão, com a atenção focada em Calum. Sem dizer uma palavra, apenas franziu o cenho para o soldado, e só então Johanna percebeu que Calum ainda a segurava. No minuto em que o soldado a soltou, seu lorde voltou a atenção e a carranca para ela.

Seu coração acelerou de medo. Ela tentou, em desespero, manter a compostura, pois não pretendia deixar que ele soubesse quão aterrorizada estava.

Ela decidiu não lhe dar tempo para repreendê-la.

– Eu fui muito desatenta, milorde, imperdoavelmente desatenta. Poderia ter sido morta.

Ele balançou a cabeça.

– Você não poderia ter sido morta. Você insulta Calum ao sugerir que ele teria permitido que você se machucasse.

Ela não ia discutir com o marido.

– Não pretendia insultar – ela disse, e virou-se para Calum. – Por favor, aceite minhas desculpas. Quis apenas abrandar a raiva de meu marido sendo a primeira a reconhecer minha estupidez.

– Você tem algum problema de visão? – perguntou Gabriel.

– Não – ela respondeu.

Então por que, em nome de Deus, você não viu que meus homens estavam lutando com armas?

Ela confundiu a exasperação dele com raiva.

– Eu já expliquei, milorde. Não estava prestando atenção.

Sem demonstrar nenhuma reação à explicação dela, Gabriel apenas continuou a encará-la, esperando que seu humor se abrandasse. Ver sua mulher chegar tão perto da morte o amedontrara por inteiro. Levaria um longo tempo até que superasse isso.

Um minuto completo se passou em silêncio, e Johanna achou que seu marido estava decidindo sua penitência.

– Peço desculpas por interromper seu trabalho importante – ela disse. – Se você quer me bater, por favor, faça-o agora. A espera está se tornando insuportável.

Calum não podia acreditar no que acabara de ouvir.

– Milady...

Ele foi impedido de continuar quando Gabriel ergueu a mão, ordenando silêncio.

No segundo em que a mão dele se moveu, ela recuou, em uma ação de proteção aprendida de lições passadas. Deu-se conta do que estava fazendo e, imediatamente, moveu-se para a frente outra vez.

Seu marido compreendeu, então, que ela não deixaria o passado se repetir.

– Devo avisá-lo, milorde. Não vou impedi-lo de me bater; mas no minuto em que o fizer, deixarei essas terras.

– Certamente, você não pode acreditar que nosso lorde faria...

– Fique fora disso, Calum.

Gabriel deu sua ordem em uma voz rígida. Ele estava furioso com o insulto que sua esposa acabara de lhe dirigir, mas isso era o que menos importava naquele momento, pois o medo dela era real. Ele precisava lembrar-se a si mesmo de que ela não o conhecia direito e, portanto, apenas tirara conclusões precipitadas.

Ele segurou a mão de Johanna e começou a subir as escadas. Ouviu as batidas e imediatamente mudou de direção. Ele queria privacidade para aquela importante discussão.

Ela tropeçou no degrau quando seu marido se virou para mudar de direção, mas recompôs-se e apressou-se para acompanhá-lo. Calum balançou a cabeça enquanto observava seu lorde arrastando sua senhora atrás de si. Não fora o embaraço de Lady Johanna que o fizera franzir o cenho, mas a palidez que tomara conta de sua tez. Estaria ela acreditando que seu lorde a estava levando a algum lugar privado para poder espancá-la sem uma plateia?

Keith, o líder ruivo dos soldados Maclaurin, aproximou-se para ficar ao lado de Calum.

– Com o que você está se preocupando? – ele perguntou.

– Lady Johanna – respondeu Calum. – Alguém encheu a cabeça dela com lendas obscuras sobre o nosso lorde, e acho que ela está com medo dele.

Keith resmungou.

– Algumas das mulheres já estão dizendo que ela tem medo até da própria sombra. Deram a ela um apelido – acrescentou. – Depois de vê-la apenas uma vez, a estão chamando de Corajosa. É uma pena a zombaria delas, pois a estão julgando sem lhe dar uma chance.

Calum estava furioso. Ao chamá-la de Corajosa, as mulheres, é claro, queriam dizer exatamente o contrário: covarde.

– É melhor que o MacBain não ouça falar disso – ele alertou. – Quem começou essa blasfêmia?

Keith não pretendia dar-lhe o nome, pois a mulher era uma Maclaurin.

– Quem foi não importa – argumentou. – O nome pegou. O modo como Lady Johanna estremeceu quando viu o cão do lorde causou risinhos maliciosos em algumas mulheres, e a expressão apavorada nos olhos dela toda vez que MacBain lhe dirigia a palavra as fez concluir que ela era...

Calum o interrompeu.

– Ela é tímida, talvez, mas com certeza não é covarde. Melhor você colocar o temor a Deus nas suas mulheres, Keith, pois elas estão se achando muito espertas com esse jogo. Se eu ouvir esse nome sair da boca de qualquer Maclaurin, haverá retaliação.

Keith assentiu.

– É mais fácil para você aceitá-la – ele disse –, mas os Maclaurin não são tão piedosos. Lembre-se de que foi o primeiro marido dela quem destruiu tudo o que nós trabalhamos tão duro para construir. Vai levar tempo até que se esqueçam.

Calum balançou a cabeça.

– Um montanhês das Terras Altas nunca esquece. Você sabe disso tão bem quanto eu.

– Então, até que perdoem – sugeriu Keith.

– Ela não teve nada a ver com a atrocidade feita aqui. Não precisa do perdão de ninguém. Relembre as mulheres desse importante fato – concluiu Calum.

Keith acenou em concordância, mas não acreditava que seu aviso iria fazer muita diferença. As mulheres estavam contra ela, e ele não podia imaginar nem uma palavra que pudesse mudar-lhes a opinião.

Ambos os guerreiros mantiveram o olhar em seu lorde e sua noiva, e observaram até que desaparecessem colina abaixo.

Gabriel e Johanna estavam totalmente a sós agora, mas ele não parou. Continuou andando até chegarem ao prado. Ele queria livrar-se de sua raiva antes de conversar com ela.

Por fim, parou. Então virou-se para olhá-la. Ela não olharia para ele. Tentou soltar a mão, mas ele não permitiu.

– Você me insultou gravemente ao sugerir que eu a machucaria.

Os olhos dela se arregalaram de surpresa, pois ele disse isso em tom furioso o suficiente para matar alguém. Todavia, estava magoado por ela ter pensado que a agrediria.

– Você não tem nada para me dizer, minha esposa?

– Eu interrompi sua sessão de treinamento.

– Sim, você interrompeu!

– E quase fiz um soldado me machucar.

– Sim!

– E você pareceu estar muito bravo.

– Eu estava bravo!

– Gabriel, por que você está gritando?

Ele deixou escapar um suspiro.

– Eu gosto de gritar.

– Estou vendo.

– Eu achava que você aprenderia a confiar em mim no seu tempo, mas mudei de ideia. Você vai confiar em mim – ele ordenou – a partir de agora, deste minuto.

Ele proferiu a ordem em um tom de voz muito tranquilo.

– Não sei se isso é possível, milorde. Confiança precisa ser conquistada.

– Então decida agora que eu mereço sua confiança – ele ordenou. – Diga que confia em mim, e queira mesmo dizer isso, droga.

Ele sabia que estava pedindo o impossível, e suspirou.

– Aqui, nenhum homem está autorizado a bater em sua mulher. Só um covarde maltrataria uma mulher, Johanna, e nenhum de meus homens é covarde. Você não tem nada a temer de mim ou de qualquer outro por aqui. Vou perdoá-la pelo seu insulto porque você não sabia, mas não serei tão tolerante no futuro. É bom que você não se esqueça disso.

Ela o olhou nos olhos.

– Mas e se eu insultá-lo no futuro? O que você fará?

Ele não tinha a menor ideia, mas não pretendia admiti-lo.

– Não acontecerá de novo.

Johanna assentiu e começou a virar-se para voltar ao átrio, mas mudou de ideia.

Seu marido merecia um pedido de desculpas.

– Às vezes, eu reajo antes de ter pensado com clareza. Você entende, milorde? Parece ser instintivo. Eu realmente tentarei confiar em você, e agradeço muito por sua paciência.

Ele poderia jurar que, pela forma como ela estava torcendo suas mãos, aquela confissão lhe era difícil. Sua cabeça estava abaixada e sua voz soava perplexa quando ela acrescentou:

– Eu não entendo porque espero sempre pelo pior. Nunca teria me casado com você se achasse que me maltrataria; porém, parece haver uma pequena parte de mim que tem dificuldade em acreditar.

– Você me agrada, Johanna.

– Agrado?

Ele sorriu em reação à surpresa na voz dela.

– Agrada, sim – ele repetiu. – Sei que a confissão foi difícil para você. Onde você pensava que estava indo quando tentou correr através de uma lança? – Ele acrescentou a pergunta em uma tentativa de mudar de assunto. Sua mulher parecia estar prestes a chorar a qualquer momento, e ele queria ajudá-la a acalmar suas emoções.

– Encontrar Alex. Achei que poderíamos dar um passeio pelas terras.

– Eu ordenei que descansasse.

– Eu ia dar uma caminhada repousante. Gabriel, tem um homem de quatro, rastejando atrás de você.

Ela sussurrou a notícia e moveu-se para perto do marido, que não se virou para olhar. Não precisava.

– Este é Auggie – ele explicou.

Johanna ficou ao lado do marido para poder ver melhor o homem.

– O que ele está fazendo?

– Cavando buracos.

– Por quê?

– Ele usa seu cajado para lançar pedras dentro dos buracos. Ele gosta desse jogo.

– Ele é louco? – ela sussurrou, para que o velho não a ouvisse.

– Ele não irá machucá-la. Deixe-o. Ele encontrou sua diversão.

Seu marido pegou-a pela mão e voltou a subir pela colina. Johanna continuou olhando por cima do ombro para ver melhor o homem rastejando pelo pasto.

– Ele é um MacBain – ela soltou. – Está usando o seu manto.

– Nosso manto – Gabriel a corrigiu. – Auggie é um de nós – acrescentou. – Johanna, Alex não está aqui; ele foi levado de volta para a família do tio hoje cedo.

– Por quanto tempo ficará fora?

– Até que a muralha esteja pronta. Quando a propriedade estiver segura, Alex voltará para casa.

– E quanto tempo isso irá levar? – ela perguntou. – Um filho precisa do seu pai, Gabriel.

– Estou ciente de meus deveres, minha esposa; não precisa me instruir.

– Mas eu devo dar minha opinião – ela contra-argumentou.

Ele deu de ombros.

– Você já começou a trabalhar em sua muralha? – ela perguntou.

– Metade está pronta.

– Então quanto tempo levará até que...

– Mais alguns meses – ele respondeu. – Não quero você andando pelas colinas sem uma escolta apropriada – ele acrescentou, franzindo o cenho. – É muito perigoso.

– É muito perigoso para todas as mulheres ou só para mim?

Ele ficou em silêncio, e assim ela teve sua resposta. Johanna conteve sua exasperação.

– Explique esses perigos para mim.

– Não.

– Por que não?

– Eu não tenho tempo. Apenas obedeça às minhas ordens e iremos nos dar bem.

– Claro que iremos nos dar bem se eu obedecer todas as suas ordens – ela murmurou. – Honestamente, Gabriel, eu não acho que...

– Os cavalos são saudáveis.

Sua interrupção desviou a concentração dela.

– O que você disse?

– Os seis cavalos que você me deu são saudáveis.

Ela soltou um suspiro.

– Estamos no meio de uma discussão sobre obediência, não?

– Sim, estamos.

Ele abriu um sorriso.

– Você devia fazer isso mais vezes.

– Fazer o quê?

– Rir.

Eles haviam chegado ao fim do átrio. A atitude de Gabriel mudou radicalmente. A expressão dele enrijeceu-se, e ela pensou que a expressão séria fosse por causa da plateia, pois todos os soldados estavam observando.

– Gabriel?

– Sim? – ele soou impaciente.

– Posso dar uma opinião agora?

– O que foi?

– É loucura usar o átrio para a sessão de treinamento, e perigoso também.

Ele balançou a cabeça para ela.

– Não era perigoso até esta manhã. Quero que me prometa uma coisa.

– Sim?

– Nunca ameace me deixar.

A intensidade de seu pedido a deixou surpresa.

– Eu prometo – ela respondeu.

Gabriel assentiu, e então começou a se retirar.

– Eu nunca vou deixar você ir embora. Você entende isso, não? – Gabriel finalizou, sem esperar por uma resposta.

Johanna ficou parada por vários minutos, observando enquanto seu marido se juntava novamente à sessão de treinamento. Gabriel estava provando ser um homem complexo. Nicholas havia dito que o lorde se casaria com ela para assegurar as terras, mas Gabriel agia como se, talvez, ela também fosse importante para ele.

Pegou-se desejando estar certa. Os dois se dariam muito melhor se ele gostasse dela.

Johanna notou Gabriel conversando com Calum. O soldado olhou em sua direção, assentiu, e então começou a caminhar até ela, que não esperou para saber qual ordem seu marido dera ao seu primeiro comandante. Dando a volta, correu colina abaixo até o pasto, pois o soldado MacBain chamado Auggie a intrigara e ela queria descobrir que jogo era aquele que exigia que ele fizesse buracos no chão.

O homem idoso, que tinha cabelos brancos em abundância, levantou-se quando ela o chamou. Linhas profundas ao redor de sua boca e de seus olhos fizeram-na supor que ele tivesse cinquenta anos de idade, talvez mais. Tinha belos dentes brancos, lindos olhos castanhos e um sorriso caloroso e acolhedor... até que ela começou a falar com ele.

Johanna fez uma reverência rápida, então se apresentou em gaélico, e ele apertou os olhos e fez uma careta, como se estivesse com uma dor aguda.

– Você está assassinando nosso belo idioma, garota – ele anunciou.

Ele falou tão rápido que suas palavras se emendaram, e seu sotaque era mais forte que o guisado da mãe dela. Johanna não entendeu uma palavra sequer do que ele disse, e Auggie foi forçado a repetir seu insulto três vezes, até que ela enfim compreendesse.

– Por favor, me diga, senhor, que palavras estou pronunciando errado.

– Você está fazendo um bom trabalho arruinando todas elas.

– Gostaria de aprender essa língua – ela insistiu, ignorando a cômica expressão de horror diante de seu sotaque.

– Muita disciplina seria necessária para uma mulher inglesa se tornar fluente em gaélico – ele disse. – Você teria de se concentrar, e não acredito que vocês, ingleses, tenham essa habilidade.

Johanna não conseguiu entender muito do que ele dissera. Auggie estapeou a testa, dramaticamente.

– Por tudo que há de mais sagrado, você está estragando a diversão de meus insultos, garota. Você não entende uma palavra do que estou dizendo.

Ele limpou a garganta e falou de novo, dessa vez em francês. Seu domínio da língua era surpreendente, e seu sotaque, impecável. Johanna estava impressionada. Auggie era um homem letrado.

– Posso ver que a surpreendi. Você me julgava um simplório?

Ela começou a balançar a cabeça, então se conteve.

– Você estava rastejando de joelhos, cavando buracos... Tirei a conclusão precipitada de que você era um pouco...

– Insano?

Ela assentiu.

– Peço desculpas, senhor. Quando você aprendeu a falar...

Ele a interrompeu.

– Foi há muitos e muitos anos – ele explicou. – Agora, o que é que você pretendia, me interrompendo no meio de meu jogo?

– Estava me perguntando que jogo era esse – ela disse. – Por que você cava buracos?

– Porque ninguém os cavará para mim.

Ele resmungou com um riso, após zombar dela.

– Mas qual é o seu motivo para fazê-lo? – ela insistiu.

– O jogo que eu jogo requer buracos para recolher minhas pedras se eu acertar a mira. Eu uso meu cajado como taco e acerto pedregulhos redondos dentro deles. A moça gostaria de tentar? O jogo está no meu sangue. Talvez você pegue a febre também.

Auggie pegou-a pelo braço e a conduziu até onde havia deixado seu cajado. Mostrou-lhe como queria que ela segurasse a vara de madeira, e assim que ela posicionou seus ombros e pernas da forma que ele esperava, ele deu um passo para trás, a fim de dar-lhe mais instruções.

– Dê uma bela tacada agora, mirando no buraco logo à frente.

Ela se sentiu ridícula. Auggie realmente era um pouco maluco, mas também era um homem gentil, e seu interesse no que ele estava fazendo pareceu agradá-lo. Não pretendia ferir seus sentimentos.

Obedecendo às instruções, ela acertou a pedra redonda, que rolou pela borda do buraco, balançou, e então caiu dentro dele.

Ela imediatamente quis repetir o movimento. Auggie resplandeceu de satisfação.

– Você pegou a febre – anunciou com um aceno.

– Qual é o nome do jogo? – ela perguntou, enquanto se abaixava para recolher o pedregulho. Então ela retomou sua posição original, tentou se lembrar da postura correta, e esperou que Auggie respondesse.

– O jogo não tem um nome, mas data dos velhos tempos. Uma vez que tenha dominado os buracos próximos, moça, vou levá-la até o cume, e poderá jogar à distância. Porém, terá de fazer a sua parte e encontrar suas próprias pedras. Quanto mais redonda, melhor, evidente.

Johanna errou sua segunda jogada. Auggie disse-lhe que ela não estava prestando atenção, e ela teve de tentar de novo, é claro. Estava tão decidida a agradá-lo e acertar o buraco que nem sequer percebeu que tinham passado a se comunicar em gaélico.

Ela passou uma longa parte da tarde com Auggie. Calum, obviamente, foi incumbido de ficar de olho nela, e aparecia no topo da colina de vez em quando, para certificar-se de que ela ainda estava lá, longe de qualquer confusão. Após algumas horas, Auggie anunciou o fim do jogo e conduziu-a até o outro lado do campo, onde deixara suas provisões. Apoiou-se em seu braço e deixou escapar um grunhido quando se abaixou até o chão. Então, sinalizou para que ela se sentasse ao seu lado e entregou-lhe uma algibeira de couro.

– Você está prestes a se deleitar, moça – ele anunciou. – É *uisgebreatha.*

– "Sopro de vida" – ela traduziu.

– Não, "água da vida", garota. Tenho a minha própria panela de cerveja, feita por mim após estudar a que havia na propriedade MacKay. Nosso lorde deixou que eu a trouxesse quando viemos para os Maclaurin. Somos todos exilados, você sabe, cada um de nós. Eu era um Maclead antes de jurar lealdade a MacBain.

Johanna ficou intrigada.

– Exilados? Não entendo o que quer dizer, senhor.

– Todos nós fomos expulsos de nossos próprios clãs por uma razão ou outra. O destino do seu marido foi decidido no dia em que ele nasceu bastardo. E quando se tornou um homem feito, ele nos reuniu e treinou os mais novos para se tornarem bons guerreiros. Cada um de nós tem um talento, é claro. Você provará o meu, se parar de enrolação. Eu mesmo estou querendo provar um pouquinho.

Seria rude não aceitar o convite. Johanna ergueu a algibeira, retirou a rolha e tomou um gole da bebida. Pensou ter engolido fogo líquido. Ela engasgou, e então começou a tossir. Auggie se divertiu com aquela reação. Primeiro, estapeou seu joelho; depois deu-lhe tapinhas entre as escápulas, para ajudá-la a voltar a respirar.

– Tem uma certa pungência, não? – ele disse.

Ela só pôde acenar em concordância.

– Vá para casa agora, moça – ele ordenou. – Lorde MacBain deve estar se perguntando onde você está.

Johanna levantou-se e ofereceu sua mão para ajudar Auggie a se erguer.

– Obrigada pela tarde amável, Auggie.

O velho homem sorriu.

– Você pegou meu sotaque, moça. Isso me deixa feliz. Você é bem esperta, não é? Deve ter um traço de sangue das Terras Altas correndo em suas veias.

Sabia que ele a estava provocando; então inclinou-se e virou-se para deixá-lo.

– Você vai querer ir até o cume amanhã, Auggie? – ela gritou por cima do ombro.

– Provavelmente – ele gritou de volta.

– Se for, você me levará junto?

Johanna não conseguia parar de sorrir. O dia revelara-se formidável. Na verdade, ela começara o dia instigando o temperamento do marido, mas aquele pequeno incidente não chegara a ser horrível, e o restante da tarde fora adorável. E também aprendera algo importante sobre seu marido. Aprendeu que ele podia controlar seu gênio, que a raiva não o dominava.

Aquela era uma revelação. No caminho de volta, enquanto subia pela colina, Johanna refletia sobre o significado daquilo. Calum a estava esperando. Ele inclinou a cabeça em cumprimento, então caminhou ao lado dela de volta à fortaleza.

– Notei que estava jogando o jogo de Auggie – observou o soldado.

– Foi muito divertido – respondeu Johanna. – Sabe, Calum, acho que Auggie é um dos homens mais interessantes que já conheci, além de meu pai, é claro.

Calum sorriu diante do entusiasmo dela.

– Auggie me lembra meu pai, também. Ele conta as mesmas histórias empolgantes sobre os tempos passados, e incrementa suas verdades com lendas, como meu pai sempre fez. – Pensando em elogiá-la, Calum acrescentou: – Auggie ficaria satisfeito em ser comparado com o seu pai.

Ela riu.

– Ele ficaria ofendido – ela supôs. – Meu pai era inglês, Calum. Auggie não deixaria esse fato passar. – Ela mudou de assunto. – Você tem tarefas mais importantes, tenho certeza, do que ficar de olho em mim. Meu marido espera que você me siga por aí todos os dias?

– Não há tarefa mais importante do que proteger minha senhora, milady – respondeu o soldado. – Amanhã, no entanto, Keith ficará responsável pelo dever de guardá-la.

– Keith é o primeiro comandante dos soldados Maclaurin, não?

– Sim, ele responde somente ao nosso lorde.

– E você é o primeiro comandante dos soldados MacBain.

– Sim.

– Por quê?

– Por que o quê, milady?

– Por que não há apenas um comandante responsável pelos soldados MacBain e Maclaurin?

– Talvez deva perguntar isso ao seu marido – sugeriu Calum. – Ele tem razões sólidas para permitir que os Maclaurin tenham seu próprio líder.

– Sim, perguntarei a ele – ela disse. – Estou interessada em saber tudo que puder sobre a terra e as pessoas daqui. Onde está meu marido?

– Caçando – respondeu Calum. – Ele deve voltar a qualquer momento. A milady percebeu que estamos falando em gaélico? Sua compreensão da nossa língua é impressionante, dado que teve apenas poucas semanas de estudos antes de chegar aqui.

Ela balançou a cabeça.

– Não, Calum, foram quase quatro meses de estudos intensos sob a supervisão do Padre MacKechnie. Eu estava um pouco nervosa quando conheci seu lorde, embora eu duvide que você tenha notado, porque sou muito boa em esconder minhas reações. Quando ele me perguntou há quanto tempo tenho estudado gaélico, eu estava um pouco tensa e a resposta saiu sem pensar. Posso dizer, pelas suas caretas ocasionais, que ainda não dominei o sotaque.

Estranho, mas logo que Calum mencionou que ela estava falando em gaélico, Johanna começou a tropeçar nas palavras e cometer erros grosseiros de pronúncia.

Eles haviam acabado de cruzar o átrio quando Calum avistou seu lorde.

– Ali está seu marido, milady.

Johanna se virou para cumprimentar Gabriel. Apressou-se em se arrumar: ajeitou uma mecha de cabelo por trás do ombro, beliscou as bochechas para deixá-las coradas e ajustou as dobras de seu manto. Então, notou que suas mãos estavam cobertas de terra, por ter passado a tarde cavando com Auggie. Como não havia tempo de lavá-las, ela as escondeu para trás.

O chão tremeu consideravelmente quando o bando de guerreiros cavalgou encosta acima. Gabriel liderava os soldados. Ele estava montando um dos cavalos dados por ela como presente de casamento. A égua escolhida por ele era a mais temperamental, mas também a mais bonita, na opinião de Johanna. Sua pelagem era branca como neve fresca, com quase nenhuma marca. Ela era muito maior que os outros cavalos, e também mais musculosa, e certamente carregava o peso de Gabriel com facilidade.

– Ele está montando meu cavalo preferido – Johanna disse a Calum.

– Ela é uma beleza.

– Ela sabe disso, também – Johanna disse. – Rachel é terrivelmente vaidosa; adora se empinar. É sua forma de se mostrar.

– Ela está se mostrando porque está orgulhosa em carregar nosso ilustre lorde – anunciou Calum.

Ela achou que ele estava brincando e desatou a rir, mas reparou que Calum se mantinha sério, sem esboçar um sorriso sequer.

Sem entender de que ela achara graça, Calum virou-se para questioná-la, mas viu as manchas de sujeira que ela deixara nas bochechas quando as esfregara, e sorriu.

O cão de Gabriel veio correndo para o seu mestre, virando uma das esquinas da fortaleza. A grande besta assustou a égua Rachel, que tentou se empinar e disparar ao mesmo tempo. Gabriel a conteve e desmontou. Um dos soldados levou o cavalo.

O cão apressou-se à frente e, com um salto, plantou suas patas nos ombros de Gabriel. Nessa posição, o cachorro era quase tão alto quanto seu mestre, e sua aparência era igualmente feroz. Os joelhos de Johanna fraquejaram ao observar ambos. Felizmente, o cão tinha grande afeição por seu mestre; ele tentava insistentemente lamber o rosto de Gabriel. A poeira voava da pelagem densa e acinzentada do animal. Gabriel, finalmente, empurrou o cão e voltou-se para sua esposa.

Indicou que ela se aproximasse. Enquanto o fazia, perguntou-se se Gabriel esperava que ela também plantasse as mãos em seus ombros e o beijasse, em cumprimento, e achou a ideia engraçada. Deu um passo à frente, mas parou abruptamente quando o animal começou a rosnar.

Gabriel teria de ir até ela. Ela manteve o cão à sua vista, agora atenta, enquanto seu marido se aproximava. O cão, ela notou, juntou-se à Gabriel e o acompanhou.

Gabriel estava se divertindo com sua timidez. Era evidente que o cão a intimidava, e ele não conseguia imaginar o motivo. Ele ouviu o rosnado baixo, e ela também. Johanna deu um passo para trás, e Gabriel ordenou que o cão parasse com o alarde.

Alguns dos soldados Maclaurin ainda estavam sentados em suas montarias, observando o lorde e sua esposa. Uns poucos riram ao perceber o medo que ela sentia do cachorro, enquanto outros balançaram a cabeça.

– Sua caçada foi boa, milorde?

– Sim, foi.

– Havia grãos suficientes? – perguntou Calum.

– Mais do que o suficiente – respondeu Gabriel.

– Você saiu à caça de grãos? – perguntou Johanna, tentando entender.

– E alguns outros itens necessários – explicou-lhe o marido. – Seu rosto está sujo, minha esposa. O que esteve fazendo?

Ela tentou limpar a sujeira. Gabriel segurou suas mãos e as observou.

– Eu estava ajudando Auggie a cavar buracos.

– Não quero minha mulher com sujeira nas mãos.

Ele soou como se estivesse dando a ela uma ordem importante. Seu marido parecia estar mais do que levemente irritado.

– Mas eu acabei de explicar...

– Mulher minha não faz tarefas comuns.

Ela estava exasperada.

– Você tem mais de uma, milorde?

– Mais de uma o quê?

– Mulher.

– Claro que não!

– Mas parece que sim, porque esta sua mulher suja suas mãos sim – ela disse. – Perdão se isso o desagrada, embora eu não consiga imaginar o motivo. Posso lhe dizer, com certeza, que as sujarei novamente.

Ela tentou usar a lógica para abrandá-lo, mas ele não estava em um humor razoável e balançou a cabeça, fazendo cara feia.

– Você não vai – ele ordenou. – Você é a senhora por aqui, Johanna. Não vai se rebaixar a tais tarefas.

Ela não sabia se deveria rir ou se irritar. Então, decidiu-se por um suspiro. O homem tinha as noções mais estranhas.

Ele parecia querer algum tipo de resposta, e ela decidiu tentar apaziguá-lo.

– Como quiser, milorde. – Ela sussurrou, determinada a não demonstrar sua irritação repentina.

Gabriel constatou que Johanna estava tentando ser submissa, e pensou que isso a devia estar matando. Ela tinha um brilho assassino no olhar, mas seu sorriso se mantinha sereno, e o tom de voz, humilde.

Johanna virou-se para Calum, ignorando o risinho em seu rosto.

– Onde as mulheres se lavam?

– Há um poço atrás da fortaleza, milady, mas a maioria toma banho no riacho Creek.

Calum ia escoltá-la até lá, mas Gabriel tomou a tarefa para si. Segurou-a pela mão e a conduziu adiante.

– No futuro, a água será levada até você – ele disse.

– No futuro, gostaria que você não me tratasse como uma criança.

Ele não podia acreditar na raiva que ouvira na voz da esposa. Johanna não era tão tímida, afinal.

– E também gostaria que você não me repreendesse na frente de seus soldados.

Ele assentiu, e sua concordância rápida acalmou a irritação dela.

Seu marido andava a passos largos. Contornaram a fortaleza e começaram a descer pela encosta. Cabanas alinhavam-se pela colina, e mais delas estavam agrupadas em um círculo amplo na base. O poço estava no centro. Várias das mulheres Maclaurin que faziam fila com seus baldes, esperando sua vez de pegar água fresca, conclamaram saudações ao seu lorde. Ele assentiu e prosseguiu.

A muralha estava logo além da fila de cabanas. Johanna queria parar para observá-la, mas Gabriel não deixou. Eles passaram pela entrada da estrutura colossal e continuaram.

Johanna teve de correr para acompanhar seu marido, e no momento em que alcançaram a segunda encosta, ela estava sem fôlego.

– Diminua o passo, Gabriel. Minhas pernas não são tão longas como as suas.

Ele reduziu o passo imediatamente, mas não soltou a mão dela, e ela também não tentou se desvencilhar. Ouviu a risada das mulheres atrás e perguntou-se o que estariam achando engraçado.

O riacho Creek era um regato largo e profundo. Seu marido explicou-lhe que ele corria pela extensão da montanha, indo do topo até um lago na base, onde suas terras faziam fronteira com o território Gillevrey. Árvores alinhavam-se às margens, e flores silvestres eram tão abundantes que pareciam estar brotando da água, assim como ao longo das margens. A beleza do lugar era de tirar o fôlego.

Johanna ajoelhou-se à margem, inclinou-se para a frente e lavou as mãos. A água era limpa o suficiente para que ela visse o fundo. Gabriel ajoelhou-se ao lado dela, encheu as mãos com a água gelada e jogou atrás do pescoço. O animal de estimação de seu marido surgiu do meio das árvores, moveu-se até o lado dela, deu uma rosnada e começou a beber água do riacho.

Johanna molhou suas vestes de linho e lavou o rosto. Gabriel inclinou-se para trás, observando-a. Cada movimento dela era gracioso. Ela era um mistério para ele, que chegou à conclusão de que sua curiosidade e fascinação vinham do fato de jamais ter passado um tempo significativo com nenhuma mulher.

Johanna não estava prestando atenção em seu marido. Ela avistou o que pareceu ser uma pedra perfeitamente redonda no fundo do riacho, e, resolvendo que Auggie poderia usá-la em seu jogo, e abaixou-se para pegá-la. O regato, porém, era muito mais fundo do que imaginara, e ela teria mergulhado de cabeça se seu marido não a tivesse segurado e puxado de volta.

– É comum tirar as roupas antes de tomar banho – ele disse secamente.

Ela riu.

– Perdi o equilíbrio. Eu estava tentando pegar uma pedra que chamou minha atenção. Você a pegaria para mim?

Ele se inclinou para ver.

– Há pelo menos cem pedras, minha esposa. De qual você gosta?

Ela apontou.

– Aquela perfeitamente redonda – ela respondeu.

Gabriel abaixou-se, pegou a pedra e entregou-a a ela, que sorriu em apreciação.

– Auggie vai gostar dessa – ela anunciou.

Johanna andou de volta até a encosta coberta de grama, enfiou os pés embaixo do manto e colocou a pedra no colo. Uma brisa leve pincelava as árvores. O perfume de pinho e urze se espalhava pelo ar. O lugar era isolado e cheio de paz.

– A Escócia é linda – ela disse.

Ele balançou a cabeça.

– A Escócia não – ele corrigiu: – as Terras Altas são lindas.

Gabriel não parecia estar com pressa de retomar seus deveres. Apoiando as costas no tronco de um pinheiro, cruzou um tornozelo sobre o outro e ajeitou a espada ao seu lado, de forma que não fosse arranhada. Seu cão moveu-se até o outro lado e esticou-se próximo a ele.

Johanna olhou fixamente para o seu marido por vários minutos, até falar novamente. O homem tinha o dom de hipnotizá-la, e ela achava que isso acontecia em razão de seu tamanho. Ele certamente era tão alto quanto Nicholas, mas muito mais musculoso. Pelo menos ela achava que era.

– Me diga em que está pensando. – A ordem de seu marido a despertou.

– Eu nunca vi Nicholas sem uma túnica. Era nisso que eu estava pensando. Acho que você é mais atlético do que meu irmão, mas como eu nunca o vi... Eram pensamentos bobos, meu marido.

– Sim, pensamentos bobos.

Ela não fez objeção à confirmação dele, que, com um risinho lento, deu a entender que a estava provocando. Gabriel parecia bastante contente, de olhos fechados e com um sorriso suave no rosto. Ele era realmente um homem distinto.

Johanna notou que o animal cutucou a mão de Gabriel e foi recompensado no mesmo instante com um tapinha.

Seu marido não era mais uma preocupação para ela. Ele não apenas podia controlar o seu temperamento, mas também tinha um traço gentil em sua natureza. O modo como seu cão respondia a ele dizia muito sobre o seu caráter.

Gabriel a pegou encarando-o e ela corou de vergonha, desviando o olhar para o colo. Johanna não queria ir embora ainda; estava apreciando este momento de paz com seu marido. Então resolveu envolvê-lo em uma conversa mais longa antes que ele sugerisse que retornassem.

– A Escócia e as Terras Altas não são a mesma coisa, milorde?

– São e não são – ele respondeu. – Nós não nos consideramos escoceses, como vocês ingleses tendem tanto a nos chamar. Somos habitantes das Terras Altas ou das Terras Baixas.

– Pelo tom da sua voz ao mencionar as Terras Baixas, presumo que não goste particularmente de seu povo.

– Não, não gosto deles.

– Por quê?

– Eles se esqueceram de quem são – ele explicou. – Tornaram-se ingleses.

– Eu sou inglesa – ela disparou o lembrete antes que pudesse se conter.

Ela pareceu preocupada. Ele sorriu.

– Estou ciente disso.

– Sim, claro que está – ela concordou. – Talvez, com o tempo, acabe se esquecendo.

– Isso é extremamente improvável.

Sem saber se ele estava zombando ou não, ela decidiu mudar o assunto para algo menos polêmico.

– Auggie não é louco.

– Não, ele não é. Os Maclaurin acreditam nessa bobagem, mas os MacBain não.

– Ele é muito esperto, na verdade, meu marido. O jogo que ele inventou é muito divertido. Você devia experimentar qualquer dia. Requer habilidades.

Considerando admirável a defesa que ela fazia do velho homem, ele concordou com a cabeça, apenas para agradá-la.

– Auggie não inventou o jogo. Existe há muitos anos. Nos tempos antigos, usava-se pedras, mas os homens também esculpiam bolas em blocos de madeira. Alguns até mesmo moldavam bolas de couro e as enchiam de penas molhadas.

Johanna guardou a informação para uso futuro. Talvez pudesse fazer algumas daquelas bolas de couro para Auggie.

– Ele disse que eu peguei a febre.

– Deus nos ajude – exclamou Gabriel. – Auggie joga o dia inteiro, todos os dias, faça chuva ou faça sol.

– Por que você se incomodou com um pouco de sujeira no meu rosto e nas minhas mãos?

– Já expliquei minha posição. Você é minha esposa agora e deve se comportar de acordo. Há rivalidade entre os MacBain e os Maclaurin, e até que os clãs se acostumem a viver juntos e em paz, devo mostrar-lhes apenas força, não vulnerabilidade.

– Eu torno você vulnerável?

– Sim.

– Por quê? Quero entender. Foi a sujeira ou o fato de eu ter passado a tarde com Auggie?

– Não quero você de joelhos, Johanna. Você deve agir com o decoro apropriado o tempo todo. Minha esposa não fará tarefas ordinárias.

– Você já mencionou essa opinião.

– Não é uma opinião – ele contra-argumentou. – É uma ordem. – Ela tentou não deixá-lo perceber quão descontente estava ficando.

– A verdade é que estou surpresa que você se importe com as aparências. Você não parece o tipo de pessoa que se importa com o que os outros pensam.

– Eu não dou a mínima para a opinião das outras pessoas – ele rebateu, irritado com a conclusão dela. – Eu me importo em mantê-la segura.

– O que minha segurança tem a ver com o meu comportamento?

Gabriel não respondeu.

– Você devia ter se casado com uma Maclaurin. Isso teria resolvido seu problema com a unificação dos clãs, não?

– Sim, devia – ele concordou –, mas não o fiz. Casei-me com você e teremos de fazer o melhor possível a partir disso, Johanna. – Seu tom de voz era resignado. Mas como ele ainda estava com um humor flexível, ela resolveu mudar de assunto novamente com uma pergunta que, certamente, não afetaria seu temperamento.

– Por que seu cão não gosta de mim?

– Ele sabe que você o teme.

Ela não contestou aquela verdade.

– Qual o nome dele?

– Dumfries.

As orelhas do cão se ergueram quando o mestre disse seu nome, e Johanna sorriu.

– É um nome peculiar – ela comentou. – Como chegou a ele?

– Eu encontrei o cão próximo à propriedade Dumfries; ele estava preso em um pântano. Eu o resgatei – ele acrescentou –, e está comigo desde então.

Johanna aproximou-se de Gabriel e inclinou-se lentamente para tocar o animal, que a observava de canto de olho. Quando ela estava prestes a tocá-lo, ele soltou um ruído ameaçador, sobrenatural, e ela puxou a mão de volta rapidamente. Mas Gabriel segurou o braço dela e forçou-a a encostar no animal, que continuou rosnando, mas não tentou arrancar a mão dela com uma mordida.

– Eu a machuquei na noite passada?

A mudança de assunto a fez piscar. Ela abaixou a cabeça para que ele não visse que estava corando, então sussurrou:

– Você não me machucou. Você me perguntou depois que nós...

Gabriel ergueu seu queixo com a mão, e o olhar dela o fez sorrir. Achava graça de seu constrangimento.

A expressão nos olhos dele fez seu coração acelerar, e Johanna chegou a pensar que ele iria beijá-la. Pegou-se desejando que ele o fizesse.

– Você vai querer fazer amor comigo de novo, milorde?

– Você quer que eu faça?

Ela olhou nos olhos dele por um longo minuto antes de dar-lhe sua resposta. Não tentaria ser recatada nem astuta. Não seria boa com isso, decidiu, porque nunca aprendera a arte de flertar como as outras jovens que viviam na nobre e cortesã Londres.

– Sim – ela sussurou, rindo por dentro diante do tremor da própria voz –, eu gostaria que você fizesse amor comigo de novo. Não foi tão ruim, milorde.

Gabriel riu da provocação. Seu rosto, ele notou, estava vermelho como fogo. O constrangimento, no entanto, não a impediu de dizer-lhe a verdade. Ele levantou-se do tronco da árvore e dobrou-se para beijá-la, sua boca pincelando a dela em uma carícia terna. Ela suspirou na boca dele e colocou as mãos em seus ombros.

Era todo o encorajamento de que ele precisava. E antes que se desse conta de seu impulso, ele a levantou e a colocou no colo, envolvendo sua cintura com os braços, e beijou-a novamente. Sua boca cobria a dela, e sua língua deslizava para dentro, para saboreá-la, senti-la e deixá-la louca. Ela desfaleceu em seus braços. Agarrou-o e beijou-o com a mesma intensidade. Johanna estava um pouco espantada com a velocidade com a qual seu corpo todo reagia ao marido. As batidas de seu coração se tornaram frenéticas; seus braços e pernas começaram a formigar, e ela continuava se esquecendo de respirar.

Gabriel estava abalado com sua própria reação à esposa. Ela não estava conseguindo se conter e ele acreditava que ela decidira confiar nele para mantê-la segura, ou não teria se permitido tamanha desinibição. A resposta passional de Johanna o inflamou e, por Deus, ele não conseguia ter força suficiente para também se conter.

Maldição, ele a tomaria ali, naquele momento, se não desse um fim àquele doce tormento. Recuou de modo abrupto e não devia ter olhado nos olhos dela, pois eles estavam turvos de paixão. Droga, tinha de beijá-la de novo. Estavam ambos estremecendo quando ele, finalmente, deu um basta ao ato. Estava respirando com dificuldade. E ela também.

– Você me faz perder a cabeça, milorde.

Ele tomou aquilo como um elogio. Ergueu-a de seu colo e se levantou.

Johanna ainda estava agitada, com o rosto corado e as mãos tremendo ao ajeitar o cabelo de volta à trança. Ele a observou tentando se arrumar com grande diversão.

Mulheres se afobam com facilidade, concluiu. E esta, mais rápido que as outras.

– Meu cabelo está uma bagunça – ela gaguejou quando percebeu o sorriso dele. – Tenho intenção de cortá-lo... com a sua permissão, é claro.

– O que você faz com seu cabelo não é problema meu, não precisa da minha permissão. Tenho assuntos mais importantes para pensar.

Ele abrandou a censura com um beijo rápido, então dobrou-se, pegou a pedra que ela queria dar a Auggie e a entregou. Teve de colocar a pedra em sua mão, porque ela estava toda atrapalhada e, maldição, isso o agradava.

Piscou para sua mulher e virou-se para voltar à colina.

Johanna ajustou as dobras de seu manto e se apressou para acompanhá-lo.

Ela não conseguia parar de sorrir. Ele sabia que seus beijos mexiam com a cabeça dela, concluiu, porque a expressão em seu rosto era de pura satisfação masculina. Mas não se importou com sua arrogância.

Tudo ia ficar bem. Johanna suspirou bastante no caminho de volta pela colina. Sim, ela pensou, tomara a decisão correta ao concordar em se casar com Gabriel.

Estava com um humor tão bom que nem se importou com os rosnados de Dumfries a cada vez que ela se movia ao lado de Gabriel. Nem mesmo a besta poderosa arruinaria aquele bom momento.

Tocou a mão de seu marido, mas ele não captou o sinal. Cutucou-o de novo e, mesmo assim, ele não entendeu. Então, desistindo de ser sutil, segurou sua mão.

Ele agiu como se ela nem estivesse ali. Seu olhar focado no topo da colina a fez supor que a mente dele já havia se voltado às tarefas que o aguardavam, mas ela não se importou com sua distração. Quando alcançaram o conjunto de cabanas dos trabalhadores, ele soltou sua mão; ela pensou que, certamente, ele o fizera por não querer demonstrar afeto na frente do clã. Todavia, Gabriel a surpreendeu, pegando sua mão de volta. Pressionou seus dedos com cuidado, então apertou o passo, até que ela estava outra vez tendo de correr para acompanhá-lo.

Ó, Deus, ela estava feliz. Sim, fizera a coisa certa. Casara-se com um homem de bom coração.

Capítulo 7

A verdade era que Johanna estava casada com um gárgula.

Ela chegara a essa deprimente conclusão depois de viver com seu marido por três longos meses. Gabriel era totalmente impiedoso, flagrantemente teimoso, horrivelmente inflexível e completamente irracional em suas ordens. Aquelas eram suas melhores qualidades. Ele a tratava como uma inválida. Ela não tinha permissão para levantar um dedo, era servida com frequência e era sempre seguida de perto por um de seus homens. Ela suportou esse absurdo por bons dois meses antes que a irritação a dominasse. Então protestou, mas sem resultado – Gabriel não a ouvia. Suas ideias sobre o casamento eram as mais bizarras possíveis. Ele a queria guardada a sete chaves e, por Deus, toda vez que ela tentava sair para tomar um pouco de ar fresco, ele buscava trazê-la de volta para dentro.

Os jantares eram insuportáveis. Esperava-se que ela mantivesse a dignidade durante toda a refeição, enquanto o caos reinava ao seu redor. Nenhum dos homens com quem ela jantava tinha bons modos. Eles eram barulhentos, rudes e faziam barulhos horrorosos, para não dizer nojentos – essas eram suas principais características.

Johanna não criticava os soldados. Sentia que seria melhor se ela pudesse manter-se separada do clã sempre que possível. Em sua mente, evitar o envolvimento significava ter paz, e esse era o único objetivo que almejava alcançar.

Como Gabriel não a deixava sair para caçar, ela passava a maior parte do dia sozinha. Supunha que seu marido a julgava frágil demais para o exercício extenuante de manejar o arco e a flecha, mas como, em nome de Deus, aquela opinião ridícula poderia ser modificada? Para evitar que suas habilidades enferrujassem, ela improvisou um alvo em um tronco de árvore na base da colina e usava-o para praticar com seu arco e flecha.

Ela era realmente boa com a arma, e também vangloriava-se do fato de ter vencido Nicholas uma vez ou duas no tiro ao alvo.

Ninguém a incomodava durante sua atividade. As mulheres ignoravam-na na maior parte do tempo. Os Maclaurin eram abertamente hostis. Muitas mulheres jovens seguiam o exemplo de sua líder não declarada, uma mulher alta e robusta, de bochechas coradas e cabelos platinados chamada Glynis. Ela soltava vários resmungos nem um pouco femininos toda vez que Johanna passava. Ainda assim, Johanna não a considerava uma mulher má; pensava que ela apenas não via nenhuma utilidade em sua senhora. E como tal suposição poderia estar correta, resolveu que não lhe cabia culpar a mulher. Afinal, enquanto Glynis trabalhava desde manhã cedo até o cair da noite nos campos além da fileira de árvores com as outras mulheres, cuidando das terras férteis e nutrindo suas plantações, Johanna passeava pela propriedade, aparentando ser uma rainha preguiçosa. Sim, ela tinha certeza de aparentar isso.

Johanna, de fato, não culpava as mulheres por se ressentirem a respeito dela, e Gabriel tinha sua parte de responsabilidade por isso, pois não permitia que a esposa interagisse com elas. Mas Johanna era honesta o suficiente consigo mesma para reconhecer que consentira com o afastamento e não fizera nada para mudar a impressão das mulheres. Ela não tentara ser amigável com nenhuma delas, dando continuidade a velhos hábitos, sem parar para questionar seus próprios motivos.

Ela não tivera amigos próximos na Inglaterra, porque seu marido não teria permitido. *Mas tudo era diferente nas Terras Altas,* lembrou a si mesma. O clã não iria desaparecer ou se mudar.

Depois de três meses de solidão, ela teve de admitir que, apesar de sua vida ser pacífica, era também muito solitária e entediante. Ela queria se integrar. Tão importante quanto isso, queria ajudar a reconstruir o que seu primeiro marido destruíra. Gabriel estava ocupado demais com a reorganização para se preocupar com seus problemas e, de qualquer forma, ela não pretendia reclamar disso com ele. Teria de resolver aquilo sozinha.

Uma vez constatado o dilema, Johanna empenhou-se em solucioná-lo. Não queria mais viver separada do clã, e tentou unir-se a ele sempre que era possível. Ela era tímida por natureza, quase dolorosamente tímida, mas forçava-se a fazer uma saudação toda vez que avistava uma das mulheres passando por ela. As MacBain sempre respondiam com um sorriso ou uma palavra gentil, enquanto a maioria das Maclaurin fingia não ouvir. Havia exceções, é claro. Leila e Megan, as duas Maclaurin que a ajudaram com seu banho na noite do casamento, pareciam gostar dela, mas as outras rejeitavam todas as suas ofertas de amizade.

Johanna estava confusa com a atitude delas; não sabia o que poderia fazer para mudar a opinião que tinham a seu respeito. Na terça-feira, quando Keith estava designado para vigiá-la, tocou no assunto com ele.

– Gostaria de uma opinião sua, Keith, em um assunto que está me preocupando. Eu não consigo encontrar um modo de ganhar a aceitação das mulheres Maclaurin. Você tem alguma sugestão para me dar?

Keith coçou a mandíbula enquanto a escutava. Ele percebeu que ela estava chateada com o comportamento do seu clã diante dela; ainda assim, hesitava em explicar-lhe a razão, pois sabia que iria ferir seus sentimentos. Depois de passar vários dias protegendo-a, sua própria atitude se abrandara. Ela era um pouco tímida, mas certamente não era uma covarde como algumas das mulheres Maclaurin acreditavam que fosse.

Johanna notou sua hesitação, e achou que ele não queria falar sobre o problema porque alguns dos homens de seu clã estavam próximos o suficiente para ouvir a conversa.

– Você pode me acompanhar até o topo da colina?

– Sem dúvida, milady.

Nenhum dos dois disse nenhuma palavra até estarem longe do átrio. Keith, por fim, quebrou o silêncio.

– Os habitantes das Terras Altas têm longa memória, Lady Johanna. Se um guerreiro acaba morrendo sem vingar um insulto, ainda assim ele morre em paz, porque sabe que, um dia, seu filho ou neto irá corrigir o erro. As disputas nunca são esquecidas; os pecados jamais são perdoados.

Ela não tinha a menor ideia do que ele estava falando, mas ele parecia terrivelmente sério.

– E não esquecer é importante, Keith?

– Sim, milady.

Ele agiu como se tivesse finalizado sua explicação. Ela balançou a cabeça, frustrada.

– Ainda não entendo o que está tentando me dizer. Por favor, tente novamente.

– Muito bem – respondeu o soldado. – Os Maclaurin não se esqueceram do que os homens do seu primeiro marido fizeram aqui.

– E culpam a mim? É isso, Keith?

– Alguns deles a culpam – ele admitiu. – Você não precisa se preocupar com retaliação – ele acrescentou rapidamente –, pois vingança é um jogo de homens. Os guerreiros das Terras Altas deixam mulheres e crianças em paz. Além disso, há o fato de que seu marido mataria qualquer um que ousasse tocá-la.

– Não estou preocupada com minha segurança – ela respondeu. – Posso cuidar de mim mesma; porém, não posso derrotar memórias. Não posso mudar o que aconteceu aqui. Você não precisa parecer tão pessimista, Keith. Eu conquistei algumas das mulheres. Ouvi dizer que uma delas me chama de corajosa, e ela não me faria esse grande elogio se não gostasse de mim.

– O nome não é positivo de forma alguma – anunciou Keith, com a raiva enlaçando seu sotaque. – Eu não posso permitir que você acredite nisso.

– Agora, o que está tentando me dizer? – ela perguntou, novamente frustrada.

Conseguir uma resposta franca do soldado Maclaurin estava se provando uma tarefa difícil. Johanna manteve-se paciente enquanto esperava que ele resolvesse o que quer que o estava preocupando.

Keith, por fim, soltou um suspiro.

– Elas chamam Auggie de "sábio".

– Auggie é muito sábio – ela concordou.

Ele balançou a cabeça em sinal de discordância.

– Não, milady. Elas acham que Auggie é insano.

– Então, por que, em nome de Deus, elas o chamam de "sábio"?

– Porque ele não é.

A expressão em seu rosto dizia que ela ainda não havia entendido essa lógica inversa.

– Elas chamam seu marido de "piedoso".

– O lorde ficaria grato em ouvir tal elogio.

– Não, milady, ele não ficaria.

Ela continuava sem entender, e Keith acreditou que seria um desserviço cruel permitir que ela continuasse ignorante.

– Seu marido ficaria furioso se achasse que as Maclaurin, de fato, acreditam que ele seja um homem piedoso. As mulheres, veja só, escolhem o termo menos adequado. É um jogo tolo que elas jogam. Na verdade, elas acreditam que seu lorde é implacável, e essa é a razão pela qual o admiram – ele acrescentou com um aceno. – Um líder não deseja ser conhecido como misericordioso ou de bom coração. Ele encararia isso como fraqueza.

Ela endireitou a espinha dorsal com lentidão. Estava começando a entender o significado por trás do jogo das mulheres.

– Então, se o que você diz é verdade, então elas consideram Auggie...

– Um completo estúpido.

Ela por fim entendeu, e Keith viu as lágrimas se formarem em seus olhos antes que ela se virasse.

– Então para elas eu não sou corajosa, mas uma covarde. Agora eu entendo. Obrigada por ter finalmente explicado, Keith. Sei o quanto foi difícil para você.

– Milady, por favor, me diga o nome da mulher que ouviu chamando-a de...

– Não darei o nome dela – ela disse ao balançar a cabeça negativamente. Não conseguia olhar para o soldado. Estava envergonhada... e constrangida.

– Você me daria licença, por favor? Acho que vou voltar para dentro agora.

Sem esperar pela permissão dele, voltou-se e apressou-se colina abaixo. De repente, parou e virou-se para o soldado.

– Gostaria que você não mencionasse esta conversa ao meu marido. Ele não precisa se preocupar com questões tão frívolas como os jogos tolos de algumas mulheres.

– Não mencionarei – concordou Keith, um pouco aliviado por não ter de repetir a conversa para o seu lorde, pois sabia que haveria consequências drásticas se MacBain descobrisse o insulto. O fato de o comportamento cruel vir das mulheres Maclaurin enfureceu o soldado. Como líder delas, ele sentia o pesado fardo dos deveres conflituosos. Jurara lealdade a MacBain, é claro; daria a própria vida para proteger seu lorde, e aquele juramento se estendia à esposa dele. Faria qualquer coisa que lhe fosse exigida para proteger Lady Johanna. Mas ele também era o líder dos membros de seu clã e, como tal, sentia que os problemas dos Maclaurin deveriam ser resolvidos pelos Maclaurin, não pelos MacBain. Contar ao seu lorde sobre a crueldade de suas mulheres contra Lady Johanna o fazia sentir-se traidor. Keith sabia que Glynis e suas seguidoras eram responsáveis pela maldade, e decidiu ter uma conversa séria com elas. Mandaria que demonstrassem à sua senhora o respeito que a posição dela exigia.

Johanna subiu para o seu quarto e lá permaneceu pelo resto da tarde, alternando entre raiva e pena de si mesma. Por certo, estava sofrendo com seus sentimentos feridos pela crueldade das mulheres, mas essa não era a verdadeira razão de seu lamento. Não. O que realmente a perturbava era a possibilidade de que elas estivessem certas. Ela era com efeito uma covarde?

Johanna não sabia responder. Desejou esconder-se em seu quarto, mas forçou-se a descer para o jantar. Gabriel voltaria da caçada, Keith também estaria lá, e ela não queria que nenhum deles achasse que ela estava enfrentando dificuldades.

O salão estava lotado de soldados, a maioria deles já sentada nas duas longas mesas unidas à direita da sala. O perfume de madeira nova e de junco com cheiro de pinho fresco no chão misturava-se com o aroma caloroso da comida sendo trazida em travessas gigantes, feitas de pão preto velho.

Ninguém se levantou quando ela entrou no salão. Aquela omissão a incomodou, mas ela não achava que estivessem sendo rudes de propósito. Muitos acenaram quando a avistaram; os soldados simplesmente não se davam conta de que deveriam se levantar quando uma dama entrasse no recinto.

Perguntou-se o que seria capaz de fazer esses dois grupos de homens bons e orgulhosos se sentirem de fato partes de um único clã. Tinham trabalhado muito duro para manter-se separados. Quando um dos soldados Maclaurin contou uma piada, apenas os soldados do mesmo clã riram. Nenhum dos MacBain sequer sorriu.

Eles também se sentavam em mesas separadas. Gabriel estava sentado na ponta de uma mesa, e todos os outros lugares, exceto aquele ao seu lado, reservado para ela, estavam tomados pelos soldados MacBain. Os Maclaurin se sentavam juntos na outra mesa.

Nesta noite, Gabriel mal prestou atenção nela. Estava segurando um rolo de pergaminho e franzia o cenho enquanto lia a mensagem ali contida.

Johanna não interrompeu seu marido. Seus homens, porém, não eram tão conscientes.

– O que o Gillevrey quer? – perguntou Calum ao lorde.

– Milady, ele é lorde do clã ao sul – explicou Keith com um grito, do outro lado da mesa. – A mensagem veio dele – acrescentou, e então voltou sua atenção ao seu lorde. – O que o velho homem quer?

Gabriel terminou de ler a mensagem e enrolou o papel de volta.

– A mensagem é para Johanna.

Os olhos dela se arregalaram de surpresa.

– Para mim? – ela perguntou, enquanto alcançava o pergaminho.

– Você sabe ler? – perguntou Gabriel.

– Sim – ela respondeu. – Insisti em aprender.

– Por quê? – seu marido perguntou.

Ela deu de ombros.

– Porque era proibido – ela sussurrou, mas não lhe disse que Raulf a insultava repetidamente, dizendo que ela era ignorante demais para aprender qualquer coisa de valor, e que então ela se sentira compelida a provar que ele estava errado. Havia sido um desafio silencioso da parte dela, pois Raulf nunca soube que ela cumprira a difícil tarefa de aprender a ler e escrever. Seu professor tinha medo demais de Raulf para contar a ele.

Gabriel não deixou Johanna pegar o pergaminho. Sua expressão era feroz quando ele perguntou:

– Você conhece um barão chamado Randolph Goode?

A mão dela congelou no ar. No espaço de uma batida de coração, a cor deixou seu rosto. Sentiu que iria desmaiar, e respirou profundamente para tentar se acalmar.

– Johanna? – ele pressionou, quando ela não o respondeu de pronto.

– Eu o conheço.

– A mensagem vem de Goode – disse Gabriel. – Gillevrey não o deixará cruzar sua fronteira a menos que eu lhe dê permissão para vir até aqui. Quem é esse homem e o que ele quer?

Johanna mal podia esconder sua agitação. Ela queria mais do que tudo se levantar e correr, mas recusou-se a ceder ao impulso covarde.

– Eu não quero falar com ele.

Gabriel inclinou-se para trás em sua cadeira. Podia ver o medo dela e sentir seu pânico. A reação dela à notícia não caiu bem para ele. Ela não se dava conta de que estava segura? Maldição, não deixaria que nada lhe acontecesse.

Ele soltou um suspiro. Ela, obviamente, não sabia, ele percebeu; com o tempo aprenderia que ele e seus homens a protegeriam de qualquer mal. Aprenderia a confiar nele também, e então mensagens da Inglaterra não a deixariam aterrorizada de forma alguma.

Gabriel sabia que estava sendo arrogante, mas não se importava. Nesse momento, queria mais que tudo acalmar sua esposa. Não gostava de vê-la assustada. Mas havia também outro motivo: queria saber a verdade.

– Esse barão a ofendeu de alguma maneira?

– Não.

– Quem é ele, Johanna?

– Eu não vou falar com ele – ela reiterou, com a voz trêmula de emoção.

– Eu quero saber...

Ele interrompeu a pergunta que ia fazer quando ela lhe balançou a cabeça, em negação. Então, aproximou-se e puxou o queixo dela com a mão, para forçá-la a parar de evitá-lo.

– Escute o que estou dizendo – ele ordenou. – Você não precisa vê-lo nem falar com ele.

Com uma voz baixa e fervorosa, deu sua palavra a ela, que, agora, parecia receosa e incerta.

– Você promete? Não permitirá que ele entre aqui?

– Eu prometo.

– Obrigada. – Seu relaxamento foi perceptível.

Gabriel soltou-a e voltou a inclinar-se em sua cadeira.

– Agora, responda minha pergunta – ele ordenou novamente. – Quem raios é Barão Goode?

Todos os soldados do salão estavam em silêncio, observando e ouvindo. Era óbvio para todos que sua senhora estava aterrorizada, e eles estavam curiosos para descobrir o motivo.

– Barão Goode é um homem poderoso da Inglaterra – ela sussurrou. – Alguns dizem que é tão poderoso quanto o Rei John.

Gabriel esperou que ela continuasse. Passaram-se longos minutos até que ele se desse conta de que ela não iria lhe dizer mais nada.

– Ele é um barão favorecido pelo rei? – ele perguntou.

– Não – respondeu Johanna. – Ele odeia John. Há vários outros barões que compartilham da opinião de Goode sobre seu suserano. Eles se uniram, e alguns dizem que Goode é o líder.

– Você está falando de insurreição, Johanna.

Ela balançou a cabeça em concordância e parou, olhando para o colo.

– É uma rebelião silenciosa, milorde. A Inglaterra, agora, está em crise, e há muitos barões que acreditam que Arthur deveria ser nomeado rei. Ele era o sobrinho de John. Seu pai, Geoffrey, era o irmão mais velho de John, que morreu meses antes do nascimento de seu filho.

Calum tentou acompanhar a explicação, mas franziu o cenho, confuso.

– Milady, está tentando nos dizer que quando o Rei Richard morreu, Geoffrey devia ter assumido o trono?

– Geoffrey era mais velho que John – ela respondeu. – Ele era o próximo na sucessão, pois Richard não tinha filhos, você sabe. Mas Geoffrey já havia morrido. Alguns acreditam que seu filho deveria ter sido o herdeiro por direito, e por isso apoiaram Arthur e sua causa.

– Então os barões lutam para tomar a coroa? – Gabriel constatou, e Johanna assentiu.

– Os barões pressionam seu rei sempre que lhes é dada a oportunidade. John fez muitos inimigos ao longo dos últimos anos. Nicholas acredita que, um dia, haverá uma rebelião massiva. Agora, Goode e os outros estão procurando uma razão sólida para livrar o reino de John. Eles não querem esperar mais. John provou ser um péssimo rei – ela acrescentou em um sussurro. – Ele não tem consciência, nem mesmo para com os membros de sua própria família. Você sabia que ele voltou-se contra o próprio pai e aliou-se ao rei da França durante o tumulto? Henry morreu de desgosto, pois sempre acreditara que, de todos os seus filhos, John era o mais leal a ele.

– Como você soube de tudo isso? – Calum perguntou.

– Pelo meu irmão, Nicholas.

– Você ainda não explicou porque Goode gostaria de falar com você – Gabriel a lembrou.

– Talve ele ache que eu possa assisti-lo em sua causa para destronar John. Mesmo que pudesse, eu não o faria. Não serviria a qualquer propósito agora. Não irei envolver minha família na disputa. Nicholas e minha mãe sofreriam as consequências se eu contasse...

– Contasse o quê? – seu marido perguntou.

Ela não respondeu.

Calum cutucou-a com o cotovelo para chamar sua atenção.

– Arthur quer a coroa? – ele perguntou.

– Sim, queria – ela respondeu. – Mas eu sou apenas uma mulher, Calum. Não me preocupo com os jogos políticos da Inglaterra. Não consigo imaginar por que o Barão Goode gostaria de falar comigo. Não sei nada que possa ajudar em sua missão de destronar John.

Ela estava mentindo, Gabriel não teve dúvidas. Também estava obviamente apavorada.

– Goode quer lhe fazer algumas perguntas – ele mencionou.

– Sobre o quê? – perguntou Calum, quando sua senhora permaneceu em silêncio.

Gabriel manteve o olhar fixo em sua mulher quando deu a resposta.

– Arthur está convencido de que o sobrinho do rei foi, na verdade, assassinado.

Johanna começou a se levantar, mas Gabriel segurou a sua mão, forçando-a a ficar onde estava. Conseguia senti-la tremendo.

– Eu não vou falar com Goode – ela bradou. – Arthur desapareceu há mais de quatro anos. Não entendo por que o barão reavivou seu interesse no paradeiro do sobrinho do rei. Eu não tenho nada a dizer a ele.

Ela já havia dito mais do que pretendia. Quando falara sobre Arthur, usara palavras reveladoras, como "era" e "queria".

Johanna já sabia que o sobrinho do rei estava morto, e Gabriel pensou que ela também pudesse saber como Arthur havia morrido e quem havia feito o serviço sujo. Considerou todos os desdobramentos caso sua hipótese se provasse real; então balançou a cabeça.

– A Inglaterra é um mundo à parte do nosso – ele anunciou. – Não permitirei que nenhum barão venha até aqui. Eu nunca quebro minhas promessas, Johanna. Você não irá falar com nenhum deles.

Ela assentiu. Calum começou a perguntar outra coisa, mas seu lorde lançou um olhar para detê-lo.

– Esta discussão está encerrada – ele ordenou. – Me dê seu relatório do progresso da muralha, Calum.

Johanna estava perturbada demais para ouvir a conversa. Seu estômago estava tão embrulhado que ela mal conseguiu engolir um pedaço de queijo. Havia javali à mesa e restos de salmão salgado, mas ela sabia que ficaria enjoada se tentasse comer mais alguma coisa.

Encarou a comida, perguntando-se por quanto tempo teria de permanecer sentada ali antes que pudesse se retirar da mesa.

– Você devia comer alguma coisa – Gabriel disse a ela.

– Não estou com fome – ela respondeu. – Não estou acostumada a comer refeições tão grandes próximo da hora de dormir, milorde – ela usou como desculpa. – Na Inglaterra, o almoço é normalmente servido entre dez e meio-dia, e uma refeição mais leve é oferecida mais tarde. Vai levar algum tempo até que eu me acostume à mudança. Você me daria licença agora? Gostaria de subir para o quarto.

Gabriel assentiu. Como Calum a estava observando, ela deu boa noite a ele e levantou-se, dirigindo-se à entrada. Ao avistar Dumfries descansando à esquerda da escada, ela imediatamente alterou seu caminho, de modo a dar uma meia-volta ampla ao redor da fera. Manteve o olhar fixo no cão até passar por ele, então se apressou.

Ela teve um tempo para si enquanto se preparava para dormir. Realizar atividades simples e descomplicadas como se fosse um ritual a fazia sentir-se mais calma e no controle de seus medos. Assim, forçou-se a se concentrar em cada pequena tarefa: adicionou dois pedaços de lenha ao fogo da lareira, lavou-se, e então se sentou para pentear os cabelos. Detestava fazer isso; parecia levar uma eternidade para desatar todos os nós. Seu couro cabeludo se feria com o peso da grande massa de fios e, quando terminava de desembaraçá-la, estava cansada demais para trançá-la.

Ao terminar suas tarefas, Johanna tentou pensar sobre coisas mundanas, pois acreditava que, se conseguisse bloquear seu medo, ele acabaria indo embora.

– Gabriel está certo – ela sussurrou –, a Inglaterra é um mundo à parte daqui.

Estou segura, ela pensou, *e Nicholas e mamãe continuarão seguros na Inglaterra enquanto eu permanecer em silêncio.*

Johanna guardou sua escova de cabelo e fez uma prece pelo homem que deveria ter sido rei. Rezou por Arthur.

Gabriel entrou no quarto assim que ela terminou sua oração e encontrou-a sentada no canto da cama, encarando as chamas da lareira. Fechou a porta, tirou suas botas, e deu a volta para o outro lado da cama. Ela levantou-se e se virou para olhá-lo.

Para ele, ela parecia terrivelmente triste.

– Nicholas me contou que o Rei John tem medo de você.

Ela voltou seu olhar para o chão.

– De onde ele tirou isso?

– Johanna?

Ela olhou para ele.

– Sim?

– Em algum momento você me dirá o que sabe. Eu não exigirei, mas esperarei. Quando estiver pronta para me confidenciar, você o fará.

– Confidenciar-lhe o quê, milorde?

Ele deixou escapar um suspiro.

– Você irá me dizer o que raios a está apavorando com tanta intensidade.

Ela pensou em refutar, mas mudou de ideia. Não queria mentir para Gabriel.

– Estamos casados agora – ela disse –, e não apenas você tem a função de me proteger, Gabriel. Eu também tenho o dever de mantê-lo a salvo sempre que puder.

Ele não sabia o que ela queria dizer com tão ultrajante observação. Mantê-lo a salvo? Maldição, ela pensava tudo ao contrário. Ele deveria protegê-la e cuidar de si próprio. Iria se certificar de se manter vivo por longos anos para cuidar dela e de Alex.

– Esposas não protegem seus maridos – ele decidiu em voz alta.

– Esta esposa protege – ela refutou.

Ele estava prestes a discutir, mas ela desviou-lhe a atenção. Sem dizer nenhuma palavra, Johanna abriu o cinto do seu robe e tirou a roupa. Ela não estava vestindo nada por baixo.

O fôlego dele ficou preso atrás da garganta. Meu Deus, ela era linda. A luz das chamas atrás lançavam um brilho dourado sobre sua pele. Não havia um único defeito para reduzir seu encanto. Seus seios eram fartos, sua cintura estreita, e suas pernas, longas.

Gabriel não se lembrou de tirar suas roupas; apenas se manteve focado na visão por longos e silenciosos minutos, até sentir seu coração sacudindo dentro do peito, e sua respiração pesada pela excitação.

Johanna lutou contra a vergonha. Sabia que estava corando, pois podia sentir o calor em seu rosto.

Ambos alcançaram os cobertores ao mesmo tempo, e então alcançaram um ao outro. Johanna ainda estava de joelhos quando Gabriel a puxou para seus braços. Ele a rolou de costas, cobriu-a com seu corpo e a beijou.

Ela passou os braços pelo pescoço dele e o segurou perto. Estava desesperada por seu toque. Ela o queria naquela noite. Precisava do seu conforto e da sua aceitação.

Ele precisava de satisfação. Suas mãos acariciaram grosseiramente os ombros dela, suas costas, suas coxas. A sensação da sua pele sedosa o inflamava.

Johanna não precisou ser persuadida a retribuir. Não conseguia parar de acariciá-lo. O corpo dele era tão firme... sua pele tão deliciosamente quente... e a forma como ele fazia amor com ela, usando a boca e as mãos, excitavam-na até um nível febril em poucos minutos.

Não era possível ficar inibida com Gabriel. Ele era um amante exigente, bruto e gentil ao mesmo tempo. Ele acendia o fogo dentro dela com suas carícias íntimas, e quando seus dedos a penetravam e seu polegar se esfregava contra o seu ponto mais sensível, escondido sob suas dobras escorregadias, ela enlouquecia.

Ele pegou a mão dela e colocou-a sobre sua excitação rígida. Ela o apertou e ele urrou baixo, do fundo da garganta. E sussurrou elogios eróticos e instruções sobre como queria que ela o tocasse.

Gabriel não pôde suportar a doce agonia por muito tempo. Retirou brutalmente as mãos dela, levantou suas coxas, e impulsionou fundo dentro de Johanna, que gritou de prazer. Suas unhas arranhavam os ombros dele, e ela arqueou-se contra ele para tê-lo mais profundamente. Ele precisou valer-se de toda a disciplina que possuía para se segurar e não espalhar seu sêmen no mesmo minuto. A mão dele moveu-se entre seus corpos unidos, seus dedos estimulando-a até que ela encontrasse satisfação. Então ele permitiu a sua própria.

O orgasmo o consumiu. Ele rugiu de prazer bruto ao derramar seu sêmen quente dentro dela, que continuou chamando o nome dele, enquanto ele clamava pelo de Deus.

Gabriel desabou sobre o corpo da esposa com um alto e satisfeito grunhido. E permaneceu dentro dela, relutante em abandonar o êxtase que acabara de experimentar.

Johanna também não queria desprender-se de seu marido. Ainda não. Ela se sentia cuidada quando estava sendo abraçada por ele. Também se sentia segura... quase amada.

O peso de Gabriel logo começou a esmagá-la, e ela finalmente teve de pedir-lhe que se movesse para que pudesse respirar.

Ele não sabia se tinha forças suficientes, e tal pensamento o fez rir. Rolou para o lado, levando-a com ele, e então puxou os cobertores e fechou os olhos.

– Gabriel?

Ele não respondeu. Ela cutucou-o no peito para chamar sua atenção, e obteve um grunhido como resposta.

– Você estava certo. Eu sou fraca.

Ela esperou para ouvir sua concordância, mas ele não abriu a boca.

– Um vento do norte poderia facilmente me arrastar – ela comentou, repetindo as palavras que ele dissera na primeira noite que tiveram como marido e mulher.

Ele continuou em silêncio.

– Eu posso até ser um pouco tímida.

Vários minutos se passaram até que ela voltasse a falar.

– Mas, quanto às outras coisas, elas não são verdadeiras. E não vou deixar que sejam.

Ela fechou os olhos e fez suas preces.

Gabriel achou que ela tinha adormecido, e estava prestes a fazer o mesmo. Então sua voz em um sussuro suave, ainda que repleto de convicção, o alcançou:

– Eu não sou covarde.

Capítulo 8

– Quem ousou chamá-la de covarde?

Johanna foi despertada de um sono tranquilo pela voz vigorosa de seu marido. Ela abriu os olhos e olhou para ele. Gabriel estava parado ao lado da cama, encarando-a. Estava totalmente vestido e parecia furioso.

Ele precisa ser acalmado, ela decidiu com um bocejo. Então, sentou-se na cama e balançou a cabeça para ele.

– Ninguém me chamou de covarde – ela disse com voz sonolenta.

– Então por que você disse...

– Achei que você precisava saber – ela disse. – E eu precisava pronunciar as palavras.

Ele cessou sua raiva, enquanto ela ajeitava as cobertas e começava a levantar-se da cama. Gabriel a deteve, puxando os cobertores e ordenando que voltasse a dormir.

– Você irá descansar hoje – ele ordenou.

– Eu descansei o suficiente, milorde. Está na hora de iniciar meus deveres como sua esposa.

– Descanse.

Deus do céu, como ele era teimoso. A posição do queixo dele dizia-lhe que seria inútil discutir, mas ela não tinha a menor intenção de ficar largada na cama o dia todo; ainda assim, não discutiria com o marido.

Ele virou-se para sair e ela o deteve com uma pergunta:

– Quais são seus planos para este belo dia?

– Vou caçar mais suprimentos.

– Como grãos? – ela perguntou, enquanto saía da cama e alcançava seu robe.

– Como grãos – Gabriel concordou.

Johanna vestiu seu robe e amarrou o cinto. Ele observou-a retirando o cabelo de dentro da gola, em um gesto feminino e gracioso.

– Como alguém sai à caça de lavouras?

– Nós as roubamos.

Ela deixou escapar um engasgo alto.

– Mas isso é pecado – disparou.

Gabriel estava bastante entretido com a expressão de horror no rosto de sua mulher. Roubo parecia aborrecê-la, e ele não conseguia imaginar por quê.

– Se o Padre MacKechnie ficar sabendo disso, irá puni-lo severamente.

– MacKechnie ainda não voltou. Até lá, todos os meus pecados já terão sido cometidos.

– Você não pode estar falando sério.

– Estou falando muito sério, Johanna.

– Gabriel, você não está apenas cometendo o pecado do roubo – ela instruiu. – Está também cometendo o pecado da contemplação.

Ela parecia estar esperando por algum tipo de resposta, mas ele deu de ombros. E ela balançou a cabeça novamente.

– Não é sua função me censurar, minha esposa – ele disse, esperando por um pedido de desculpas, mas, em vez disso, recebeu uma contradição.

– Ah, é sim. É minha função censurá-lo, milorde, quando o assunto é a sua alma. É meu dever instruí-lo, senhor, pois sou sua esposa e, portanto, devo me preocupar com o seu espírito.

– Isso é ridículo – ele rebateu.

Ela engasgou outra vez. Ele quase riu, mas parou a tempo.

– Você acha ridículo que eu me preocupe com você?

– Você se preocupa?

– Sim, claro.

– Então está começando a se afeiçoar a mim?

– Eu não disse isso, milorde; está torcendo minhas palavras. Eu me preocupo com a sua alma.

– Eu não preciso da sua preocupação ou dos seus sermões.

– Uma esposa pode dar suas opiniões, não?

– Sim – ele concordou. – Quando for questionada sobre suas opiniões, é claro que sim.

Ela ignorou a condição.

– É minha opinião que você deveria escambar o que precisa.

Ele não pôde controlar sua exasperação.

– Não temos nada de valor para oferecer em troca – ele respondeu. – Além disso, se os outros clãs não conseguem proteger o que lhes pertence, merecem ter suas provisões saqueadas. É nosso modo de fazer as coisas, minha esposa. Você se habituará.

Ele havia terminado de discutir o assunto, mas ela não.

– Tal justificativa...

– Descanse – Gabriel ordenou ao fechar a porta atrás de si.

Johanna estava casada com um homem intransigente. Ela decidiu não retomar o assunto dos roubos. Gabriel estava certo. Não era função dela dar instruções a ele ou a qualquer outro homem do clã. Se eles queriam passar a eternidade no inferno, problema deles. Por que ela se importaria?

Johanna passou a manhã praticando arco e flecha e a tarde se entretendo com o jogo sem sentido, porém muito divertido, de Auggie.

Auggie tornou-se seu único amigo verdadeiro. Ele falava apenas em gaélico com ela, fazendo-a perceber que, quanto mais relaxada estivesse, menos difícil a língua se tornava. O velho homem era paciente e compreensivo, e respondia a todas as suas dúvidas.

Ela contou-lhe quanto achava desoladora a pilhagem de Gabriel. Auggie não se solidarizou e, na verdade, defendeu a astúcia de seu lorde.

Eles estavam no cume, acertando longas jogadas enquanto discutiam suas preocupações. A maioria das pedras se estilhaçavam com a força dos golpes.

– Os ingleses destruíram nossas reservas. Nosso lorde só está assegurando que o clã não passe fome neste inverno – ele anunciou. – Como isso poderia ser pecado, moça?

– Ele está roubando – ela refutou.

Auggie balançou a cabeça.

– Deus compreenderá.

– Há mais de uma entrada para um castelo, Auggie. Gabriel deveria encontrar outro modo de alimentar o clã.

O velho homem posicionou seu cajado contra a pedra redonda, afastou as pernas e deu um giro. Ele apertou os olhos contra a luz do sol para enxergar quão longe havia lançado a pedra, acenou em satisfação e voltou-se novamente à sua senhora.

– Minha pedra viajou três vezes a distância de uma flecha. Supere essa, pequena angustiada. Veja se consegue lançar a sua pedra ao lado da minha.

Johanna voltou sua atenção para o jogo e arrancou uma risada de surpresa de Auggie ao conseguir equiparar sua distância: a pedra dela parou a apenas alguns centímetros da dele.

– Você tem jeito para o jogo, moça – elogiou Auggie. – Melhor retornarmos agora. Tirei você de suas obrigações por mais tempo do que tinha direito.

– Eu não tenho obrigações – ela disparou, enfiando o seu cajado debaixo do braço e virando-se para o amigo. – Tentei assumir a organização dos serviços domésticos, mas ninguém me ouve. Mesmo assim, os MacBain são mais educados; eles sorriem quando eu os instruo, então vão cuidar de suas tarefas sem prestar nenhuma atenção ao que eu acabei de dizer. Já os criados Maclaurin são vergonhosamente mais rudes; eles me ignoram por completo.

– O que nosso lorde tem a dizer sobre esse comportamento?

– Eu não contei a ele, nem vou fazê-lo, Auggie. É meu dilema a ser resolvido, não dele.

Auggie pegou Johanna pelo braço e desceu a colina íngreme.

– Você está aqui há quanto tempo?

– Quase doze semanas.

– Você esteve contente por um tempo, não?

Ela assentiu.

– Sim, estive.

– Por quê?

Ela surpreendeu-se com a pergunta dele e deu de ombros.

– Vir para cá me fez... livre. E segura – ela acrescentou com agilidade.

– Você era como um pombo com uma asa quebrada – disse Auggie, dando-lhe tapinhas na mão antes de continuar. – E tímida como jamais havia visto.

– Não estou tímida agora – ela refutou. – Pelo menos não quando estou com você.

– Tenho percebido mudanças em você, mas os outros não perceberam. Com o tempo, imagino que irão notar que você desenvolveu um pouco de iniciativa.

Ela não sabia se estava sendo colocada no seu lugar ou recebendo um elogio.

– Mas e os roubos, Auggie? O que eu devo fazer a respeito de meu marido?

– Por enquanto, não interfira nisso – ele sugeriu. – É bem verdade que não consigo me incomodar com pequenos furtos. Meu lorde prometeu me trazer cevada, e estou ansioso por isso, seja pecado ou não. É para produzir minha cerveja – ele acrescentou com um aceno. – Os ingleses beberam todo o meu estoque, moça. – Ele resmungou com um riso e, inclinando-se mais próximo a ela, sussurrou: – Mas eles não chegaram até os barris de ouro líquido.

– O que são barris de ouro líquido?

– Você se lembra da clareira entre os pinheiros além do cume?

– Sim.

– Há uma caverna logo atrás – ele anunciou –, e ela está cheia de barris de carvalho.

– Mas o que há dentro dos barris?

– A água da vida – ele respondeu. – Cerveja envelhecida há dez, até mesmo quinze anos. Deve estar saborosa como ouro, eu apostaria. Um dia desses vou levá-la até lá para ver por si mesma. A única razão de ter permanecido intocada é porque os ingleses não sabiam que existia para saquearem.

– Meu marido sabe sobre a caverna?

Auggie pensou na pergunta por um longo tempo antes de respondê-la.

– Eu não me lembro de ter contado a ele – ele admitiu. – E sou o único que se lembra quando os antigos caciques Maclaurin armazenaram os barris lá. Eles não diriam a ninguém, é claro, mas eu os segui em uma tarde, sem que soubessem. Posso ser silencioso quando programo minha mente para a tarefa – acrescentou com um aceno.

– Quando você entrou na caverna pela última vez?

– Alguns anos atrás – Auggie contou a ela. – Você percebe, Johanna, que quando veste o manto MacBain você joga muito bem, mas quando veste as cores do tartan Maclaurin, você não acerta nada?

Ele estava dizendo bobagem, é claro; gostava de provocá-la, e ela achava que era esse o seu modo de demonstrar afeição.

Logo que alcançaram o átrio, Auggie se foi colina abaixo e Johanna avistou Keith. Ela curvou-se para cumprimentá-lo, e então apertou o passo, pois se sentia desconfortável perto do soldado Maclaurin desde que ele lhe explicara o real significado por trás do apelido que as mulheres do seu clã lhe haviam dado, e também porque queria lavar as mãos antes que seu marido voltasse para casa e notasse quão sujas estavam. Gabriel podia ser bastante irracional a respeito de sua aparência, mas, como ele era bastante comedido em suas exigências, ela buscava agradá-lo sempre que possível.

Johanna estava subindo os primeiros degraus de volta para casa quando um grito ecoou atrás dela. Virou-se e viu soldados correndo em sua direção, vários com armas em punho.

Ela não sabia o que era todo aquele alarde.

– Entre, milady, e tranque a porta atrás de si – Keith bradou seu alerta.

Johanna não iria discutir com o soldado nem questioná-lo naquele momento; apenas presumiu que estivessem sob ataque de intrusos, e correu para fazer o que ele lhe ordenara.

Então ouviu um rosnado baixo e aterrorizante. Virou-se novamente e avistou o animal de estimação de seu marido atravessando sem pressa o átrio. Ao vê-lo, soltou um grito. Dumfries estava coberto de sangue. De longe, ela pôde ver que o quarto traseiro esquerdo do animal fora rasgado em pedaços.

O cão estava tentando chegar em casa para morrer. Os olhos de Johanna se encheram de lágrimas ao testemunhar a luta de Dumfries.

Os soldados fizeram um amplo círculo ao redor do cachorro.

– Entre, Lady Johanna – Keith bradou sua ordem outra vez, e ela, repentinamente, entendeu o que pretendiam fazer: matariam o cão para acabar com seu sofrimento. O modo como se moviam com cautela ao redor do cão lhe dizia que acreditavam que o animal poderia se virar contra um deles.

Johanna não iria permitir que mais nada ferisse o cão.

– Deixe-o em paz! – ela gritou, quando um soldado começou a avançar com sua espada pronta para golpeá-lo.

A fúria no grito dela chamou a atenção de todos os soldados, que se viraram para observá-la, evidentemente surpresos, como se podia notar pela expressão estupefata que exibiam.

Alguns soldados Maclaurin, de fato, afastaram-se do cão, mas os MacBain não se moveram de suas posições.

Keith apressou-se degraus acima e segurou Johanna pelo braço.

– Você não precisa testemunhar isso – ele anunciou. – Por favor, vá para dentro.

Ela puxou seu braço para se livrar do soldado.

– Dumfries quer entrar. Ele dorme ao lado do fogo, e é para onde ele vai. Deixe as portas abertas, Keith. Faça isso agora.

Ela terminou de gritar sua ordem antes de virar-se para os outros soldados. Ela não acreditava que Dumfries permitiria que qualquer um dos homens o ajudasse. Sabia que o cão devia estar sentindo dores excruciantes, pois seu andar vacilava repetidas vezes enquanto ele subia lentamente os degraus.

– Milady, ao menos saia do alcance dele.

– Diga aos homens que o deixem entrar.

– Mas, milady...

– Faça o que mandei – ela ordenou. – Se alguém tocar em Dumfries, responderá a mim.

O tom de sua voz disse a Keith que seria inútil argumentar com ela. Então deu a ordem e pegou sua senhora pelo braço novamente, tentando levá-la de volta pela entrada.

– As portas, Keith, deixe-as abertas.

Johanna não tirou os olhos do cão quando deu sua ordem. Leila e Megan, as duas mulheres Maclaurin responsáveis pela limpeza do salão nobre e dos quartos acima, vieram correndo pela porta.

– Deus do céu – sussurrou Megan. – O que aconteceu com ele?

– Volte aqui, milady – Leila gritou. – Pobre Dumfries, ele mal consegue subir os degraus. Terão de matá-lo...

– Ninguém tocará nele – soltou Johanna. – Megan, vá buscar minhas agulhas e linhas. Leila, há uma bolsa embaixo da minha cama cheia de frascos de ervas e medicamentos; pegue para mim.

Dumfries teve um colapso no terceiro degrau. Ele soltou uma lamúria e tentou se levantar novamente. Agora, alternava entre ganidos e rosnados. Johanna não podia suportar a visão de sua agonia por nenhum momento a mais. Pretendia aproximar-se do cão lá dentro, ao lado do fogo, quando ele estivesse descansando, mas sabia que ele não conseguiria entrar sem ela. Então desvencilhou-se de Keith e correu para ajudá-lo. O cão soltou um rosnado alto quando ela se aproximou, e ela reduziu o passo, afastou a mão e começou a sussurar palavras de conforto para acalmá-lo.

Keith tentou puxá-la de volta outra vez, mas o cão soltou um rosnado ainda mais alto quando o soldado tocou nela, e ela ordenou que Keith se afastasse. Ao olhar para cima, ela viu dois soldados MacBain com suas flechas armadas nos arcos, preparados para protegê-la, quisesse ela ou não; se o cão tentasse atacá-la, as flechas o matariam antes que algum dano grave fosse causado.

A compaixão de Johanna pelo animal ferido estava disputando com o seu medo. Sim, ela estava apavorada; e quando se inclinou com lentidão para passar seus braços pela fera, não pôde conter o choro.

O cão não desistiu de rosnar, mas permitiu que ela o ajudasse.

Johanna não se deu conta de sua própria força. O cão inclinou-se para o lado dela, quase derrubando-a com o seu peso, mas ela endireitou-se e, mais uma vez, envolveu o cão com seus braços e o segurou por trás de suas patas dianteiras. Ela estava tão comprometida com sua tarefa que a lateral de seu rosto pressionava-se contra o pescoço do animal. Sem parar de proferir palavras encorajadoras ao pobre Dumfries, ela praticamente o arrastou pelo restante dos degraus. Foi um trabalho exaustivo, mas, quando chegaram ao último degrau, o cão encontrou forças e desvencilhou-se dela. Então rosnou novamente e entrou na torre.

Dumfries parou no topo da escada que descia até o salão nobre e Johanna foi novamente em seu auxílio, quase carregando-o degraus abaixo.

Os homens que estavam dando os toques finais na lareira com seus pincéis saíram rapidamente do caminho quando Dumfries passou por eles. O cão circundou a área em frente à lareira duas vezes, então começou a ganir. Estava, obviamente, com muita dor para deitar-se agora.

Megan chegou correndo com os materiais que Johanna havia pedido e sua senhora mandou-a de volta, com a ordem de ir buscar o cobertor de sua cama.

– Vou pegar um limpo do baú, milady – gritou Megan.

– Não – disse Johanna. – Pegue o que está na minha cama. Dumfries vai se sentir confortado com o cheiro de meu marido.

Minutos depois, Megan entregou o cobertor à sua senhora. Johanna ajoelhou-se no chão e fez uma cama para o cão. Quando terminou, ela deu um tapinha no cobertor e ordenou que o cão se deitasse.

Dumfries deu outra volta e então desabou de lado.

– Você trouxe a besta para dentro, milady – Keith sussurou de trás dela. – Foi uma façanha e tanto.

Ela balançou a cabeça.

– Isso foi fácil – respondeu. – O que vem a seguir é um pouco mais desafiador. Vou lhe dar pontos. É bem verdade que temo a tarefa, pois Dumfries não entenderá.

Ela deu novos tapinhas na lateral do pescoço de Dumfries, antes de se inclinar de joelhos para dar uma boa olhada no corte profundo em seu flanco esquerdo.

– Não pode estar falando sério, milady. O cão a matará se tocar na ferida.

– Espero sinceramente que não – respondeu Johanna.

– Mas você tem medo dele – lembrou-lhe o soldado.

– Sim – ela concordou –, tenho medo. No entanto, isso não muda nada, não é mesmo? Dumfries ainda tem um ferimento, e eu ainda tenho de costurá-lo. Leila? Você encontrou os frascos de remédio?

– Sim, milady.

Johanna virou-se e avistou Leila e Megan paradas lado a lado, no topo da escada. Megan segurava a agulha e uma bola de linha branca, e Leila carregava a bolsa cinza de sua senhora nos braços.

– Tragam tudo para mim, por favor, e coloquem em cima do cobertor.

Leila e Megan continuaram paradas no topo da escada. Só começaram a descer quando Johanna sinalizou para elas, mas pararam de repente. Dumfries estava rosnando baixo outra vez, um rosnado vindo do fundo da garganta. Um som muito parecido com o que Johanna imaginava que partiria de um demônio liberto do inferno. Era, realmente, de arrepiar.

As mulheres estavam com medo de aproximar-se, e descobrir isso causou espanto em Johanna, que pensava ser a única a achar o cão intimidador. Ela solidarizou-se com as mulheres e foi até elas para coletar seus apetrechos.

– Tome cuidado, milady – Leila sussurrou.

Johanna assentiu. Minutos depois, estava pronta para começar seu trabalho. Keith não pretendia deixá-la correr o risco de ser mordida pelo cão enquanto trabalhava nele. Então ajoelhou-se atrás de Dumfries e posicionou-se de forma que pudesse facilmente agarrar o pescoço do animal e forçá-lo para baixo se ele tentasse machucar sua senhora.

Mas o cão surpreendeu Johanna e o soldado. Ele não fez um único ruído durante todo o tempo em que ela o tocou. Johanna fez barulho suficiente pelos dois, sussurrando pedidos de desculpas e gemendo toda vez que tocava a ferida com o pano de linho que embebera na pomada desinfetante. Ela sabia que o medicamento queimava, então assoprava cada parte depois de aplicar o líquido grosso.

No meio do caos, Gabriel chegou. Johanna havia acabado de colocar a linha na agulha quando ouviu a voz de seu marido atrás de si.

– O que raios aconteceu?

Johanna soltou um suspiro de alívio e virou-se, ainda de joelhos, para olhar para o seu marido. Senhor, ela nunca se sentira tão aliviada em vê-lo. Ela observou enquanto ele atravessava o salão para chegar até ela. Suas grandes mãos repousavam sobre os quadris e seu olhar estava voltado para o cão.

Keith levantou-se à visão do chefe do clã, e os outros soldados que o seguiram até o salão nobre afastaram-se, para dar espaço a ele.

– Eu apostaria que Dumfries deparou com um ou dois lobos – Keith especulou.

– Acha que ele encontrou o nosso mascote? – Calum perguntou, dando a volta para parar próximo a Keith.

Johanna voltou à sua tarefa. Deu um nó na linha, então baixou a agulha e alcançou o segundo frasco de remédio.

– Você tem outro animal de estimação, milorde? – ela perguntou, enquanto gentilmente aplicava a pomada amarela no corte e usava outro pano de linho para espalhar a pomada cicatrizante pelas bordas rasgadas.

– Os Maclaurin chamam um lobo em particular de mascote... Mas suas mãos estão tremendo.

– Posso ver que estão.

– Por quê?

– Seu cão me apavora.

Johanna terminou de aplicar a pomada no ferimento; ela protegeria o corte de infecções, além de anestesiar a área. Dumfries mal sentiria a picada da agulha.

– Ainda assim, ela está cuidando dele, Lorde – adiantou-se Keith.

– Estou vendo que está, Keith – respondeu Gabriel.

– A pior parte já passou – disse Johanna. – Dumfries não deve sentir o resto do procedimento. Além do mais...

– Além do mais o quê?

Ela sussurrou a explicação, mas Gabriel não pôde compreender as palavras. Então, ajoelhou-se ao lado de sua esposa e colocou a mão no pescoço do cachorro. Dumfries imediatamente tentou lamber seus dedos.

– O que você disse? – ele perguntou à esposa, enquanto acariciava o cão.

– Eu disse que, agora, você está aqui – ela sussurrou, olhou de relance para ele e, ao ver sua expressão presunçosa, acrescentou imediatamente: – Dumfries se sentirá confortado. Ele tem grande afeto por você, milorde. Imagino que saiba que você o manterá seguro.

– Você também sabe disso, Johanna.

Ela sabia que o marido esperava sua concordância, mas presumiu que a arrogância dele sairia totalmente de controle se admitisse que se sentia segura quando ele estava perto; então preferiu permanecer em silêncio.

Não levou muito tempo para que ela fechasse a ferida. Gabriel ajudou-a a enrolar grossas faixas de algodão em volta do cão e amarrou as pontas.

– Ele não vai deixar isso por muito tempo – seu marido observou.

Johanna assentiu. Estava, repentinamente, saturada de cansaço. O medo drenara suas forças, imaginou.

Ela recolheu seus apetrechos e levantou-se. No meio de um grupo de homens e mulheres curiosos que estavam parados atrás dela, Johanna avistou Glynis, e imediatamente desviou o olhar.

– Ela carregou seu cão para dentro, MacBain. Sim, é verdade.

Enquanto Keith contava uma versão um pouco exagerada, Johanna continuou a atravessar a multidão, apressando-se pelas escadas e pelo salão até seu quarto. Lá guardou seus materiais, lavou suas mãos novamente, e então tirou os sapatos para esticar-se na cama. Planejava descansar por apenas alguns minutos e então voltar ao salão para jantar, mas adormeceu minutos depois.

Gabriel subiu para o quarto duas vezes durante a noite para vê-la. Ele, finalmente, foi para a cama por volta da meia-noite, depois de certificar-se de que Dumfries repousava com conforto.

Johanna mal se moveu quando o marido tirou suas roupas. Apenas abriu os olhos, franziu o cenho para ele e de pronto voltou a dormir. Gabriel pegou um cobertor limpo do baú e cobriu a esposa; em seguida tirou as próprias roupas e deitou-se ao lado dela.

Ele não teve de procurá-la. No minuto em que se ajeitou na cama, ela rolou para abraçá-lo. Ele puxou-a para mais perto e ela aninhou a cabeça embaixo do queixo dele.

Gabriel repassou em sua mente a história que Keith lhe relatara e tentou imaginar sua esposa envolvendo Dumfries nos braços e arrastando-o escada acima.

A coragem que Johanna demonstrara o deixou satisfeito. Ainda assim, ele não queria que ela corresse riscos como esse no futuro. Dumfries estava com dor, e um animal ferido, não importa quão leal seja, não é confiável.

No dia seguinte, ordenaria que ela nunca mais voltasse a correr tais riscos.

Gabriel adormeceu, preocupando-se com sua delicada esposa.

Capítulo 9

Gabriel sabia, antes mesmo de abrir olhos na manhã seguinte, que sua esposa não estava na cama com ele.

Maldição, amanhecera há pouco tempo, e ele, como lorde e marido, devia ter sido o primeiro a deixar a cama. Sua irritação abrandou-se, no entanto, com o pensamento de que ela provavelmente estaria lá embaixo, aguardando-o no salão nobre. Lembrou-se de que ela parecera preocupada com Dumfries na noite anterior, e sem dúvida ainda devia estar inquieta com a situação do animal.

O manto Maclaurin estava jogado sobre uma cadeira. Johanna havia confundido os dias, pois obviamente, vestira-se com as cores MacBain dois dias seguidos. Na certa os Maclaurin fariam um grande alarde por conta disso e, droga, ele não tinha tempo para questões tão pequenas e inconsequentes.

Keith e Calum, que já estavam esperando por ele no salão, curvaram-se ao seu lorde quando ele apareceu na entrada.

– Onde está minha esposa?

Calum e Keith trocaram olhares preocupados, então Calum deu um passo à frente para respondê-lo.

– Achamos que estivesse com você, MacBain.

– Ela não está.

– Então onde está? – perguntou Calum.

Gabriel relanceou para o soldado.

– Essa foi a pergunta que acabei de lhe fazer – ele replicou.

Dumfries levantou a cabeça em reação à voz de seu mestre, e sua cauda bateu contra os juncos. Gabriel foi até ele, abaixou-se em um joelho e acariciou o pescoço do cão.

– Tenho de carregá-lo lá para fora, Dumfries?

– Lady Johanna já levou seu cachorro para fora, Lorde – Leila gritou da entrada e desceu rapidamente as escadas. Ela sorriu para Calum e Keith, e então se virou para o seu lorde: – Também já lhe deu comida e água, e afirmou que seu cão está muito melhor hoje.

– Como ela pode saber tão cedo que ele está melhor? – Keith perguntou.

Leila sorriu.

– Eu também perguntei isso a ela, e ela me disse que seu rosnado está um pouco mais forte hoje. Foi como soube que ele melhorou.

– Onde ela está? – Gabriel quis saber.

– Foi cavalgar – Leila respondeu. – Ela disse que o dia estava muito bonito para ficar aqui dentro.

– Minha esposa foi cavalgar sozinha?

Gabriel não esperou por uma resposta. Murmurou uma blasfêmia obscura enquanto deixava o salão, e Keith e Calum foram atrás dele.

– Eu assumo total responsabilidade por qualquer coisa que possa acontecer com nossa senhora – Keith anunciou. – Devia ter chegado aqui mais cedo; hoje é meu dia de protegê-la – ele acrescentou como explicação. – Maldição, mas seria bom se ela ficasse onde deveria.

– Mas ela estava usando o manto MacBain – Leila exclamou.

– Ela não deveria – Keith disse.

– Mas está, senhor.

Calum coçou o queixo.

– Ela confundiu os dias – concluiu em voz alta, e piscou para Leila quando passou por ela, apertando o passo para acompanhar Keith.

Gabriel controlou sua preocupação ficando com raiva. Ele tinha sido muito específico com sua esposa nas últimas semanas. Ela devia descansar, droga. Cavalgar sozinha nas colinas infestadas de lobos não era a ideia que ele tinha de descanso. Teria de mantê-la trancada a sete chaves? Por Deus, ele lhe faria essa pergunta assim que a encontrasse.

Sean, o mestre do estábulo, avistou seu lorde chegando e imediatamente preparou sua montaria para a caça do dia. Ele estava acabando de guiar o belo cavalo negro para fora quando Gabriel o alcançou, tomou as rédeas de suas mãos e grunhiu uma resposta ao cumprimento de Sean; então montou no animal em um movimento suave. O cavalo estava a pleno galope quando cruzaram o pasto.

Auggie ouviu o bater de cascos e levantou a cabeça. Ele estava de joelhos, medindo a distância entre o buraco que acabara de cavar e o que cavaria a seguir, e apressou-se em levantar-se e curvar-se quando seu lorde parou a montaria a poucos pés de distância.

– Bom dia para você, Lorde MacBain.

– Bom dia para você, Auggie – respondeu Gabriel, que examinou o pasto, e então olhou de volta para o velho guerreiro.

– Você viu minha esposa?

– Estou vendo-a agora mesmo, MacBain.

Auggie apontou com a mão. Gabriel virou-se em sua sela e olhou para cima, avistando Johanna imediatamente. Ela estava no cume, ao norte, sentada em seu cavalo.

– O que raios ela está fazendo? – murmurou para si mesmo.

– Contemplando as suas circunstâncias – respondeu Auggie.

– Em nome de Deus, o que isso significa?

– Eu não saberia dizer, MacBain. Estou apenas repetindo o que ela me disse. Ela está lá em cima há mais de uma hora. Apostaria como, agora, já deve ter resolvido tudo em sua mente.

Gabriel assentiu e conduziu sua montaria a plena velocidade.

– É um bom dia para cavalgar – gritou Auggie.

– É um dia ainda melhor para ficar em casa – Gabriel murmurou em resposta.

Johanna estava prestes a cavalgar de volta para o pasto quando viu seu marido subindo até o cume. Acenou para cumprimentá-lo, então dobrou suas mãos juntas por cima das rédeas e esperou que ele chegasse até ela.

Ela estava mais do que pronta para enfrentá-lo. Respirou profundamente em antecipação. Chegara a hora de colocar seu novo plano em ação. Ela estava um pouco nervosa, mas era natural que se sentisse assim, pois não estava acostumada a tomar o controle da situação. Isso, no entanto, não iria detê-la. *Por Deus, sou responsável pelo meu destino,* ela disse a si mesma. Precisava explicar isso ao marido.

Johanna acordara uma hora antes do dia amanhecer e passara o tempo pensando sobre todas as mudanças que gostaria de fazer. A maioria delas relacionava-se ao próprio comportamento, mas havia também algumas mudanças que ela pretendia ajudar seu marido a realizar.

O animal de estimação de Gabriel havia, de fato, incitado seus pensamentos. Johanna aprendera coisas muito reveladoras enquanto cuidava dos ferimentos do cão. Primeiro, constatou que o rosnado dele era apenas para fazer barulho; na verdade, um sinal de afeição. Segundo, concluiu que não precisava ter medo dele, pois um carinho firme e uma palavra gentil haviam conquistado a lealdade de Dumfries. Naquela manhã, quando o alimentou, ele rosnara carinhosamente enquanto lambia sua mão. Não muito diferente de como fazia com o seu mestre.

As caras feias de seu marido não a preocupavam mais. Johanna precisou lembrar-se disso quando ele a alcançou.

– Ordenei-lhe que descansasse – ele soltou, com a voz ríspida de raiva.

Ela ignorou seu cumprimento hostil.

– Bom dia, meu marido. Você dormiu bem?

Gabriel estava tão próximo que sua perna direita pressionava a coxa esquerda dela. Johanna não conseguia encarar o cenho franzido dele por muito tempo, e baixou o olhar para o colo. Não queria que o olhar dele atrapalhasse sua concentração, pois tinha uma série de coisas a comunicar ao seu marido, e era importante que se lembrasse de cada um de seus pensamentos.

Ele notou que a mulher estava com seu arco e flecha em um suporte de couro amarrado às costas. *Trazer a arma consigo mostrou bom senso, ele pensou, contanto que fosse certeira no caso de um ataque.* Praticar com um alvo preso a uma árvore era uma coisa, mas a prova real de sua habilidade seria demonstrada em um alvo em movimento, como um lobo faminto ou um javali raivoso em plena ofensiva. Aqueles pensamentos o fizeram lembrar-se dos perigos que espreitavam além das colinas, e sua carranca se intensificou de pronto.

– Você desrepeitou flagrantemente minhas instruções, Johanna. Você não está autorizada...

Ela inclinou-se para o lado de sua sela, alcançou-o e, com gentileza, acariciou a lateral do seu pescoço com as pontas dos dedos. Um carinho suave como o toque de uma borboleta, que terminou antes que ele tivesse tempo de reagir, mas que, ainda assim, conseguiu tirar-lhe a concentração.

O toque dela deixou Gabriel pasmo. Johanna sentou-se de volta, juntou as mãos e sorriu para ele.

Ele teve de balançar a cabeça para clarear os pensamentos. Então começou de novo.

– Você não tem ideia dos perigos...

Ela fez de novo. Droga se não estava tirando deliberadamente sua concentração acariciando-lhe o pescoço. Ele segurou sua mão antes que pudesse puxá-la de volta.

– O que diabos você está fazendo?

– Acariciando você.

Ele começou a dizer algo, então mudou de ideia e encarou-a por um longo momento, tentando entender o que havia dado nela.

– Por quê? – enfim quis saber, com uma expressão desconfiada.

– Queria demonstrar-lhe afeto, milorde. Meu toque o desagrada?

– Não – ele rosnou.

Ele segurou o queixo dela e inclinou-se para baixo, sua boca cobrindo a dela em um longo e firme beijo.

Ela derreteu-se na direção dele, colocou os braços em volta de seu pescoço e agarrou-o, conforme o beijo se tornava mais envolvente. Johanna não soube como aconteceu, mas quando seu marido finalmente recuou, ela estava sentada em seu colo. Ele a abraçou perto e ela desabou sobre o peito dele, que deixou escapar um pequeno suspiro e sorriu de satisfação.

Ela queria rir. Querido Deus, aquilo, de fato, funcionara. Ela acabara de provar uma teoria de suma importância: Gabriel e seu cão eram muito semelhantes. Seu marido gostava de fazer barulho tanto quanto seu animal de estimação.

– É permitido que uma esposa demonstre afeição ao seu marido.

Ele estava dando a ela sua aprovação, imaginou. E, Senhor, como ele era arrogante. Ela inclinou-se para longe dele, para que pudesse olhá-lo.

– É permitido que um marido leve sua esposa para cavalgar?

– É claro; um marido pode fazer qualquer coisa que desejar.

Uma esposa também, ela refletiu.

– Por que está sempre tão sério, milorde? A verdade é que você não sorri o suficiente para o meu gosto.

– Eu sou um guerreiro, Johanna.

A expressão no rosto dele mostrava que ele, de fato, acreditava ter dado uma explicação completa e lógica.

Ele colocou-a de volta em sua montaria.

– Você sorri raramente – ele observou. – Por que isso?

– Sou a esposa de um guerreiro, milorde.

Ela sorriu após dar a ele sua resposta sagaz, e ele não conseguiu segurar o riso.

– Você fica lindo quando sorri, milorde.

– Mas você não gosta de homens bonitos, lembra?

– Eu me lembro. Só estava tentando elogiá-lo, senhor.

– Por quê?

Ela não respondeu.

– O que você estava fazendo aqui em cima, totalmente só?

Ela respondeu-lhe com outra pergunta.

– Você poderia separar uma hora para cavalgar comigo? Estou tentando encontrar uma caverna sobre a qual Auggie me contou... Disse que há um tesouro dentro dela.

– E que tesouro é esse?

Ela balançou a cabeça.

– Primeiro terá de me ajudar a encontrar a caverna; então lhe direi o que há dentro. Eu sei quão ocupado você é, mas certamente uma hora não fará muita diferença, não é?

Ele franziu o cenho enquanto avaliava o pedido dela. Tinha deveres importantes programados para o dia, e os deveres vinham sempre em primeiro lugar, é claro. Cavalgar por mero prazer não fazia o menor sentido para ele. Não era... produtivo.

Ainda assim, a ideia de passar alguns minutos com sua esposa, e isso era sem dúvida tudo o que ele conseguiria, era-lhe atraente.

– Mostre-me o caminho, Johanna, e eu a seguirei.

– Obrigada, milorde.

Ela parecia extasiada de gratidão. Sua pequena e gentil esposa encontrava tanta alegria nos pequenos prazeres. Gabriel, de repente, se sentiu um ogro por ter ponderado antes de aceitar o pedido dela.

Johanna não pretendia dar-lhe tempo para mudar de ideia. Queria levá-lo para longe de sua propriedade e de suas responsabilidades, para que pudesse ter uma longa conversa a sós com ele. Tomou as rédeas e conduziu seu cavalo a pleno galope colina abaixo.

Ela montava com destreza. A constatação o surpreendeu, pois parecia delicada demais para ser hábil em atividades ao ar livre.

Gabriel ficou satisfeito em permanecer atrás dela até que alcançaram a floresta. Então tomou a frente e os liderou.

Andaram para lá e para cá, enquanto procuravam pela entrada da caverna. Depois de uma hora de busca, Johanna estava pronta para desistir.

– Da próxima vez, temos de pedir a Auggie que cavalgue conosco. Ele apontará o caminho.

Eles passaram pelas árvores e pararam em uma clareira estreita, próxima ao riacho, com vista para o vale.

– Está pronta para voltar? – perguntou Gabriel.

– Gostaria de falar com você primeiro, milorde, e se eu não estivesse com tanta fome, imploraria que ficasse aqui comigo pelo resto do dia. É tão adorável. Você notou quão verde e exuberante é o nosso vale? – Os olhos de Gabriel brilharam confusos quando ela acrescentou: – E pensar que vocês têm um clima tão ameno o ano todo; considero-me privilegiada todos os dias. Sim, considero-me privilegiada.

Gabriel achou o entusiasmo dela revigorante. Ele nunca a vira em um humor tão despreocupado antes e aquilo aqueceu seu coração. Por Deus, ele também estava relutante em deixar o vale.

– Posso providenciar algo para satisfazer sua fome, minha esposa.

Ela virou para olhá-lo.

– Você caçará algo para comermos?

– Não. Eu carrego tudo o que for preciso.

Gabriel desmontou e ajudou-a a descer ao chão.

– Você é muito magra, Johanna. Mal tem o peso de duas pedras.

Ela ignorou a crítica dele.

– Onde está essa comida que você anunciou, meu marido? Está imaginando que ela aparecerá do céu, como o maná?

Ele balançou a cabeça. Ela observou-o levantar a alça de sua sela e retirar um prato liso de metal, e viu que, atrás da sela, havia uma bolsa amarrada com uma corda.

Ele sinalizou para que ela entrasse na clareira e amarrou as rédeas dos cavalos em um dos galhos, antes de se juntar a ela.

– Tire o seu manto, Johanna; vamos usá-lo como uma toalha. Abra-o no chão, próximo aos pinheiros.

– Isso não parece decente.

O tom irreverente em sua voz lhe dizia que ela não se importava se era decente ou não. O humor despreocupado dela intrigou-o e deixou-o determinado a descobrir o que causara a mudança. Johanna era, normalmente, muito reservada.

Alguns minutos mais tarde, ela estava sentada em seu manto, assistindo Gabriel preparar a comida. Ele acendeu uma fogueira com galhos e turfas e colocou o prato de metal no centro das chamas. Então despejou um punhado da aveia que trazia dentro da bolsa em uma de suas mãos em concha, acrescentou água do riacho, e rapidamente formou um grosso bolo de aveia, que ele jogou no prato e deixou cozinhar. Enquanto isso, preparou outro bolo.

Para Johanna, o bolo de aveia que o marido cozinhara tinha gosto de galhos assados misturados com poeira, mas porque ele se dera ao trabalho de preparar a comida, ela não o deixou saber o quão horrível estava o sabor.

Gabriel achou graça da expressão no rosto dela enquanto mordiscava a aveia, e ela teve de ir várias vezes até o riacho para beber água e conseguir engolir a comida. Por fim, conseguiu comer apenas metade do bolo antes de anunciar que estava satisfeita.

– Foi muito cuidadoso da sua parte trazer a comida consigo – ela observou.

– Todo guerreiro sempre carrega sua comida nas costas, Johanna. – Ele sentou-se ao lado dela, inclinou-se para trás contra o tronco da árvore, e acrescentou: – Nós levamos tudo de que precisamos para uma caçada ou uma guerra. Nós, os guerreiros das Terras Altas, somos autossuficientes; não precisamos de pão, vinho nem de carroças repletas de panelas e caldeirões, como os mimados soldados ingleses. Nossos mantos são nossas barracas ou cobertores, e qualquer comida que queremos, tiramos da terra.

– Ou roubam de outros clãs?

– Sim.

– É errado pegar sem permissão.

– É o nosso jeito – ele explicou novamente.

– Os outros clãs roubam de vocês?

– Nós não temos nada que eles queiram.

– Eles roubam uns dos outros?

– É claro.

– É extremamente bárbaro – ela decidiu em voz alta. – Nenhum lorde negocia aquilo de que precisa?

– Alguns o fazem – respondeu Gabriel. – Duas vezes por ano, Conselhos se reúnem próximos ao Moray Firth, e clãs que não são rivais participam. Ouvi dizer que há uma boa quantidade de trocas sendo feitas nos encontros.

– Ouviu dizer? Então você nunca foi a um desses encontros?

– Não.

Ela esperou por mais explicações, mas ele permaneceu em silêncio.

– Você não foi convidado?

Ele mostrou-se indignado com o provável insulto.

– Todo lorde é convidado, minha esposa.

– Então por que, em nome de Deus, você não participa?

– Não tive tempo nem interesse. Além do mais, já expliquei a você diversas vezes: nós não temos nada para oferecer em troca.

– Mas e se tivessem? – ela perguntou. – Então você iria ao encontro do Conselho?

Ele deu de ombros em resposta.

Ela soltou um suspiro.

– O que o Padre MacKechnie tem a dizer sobre roubar?

A esposa parecia obcecada com sua preocupação sobre a opinião do padre.

– Ele não nos critica, se é o que está pensando. Ele sabe que seria inútil discutir. A sobrevivência vem antes de questões irrisórias, como pecados veniais.

Ela estava um tanto perplexa com a atitude de seu marido, e com bastante inveja, também. Seria ótimo não se preocupar com pecar o tempo todo.

– O Padre MacKechnie é um padre atípico.

– Por que diz isso?

– Ele é muito gentil, e isso o faz atípico.

Gabriel franziu o cenho diante do comentário dela.

– Como são os padres na Inglaterra?

– Cruéis. – Ela disparou sua convicção e sentiu-se culpada imediatamente, pois generalizara todos os homens de Deus segundo os poucos desumanos que conhecera. – Alguns provavelmente têm bom coração –

ela acrescentou com um aceno. – Estou certa de que alguns são homens muito bons, que não acreditam que as mulheres são as últimas a serem amadas por Deus.

– Mulheres são o quê?

– As últimas no amor de Deus – ela explicou, endireitando-se, mas mantendo a cabeça abaixada. – Você deve saber que não tenho uma boa reputação com a Igreja, Gabriel.

Ela agiu como se estivesse revelando-lhe uma confissão obscura.

– E qual a razão para isso, Johanna?

– Eu sou uma rebelde – ela sussurrou.

Ele sorriu, e ela pensou que ele devia achar que era brincadeira.

– Eu sou uma rebelde – ela repetiu. – Não acredito em tudo o que a Igreja ensina.

– Como em que, por exemplo? – ele perguntou.

– Eu não acredito que Deus ame menos as mulheres do que ama os bois.

Gabriel nunca ouvira algo tão absurdo.

– Quem disse a você...

Ela o interrompeu.

– O Bispo Hallwick gostava de enumerar a hierarquia de Deus como um lembrete da minha insignificância. Ele dizia que, a não ser que eu aprendesse a verdadeira humilhação e subserviência, eu jamais dormiria com os anjos.

– Esse bispo era o seu confessor?

– Por um tempo – ela respondeu. – Por causa da posição importante de Raulf, o bispo era seu conselheiro e confessor. E me ditava várias penitências.

Gabriel podia sentir seu medo. Inclinou-se para a frente e colocou a mão no ombro dela, que recuou, assustada.

– Explique essas penitências – ordenou.

Ela balançou a cabeça negativamente. Estava arrependida de ter trazido o assunto à tona.

– Quando Alex voltará para casa?

Ele sabia que ela estava mudando de assunto de propósito, e decidiu deixá-la fazer as coisas do seu jeito. Sua esposa era cheia de preocupações estranhas; e pela forma que ela estava apertando suas mãos agora, ele presumiu que o Bispo Hallwick estava no topo da lista de suas apreensões.

– Alex voltará para casa quando a muralha estiver terminada – ele respondeu. – Você me fez a mesma pergunta ontem. Esqueceu-se da minha resposta?

– Provavelmente irei perguntar novamente amanhã.

– Por quê?

– Um filho deve viver com seu pai. Ele está contente em esperar? Está feliz com a família de sua mãe? Você confia nas pessoas que estão cuidado do bem-estar dele? Uma criança tão pequena como Alex precisa da atenção de seu pai – ela finalizou.

Ela estava, de fato, insultando-o ao fazer tais perguntas. Acreditaria que deixaria seu filho nas mãos de infiéis?

Gabriel não acreditava que ela estivesse tentando ser insolente, pois a expressão apreensiva em seu rosto mostrava quão preocupada estava com o garoto.

– Alex me contaria se estivesse infeliz ou sendo maltratado.

Ela negou com a cabeça de modo veemente.

– Não, ele pode não estar contando a você. Pode estar sofrendo em silêncio.

– E por que ele sofreria em silêncio?

– Por que estaria envergonhado, é claro. Ele pode estar achando que fez algo errado para merecer tal tratamento cruel. Traga-o para casa, Gabriel. O lugar dele é conosco.

Gabriel puxou-a para o colo e levantou-lhe o queixo. Olhou fixamente para ela por um longo instante, tentando entender o que se passava em sua mente.

– Eu vou trazê-lo para casa, para uma visita.

– Quando?

– Na próxima semana – ele prometeu. – Perguntarei a ele se está infeliz ou sofrendo maus-tratos.

A mão dele moveu-se para cobrir a boca dela, para que não o interrompesse.

– E – ele acrescentou em uma voz mais firme quando ela ousou sacudir a cabeça –, ele me dirá a verdade. Agora eu gostaria que você me respondesse uma pergunta, Johanna.

Ele retirou sua mão, esperou por seu aceno, então perguntou:

– Por quanto tempo você sofreu em silêncio?

– Você entendeu errado – ela disse. – Eu tive uma infância maravilhosa. Meus pais eram pessoas gentis, amáveis. Papai morreu há três anos e eu ainda sinto falta dele.

– E sua mãe?

– Ela está sozinha agora. Sabe, eu nunca teria concordado em vir para cá se não fosse pela promessa de Nicholas de cuidar dela. Ele é um filho devotado.

– Você provavelmente via seus pais frequentemente quando era casada com o barão, mas a distância desta terra até o lar de sua mãe é grande demais para permitir mais que uma visita ao ano, minha esposa.

– Você deixaria que eu fosse ver minha mãe?

Ela parecia atônita.

– Eu a levaria – ele respondeu –, mas apenas uma vez ao ano. Não espere poder ver sua família com a mesma frequência de quando era casada com o homem inglês.

– Mas eu nunca via minha mãe nem meu pai nessa época.

Foi a vez dele parecer perplexo.

– Seu marido não permitia visitas?

Ela balançou a cabeça.

– Eu não queria vê-los... não naquele momento. Não devíamos retornar agora? Está ficando tarde, e eu já o mantive longe de suas tarefas por tempo suficiente.

Ele franziu o cenho de irritação. Johanna não estava fazendo nenhum sentido para ele. Ela parecia exultante quando ele disse que poderia voltar para a casa de sua mãe uma vez no ano, mas se contradisse ao mencionar que escolhera não ver seus parentes durante os anos em que fora casada com o barão.

Gabriel não gostava de meias respostas; exigiria que ela lhe desse uma explicação decente agora.

– Johanna – ele começou, sua voz em um rosnado baixo. – Você se contradisse, e eu não gosto de enigmas...

Ela tirou as mãos do colo e o alcançou para acariciar seu pescoço. A atitude dela pegou-o de surpresa, mas ele se recusou a ser distraído. Segurou a mão dela para que não o interrompesse novamente e continuou.

– Como eu disse, não gosto...

Ela alisou o outro lado do pescoço dele com a outra mão.

Gabriel estava distraído. Deixou escapar um suspiro diante de sua própria falta de disciplina, agarrou a outra mão dela e puxou-a para perto, beijando-a.

Ele queria apenas prová-la, mas sua resposta entusiasmada o fez ficar sedento por mais. Ele ficou mais necessitado. Sua boca inclinou-se sobre a dela, e sua língua guerreava com a dela em um jogo de amor.

Ela queria mais. Puxou as mãos que ele apertava e entrelaçou-as em seu pescoço. Os dedos passearam por seus cabelos, e ela moveu-se incansavelmente contra ele, tentando chegar mais perto.

A doce resposta deJohanna ao seu toque o fez perder a cabeça. Foi necessária muita força de vontade para recuar. Ele fechou os olhos para não ficar tentado por sua boca sensual, e deixou escapar um grunhido de frustração.

– Agora não é hora, minha esposa. – Sua voz estava rígida.

– Não, claro que não. – A voz dela estava suave e sussurante.

– Os perigos aqui...

– Sim, os perigos...

– Eu tenho deveres.

– Você deve me achar descarada por tentar tirá-lo de suas responsabilidades importantes.

– Sim, você é – ele concordou, sorrindo.

O homem estava a induzindo à distração. Enquanto enumerava todas as razões pelas quais deveriam voltar imediatamente à propriedade, a mão dele acariciava a lateral de sua coxa.

Estava sendo difícil para ela prestar atenção ao que ele dizia. Pequenas coisas continuavam se colocando no caminho, e o cheiro fresco e másculo do marido era uma delas. Gabriel tinha cheiro de ar livre. Era irresistível. A voz dele também a inebriava. Era profunda e vibrante, e ela não se intimidava mais pela rouquidão em seu tom. Na verdade, achava-a excitante.

– Gabriel?

A mão dele moveu-se mais para cima em sua coxa.

– O quê?

– Eu queria falar com você sobre decisões importantes que tomei.

– Você pode me dizer depois, Johanna.

Ela assentiu.

– Há lobos por aqui? – ela perguntou.

– Às vezes – ele respondeu.

– Você não parece preocupado.

– Os cavalos nos darão aviso suficiente. Sua pele tem a textura da seda.

Ela inclinou-se um pouco para trás, para conseguir beijar o queixo dele. Sua mão se moveu para a junção das coxas dela, que as abriu instintivamente, e ele envolveu a maciez dela com a concha da mão, começando a acariciá-la, enquanto seu beijo se tornava molhado e quente.

Despir-se seria embaraçoso e também frustrante, porque levava muito tempo, e os laços prendendo a saia dela tinham se embaraçado e dado nó quando ela os puxou. Gabriel assumiu a tarefa. Evidentemente, ele era inepto para isso, mas era forte, tanto que acabou rasgando o forro de cetim de sua saia.

Gabriel ficou repentinamente impaciente. Não podia esperar mais. Forçou-a a montar em seus quadris, levantou-a e se deteve.

– Me coloque dentro – ele ordenou, em um sussurro rouco. Queria gritar "agora", mas, em vez disso, limitou-se a dizer: – Quando estiver pronta, minha esposa.

Ela agarrou os ombros de seu marido com as mãos e abaixou-se lentamente sobre ele. Ficaram se olhando nos olhos, até Gabriel estivesse totalmente encaixado dentro dela.

O prazer era quase insuportável. Ela apertou bem os olhos e deixou escapar um gemido. Quando ela se moveu para a frente, para beijá-lo, sentiu uma urgência ardente de êxtase e moveu-se intencionalmente outra vez.

Deus, seus movimentos lentos, provocantes o deixaram louco. Ele segurou os quadris dela com firmeza e mostrou-lhe o que queria que fizesse. Seu ato de amor se tornou delirante. Ambos perderam o controle. Gabriel chegou ao clímax antes dela, mas ajudou-a a alcançar o seu, quando deslizou a mão entre seus corpos unidos e a estimulou. Ela se apertou inteira ao redor dele e enterrou o rosto na curva do seu pescoço, sussurrando o nome dele com um soluço enquanto seu orgasmo a consumia.

Gabriel segurou-a bem perto por vários minutos; então ergueu o queixo e beijou-a intensamente. Sua língua cruzou com a dela em um estilo preguiçoso, e ele recuou.

Sem dar muito tempo para que ela se recuperasse, beijou-a mais uma vez e mandou-a se vestir. O dia, ele declarou, estava sendo desperdiçado.

Ela tentou não se magoar com sua atitude; queria prolongar aquele momento, mas sabia que as obrigações ainda esperavam por ele.

Eles se lavaram no riacho, vestiram-se, e andaram lado a lado até os cavalos.

– Você não vai sair sozinha novamente, Johanna. Eu a proíbo.

Ela não concordou nem discordou daquela ordem. Antes de erguê-la sobre seu cavalo, ele lançou-lhe um olhar duro. Johanna ajustou a alça de seu suporte em seus ombros, deslizou o arco sobre o braço e tomou as rédeas das mãos dele.

– Quando retornarmos à propriedade, você irá descansar.

– Por quê?

– Porque estou mandando – ele retrucou.

Ela não estava disposta a discutir, mas também não pretendia deixá-lo voltar com um humor tão irritadiço.

– Gabriel?

– Sim?

– Você gosta do tempo que passamos juntos?

– Por que está me fazendo tal pergunta? Deveria ser óbvio para você que eu gosto de tocá-la.

Depois daquele pequeno elogio grosseiro, ele caminhou até seu cavalo e montou na sela.

– Não é óbvio – ela disparou.

– Deveria ser – ele replicou.

Ela queria elogios, ele imaginou, mas absolutamente nada lhe ocorria naquele momento. Não era nem um pouco bom em elogios e cortejos. Ainda assim, a expressão desapontada no rosto da esposa dizia que ela precisava de mais agrados, e ele não queria que aquele intervalo terminasse com ela parecendo decepcionada.

– Você me fez esquecer minhas obrigações.

Pronto, estava feito o elogio, pois aquela constatação real certamente a convenceria de quão tentadora ela era para ele. Todavia, soou para ela como uma acusação.

– Eu peço desculpas, Gabriel. Não acontecerá novamente.

– Eu estava elogiando você, sua tola.

Os olhos dela se arregalaram de surpresa.

– Estava?

Aparentemente ela não acreditava nele.

– Claro que foi um elogio; um lorde não esquece seus deveres frequentemente. Tal indisciplina causaria o caos; portanto, você vê, eu estava realmente lhe fazendo um elogio.

– A maioria dos elogios não são feitos com um berro, milorde. Essa deve ter sido a razão de eu não ter compreendido.

Ele resmungou, e ela não sabia o que significava aquele som rude. A discussão havia terminado, no entanto. Gabriel estapeou o flanco esquerdo do cavalo dela, para fazê-lo mover-se, e eles não voltaram a se falar até que alcançaram os estábulos. Então ele a lembrou de que devia descansar.

– Por que devo descansar? Não estou decrépita, milorde.

– Não quero que fique doente.

A posição do queixo dele dizia que não valia a pena discutir e, de qualquer forma, ela estava irritada demais para deixar que o assunto prosseguisse.

– Você está sendo irracional. Não quero ficar na cama o dia todo. Eu não conseguiria dormir durante a noite.

Gabriel desceu até o chão, então pegou na mão dela e arrastou-a de volta à fortaleza.

– Permito que se sente à frente da lareira no salão. Você pode até costurar, se tiver vontade.

A imagem que se formara em sua mente o agradava, e ele sorriu só de imaginar Johanna fazendo coisas tão femininas.

Ela ficou encarando-o fixamente, e ele, de tão surpreso com a reação à sua sugestão, começou a rir.

– Você tem ideias muito específicas sobre como eu devo passar os meus dias, milorde. Pergunto-me de onde as tira. Sua mãe costumava se sentar diante do fogo e costurar?

– Não.

– Então como ela preenchia seus dias?

– Com trabalho exaustivo. Ela morreu quando eu era muito novo.

A expressão no rosto dele e seu tom de voz diziam-lhe para não prosseguir com o assunto. Ele obviamente era sensível a respeito de sua infância. No entanto, aquele simples comentário lhe dissera bastante sobre como funcionava a mente dele.

Se o trabalho pesado havia matado sua mãe, então seria por isso que Gabriel queria que ela descansasse todos os dias?

Ela sabia que não devia lhe perguntar mais nada, mas a curiosidade superou a cautela.

– Você amava sua mãe?

Não houve resposta. Ela tentou uma pergunta diferente.

– Quem criou você depois que ela morreu?

– Ninguém e todo mundo.

– Não entendi.

Ele apressou o passo, como se tentasse fugir correndo daquela inquisição, mase parou repentinamente e virou-se para ela.

– Você não precisa entender nada, Johanna. Agora, entre.

Seu marido podia ser muito rude quando queria. Ele a dispensou de seus pensamentos sem sequer olhar para trás, para ver se ela obedeceria suas ordens.

Johanna ficou parada na escada por vários minutos, pensando sobre seu marido. Queria entendê-lo. Ela era sua esposa, e por isso era importante que soubesse o que o fazia feliz e o que afligia seu temperamento. Uma vez que estabelecesse aqueles fatos, saberia como responder apropriadamente.

– O que a deixou preocupada, milady?

Johanna pulou em um pé, então se virou para sorrir para Keith.

– Você me deu um susto – ela admitiu, atestando o óbvio.

– Eu não pretendia – o guerreiro Maclaurin respondeu. – Apenas notei que você parecia incomodada, e perguntei-me se poderia fazer algo para melhorar seu humor.

– Eu estava apenas pensando sobre o seu lorde – ela respondeu. – Ele é um homem complicado.

– Sim, ele é – concordou Keith.

– Gostaria de entender como a mente dele funciona.

– Por quê?

Ela deu de ombros.

– Perguntas diretas não funcionam – ela comentou. – Ainda assim, há sempre mais de uma entrada para um castelo.

Keith não entendeu a metáfora.

– Sim, há duas entradas, três se você contar a passagem através da adega.

– Eu não estava me referindo a esta propriedade – ela explicou. – Eu quis dizer que sempre há mais de um modo de chegar aonde você deseja. Entende?

– Mas, ainda assim, há apenas duas entradas para a fortaleza, milady – Keith insistiu, teimosamente.

Ela soltou um suspiro.

– Deixe para lá, Keith.

O soldado mudou de assunto.

– Vai caminhar com Auggie esta tarde, milady?

– Talvez – ela respondeu e subiu rapidamente as escadas para entrar. Keith apressou-se à frente dela para abrir as portas.

– Hoje é quinta-feira, milady.

Ele disparou o lembrete e ela sorriu.

– Sim, é – ela concordou. – Com licença, por favor. Quero dar uma olhada em Dumfries – ela acrescentou, quando o soldado permaneceu ao seu lado. Ela presumiu que ele queria saber quais eram seus planos. Era urgente encontrar um modo de convencer Gabriel de que não precisava de um acompanhante escoltando-a; Keith e Calum a estavam deixando maluca seguindo-a por todos os lados. Naquela manhã, ela tivera de sair escondida para cavalgar, mas sabia que não seria capaz de repetir esse truque, pois agora eles estavam de olho nela; além do mais, não considerava honroso enganar para conseguir o que queria.

Johanna tirou o suporte das costas e colocou a bolsa com seu arco e flecha no canto da escada.

– Então você sabia que era quinta-feira o tempo todo? – Keith perguntou.

– Eu não pensei sobre isso, senhor. É importante?

Ele assentiu.

– Você devia estar usando as cores do tartan Maclaurin hoje.

– Eu deveria. Mas ontem...

– Ontem você usou o manto MacBain, milady. Lembro-me perfeitamente.

Ela podia dizer que o soldado achara seu erro angustiante.

– É importante que eu me lembre, não é mesmo?

– Sim.

– Por quê?

– Você não iria querer insultar nenhum dos clãs, iria?

– Não, é claro que não. Tentarei me lembrar no futuro, e agradeço a você por apontar meu erro. Vou subir e me trocar imediatamente.

– Mas metade do dia já se foi, milady; portanto, pode permanecer vestindo o manto MacBain. Mas você poderia usar as cores Maclaurin amanhã e no dia seguinte; isso corrigiria o insulto.

– Ela deve usar as cores MacBain em dias alternados, Keith. É inaceitável a esposa de MacBain usar suas cores por dois dias seguidos – disse Calum da porta de entrada ao ouvir o que Keith sugerira a Johanna.

Johanna começou a concordar com a sugestão dele, mas a expressão de Keith a faz mudar de ideia. E, como ele parecia mais irritado que Calum, ela resolveu concordar com ele. Todavia, nenhum dos dois estava particularmente interessado na opinião ou na concordância dela.

– Calum, acredito que Keith está certo quando diz que...

– Ela não vai usar as cores do seu clã por dois dias seguidos – disse Calum.

– Vai sim – Keith rebateu, encarando-o. – Ela quer fazer a coisa certa, Calum. Você faria bem em seguir seu exemplo.

– Que mudança de posição, não é mesmo? Você disse, não faz nem uma hora, que queria que ela ficasse em seu lugar.

– Não tive a intenção de insultá-la; apenas quis dizer que tornaria minha tarefa mais fácil se ela me deixasse saber aonde...

– Desde quando vigiar uma mulher pequena como essa é uma tarefa difícil? E, enquanto estou pensando sobre isso, me ocorreu o seguinte: desde quando você decide onde ela deve ficar? Eu acredito que, já que ela é uma MacBain agora, é meu dever colocá-la onde ela...

– Ninguém vai me colocar em lugar nenhum.

Eles estavam tão completamente envolvidos em sua calorosa discussão que ignoraram o protesto. De início, ela queria apaziguar os homens; agora, queria estrangular os dois.

Johanna lembrou-se de que prometera a si mesma que se daria bem com todos no clã, até mesmo com comandantes cabeças-duras. Como a estavam ignorando, ela afastou-se lentamente. Eles não notaram. Então ela virou-se, desceu rapidamente a escada e foi até a lareira, onde Dumfries estava descansando.

– Os guerreiros das Terras Altas têm noções peculiares a respeito de tudo, Dumfries – ela sussurrou, ajoelhando-se para acariciar o cão.

– Porque homens feitos se preocupariam com o que uma mulher veste? Posso ver que você não tem respostas; então, pare de rosnar. Vou olhar debaixo do seu curativo para ter certeza de que está se curando devidamente. Não vou machucá-lo, prometo.

A ferida estava cicatrizando bem. Dumfries estava abanando a cauda quando ela havia terminado de recolocar o curativo e lhe fazia um pouco de agrado.

Keith e Calum levaram a discussão para o lado de fora. Johanna subiu a escada, vestiu o manto Maclaurin e voltou ao salão nobre para ajudar com a preparação do jantar. Felizmente, Leila e Megan estavam responsáveis pela tarefa no dia. As outras mulheres não lhe dariam ouvidos. Janice, uma bela mulher de cabelos louros acobreados, era a mais ofensiva; certamente daria as costas para Johanna no meio de seu pedido e sairia andando. Kathleen era outra Maclaurin com uma atitude negativa a respeito de sua senhora. Johanna não tinha certeza de como mudaria o comportamento das mulheres, mas estava determinada a tentar.

Leila e Megan eram exceções à regra geral dos Maclaurin de ignorá-la, parecendo sempre ávidas por ajudá-la. O fato de a aceitarem como sua senhora a fazia gostar ainda mais delas.

– O que gostaria que fizéssemos, milady? – perguntou Leila.

– Gostaria que buscasse ramos de flores silvestres para decorar as mesas – disse Johanna. – Megan, você e eu vamos colocar toalhas de linho sobre as mesas e pegar as travessas.

– O salão parece digno, não? – Megan comentou.

Johanna concordou. Cheirava a limpeza também, pois o cheiro de pinho se misturava ao aroma fresco e bucólico dos juncos no chão. O salão era grande o suficiene para acomodar ao menos cinquenta guerreiros, mas esparsamente mobiliado. Ela estava acabando de reparar no fato quando dois soldados desceram a escada, carregando duas cadeiras de encosto alto.

– Aonde vocês acham que vão colocar isso? – Megan exigiu saber.

– Perto da lareira – um dos homens respondeu. – Estamos seguindo as orientações do nosso lorde.

Megan franziu o cenho. Ela virou as toalhas de linho branco sobre a mesa e as dobrou, para suavizar o material.

– Eu me pergunto por que...

Johanna interrompeu-a, pegando a ponta oposta da toalha e puxando-a para a outra borda da longa mesa.

– Ele quer que eu costure diante da lareira – ela explicou, soltando um suspiro. Os soldados carregaram as cadeiras através da sala. Dumfries começou a rosnar. Os homens eram jovens, e ambos estavam, obviamente, um pouco intimidados pela ameaça do cão, de modo que alteraram a direção a fim de tomar um caminho mais amplo ao redor do animal.

Johanna era solidária ao medo deles. Ponderou sobre dizer-lhes que Dumfries não os machucaria, mas mudou de ideia, pois os soldados ficariam constrangidos se soubessem que ela notara seu desconforto. Então,ela fingiu não reparar, mostrando-se ocupada demais em ajustar a toalha.

As cadeiras foram colocadas em ângulo, de frente para a lareira, e os homens se curvaram diante de sua senhora, depois que ela lhes agradeceu, e apressaram-se a sair do salão.

As cadeiras tinham almofadas macias no assento e no encosto. Uma cadeira, ela notou, estava revestida com o tartan MacBain, e a outra com o Maclaurin.

– Deus do céu, será que eu vou ter que alternar as cadeiras da mesma forma que alterno os mantos?

– Perdão, milady. – Megan fez uma pausa em sua tarefa de colocar a pilha de travessas de pão sobre a mesa. – Eu não entendi muito bem o que estava dizendo.

– Eu estava falando comigo mesma. – explicou Johanna, pegando metade da pilha de travessas e indo arrumar a outra mesa.

– Não foi atencioso da parte de nosso lorde se preocupar com o seu conforto? Ocupado do jeito que é, ele ainda pensa em trazer cadeiras para você.

– Sim – Johanna concordou apressadamente, temendo que Megan pensasse que ela não era grata à consideração de seu marido. – Acho que vou trabalhar em minha tapeçaria esta noite. Isso deverá agradar meu marido.

– Você mostra ser uma boa esposa querendo agradá-lo.

– Não, Megan, não sou uma boa esposa.

– Mas é claro que é – contestou Megan.

Gabriel entrou no salão em tempo de ouvir o comentário da mulher Maclaurin e parou no topo da escada, esperando que sua mulher se virasse e o visse. Ela estava ocupada distribuindo travessas na mesa à frente de cada assento.

– Uma boa esposa é uma esposa submissa.

– Ser submissa é ruim? – Megan perguntou.

– Não parece combinar comigo – Johanna respondeu, tentando atenuar o assunto penoso.

– Você parece bastante submissa para mim – anunciou Megan. – Nunca a vi discordando de ninguém, milady, especialmente de seu marido.

Johanna assentiu.

– Tenho tentado seguir suas ordens, porque ele provou se importar com os meus sentimentos. Ele ficará feliz em me ver sentada diante do fogo trabalhando em minha costura, e como eu gosto da tarefa, vou satisfazê-lo.

– É uma boa atitude a sua, minha esposa.

Gabriel lançou sua opinião. Johanna virou-se para olhar para o marido e corou de vergonha. Sentiu como se estivesse acabado de ser flagrada fazendo algo pecaminoso.

– Eu não estava sendo desrespeitosa, milorde.

– Nem eu acho que estivesse.

Ela o encarou por um longo instante, tentando adivinhar em que estava pensando.Sua expressão era contida, e ela não saberia dizer se estava bravo ou entretido com ela.

Ela era uma bela visão para ele, com seu rosto corado pelo constrangimento. Parecia preocupada, e por isso ele não sorriu. Ocorreu-lhe que sua esposa havia percorrido um longo caminho desde que se casaram. Em pouco menos de três meses, superara o medo dele. Não tremia mais ao vê-lo. Ainda era tímida demais para seu gosto, mas ele esperava que, com tempo e paciência, ela superaria aquele defeito.

– Há algo que queira, meu marido?

Ele assentiu.

– Não temos um curandeiro aqui, Johanna. E já que você se provou habilidosa com uma agulha e linha, gostaria que desse pontos em Calum. Ele teve o braço cortado por um soldado inexperiente que estava tentando treinar.

Johanna já estava correndo pelos degraus para pegar seus instrumentos.

– Eu ficaria feliz em ajudar. Vou apenas pegar as coisas de que preciso e volto em um minuto. Pobre Calum, deve estar com uma dor terrível.

Sua previsão se provou falsa. Quando Johanna voltou ao salão nobre, Calum estava estava sentado em uma das cadeiras, esperando por ela, coberto de atenção pelas mulheres ao seu redor.

Leila, Johanna notou, estava mais afetada pela condição de Calum. Ela parou do outro lado da mesa, fingindo arrumar as flores que colhera, mas seus olhos estavam cheios de lágrimas, e ela olhava de relance o tempo todo para observar o soldado. Calum a ignorava.

As mulheres Maclaurin, obviamente, sentiam afeição pelo soldado MacBain. Leila estava se esforçando muito para não demonstrar seus sentimentos, e Johanna se perguntou se o fazia porque Calum não demonstrava nenhum interesse por ela ou se escondia seus sentimentos por ser ela uma Maclaurin, e ele, um MacBain. Uma coisa era certa: Leila estava arrasada. Johanna sabia que não devia interferir, mas Leila lhe era tão querida, que ela realmente queria tentar ajudá-la.

De repente outra mulher Maclaurin passou correndo por Johanna.

– Eu ficarei feliz em dar pontos em você – declarou Glynis. A mulher que deu a Johanna o apelido de Corajosa estava sorrindo para o soldado. – Não me importa que você seja um MacBain, farei um bom trabalho da mesma forma.

Johanna enrijeceu sua espinha e apressou-se em atravessar a sala.

– Por favor, afaste-se – ela ordenou. – Eu vou tomar conta de Calum. Leila? Traga-me uma banqueta.

Gabriel voltou à sala, viu a multidão e imediatamente a dispersou.

Johanna estudou o ferimento. Era um corte longo e estreito, que começava no ombro esquerdo de Calum e terminava logo abaixo de seu cotovelo. Era profundo o suficiente para requerer pontos antes que cicatrizasse.

– Está doendo muito, Calum? – ela perguntou, com a voz cheia de empatia.

– Não, milady, não mesmo.

Ela não acreditou nele. Colocou seus materiais sobre a mesa e sentou-se no banco, próxima ao soldado.

– Então porque está fazendo careta, senhor?

– Eu desagradei meu lorde – explicou Calum em um sussurro baixo. – O corte miserável prova a ele que eu não estava prestando atenção.

Depois de dar sua explicação, ele olhou por cima do ombro e franziu o cenho para Leila, que imediatamente baixou o olhar. Johanna perguntou-se se o soldado considerava a mulher Maclaurin responsável pela sua desatenção.

Calum nem se mexeu enquanto ela trabalhava em seu ferimento. Levou um longo tempo para ela limpar o corte, mas costurá-lo foi muito rápido. Leila a ajudou, rasgando longas faixas de tecido branco de algodão para usar como bandagem.

– Pronto – anunciou Johanna ao terminar. – Você está novo em folha, Calum. Não deixe que a bandagem fique molhada, e, por favor, não coloque nenhuma pressão sobre meus pontos levantando nada pesado. Eu vou trocar o curativo todas as manhãs – ela acrescentou com um aceno.

– Ele pode cuidar dessa tarefa.

Gabriel aproximou-se da lareira. Abaixou-se e se apoiou em um joelho para cumprimentar seu animal de estimação.

– Prefiro eu mesma trocar as bandagens, milorde – avisou Johanna, movendo-se para trás para que Calum pudesse se levantar, e dando a volta até o outro lado da mesa. Leila havia deixado as flores bagunçadas sobre o tampo da mesa ,e Johanna decidiu colocá-las em um vaso de porcelana com água antes que começassem a murchar.

– Não contradiga as minhas ordens, esposa.

Gabriel levantou-se e virou-se para o seu soldado, com a voz repleta de raiva, e ordenou-lhe que deixasse o salão.

– Volte aos seus afazeres, Calum; você já perdeu tempo suficiente. Leila, fique aqui. Quero falar com você antes que se vá.

A dureza na voz do marido espantou Johanna. Ele estava visivelmente furioso com o soldado, e parte dessa raiva sobrava para Leila. A mulher Maclaurin parecia assolada. O coração de Johanna se compadeceu. Queria defender Leila, mas antes precisava descobrir o que ela havia feito para desagradar seu lorde.

– Acabei de instruir Calum para não carregar nada pesado, milorde.

– Ele vai trabalhar na muralha.

– Você quer dizer, carregando pedras? – ela soava horrorizada.

– Sim – ele soava cruel.

– Ele não pode.

– Mas vai carregar.

Ela pegou uma flor e colocou no vaso, sem prestar atenção ao que estava fazendo. Estava totalmente ocupada em encarar seu marido. Mas pensou que podia não estar sendo justa; afinal, seu marido podia não ter se dado conta conta de quão sério era o ferimento de Calum.

– O corte era consideravelmente profundo, milorde. Ele não deve se esforçar em nenhum tipo de trabalho.

– Eu não me importo se ele vai perder o braço, esposa. Ele vai trabalhar.

– Ele vai romper os pontos.

– Por mim, ele pode usar uma mão só ou chutar as pedras. Leila?

– Sim, Lorde MacBain?

– Você não irá distrair meus soldados quando eles estiverem trabalhando. Entendeu?

Os olhos dela se encheram de lágrimas.

– Sim, Lorde MacBain. Eu compreendo. Não acontecerá novamente.

– Espero que não mesmo. Pode ir agora.

Leila fez uma reverência rápida e virou-se para sair.

– Quer que eu retorne amanhã para ajudar sua senhora?

Johanna estava prestes a dizer que sim, mas Gabriel a atingiu com sua resposta.

– Não é necessário. Uma das mulheres MacBain assumirá suas tarefas.

Leila saiu correndo para fora do salão. Johanna estava furiosa com o marido. Ela empurrou outra flor para dentro do vaso e balançou a cabeça para ele.

– Você esmagou os sentimentos dela, milorde.

– Os sentimentos dela não irão matá-la – ele rebateu.

– O que isso quer dizer?

– Venha, Dumfries. É hora de ir lá fora.

Johanna forçou o restante das flores dentro do vaso e então correu na frente, para bloquear a saída do marido. Parou a apenas um pé de distância dele.

Suas mãos estavam apoiadas nos quadris e sua cabeça estava toda inclinada para trás, para que pudesse olhar nos olhos dele.

Sua esposa não estava agindo com timidez agora. Por Deus, havia fogo em seus olhos. Gabriel estava tão feliz com a iniciativa que ela estava mostrando que quase abriu um sorriso. Mas, em vez disso, fez cara feia.

– Você está questionando minhas razões?

– Acredito que estou sim, milorde.

– Não é permitido.

Ela mudou sua abordagem.

– Dar minha opinião é permitido – ela o lembrou. – E na minha opinião você constrangeu Leila com suas críticas.

– Ela irá sobreviver – ele rebateu.

Foi difícil, mas ela não recuou diante da expressão dele.

– Uma boa esposa, provavelmente, deixaria o assunto morrer – ela sussurrou.

– Sim, deixaria.

Ela soltou um suspiro.

– Então acho que não sou uma boa esposa, Gabriel. Ainda quero saber o que Leila fez para deixá-lo nervoso.

– Ela quase fez meu soldado ser morto.

– Ela fez isso?

– Sim, ela fez.

– Mas certamente não de propósito – ela defendeu.

Ele inclinou-se para baixo, até seu rosto ficar a poucos centímetros do dela.

– Calum é o culpado. Ele parece ter pego a sua doença, esposa: não estava prestando atenção no que estava fazendo.

Ela endireitou a espinha.

– Está se referindo àquele pequeno incidente em que me envolvi, meu marido, quando acidentalmente entrei no meio de sua sessão de treinamento?

– Sim.

– É rude de sua parte trazer isso à tona – ela anunciou.

Ele não pareceu se importar se estava ou não sendo rude.

– Sobreviver é mais importante do que ferir sentimentos – ele murmurou.

– Isso é verdade – ela admitiu.

Dumfries interrompeu com um latido alto. Gabriel virou-se, chamou seu cão e deixou o salão, sem sequer olhar para a esposa.

Johanna refletiu sobre a conversa durante o resto da tarde. Sabia que provavelmente não devia ter interferido nas decisões do marido acerca dos membros de seu clã; no entanto, não pôde se conter. Nos poucos meses em que estava casada, seu afeto por Calum e Leila crescera bastante.

Na verdade, ela estava surpresa com o próprio comportamento. No passado, aprendera a não formar quaisquer laços afetivos, porque o envolvimento levava ao zelo, e então seu primeiro marido teria ainda outra arma para usar contra ela. A afeição pelos membros da criadagem os colocava em perigo.

Chelsea, uma garota de temperamento muito doce, fora sua primeira lição. Ela era a assistente de cozinha, com quase a mesma idade de Johanna, e Raulf sabia que a esposa gostava de ajudar na cozinha. Ela mencionou a ele como gostava de ficar perto de Chelsea, porque a garota tinha uma inteligência sagaz, e encontrava prazer em tudo o que fazia.

Certa manhã, Chelsea quebrou um ovo e o cozinheiro relatou a perda a Raulf, que quebrou a perna de Chelsea naquela mesma tarde. O Bispo Hallwick aconselhara a punição como uma penitência adequada a um delito tão grave.

As coisas em seu lar atual, no entanto, eram tão diferentes quanto a noite do dia. Ela podia ter amigos, e não precisava se preocupar com sua segurança.

Padre MacKechnie juntou-se a eles para jantar. Parecia exausto de sua jornada de ida e volta às Terras Baixas, mas estava cheio de novidades que queria compartilhar sobre os últimos acontecimentos na Inglaterra.

Os soldados estavam todos falando ao mesmo tempo, e era difícil ouvir o que o padre tinha a dizer.

– Papa Inocêncio, certamente, irá excomungar Rei John – reportou o Padre MacKechmoe quase gritando para que pudesse ser ouvido. – O país em breve,será colocado sob interdito papal.

– O que ele fez para justificar um tratamento tão extremo? – perguntou Johanna.

– John estava determinado a colocar seu próprio homem na posição de arcebispo de Canterbury. Nosso papa não admitiria essa interferência. Ele anunciou sua escolha, um forasteiro na Inglaterra, eu compreendo; e John, furioso com a seleção, ordenou que o homem fosse proibido de entrar no país.

Um dos soldados Maclaurin fez um gracejo rápido que os outros acharam hilário, e Johanna teve que esperar até que a algazarra vinda da segunda mesa se acalmasse antes de falar novamente.

– O que acontecerá se o país for colocado sob interdito?

– Os súditos sofrerão, é claro. A maioria dos padres terá de fugir da Inglaterra. Missas não serão rezadas, confissões não serão ouvidas, casamentos não serão realizados. Os únicos sacramentos que Papa Inocêncio permitirá serão batismos para os recém-nascidos inocentes e a extrema-unção para os que estiverem morrendo, contanto que a família consiga encontrar um padre para ministrar o sacramento a tempo. É uma situação lamentável, Lady Johanna, mas o rei não parece muito preocupado com tais circunstâncias desastrosas.

– Ele, provavelmente, irá roubar as igrejas como forma de ajustar as contas – Gabriel especulou, e Johanna concordou.

O Padre MacKechnie estava horrorizado com a possibilidade.

– Ele queimará no inferno se o fizer – ele murmurou.

– A alma dele já está perdida, Padre.

– Você não pode ter certeza, moça.

Johanna abaixou o olhar.

– Não, não posso saber com certeza.

O Padre MacKechnie mudou de assunto.

– O Príncipe Arthur está morto – ele anunciou. – Alguns acreditam que ele morreu durante a Páscoa, há quatro anos.

Padre MacKechnie fez uma pausa.

– Há rumores de que tenha sido assassinado.

Gabriel estava observando Johanna e notou que sua tez se tornou pálida como leite.

– Ele, provavelmente, foi morto – disse Calum.

– Sim, mas a questão atormentando o barão é...

– Quem o matou – Calum completou.

– Exatamente – o padre concordou.

– Qual a especulação atual? – perguntou Gabriel.

– A maioria dos barões acredita que o Rei John mandou matar Arthur, mas ele nega qualquer conhecimento sobre o destino de seu sobrinho, é claro.

– O rei é o único com uma motivação forte – disse Calum.

– Talvez – concordou Padre MacKechnie.

– Um brinde a um bom dia de trabalho!

O grito veio de Keith. Todos os soldados Maclaurin se levantaram com suas taças em mãos. Os soldados MacBain os seguiram. Eles se encontraram entre as duas mesas, brindaram com suas taças, e então beberam o que restava da cerveja escura. A maior parte da bebida foi derramada no chão.

Johanna pediu licença para retirar-se da mesa e foi até o andar de cima pegar a bolsa com seu material de tapeçaria, e então retornou ao salão. Ela sentou-se em uma das cadeiras e começou a trabalhar; porém, mal acabara de dar o primeiro ponto no tecido, pediram-lhe que se levantasse.

– Você está sentada na cadeira MacBain, milady – alertou Keith. Ele estava parado na frente de Johanna, com as mãos unidas nas costas. Três outros soldados Maclaurin estavam atrás de seu comandante, impedindo a luz de chegar até ela, cada um parecendo terrivelmente preocupado com o que, obviamente, consideravam uma trivialidade séria.

Ela soltou um suspiro.

– Importa onde eu sento, não é mesmo, Keith?

– Sim, milady. Você está usando as cores Maclaurin esta noite; deveria estar sentada na almofada Maclaurin.

Os três soldados que acompanhavam seu líder acenaram imediatamente em concordância.

Ela não sabia se queria rir da cara de descontentamento dos soldados ou gritar com eles. O silêncio desabou sobre o grupo, enquanto eles esperavam para ver o que ela iria fazer.

– Deixe-a sentar onde quiser – um soldado MacBain gritou.

Johanna achou toda a situação ridícula. Ela espiou entre os soldados, à procura de seu marido, esperando por alguma orientação, mas Gabriel a observava sem demonstrar nenhuma reação ao que estava acontecendo. Estava deixando que ela decidisse o que fazer, supôs.

Então ela decidiu apaziguar os Maclaurins. Ainda era quinta-feira, afinal.

– Obrigada por sua instrução, Keith, e por ser tão paciente comigo.

Ela tentou soar sincera; no entanto, não conseguia disfarçar totalmente o divertimento em sua voz. Os homens se moveram para trás quando ela se levantou, e um deles até se abaixou para pegar bolsa de linhas.

Johanna andou até o outro lado da lareira e sentou-se na cadeira Maclaurin. Ela ajustou sua saia, presa em uma prega solta, então pegou sua tapeçaria novamente e voltou ao trabalho.

Sua cabeça estava voltada para a tarefa, e ela simulou intensa concentração, pois os Maclaurins ainda a observavam. E quando ouviu vários grunhidos, que concluiu serem ruídos rudes de aprovação, teve de morder o lábio inferior para não começar a rir.

O Padre MacKechnie ficou ao lado de Gabriel pelo resto da noite. Ele estava atualizando o lorde sobre todos os acontecimentos recentes dos outros clãs. Johanna achou a conversa fascinante. O assunto era a rivalidade entre os clãs, e pareceu-lhe que todos os clãs das Terras Altas estavam atualmente envolvidos em algum tipo de disputa. Mas as razões que o padre relatava para os conflitos lhes eram ainda mais impressionantes. De fato, a mínima falha ou insulto fazia o sangue deles ferver. Um espirro parecia ser razão suficiente para começar uma batalha.

– Os habitantes das Terras Altas gostam de lutar, não é mesmo, Padre? – Johanna não tirou os olhos de sua tapeçaria quando fez a pergunta.

O Padre MacKechnie esperou até que os soldados Maclaurin tivessem esvaziado o salão antes de respondê-la. Johanna estava feliz em ver os homens deixando o local. Eles eram tão barulhentos e turbulentos que era difícil conversar sobre qualquer coisa sem ter de gritar cada palavra.

Estava agradavelmente silencioso assim que os homens saíram. Nenhum deles fez questão de se curvar à sua senhora, e ela tentou não encarar isso como uma ofensa, pois, ao menos, eles haviam demonstrado ao seu marido aquele mínimo de respeito.

Repetiu a pergunta para o padre.

– Sim, eles gostam de lutar – concordou Padre MacKechnie.

– Por que isso, na sua opinião?

– É considerado honroso – explicou o padre.

Johanna errou um ponto, franziu o cenho e se pôs a corrigir o dano. Ela manteve seu olhar atento em sua tarefa, enquanto perguntava ao marido se ele concordava com o padre.

– Sim, é honroso – Gabriel disse.

Ela achou aquelas opiniões insensatas.

– Chocar cabeças uma contra a outra é considerado honroso? Não consigo imaginar por que, milorde.

Gabriel sorriu. A escolha das palavras de Johanna, somada ao seu tom de voz exasperado, divertiram-no.

– Lutar permite que os guerreiros das Terras Altas exibam aquelas qualidades que mais admiram, moça – o padre explicou. – Coragem, lealdade ao seu líder e resistência.

– Nenhum guerreiro quer morrer em sua cama – Gabriel interpôs.

– Eles consideram isso um pecado – o padre alertou.

Ela abaixou sua agulha e olhou para os homens. Tinha certeza de que estavam brincando com ela, embora ambos parecesem sinceros. Ela ainda não estava convencida.

– Que pecado seria esse? – ela perguntou, com suspeição aparente.

– Preguiça – disse-lhe Gabriel.

Ela quase soltou uma bufada, mas se conteve.

– Você deve achar que sou ingênua em acreditar nessa farsa – ela zombou.

– Sim, você é ingênua, Johanna, mas nós não estamos zombando de você. Nós realmente consideramos um pecado morrer na cama.

Ela balançou a cabeça, para que ele tivesse certeza de que não estava acreditando em nada daquela bobagem, então voltou a costurar. O padre continuou com suas novidades, mas Gabriel estava tendo dificuldade em prestar atenção, pois seu olhar continuava voltando à sua esposa.

Ela o encantava. Um contentamento como ele jamais conhecera antes se expandia em seu peito. Quando era muito jovem, tolo e totalmente só, ele adormecia pensando sobre seu futuro todas as noites. E criou sonhos sobre a família que teria. Nesses sonhos, sua mulher e seus filhos pertenceriam a ele, e iriam, é claro, morar em um castelo. Gabriel imaginou muitas vezes sua mulher sentada diante do fogo fazendo alguma tarefa feminina... como costurar.

As imagens que ele invocara em sua mente enquanto era um garotinho impediram que a dura realidade de sua vida rigorosa o devastasse. As fantasias ajudaram-no a sobreviver.

Sim, ele fora terrivelmente jovem e terno naquela época; contudo, tempo e treinamento o endureceram, e ele ultrapassara a necessidade de sonhos tão tolos. Não sentia mais a necessidade de pertencer, e aprendera a depender apenas de si mesmo. Sonhos eram para os fracos. Sim, ele pensava que agora era um homem forte, e que seus sonhos estavam praticamente esquecidos.

Até agora. As memórias voltavam a inundá-lo enquanto ele observava sua esposa. A realidade era incomparavelmente melhor que as fantasias, resolveu Gabriel. Nunca imaginara ter uma esposa linda como Johanna.

Ele não concebia o que seria a satisfação, ou como se sentiria, nem quão feroz se tornaria sua necessidade de protegê-la.

Ocorreu de Johanna levantar o olhar e pegar seu marido olhando--a fixamente. A expressão dele a intrigou; parecia estar olhando através dela, como se estivesse perdido em algum pensamento importante. Sim, ele devia estar pensando sobre algo complicado, ela imaginou, porque o cenho franzido dava um ar feroz à sua expressão.

– Eu poderia tomar um gole de uisgebreatha – anunciou o Padre MacKechnie. – Então me dirigirei à minha cama. Ó, Deus, estou exausto esta noite.

Johanna levantou-se imediatamente para servir o padre. Um jarro cheio da bebida das Terras Altas estava guardado no baú encostado na parede atrás de Gabriel. Ela carregou o jarro até a mesa e encheu a taça do padre. Em seguida, virou-se para servir seu marido, que recusou a bebida, balançando a cabeça.

Padre MacKechnie tomou um longo gole e fez uma careta de imediato.

– Apostaria que isso não foi envelhecido por mais de uma semana – ele reclamou. – Tem gosto de lavagem azeda.

Gabriel sorriu.

– Você terá de reclamar com Auggie. A bebida veio das panelas dele.

A curiosidade de Johanna foi aguçada pela observação do padre sobre o envelhecimento da bebida.

– É importante quanto a bebida espera?

– Ela envelhece, moça – o padre corrigiu. – Ela não espera. E, sim, é importante. Quanto mais tempo, melhor, dizem alguns especialistas.

– Quanto tempo? – ela quis saber.

– Bem, entre dez e doze anos nos barris de carvalho – especulou o Padre MacKechnie. – Um homem precisa ser paciente para esperar todo esse tempo para experimentar, é claro.

– A bebida fica mais valiosa, então?

Johanna colocou o jarro sobre a mesa e ficou ao lado de seu marido, enquanto esperava que o padre terminasse sua bebida e a respondesse.

Ela colocou a mão sobre o ombro do marido. Seu olhar estava focado no padre, e Gabriel duvidou que ela sequer tivesse se dado conta de que o fazia. A demonstração inconsciente de afeto o agradou consideravelmente, pois, para ele, isso era uma prova de que ela vencera completamente seu medo. E aquilo, ele decidiu, era um primeiro passo importante. Ele estava pronto para ganhar a confiança dela. Ah, ele se lembrou de ter exigido que ela lhe desse sua confiança, mas se dera conta, depois dessa ordem arbitrária, de que confiança, na verdade, deve ser conquistada. Gabriel acreditava ser um homem paciente. Ele esperaria. Com o tempo, ela perceberia sua boa sorte e valorizaria a proteção dele. Aprenderia a confiar nele, e com a confiança vem a lealdade.

Um homem não poderia pedir mais nada de sua esposa.

O padre o arrancou de seus pensamentos quando disse:

– A bebida é muita valiosa desde que lhe seja permitido envelhecer. Homens matariam por uisgebreatha pura. Os habitantes das Terras Altas, você vê, levam sua bebida muito a sério. Essa é a razão pela qual a chamam de "água da vida", moça.

– Eles permutariam produtos se lhes fosse oferecido cerveja envelhecida em troca?

– Johanna, por que esse assunto lhe interessa? – perguntou Gabriel.

Ela deu de ombros. Não queria contar a ele sobre os barris de ouro líquido que Auggie mencionara. Antes, teria de obter a permissão de seu amigo. Ela também queria ver por si mesma se os barris ainda estavam dentro da caverna. Além do mais, seria uma ótima surpresa para Gabriel; se o valor fosse tão alto quando Johanna supunha, seu marido teria algo para negociar por suprimentos.

– Padre, você nos daria a honra de ocupar o quarto vago no andar de cima esta noite? – perguntou Johanna.

O padre voltou seu olhar para seu lorde, esperando que ele reforçasse o convite.

– É uma cama confortável, Padre – destacou Gabriel.

Padre MacKechnie sorriu.

– Eu ficaria feliz em ocupá-lo – ele disse. – É muito hospitaleiro de sua parte abrir seu lar para mim.

Padre MacKechnie levantou-se, curvou-se diante do seu lorde e foi buscar suas coisas. Johanna voltou à sua cadeira, recolheu sua tapeçaria e a agulha e as colocou de volta dentro da bolsa. Gabriel esperou por ela próximo à entrada.

– Você pode deixar seus itens de costura na cadeira, esposa. Ninguém irá mexer neles.

Dumfries voltou ao salão, passou por Johanna a caminho das escadas e rosnou. Ela acariciou o cão antes de continuar.

Gabriel seguiu Johanna degraus acima. Ela parecia imersa em seus pensamentos enquanto se preparava para se deitar. Ele adicionou lenha às chamas, então levantou-se, apoiou-se na cornija da lareira e a observou.

– Em que está pensando?

– Nisso e naquilo.

– Essa não é uma resposta apropriada, Johanna.

– Estava pensando na minha vida aqui.

– Você fez a transição sem muita dificuldade – ele observou. – Deveria estar feliz.

Johanna amarrou o cinto em seu robe e virou-se para seu marido.

– Eu não fiz nenhuma transição, Gabriel. A verdade é que tenho vivido em um limbo. Fiquei presa entre dois mundos – ela acrescentou com um aceno.

Seu marido sentou-se na beira da cama e tirou as botas.

– Eu pretendia falar com você sobre esse assunto hoje, mais cedo – ela disse. – Mas não parecia haver tempo suficiente.

– O que, exatamente, você está tentando me dizer?

– Você e todos os outros têm me tratado como uma visitante, Gabriel. Pior, eu tenho agido como uma.

– Johanna, você não sabe o que está dizendo. Eu não trago estranhas para a minha cama. Você é a minha mulher, não uma visitante.

Ela desviou o olhar para o fogo. Estava absolutamente enojada consigo mesma.

– Sabe o que percebi? Em minha tentativa de me proteger, tornei-me completamente voltada aos meus próprios interesses. Devo me confessar amanhã e implorar pelo perdão de Deus.

– Você não precisa se preocupar em se proteger. É meu dever tomar conta de você.

Ela sorriu apesar da irritação, pois Gabriel falava como se tivesse sido insultado.

– Não, é minha obrigação cuidar de mim mesma.

Ele não gostou de ouvir a opinião dela; podia-se ver isso em sua carranca inflamada feito fogo.

– Você está tentando me irritar de propósito, sugerindo que eu não consigo tomar conta de você?

Ela se apressou em acalmá-lo.

– Claro que não – ela respondeu. – Estou grata em ter a sua proteção.

– Você se contradiz, mulher.

– Não estou tentanto confundi-lo, Gabriel. Estou apenas tentando destrinchar as coisas na minha cabeça. Quando alguém está com fome e não há comida, bem, então essa pessoa é consumida dia e noite pela preocupação de encontrar algo para comer. Não é verdade, meu marido?

Gabriel deu de ombros.

– Eu imaginaria que sim.

– Por um longo tempo, fui consumida pelo medo. Vivi com medo durante muito tempo; o medo parecia se apoderar de mim. Mas agora que estou segura, tenho tido tempo de pensar em outras questões. Você entende?

Ele não entendeu. Não gostava de vê-la franzindo o cenho também.

– Eu lhe disse, você me satisfaz. Não precisa se preocupar.

Ela estava exasperada. Como estava de costas para o marido, sentiu que era seguro sorrir.

– Gabriel, por mais surpreendente que isso possa soar, eu não estou excessivamente preocupada em satisfazer você.

Ele ficou surpreso de fato, e também irritado.

– Você é minha esposa – ele a lembrou –; portanto, é seu dever querer me satisfazer.

Johanna soltou um suspiro. Ela sabia que seu marido não entendia o que estava tentando explicar e não podia culpá-lo, pois ela mal entendia a si mesma.

– Não quis insultá-lo, milorde.

Ela soou sincera. Gabriel estava mais calmo e veio por trás dela, passando os braços ao redor de sua cintura. Então abaixou-se para beijar a lateral de seu pescoço.

– Agora venha para a cama; eu quero você, Johanna.

– Eu também quero você, Gabriel.

Ela virou-se e sorriu para seu marido, que a pegou no colo e a carregou até a cama.

Eles fizeram amor devagar e docemente, e quando ambos haviam encontrado sua satisfação, ficaram abraçados.

– Você me satisfaz, minha mulher. – A voz dele estava rouca de afeição.

– Lembre-se desse elogio, milorde, pois estou certa de que haverá tempos, no futuro, em que eu não o agradarei.

– Isso é uma preocupação ou uma profecia?

Ela se apoiou em seu cotovelo e, gentilmente, acaririciou o pescoço.

– Não, eu apenas lhe digo a verdade.

Ela desviou a atenção dele com uma pergunta sobre o que pretendia fazer no dia seguinte. Ele não estava acostumado a conversar sobre seus planos com ninguém, mas estava no clima de agradá-la, então falou com detalhes sobre a caçada que planejara e os itens que ele e seus homens pretendiam roubar.

Ela prometera não lhe dar nenhum sermão, mas não pôde se conter, e depois de uns poucos minutos em silêncio, lançou-se em um discurso sobre os méritos da honestidade, mencionando a ira de Deus no Juízo Final. Gabriel não se impressionou com sua menção sobre fogo e enxofre. Apenas bocejou enquanto ela falava.

– Marido, é meu dever ajudá-lo a levar uma vida boa e honesta.

– Por quê?

– Para que, então, você chegue ao paraíso, é claro.

Ele riu. Ela desistiu e adormeceu preocupada com a alma de seu marido.

Capítulo 10

A primeira coisa que Johanna viu ao descer as escadas na manhã seguinte foi sua tapeçaria. A peça, que já estava pronta até a metade, estava em pedaços. Sua bolsa também não estava intacta. E o culpado, que já havia devorado um pedaço do tecido, estava ocupado mastigando o outro.

Dumfries sabia que se metera em encrenca. Ele tentou rastejar para debaixo de uma das cadeiras quando ela gritou seu nome e correu em sua direção. A cadeira caiu com tudo e Dumfries começou a uivar. Megan veio correndo da despensa para saber o que estava acontecendo.

O cão soava como um demônio fugido do inferno. O som assustador que ele fazia era alto o suficiente para fazer tremer as vigas. Megan ficou apavorada. Embora o cão não estivesse prestando nenhuma atenção, ela foi extremamente cuidadosa ao inclinar-se para pegar a tapeçaria.

Keith e Calum ouviram o rebuliço e vieram correndo para dentro, mas pararam bruscamente no topo da escada, com Gabriel logo atrás deles. Ele afastou os soldados, tirando-os da sua frente, e começou a descer a escada.

Johanna estava em um cabo de guerra com Dumfries, e o cão estava ganhando. Ela tentava arrancar a bolsa da boca dele, pois tinha medo que ele se engasgasse com a alça que estava tentando engolir.

– Por Deus, Megan, o que você fez com a tapeçaria da nossa senhora? – Keith exigiu saber, quando, por fim, identificou o que havia nas mãos dela. E, fazendo cara feia para a mulher Maclaurin, balançou a cabeça.

– Senhor, acredita honestamente que Megan mastigou essa coisa? – gritou Johanna de onde estava, mas sem desviar sua atenção do cão.

Calum começou a rir e Johanna distraiu-se e perdeu o equilíbrio, caindo para trás com tudo. Gabriel socorreu-a, erguendo-a e tirando-a do caminho, e voltou-se imediatamente para o seu animal de estimação. Mas Johanna saiu correndo o postou-se na frente do cão.

– Gabriel, não ouse bater nele – ela gritou para ter certeza de que seria ouvida, apesar da gargalhada de Calum, mas Gabriel parecia querer gritar com ela.

– Não tenho nenhuma intenção de bater nele, mulher. Saia do caminho e pare de contorcer as mãos. Não vou machucá-lo. – E dirigindo-se ao cão: – Dumfries, pare com essa droga de uivo.

Johanna não se moveu. Gabriel, então, tirou-a do seu caminho, ajoelhou-se e forçou o cão a abrir a boca para que pudesse retirar a alça da bolsa. Dumfries não queria soltá-la e ganiu em protesto, até que se rendeu.

Gabriel não a deixaria confortar o cão, por isso ele se levantou, pegou a esposa pelos ombros e foi lhe dar um beijo de despedida.

– Na frente de seus homens? – ela sussurrou.

Ele assentiu e ela começou a corar. A boca dele capturou a dela em um longo e demorado beijo, fazendo-a suspirar. Ela estava um pouco atordoada quando ele se afastou.

– Você parece cansada, esposa. Deve descansar.

Gabriel fez o comentário enquanto se dirigia para a porta. Ela foi atrás dele.

– Você não pode estar falando sério, milorde.

– Eu estou sempre falando sério, milady.

– Mas eu acabei de levantar da cama. Certamente você não espera que eu tire um cochilo agora.

– Espero que você descanse – ele exclamou por cima do ombro. – E troque de manto, Johanna, você está vestindo o errado.

– É sexta-feira, milady – Calum acrescentou o lembrete.

Ela soltou um suspiro alto, nem um pouco feminino. Megan esperou até que os homens saíssem, então se apressou até sua senhora.

– Vá para dentro e sente-se, Lady Johanna. Você não pode se sobrecarregar.

Johanna sentiu que ia gritar, mas resistiu ao ímpeto.

– Pelo amor de... Megan, eu pareço doente?

A mulher Maclaurin estudou-a atentamente antes de negar com a cabeça.

– Na verdade, parece ótima.

– Você vai se sentar e descansar? – perguntou Johanna.

– Tenho trabalho a fazer – respondeu Megan. – Não tenho tempo para me sentar.

– Nem eu – murmurou Johanna. – Já está na hora de eu me interessar pela organização dos serviços domésticos aqui. Tenho sido totalmente egoísta e focada em mim mesma, mas tudo isso vai mudar. E a mudança vai começar agora.

Megan nunca havia visto sua senhora soar tão imponente.

– Mas, milady, seu marido ordenou que descansasse.

Johanna balançou sua cabeça e repassou rapidamente a lista de tarefas que queria completar até o cair da noite. Então autorizou Megan a convocar a ajuda de mais dois servos e anunciou que iria conversar com a cozinheira sobre o jantar.

– Por favor, busque meu arco e flecha em meu quarto – solicitou Johanna, enquanto se dirigia para a parte de trás da fortaleza. – Se a cozinheira estiver de bom humor, teremos guisado de coelho para o jantar. Estou certa de que consigo persuadir Auggie a caçar comigo por uma hora. Voltarei antes do meio-dia, Megan.

– Não pode ir caçar, milady. Seu marido a proibiu de sair.

– Não, ele não proibiu – ela retrucou. – Ele apenas sugeriu que eu descansasse, mas não disse nada sobre eu não poder caçar, disse?

– Mas ele quis dizer...

– Não tente adivinhar o que o seu lorde quis dizer e pare de se preocupar. Prometo que voltarei antes que me perca.

Megan balançou a cabeça.

– Você não vai conseguir dar dez passos para fora antes de ser vista por Keith... ou é Calum o responsável por vigiá-la hoje?

– Estou torcendo para que um ache que é tarefa do outro.

Ela apressou-se pela porta dos fundos, virou à esquerda e atravessou o átrio até a construção que abrigava a cozinha. Então apresentou-se à cozinheira e acrescentou um pedido de desculpas por ter demorado tanto tempo para ir conhecê-la. A cozinheira se chamava Hilda; ela era uma mulher mais velha, com mechas acinzentadas em seus cabelos ruivos, e usava o manto MacBain. Parecia agradecida pelo interesse de Johanna em suas tarefas e levou-a para conhecer a copa.

– Se tiver sorte em minha caçada e capturar alguns coelhos, você estaria disposta a prepará-los para o jantar desta noite?

Hilda assentiu e, vangloriando-se, respondeu:

– Eu faço um ótimo guisado de coelho, mas precisarei de dez deles, no mínimo, a não ser que estejam gordinhos. Então, nove bastarão.

– Então me deseje uma boa caçada, Hilda! – Johanna exclamou, apressando-se de volta ao salão nobre, onde pegou seu arco e flecha com Megan e, novamente, saiu pela porta dos fundos.

Ela pegou o caminho mais longo, ao redor dos estábulos. Sean não queria preparar sua montaria, mas ela o convenceu a realizar a tarefa com um sorriso e a promessa de que não deixaria o pasto, dando a entender que tinha a permissão de Gabriel. Não era uma mentira descarada, apenas uma pequena manipulação; ainda assim, ela se sentiu culpada.

Tinha outra égua pronta para Auggie. Pensou que seria presunçoso de sua parte concluir que ele concordaria em cavalgar com ela, mas não queria perder tempo. Levando a égua selada, se Auggie concordasse em ir com ela não teriam de retornar aos estábulos, onde Keith ou Calum certamente tentariam impedi-la de sair.

Auggie estava alinhando sua tacada no centro do pasto quando Johanna o interrompeu.

– Não estou no clima para ir caçar coelhos – ele anunciou.

– Eu estava esperando que fosse aceitar – retrucou Johanna. – E enquanto estivéssemos perseguindo nossos coelhos, imaginei que poderia estar inclinado a me mostrar exatamente onde a caverna está escondida. Eu não consegui encontrá-la ontem.

Auggie balançou a cabeça.

– Eu irei cavalgar até o cume com você, garota, e apontar a direção novamente, mas é o máximo de tempo que estou disposto a tirar longe do meu jogo.

Auggie subiu no cavalo, pegou as rédeas de Johanna e foi na frente.

– Eu gostaria da sua permissão para contar ao meu marido sobre os barris de ouro líquido – ela disse.

– Pode contar, moça. Não é um segredo que estou guardando...

– Você estaria disposto a compartilhar a cerveja com o seu lorde? Ele poderia usá-la para trocar por suprimentos.

– A bebida pertence ao meu lorde e eu devo a minha vida a MacBain, mas acho que você não sabe disso. A maioria dos MacBain jura lealdade por boas razões. Ele lhes devolveu o orgulho. Eu não negaria nada a ele, muito menos toda a cerveja das Terras Altas. Oras, deixaria até mesmo o meu jogo se ele me pedisse – acrescentou com um aceno dramático.

Auggie parou no topo do cume e apontou para a fila de árvores posicionadas abaixo do lado norte. Ele disse à Johanna para começar a contar as árvores, iniciando pela base da colina com os pinheiros tortos e seguindo para cima. Quando ela chegou ao número doze, ele a interrompeu.

– Essa é a passagem que está procurando entre aquelas árvores – ele instruiu. – Você estava pegando o caminho mais longo, por cima, quando foi procurar, não foi, moça?

– Sim, estava – ela respondeu. – Você pode, por favor, reconsiderar e vir junto comigo?

Auggie rejeitou o convite dela pela segunda vez.

– Deixe que os jovens soldados a rastreiem, Johanna. E não conte aos Maclaurin sobre o ouro líquido. Deixe que o nosso lorde decida o que fazer com o tesouro.

– Mas agora os Maclaurin são parte de nosso clã, Auggie – ela argumentou.

O velho guerreiro MacBain bufou.

– Eles continuam com o nariz empinado entre nós – ele disse. – Acham que são superiores e poderosos... Nenhum deles foi exilado, percebe.

– Não percebo – replicou Johanna. – Disseram-me que eles haviam implorado ao meu marido que os ajudasse contra os ingleses e...

– Isso é verdade – interrompeu Auggie. – Seu pai, o Lorde Maclaurin, jamais reconheceu seu filho bastardo, nem mesmo quando a morte o esperava em seu último suspiro. E os Maclaurin esqueceram, convenientemente, que MacBain é um bastardo. Imagino que eles saibam que MacBain tem sangue Maclaurin, mas ainda assim eles não veem qualquer utilidade no resto de nós.

Johanna balançou a cabeça.

– Aposto que os soldados MacBain lutaram ao lado de seu líder durante a batalha para salvar os Maclaurin.

– Acertou em cheio, pois é verdade: nós lutamos com o nosso lorde.

– E os Maclaurin não se lembram disso?

Ela estava ficando irritada com a atitude dos Maclaurin e tentava não demonstrar isso claramente. Auggie sorriu.

– Você está ultrajada pelos MacBain, não está, garota? Está se tornando uma de nós.

O brilho nos lindos olhos de Auggie a fez sorrir. Tanto o elogio quanto a opinião dele sobre ela lhe eram importantes. Pelo pouco tempo em que o conhecera, ela veio a valorizar sua amizade e sua orientação. Auggie parou para escutá-la de fato, quando ninguém mais o fizera. *Também nunca a mandou descansar,* pensou.

– Agora, o que a deixou com essa cara amarrada?

Ela balançou a cabeça.

– Estava apenas avaliando minhas circunstâncias – ela ressaltou.

– Novamente? Você vai acabar com uma tremenda dor de cabeça pensando sobre as suas circunstâncias o tempo todo. Boa caçada, Johanna – ele acrescentou com um aceno e virou sua montaria, conduzindo-a de volta ao pasto.

Johanna foi na direção oposta. Estava quase alcançando o caminho que Auggie mostrara quando um coelho branco veio correndo pela clareira. Ela prendeu as rédeas embaixo do joelho esquerdo, alcançou uma flecha, armou seu arco e mirou. O coelho foi abatido no instante em que outro veio, cruzando o caminho dela.

Algo deve ter assustado os animais para fazê-los sair da toca, pois, em menos de vinte minutos, ela capturara oito coelhos gordos e um magrinho. Ela parou no riacho, lavou as flechas e colocou-as de volta no suporte. Os coelhos estavam amarrados em uma corda, atrás de sua sela.

Três soldados Maclaurin depararam com ela quando estava voltando para casa. Eram guerreiros jovens e, provavelmente, ainda em treinamento, ela supôs, porque nenhum deles tinha nenhuma cicatriz no rosto ou nos braços. Dois deles tinham cabelos louros, e o terceiro tinha cabelos escuros e olhos verde-claros.

– Nosso lorde não ficará feliz em saber que está cavalgando sozinha, milady – disse um dos soldados louros.

Johanna fingiu não escutar e desamarrou a corda da sela, pegando os coelhos e entregando-os a ele.

– Você pode levá-los para a cozinheira? Ela estará esperando por eles.

– Certamente, milady.

– Qual é o seu nome, senhor?

– Niall – o soldado respondeu, e, sinalizando para o outro jovem loiro, disse: – Ele se chama Lindsay, e atrás de mim está o Michael.

– É um prazer conhecê-los – Johanna anunciou. – Me deem licença agora. Pretendo seguir essa trilha.

– Por quê? – perguntou Michael.

– Estou procurando algo – disse Johanna, dando uma meia resposta proposital aos soldados. – Não vou muito longe.

– Nosso lorde sabe o que pretende? – Michael perguntou a ela.

– Não me lembro se lhe falei ou não dos meus planos – ela mentiu flagrantemente.

Niall virou-se para os seus companheiros.

– Fiquem com a nossa senhora enquanto eu levo a sua caça de volta à fortaleza.

Contente com a escolta, Johanna voltou sua atenção para sua tarefa novamente e seguiu o caminho através da floresta. A trilha se estreitou, com muitos galhos quebrados e arbustos bloqueando o caminho. A luz do sol penetrava entre os galhos arqueados acima dela, como um dossel exuberante. Os jovens soldados riram diante do elogio que ela sussurou sobre a beleza que a cercava.

– Não estamos em uma igreja, milady – disparou Michael. – Não há necessidade de baixar sua voz.

– O que exatamente está procurando? – perguntou Lindsay.

– Uma caverna – respondeu Johanna.

O caminho dividiu-se em duas direções. Johanna virou sua montaria para a esquerda, então pediu que os soldados fossem pelo outro lado. Nenhum dos soldados sairia do lado dela, no entanto.

– Então por favor marquem esse ponto para que, ao retornarmos, possamos nos lembrar de qual direção ainda não pegamos.

Ela desamarrou o laço que segurava sua trança e entregou a Michael. O soldado estava no meio do processo de prender a faixa azul em um dos galhos baixos quando a égua de Johanna começou a se comportar mal. Rachel abaixou as orelhas e bufou alto, enquanto se empinava para o lado. Johanna apertou as rédeas e ordenou que a égua se comportasse.

– Algo a está a assustando – ela observou, enquanto olhava de relance por cima do ombro para ver o que podia tê-la alarmado. Então o cavalo de Michael pegou o frenesi de Rachel e empinou-se também.

– É melhor voltarmos para a clareira – sugeriu Lindsay, que também lutava freneticamente para manter o próprio cavalo sob controle.

Johanna concordou com a sugestão. Cutucou Rachel com os joelhos, tentando fazê-la voltar, mas a égua disparou de repente. Johanna só teve tempo para abaixar a cabeça quando o cavalo se chocou contra os arbustos. A égua não podia ser acalmada. Johanna ocupou totalmente as mãos, tentando controlar o animal e bloquear os galhos ao mesmo tempo.

Ela não podia imaginar o que tinha causado a birra repentina em sua égua. Um dos soldados gritou, mas ela não conseguiu entender o que ele disse. Rachel guinou para a esquerda e continuou, agora a pleno galope. Ela ouviu outro grito e virou-se para olhar por cima do ombro, mas não conseguiu ver os soldados. Então virou-se novamente e colocou a mão na frente do rosto para bloquear outro galho, mas não conseguiu empurrar o obstáculo e foi, literalmente, arrancada de sua sela. Johanna voou para o lado e acabou embaixo de uma moita folhosa. Sem ar, soltou um gemido alto e se sentou. Parte do arbusto se soltou de sua perna e chicoteou seu rosto; ela murmurou um palavrão nada feminino e levantou-se, tentando esfregar a área atingida.

Johanna continuava esperando que Lindsay e Michael viessem ajudá-la. Perdera sua égua de vista. A floresta, agora, estava sinistramente silenciosa, e ela concluiu que os soldados haviam tomado uma direção diferente. Eles provavelmente estavam perseguindo a sua égua, e ela teria de esperar até que a encontrassem e, então, percebessem que sua senhora estava desaparecida. Certamente voltariam para procurá-la.

Johanna recolheu seu arco e sua flecha e foi sentar-se em uma pedra baixa, para esperar pelos soldados. O cheiro mofado de turfas e pinho fresco se espalhava no ar. Johanna esperou um longo tempo antes de decidir que teria de voltar andando até a clareira, mas não estava muito certa da direção, pois sua égua havia virado inúmeras vezes durante a corrida.

– Provavelmente vou andar em círculos pelo resto do dia – murmurou.

Gabriel ficaria furioso, e ela não poderia culpá-lo. Não era seguro perambular pela floresta, especialmente com animais selvagens à espreita.

Por precaução, ela armou uma flecha em seu arco e começou a caminhar. Uns bons quinze minutos depois, achou que estava de volta ao lugar de onde saíra, mas mudou de ideia, pois a pedra que tinha diante de si era muito maior que aquela em que sentara. Então, acreditando que estava na direção certa, continuou andando.

Encontrou a caverna por acaso, quando parou na frente de outra grande pedra que bloqueava o seu caminho e tentava decidir se ia para a esquerda ou para a direita. A abertura estava à sua esquerda, e era tão alta quanto ela. Estava ladeada por árvores altas e estreitas.

Johanna ficou tão animada com sua descoberta que se esqueceu da cautela. Ela, literalmente, correu para dentro. O corredor era iluminado pela luz do sol que penetrava pelas rachaduras do teto. Quando chegou ao final do corredor, a caverna se abria em uma sala do tamanho do salão nobre da fortaleza. À esquerda havia fileiras de pedras saltando da parede, que lembravam uma escada quebrada, e à direita estavam os barris. Eram pelo menos vinte tonéis redondos, talvez mais. Os barris formavam uma pirâmide que alcançava o topo da caverna.

O tempo não havia apodrecido o carvalho. Estava, na verdade, bastante seco dentro da caverna.

Johanna empolgou-se com a descoberta. Queria correr de volta para a fortaleza e exigir que Gabriel viesse ver o tesouro, mas, lembrando-se de que teria de esperar até que ele retornasse de seu dia de caça, ela suspirou.

– Chame um cão de cão, Gabriel – murmurou para si mesma. Ele não estava caçando, mas roubando. Sim, era um dia de pilhagem, ela pensou, mas, certamente, seria último, pois ela estava determinada a fazê-lo aprender a nobre arte do escambo.

Sim, salvaria a pobre alma do marido, quisesse ele ou não.

Johanna voltou para fora, para esperar que os soldados viessem buscá-la. Andou até a pedra e subiu em seu topo; então, encostou-se no tronco de uma grande árvore, cruzou os braços contra o corpo e esperou.

Os soldados estavam demorando muito. Depois de quase uma hora, a impaciência começou a tomar conta dela, e imaginou que teria que encontrar sozinha o caminho de volta para casa.

Johanna se afastou da árvore, ajustou seu arco em seu ombro, e estava prestes a pular da pedra quando ouviu um rosnado vindo dos arbustos diretamente à sua frente. Ela congelou. O ruído se intensificou. O som horrendo lembrava Dumfries, mas ela sabia que não era o animal de estimação de Gabriel, pois ele estava em casa. Teria de ser um lobo para estar fazendo todo aquele alvoroço.

Então ela avistou os olhos encarando-a. Eram amarelos. Johanna não gritou. Por Deus, ela queria gritar. Também queria correr, mas não ousaria.

Outro rosnado veio do outro lado da pequena clareira, e outro par de olhos amarelos sombrios a encaravam. O rosnado ecoava ao redor dela agora. Ela ouviu um movimento atrás de si, e soube, então, que estava cercada.

Não fazia ideia de quantos lobos havia ali, esperando para atacá-la como uma presa. Apesar de tudo, não entrou em pânico, simplesmente porque não havia tempo para tal frivolidade.

Naquele momento, ela descobriu algo fanstástico sobre si mesma: podia voar. Por Deus, ela teve certeza de que voou por cima dos galhos da árvore, pois não se lembrava de tê-los escalado. Ela quase conseguiu chegar em segurança, até que um lobo esperto a segurou pela bainha do manto. Ele estava em um frenesi para puxá-la de volta, com a mandíbula travada no tecido e a cabeça balançando para a frente e para trás com determinação. Com uma mão, Johanna agarrava-se em um galho, e com a outra segurava o seu suporte, para que as flechas não caíssem no chão. Era uma posição precária. Seu pé estava poucos centímetros acima dos dentes do lobo.

Não ousou olhar para baixo. Apenas apertou as pernas ao redor do galho, buscando manter-se firme, e com uma das mãos tentou desfazer seu cinto, para não ficar presa pelo manto. Levou longos minutos, e, quando finalmente terminou, deixou a peça cair para os lobos.

Por fim, estava livre. Continuou escalando, agora se lamentando, e quando, enfim, estava no alto o suficiente para se convencer de que estava segura, sentou-se entre a curva de um grande galho e o tronco da árvore e reuniu coragem para olhar para baixo.

Seu coração pareceu escorregar para a boca do estômago. Deus do céu! Havia ao menos cinco feras, todas circundando a árvore, rosnando e fazendo ameaças para ela e uns para os outros. Um deles, talvez o líder, fazia Dumfries parecer um filhotinho. Ela balançou a cabeça, negando o que estava vendo.

Lobos não ficavam tão grandes... ou ficavam?

Eles também não podiam escalar árvores... ou podiam?

O lobo gigante começou a bater a cabeça contra o tronco da árvore, e ela achou que era algo totalmente estúpido a se fazer. Dois outros lobos, enlouquecidos, estavam rasgando o seu manto.

Eles não pareciam ter qualquer intenção de deixá-la em paz. Por um longo tempo, Johanna se manteve preocupada com a própria segurança; por fim, acreditando que estava segura, começou a se preocupar com Michael e Lindsay. Não queria que viessem de encontro a um bando de lobos, e também não sabia se os monstros iriam embora ao ouvir os cavalos se aproximando. Sim, eram monstros, com certeza, e parecia que não fugiriam de nada nem de ninguém.

A atenção de Johanna desviou-se quando ela percebeu um movimento à sua esquerda. Um lobo havia subido no topo da pedra à entrada da caverna e se preparava para saltar em sua direção. Ela não sabia se o lobo podia cobrir a distância ou não, mas, de qualquer forma, não esperaria para descobrir. Assim, deslizou seu arco do ombro, puxou uma flecha, ajustou ligeiramente sua posição e mirou.

Johanna acertou o lobo no meio do salto. A flecha entrou por um dos olhos e o animal se estatelou no chão, desfalecendo a apenas um pé de distância dos outros, que, imediatamente, se viraram para o animal morto.

Nos vinte minutos seguintes, ou perto disso, Johanna matou mais três. Ela ouvira que lobos são animais espertos, mas esses não eram. Enquanto estavam embaixo dela eles estavam a salvo, porque os galhos obstruíam sua mira; todavia, os animais, um após o outro, escalavam a rocha e tentavam pular na árvore para pegá-la. Eles eram lerdos para entender o que estava acontecendo, ela pensou, quando o quarto lobo fez a mesma coisa que os outros três.

Seus dedos doíam de segurar a flecha contra a corda do arco. Johanna queria manter o lobo gigante à sua vista. Tinha certeza de que fora ele que ferira Dumfries. Não sabia porque estava tão certa disso; talvez tenha sido o sangue seco que viu nas presas do animal que quando ele lhe mostrou os dentes. Parecia mais um demônio que um animal, e os olhos nunca a deixavam. Era uma imensa besta com aparência maligna. Johanna estremeceu de repugnância e medo.

– Você é aquele que eles chamam de Pet, não?

Ela não esperava uma resposta, é claro, mas começou a se perguntar se a situação preocupante estaria afetando sua mente; afinal de contas, estava falando com demônios. Enfim, suspirou diante do próprio comportamento.

Por que o lobo não ia embora? E onde, em nome de Deus, estavam Michael e Lindsay? Não haviam se esquecido dela, haviam?

Johanna não acreditava que seu dia pudesse piorar, mas estava enganada.

Ela não contava com a chuva. Estivera ocupada demais para notar que a luz do sol desaparecera, e, Deus bem sabia, ela não tivera tempo de olhar para o céu e ver as nuvens carregadas. Estava tão obstinada em proteger-se dos lobos, que não tivera tempo de pensar em mais nada. Isso era o de menos. Prever o clima não teria mudado nada, porque ela ficaria encharcada de qualquer forma.

Raios caíram entre as árvores e um aguaceiro torrencial veio em seguida. Os galhos se tornaram escorregadios, como se untados com banha em vez de água. Johanna não conseguia passar o braço em volta do tronco inteiro e tinha medo de ajustar sua posição, pois poderia cair.

O monstro ainda a esperava na base da árvore. As mãos de Johanna estavam tremendo de segurar seu arco e flecha. Seus dedos adormeceram.

Ela ouviu alguém gritar seu nome e, antes de gritar de volta, sussurou uma prece de agradecimento a seu Criador. Estranho, mas ela pensou ter ouvido a voz de seu marido. Aquilo não era possível, é claro, pois ele estava caçando.

O ruído dos cavalos chegando, finalmente, encorajou o lobo a fugir. Johanna estava pronta. Assim que a série de relâmpagos cessou, ela disparou sua flecha, mas errou o alvo: mirou no meio do corpo do animal, mas a flecha o atingiu na parte traseira. O lobo soltou um uivo de angústia e circulou de volta em sua direção. Apressando-se em acabar com o sofrimento dele, Johanna agarrou outra flecha, ajustou no arco e mirou novamente.

Ela não gostava muito de matar. Ainda que aquele animal mais parecesse algo que o diabo deixara escapar do inferno, o lobo ainda era uma das criaturas de Deus. Ele servia a um propósito mais sagrado que o dela, pelo menos foi o que lhe disseram, e embora ela não tivesse a mínima ideia de qual seria esse propósito, ainda assim se sentia culpada.

Os soldados MacBain vieram cavalgando pela curva da trilha bem no momento em que a flecha de Johanna cortou o ar e matou o lobo. O animal foi lançado para trás e para cima, pela força da flecha, então desabou no chão, bem na frente dos cavalos dos soldados.

Johanna encostou-se no tronco e soltou seu arco, apertando e soltando as mãos, em um esforço para livrar-se das câimbras. De repente, sentiu-se nauseada.

Ela respirou fundo e espiou entre os galhos para ver os soldados lá embaixo.Tão logo recobrasse um pouco de suas forças, repreenderia seriamente os homens por tê-la feito esperar por tanto tempo. Então, depois que pedissem desculpas, ela os faria prometer que não mencionariam esse incidente vergonhoso ao seu lorde. Por Deus, ela arrancaria aquela promessa de cada um deles.

– Você está bem, milady?

Ela não podia ver o rosto dos soldados, mas a voz era de Calum.

– Sim, Calum – ela disse de volta. – Até que estou bem.

– Ela não parece bem – disse Keith, quase gritando, e acrescentou: – Ela matou o nosso mascote.

O soldado Maclaurin parecia espantado, e Johanna sentiu que precisava explicar-se. Ela não queria que nenhum dos soldados achasse que tivera qualquer tipo de satisfação ou prazer em matar as bestas.

– Não é o que parece – ela gritou.

– Você não os matou? – questionou Calum.

– Aquelas parecem as flechas dela – Keith observou.

– Eles não iam me deixar em paz, senhor. Tive de matá-los. Por favor, não conte a ninguém, especialmente ao nosso lorde. Ele está muito ocupado para ser importunado por um incidente tão insignificante.

– Mas, milady…

– Calum, não discuta comigo. Eu não estou em condições de ser educada. Tive uma manhã difícil. Apenas me dê a sua palavra que guardará o meu segredo.

A saia de Johanna estava presa no galho. Enquanto tentava soltá-la, ela esperou que os soldados lhe fizessem a promessa. Não desceria de seu abrigo até que eles jurassem.

Gabriel ficaria furioso, tinha arrepios só de pensar em sua reação.

Os homens ainda não haviam feito a promessa.

– É um pedido muito simples – ela murmurou para si mesma.

Calum começou a rir, e não levou muito tempo para que ela entendesse o motivo: Gabriel já sabia.

– Desça aqui. Agora.

A fúria na voz de seu marido quase a fez cair da árvore. Johanna fez cara de espanto e recuou; encostou-se na curva da árvore, esperando se esconder do marido e sua ira. Ao se dar conta do que estava fazendo, murmurou um palavrão nada feminino entre a respiração e inclinou-se para a frente. Ela empurrou um galho, para liberar sua visão, e olhou para baixo, mas desejou não tê-lo feito, pois deu de cara com Gabriel. Ele estava olhando para ela, com as mãos repousando no cabeçote de sua sela, parecendo apenas razoavelmente irritado.

Ela sabia melhor. Seu marido não fora capaz de esconder a raiva em sua voz quando rudemente vociferara seu comando.

O cavalo de Gabriel estava entre o de Keith e o de Calum. Johanna soltou o galho e inclinou-se de volta ao tronco da árvore. Podia sentir seu rosto esquentando de vergonha. Gabriel, obviamente, esteve ali o tempo todo enquanto ela exigia que seus soldados escondessem um segredo dele.

Ela pensou que provavelmente uma explicação adequada teria de ser dada, e teria de ganhar tempo para inventar uma que soasse plausível. Então decidiu que permaneceria onde estava até conseguir se justificar.

Gabriel estava usando toda a sua concentração para manter a raiva sob controle. Desviou o olhar para o chão e, mais uma vez, contou o número de lobos mortos, apenas para ter certeza de que seus olhos não o estavam enganando. Então olhou para cima novamente, para vê-la.

Ela não se movera para cumprir sua ordem. Por Deus, ela não podia. A ameaça dos lobos ainda não havia terminado: ainda havia um deles lá embaixo, esperando para atacá-la.

– Johanna, desça daí.

Ela não gostava do tom rude em sua voz. Teria dito isso a ele, mas não acreditava que sua opinião teria qualquer importância. Estava chegando à conclusão de que o melhor seria tentar obedecê-lo.

Infelizmente, suas pernas se recusaram a mover-se. Estava com as coxas agarradas ao galho por tanto tempo que elas pareciam ter virado gelatina quando Johanna tentou descer.

Por fim, Gabriel teve de subir para resgatá-la. Precisou arrancar as mãos dela do galho, pois ela não parecia conseguir se soltar.

Ele colocou os braços dela ao redor do seu pescoço, então puxou-a contra si. Um de seus braços estava abraçando a cintura dela e o outro apoiando-se no galho, para evitar que ambos escorregassem.

Ele permaneceu imóvel por um longo instante. Johanna não percebera quão fria estava até que o calor do corpo dele começou a aquecê-la. Agora ela estava tremendo.

Ele também tremia, ela notou. Mas, se estava tão furioso com ela, estaria tremendo de quê? Raiva?

– Gabriel?

O medo que ele ouviu na voz dela desfez seu controle.

– Você vai parar de ter medo de mim, droga – ele disse a ela em um sussurro baixo e furioso. – Por Deus, eu gostaria de estrangulá-la até que você ganhasse algum senso, mulher, mas nunca vou machucá-la.

Sua reprimenda a atingiu. Ela não havia feito nada para causar desgosto nele… exceto, talvez, ignorar sua ordem ridícula de descansar. Sim, ela pensou, ela ignorara sua sugestão.

– Eu já parei de ter medo de você, droga – ela murmurou contra o pescoço dele e soltou um suspiro. Gabriel valorizava a honestidade, e ela supôs que apenas provocaria mais a raiva dele se não dissesse toda a verdade agora.

O homem parecia pronto para asfixiar alguém, de fato.

– Eu não tenho medo de você na maior parte do tempo – ela acrescentou, apressadamente. – Por que está tão nervoso comigo?

Ele não respondeu à pergunta dela; não podia. Ainda estava na iminência de berrar. Esperaria até que pudesse controlar seu temperamento antes de explicar que ela havia tirado uns bons vinte anos de sua vida ao dar-lhe tamanho susto.

Seu marido apertou o abraço ao redor dela. A pergunta, claramente, o atingira, mas ela não conseguia imaginar por quê.Não lia mentes, afinal. Pensou em dizer isso, mas mudou de ideia. Não seria nada inteligente incitar a fúria dele. Ela era sua mulher e, portanto, deveria tentar acalmá-lo.

Resolveu mudar de assunto. Começaria com um reconhecimento, pensando em agradá-lo.

– Você estava certo, meu marido; as florestas estão infestadas de lobos.

Foi a coisa errada a dizer a ele, concluiu, quando seu abraço se apertou ainda mais e ele soltou uma respirada alta e tremida.

– Estou molhando você todo, milorde. – Ela disparou, tentando desviar a atenção dele de sua infeliz menção aos lobos.

– Você está inteira encharcada – ele soltou. – Vai pegar uma febre e morrer em uma semana.

– Não vou – ela anunciou. – Vou vestir roupas secas e ficar bem como sempre. Você está me deixando sem fôlego, marido; afrouxe seu abraço.

Gabriel ignorou o pedido. Soltou um palavrão, então moveu-se repentinamente. Ela segurou o pescoço dele com mais força e fechou os olhos, deixando que ele se ocupasse em afastar os galhos do rosto dela no caminho para baixo.

Ele não a deixou caminhar. Carregou-a até sua montaria, ergueu-a no alto e soltou-a sobre sua sela. Não foi muito gentil na tarefa.

Ela imediatamente tentou arrumar suas roupas de baixo, pois o tecido estava grudado em sua pele. Sabia que não estava parecendo uma dama decente; olhou para baixo e deixou escapar um engasgo de assombro quando viu que a roupa estava grudando em seus seios. Rapidamente meteu os dedos entre os cabelos e puxou os fios para a frente, para cobrir seu peito.

Felizmente, os soldados não estavam prestando atenção nela. Gabriel manteve-se de costas para ela e ordenou que removessem os corpos dos lobos. Calum e Keith desceram de seus cavalos para amarrar cordas no pescoço dos animais.

– Arraste-os de volta ao cume e queime-os – ordenou Gabriel, jogando as rédeas da égua de Johanna na direção de Lindsay e ordenando que ele e os outros soldados voltassem à fortaleza.

Queria um momento a sós com sua esposa.

Calum lançou-lhe um olhar empático, antes de tomar seu rumo. Ele, obviamente, acreditava que ela enfrentaria um inferno. Keith também, se sua expressão severa era um sinal.

Ela manteve a cabeça erguida, dobrou suas mãos juntas e fingiu estar serena.

Gabriel esperou até que seus soldados fossem embora antes de se voltar a ela. Colocou a mão em sua coxa, para fazê-la olhar para ele.

– Você não tem nada a me dizer, esposa?

Ela assentiu e ele esperou.

– Então? – ele finalmente exigiu.

– Eu queria que você superasse sua raiva.

– Não é isso que quero ouvir.

Ela colocou sua mão sobre a dele.

– Você espera um pedido de desculpas, não? Pois bem, então. Desculpe-me por ter ignorado sua sugestão de descansar.

– Sugestão?

– Não precisa gritar comigo, marido. É rude.

– Rude?

Ela não entendia porque ele precisava repetir tudo o que ela acabava de dizer, e ele não entendia porque ela não estava histérica depois de seu encontro com os lobos. Será que ela não entendia o que podia ter acontecido? Por Deus, ele não conseguia parar de pensar no incidente. Ela podia ter sido estraçalhada pelas feras.

– Johanna, quero que me prometa que nunca mais vai deixar a fortaleza sem uma escolta apropriada.

A voz dele soou rouca, e ela achou que podia ser porque ele estava tentando não gritar com ela. Se essa dedução estivesse correta, então seu marido estava realmente tendo consideração pelos seus sentimentos.

– Milorde, não quero me tornar prisioneira em sua casa – ela explicou. – Eu já tive de recorrer à mentira apenas para poder caçar um pouco. Deveria poder ir e vir conforme desejasse.

– Você não deveria.

– Com um acompanhante, então?

– Maldição, mulher, é justamente isso que...

– Você sugeriu?

– Eu não sugeri, e sim exigi uma promessa sua. – Ela acariciou sua mão; no entanto, ele não estava com disposição para ser acalmado. Ele apontou para o chão abaixo da árvore, onde estava o manto dela, despedaçado. – Você não percebe que podia ter sido estraçalhada tão rápida e facilmente quanto seu manto?

A verdade demorou para se esclarecer na mente dela, e seus olhos se arregalaram de surpresa. Ele achou que, finalmente, ela estava começando a entender o perigo e assentiu.

– Sim, você podia ter sido morta, esposa.

Ela sorriu, mas não era a reação que ele esperava. Como poderia ensiná-la a ter cuidado se ela não entendia os perigos ao seu redor?

Frustrado, ele fechou a cara.

– Tenho tentado me acostumar a ter uma esposa, Johanna, e você está tornando essa adaptação difícil. Porque, em nome de Deus, você está sorrindo?

– Eu acabei de me dar conta, milorde, de que sua raiva é por quase ter me perdido. Eu estava achando que você estava bravo por eu ter desconsiderado sua sugestão de descansar. Agora eu entendo – ela acrescentou com um aceno. – A verdade é que você está começando a se importar comigo. Seu coração amoleceu, não é mesmo, marido?

Como não pretendia deixá-la tirar conclusões tolas e precipitadas, ele balançou a cabeça.

– Você é minha mulher e eu sempre a protegerei. É meu dever, Johanna. Mas eu sou um guerreiro, primeiro e sempre. Você parece ter se esquecido desse importante fato.

Ela não sabia do que, em nome de Deus, ele estava falando.

– O que ser um guerreiro tem a ver com sua atitude a meu respeito?

– Questões do coração não me interessam – ele explicou.

Ela endireitou os ombros.

– Não interessam também a mim – ela replicou, temendo que ele acreditasse que ela estava magoada pela opinião dele. – Assim como você, eu apenas pensei em me acostumar em tê-lo por perto.

Pela expressão nos olhos dela, ele poderia jurar que tinha ferido seus sentimentos de algum modo. Então alcançou-a, cobriu-lhe a nuca com a mão e puxou-a para perto de si, beijando-a firme e demoradamente. Ela colocou os braços ao redor do pescoço dele e retribuiu o beijo. Quando ele se afastou, ela quase caiu da montaria e ele segurou-a pela cintura.

– Me prometa antes de irmos embora.

– Eu prometo.

A concordância imediata melhorou o humor dele, mas não durou muito. Droga se ela, deliberadamente, não voltou a provocá-lo.

– O que exatamente acabei de lhe prometer, milorde?

– Você prometeu não deixar a fortaleza sem a escolta apropriada!

Ele não queria gritar, mas, Senhor, ela o deixava transtornado. O que estiveram discutindo nos últimos dez minutos? Johanna desceu os dedos pela lateral do pescoço dele, pensando em acalmá-lo, pois ele estava com o cenho muito franzido. Então adicionou um pequeno elogio ao carinho.

– A verdade é que você me faz esquecer de tudo quando me beija. Essa é a razão de eu ter esquecido o que lhe prometi, milorde.

Ele não podia culpá-la por admitir a verdade. Havia momentos em que ele também se afastava do mundo ao beijá-la. Por certo não tão frequentemente quanto ela, é claro, justificou para si mesmo.

Johanna girou sua perna por cima da sela e tentou descer. Gabriel segurou sua cintura com mais força, para impedi-la de se mover.

– Gostaria de lhe mostrar algo – ela anunciou. – Eu havia pensado em esperar até amanhã, pois julguei que levaria tempo para que você esquecesse o incidente de hoje, mas mudei de ideia, Gabriel. Quero lhe mostrar agora. Minha surpresa, certamente, irá melhorar seu humor. Deixe-me descer.

– Eu nunca vou esquecer o incidente de hoje – ele murmurou, mantendo a expressão dura enquanto a ajudava a descer do cavalo; então segurou-a pela mão quando ela tentou se afastar dele.

Gabriel esticou-se para apanhar o arco dela da parte de trás da sela, então a seguiu para dentro da caverna. Foi difícil passar pela entrada; ele teve de se espremer através dela e manter a cabeça abaixada; mas uma vez que conseguiu entrar e viu os barris, ele parou de reclamar das inconveniências que sua esposa o fazia passar.

O entusiasmo dela diante da descoberta o agradava mais que o próprio tesouro.

– Agora você terá algo de valor para permutar – ela anunciou – e não precisará roubar de novo. O que me diz sobre isso, milorde?

– Ah, Johanna, você acaba com a diversão das minhas caçadas – ele respondeu.

Ela não gostou de ouvir aquilo.

– É meu dever salvar sua alma, marido, e, por Deus, vou tentar, com ou sem a sua cooperação.

Ele riu e o som ecoou através da caverna, ressoando de pedra em pedra.

Gabriel manteve o bom humor até que lhe ocorreu que sua esposa havia entrado sozinha na caverna para procurar o tesouro.

– Você podia ter entrado direto na toca deles! – ele vociferou, repentinamente.

A mudança brusca em seu comportamento a pegou se surpresa. Ela recuou um passo de seu marido. Ele imediatamente abrandou seu tom.

– O que teria feito se os lobos a seguissem até aqui?

Ela podia dizer que ele estava lutando para controlar seu temperamento. Gabriel era, de fato, um homem de bom coração. Sabia que ela não gostava quando ele gritava, e estava, portanto, tentando agradá-la.

Pela expressão em seus olhos, ela percebeu que aquilo o estava matando.

Não ousou sorrir, pois ele acharia que ela não estava levando o assunto a sério.

– É verdade, milorde, eu não pensei nessa possibilidade. Estava tão empolgada quando encontrei a caverna que me esqueci de ser cuidadosa. Ainda assim – ela acrescentou rapidamente, quando ele parecia prestes a interrompê-la –, eu acredito que teria ficado bem. Sim, eu teria – ela acrescentou com um aceno. – Provavelmente teria voado para cima desses barris assim como voei para cima da árvore para escapar das bestas horríveis. Eu quase não consegui. Uma delas agarrou a bainha do meu manto e eu…

A expressão no rosto de seu marido lhe dizia que não fora prudente ter entrado em detalhes tão explícitos, pois Gabriel estava ficando perturbado outra vez.

Ela sabia que ele estava começando a se importar com ela de verdade. Seu coração estava amolecendo por ela, quer ele admitisse ou não. Ele não ficaria tão perturbado assim se não se importasse, ficaria?

Johanna estava satisfeita com essa prova da afeição de seu marido, até que se deu conta de quanto isso importava para ela, e começou a se preocupar. Por que ela se importava com o que ele sentia por ela? Ela também estava suavizando seus sentimentos por ele? Bom Deus, estaria começando a amar o bárbaro?

A possibilidade a deixou abismada, e ela balançou a cabeça em negação. Não se permitiria colocar-se em posição tão vulnerável.

Gabriel estava aliviado em vê-la franzir o cenho. Ela também ficou pálida, e ele assentiu, satisfeito. Por fim, a mulher estava entendendo o que podia ter acontecido com ela.

– Eu estava começando a achar que você era completamente desprovida de bom senso – ele murmurou.

– Eu tenho bastante bom senso – ela se vangloriou em resposta.

Ele não ia discutir com ela; apenas levou-a para fora e bloqueou a entrada da caverna com pedras, para que os animais não entrassem.

Ela voltou para o castelo montada no colo dele. O sol tinha voltado a brilhar na hora em que alcançaram o cume.

Johanna forçou-se a deixar suas preocupações de lado; por certo, poderia controlar suas próprias emoções. E se ela não desejava amar Gabriel, então, por Deus, ela não o amaria.

– Você está mais tensa que a corda do seu arco, esposa. Eu consigo entender por que, é claro. Você finalmente se deu conta de quão perto chegou da morte hoje. Encoste-se em mim e feche os olhos. Você deve descansar.

Ela fez como ele sugeriu, embora quisesse dar a última palavra sobre o assunto.

– Em nenhum momento eu acreditei que fosse morrer, milorde. Sabia que certamente você ou os outros soldados me encontrariam. Senti-me segura na árvore.

– Mesmo assim, você estava preocupada – ele disse a ela.

– Claro que estava preocupada. Havia lobos selvagens espreitando abaixo de mim.

Ela estava ficando tensa de novo. Ele a apertou.

– Você também estava preocupada por achar que havia me desapontado – ele mencionou.

Ela revirou os olhos. Seu marido tinha um ego muito grande.

– Você acha que eu acreditei que havia lhe desapontado?

Ele franziu o cenho diante do riso que conseguiu perceber na voz dela.

– Sim, claro – ele respondeu.

– Por quê?

– Por que o quê?

– Por que eu acharia que o desapontei?

Ele soltou um longo suspiro.

– Você percebeu que me causou preocupações desnecessárias – ele respondeu.

– Então você admite que estava preocupado comigo?

– Maldição, mulher, eu acabei de dizer que estava.

Ela sorriu. Gabriel soava rude novamente. Ela não se virou para olhar para o rosto dele, mas sabia que estava com de cara amarrada. Ela acariciou seu braço, em uma tentativa de apaziguá-lo.

– Estou feliz em saber que você estava preocupado comigo, ainda que achasse que era um inconveniente desnecessário.

– Era, com certeza.

Ela ignorou sua reprimenda.

– Ainda assim, você deveria aprender a acreditar em mim, milorde. Eu posso cuidar de mim mesma.

– Eu não estou no clima para suas brincadeiras, Johanna.

– Eu não estava brincando.

– Sim, estava.

Ela desistiu de tentar discutir com ele. Depois de pensar no assunto por vários minutos, ela resolveu que não podia realmente culpar seu marido por acreditar que ela não podia tomar conta de si mesma. Ela agira como uma covarde quando o encontrou pela primeira vez, e vinha sendo muito tímida desde então. Não, não podia culpá-lo por acreditar que ela precisava ser vigiada. Com o tempo, no entanto, esperava que ele mudasse de ideia. Não queria que seu marido continuasse pensando que ela era uma fracote.

– Johanna, não quero que você mencione os barris na caverna para ninguém.

– Como quiser, meu marido. Você sabe o que fará com eles?

– Nós discutiremos isso mais tarde, após o jantar – ele prometeu.

Ela assentiu e mudou de assunto.

– Como você me encontrou? Pensei que fosse caçar o dia todo.

– Houve uma mudança de planos – ele explicou. – O lorde dos MacInnes e dez de seus soldados foram vistos cruzando nossa fronteira.

– Eles estão vindo para a nossa casa, você imagina?

– Sim.

– E o que eles querem?

– Vou descobrir quando chegarem aqui – ele respondeu.

– E quando será isso?

– No fim desta tarde.

– Eles ficarão para o jantar?

– Não.

– Seria rude não convidá-los para comer com você.

Ele deu de ombros, mas ela não foi dissuadida por sua falta de interesse. Como sua esposa, sentiu que era seu dever incutir boas maneiras em seu marido.

– Vou instruir os criados a preparar lugares à mesa para os seus convidados – anunciou. Esperou que discutisse com ela, mas, surpreendentemente, ele permaneceu em silêncio.

Johanna voltou sua atenção ao planejamento do cardápio, mas um pensamento repentino lhe ocorreu, e ela deixou escapar um grito sufocado.

– Deus do céu, Gabriel, você não roubou do clã MacInnes, roubou?

– Não – ele respondeu, sorrindo diante do ultraje na voz dela.

Ela relaxou novamente.

– Então não temos de nos preocupar se estão vindo para lutar.

– Lutar com apenas dez soldados? Não, essa não é uma preocupação – ele afirmou.

A diversão na voz dele a fez sorrir. Seu marido estava mais alegre agora. Talvez seu bom humor fosse pelo fato de que teria companhia.

Ela se certificaria de que tudo corresse bem à noite. Não haveria coelhos suficientes para todos se ela não fosse caçar mais, mas descartou a ideia. Coelhos têm de ser cozidos por muitas horas ou sua carne fica muito dura, e não havia tempo para isso. Johanna decidiu que iria trocar de roupa e, então, iria até a cozinheira para discutir o problema. Hilda saberia como fazer a refeição render, e Johanna iria, é claro, oferecer sua ajuda com os preparativos.

Ela desejou poder livrar-se dos soldados Maclaurin naquela noite, pois eles eram terrivelmente barulhentos, desordeiros, e horrivelmente rudes. Além do mais, o jeito como tentavam arrotar, um mais alto que o outro, era nojento.

Ainda assim, ela não queria ferir seus sentimentos. Eles eram parte do clã de Gabriel agora, e teriam, portanto, de ser incluídos.

Eles chegaram ao átrio. Gabriel desmontou primeiro, então virou-se para ajudá-la. Ele a segurou por mais tempo que o necessário. Ela sorriu para o marido enquanto esperava que ele a soltasse.

– Johanna, você não vai mais se meter em confusão. Eu quero que você entre e...

– Deixe-me adivinhar, milorde – ela interrompeu. – Você quer que eu descanse, não é?

Ele sorriu. Senhor, ela era muito atraente quando estava descontente.

– Sim, quero que descanse.

Ele inclinou-se, beijou-a, e então virou-se para conduzir sua montaria de volta ao estábulo.

Johanna balançou a cabeça diante da ordem ridícula de seu marido. Como poderia tirar tempo para descansar quando eles teriam companhia para o jantar?

Ela entrou apressadamente, deixando seu arco e o suporte encostados na parede, na base da escada, e então subiu para seu quarto. Não levou muito tempo para vestir roupas secas e limpas. Seu cabelo ainda estava muito molhado para ser trançado adequadamente, então ela o prendeu com um laço atrás do pescoço, e desceu a escada correndo novamente.

Megan estava parada ao lado da porta, espiando lá fora.

– O que está fazendo, Megan?

– Os soldados MacInnes estão aqui.

– Tão cedo? – perguntou Johanna. Ela andou até o lado de Megan. – Não deveríamos abrir as portas e recebê-los aqui dentro?

Megan balançou a cabeça e saiu da frente, de forma que sua senhora pudesse olhar para fora. Então sussurrou.

– Algo está errado, milady; veja o modo como franzem o cenho. Mas eles trouxeram uma oferta para nosso lorde. Vê a bolsa de tecido sobre o colo do lorde?

– Deixe-me dar uma olhada – Padre MacKechnie sussurou atrás das duas mulheres.

Johanna trombou no padre quando se virou e implorou-lhe que perdoasse sua falta de jeito; então explicou porque estava espiando seus convidados.

– O comportamento deles é contraditório – ela disse. – Eles estão todos de cara fechada, mas parece que trouxeram um presente para nosso lorde. Talvez a cara deles seja assim mesmo.

– Não, não pode ser – Padre MacKechnie replicou. – Os guerreiros das Terras Altas não são como os ingleses de forma alguma, moça.

– O que quer dizer, Padre? Homens são homens, independentemente de como se vestem.

O padre fechou a porta antes de responder.

– Em minhas experiências com os ingleses, notei um traço peculiar. Eles sempre parecem ter uma motivação oculta por trás de suas ações.

– E os habitantes das Terras Altas?

Padre MacKechnie sorriu.

– Nós somos um povo simples, somos sim. O que você vê é o que você tem. Entende? Nós não temos tempo para motivos secretos.

– Os soldados MacInnes estão franzindo o cenho porque estão com raiva de algo – Megan interveio. – Eles não são espertos o suficiente para usar truques.

O padre assentiu em concordância.

– Aqui, não usamos subterfúgios. Lorde MacInnes parece tão furioso quanto uma vespa que alguém acabou de tentar esmagar. Ele está enraivecido de fato.

– Então teremos de fazer o melhor que pudermos para apaziguá-lo. Ele é um convidado, afinal de contas – ela racionalizou. – Megan, por favor, vá dizer à cozinheira que nós teremos mais onze pessoas para o jantar. Certifique-se de oferecer ajuda com as preparações. Eu me juntarei a você em um minuto.

Megan apressou-se para cumprir as ordens de sua senhora.

– A cozinheira não vai se importar com o inconveniente – ela gritou por cima do ombro ao chegar ao corredor da porta dos fundos. – Ela é uma MacBain, afinal. Ela sabe muito bem que não deve reclamar.

Johanna franziu o cenho diante daquela observação misteriosa. O que importava se a cozinheira era uma MacBain ou Maclaurin? Megan já havia desaparecido, e Johanna decidiu que teria de esperar até mais tarde para perdir-lhe uma explicação.

O padre desviou a atenção dela ao abrir a porta, e ela ficou parada atrás dele.

– Qual deles é o lorde? – ela perguntou em um sussurro.

– O homem velho de olhos salientes, sentado sobre o cavalo manchado – respondeu o Padre MacKechnie. – É melhor você ficar aqui, moça, até que seu marido decida se os deixará entrar ou não. Eu vou sair para falar com eles.

Johanna assentiu e permaneceu atrás da porta, mas espiou para observar o padre. Padre MacKechnie desceu a escada e gritou sua saudação.

Os soldados MacInnes ignoraram o padre. Sua expressão parecia esculpida em pedra. Johanna achou tal comportamento pecaminoso. Nenhum dos homens se importou em desmontar. Eles não percebiam quão ofensiva era sua conduta?

Johanna voltou a atenção ao lorde deles. Padre MacKechnie estava certo; o homem tinha olhos salientes. Era um velho de pele enrugada e sobrancelhas grossas. Seu olhar estava direcionado a Gabriel, que atravessava a clareira. Quando estava a vários pés de distância dos soldados MacInnes, Gabriel parou.

O lorde disse algo que, claramente, enfureceu Gabriel. A expressão de seu marido se tornou obscura, assustadora. Johanna estremeceu; nunca havia visto aquela expressão. Gabriel parecia pronto para uma batalha.

Os guerreiros MacBain se aproximaram, para ficar atrás de seu lorde, e os Maclaurin juntaram-se a eles.

O Lorde MacInnes fez um sinal para um de seus homens, que rapidamente desmontou e se apressou até chegar ao lado dele. Eles eram parecidos, e Johanna chegou a pensar que poderia ser seu filho. Ela viu quando ele ergueu a longa bolsa de tecido do colo de seu líder, ajustou o peso em seus braços, virou-se e deu a volta até a frente do cavalo manchado. Então, parado a apenas alguns pés de Gabriel, ergueu o saco e jogou-o no chão.

A queda levantou poeira e fez o saco se abrir. Quando a poeira se dispersou, Johanna pôde ver qual era o presente do lorde: uma mulher, tão ensanguentada e ferida que mal podia ser reconhecida. O corpo rolou para fora do saco e parou no chão. A mulher estava nua. Não havia um pedaço do seu corpo ileso.

Johanna cambaleou, afastando-se da porta. Um gemido baixo travou-lhe a garganta. Achou que ia vomitar. Estava tão enjoada pela visão da mulher destroçada que queria chorar de pena… e gritar de fúria.

Ela não fez nenhuma das duas coisas. Em vez disso, alcançou seu arco e flecha.

Capítulo 11

As mãos de Johanna tremiam, e ela só conseguia pensar em ser precisa em sua mira ao lançar suas flechas nos bastardos que haviam cometido aquele ato obsceno.

Gabriel tremia com sua própria fúria. Sua mão inclinou-se para a espada, sem conseguir acreditar que um guerreiro das Terras Altas desgraçaria totalmente a si mesmo com tal conduta covarde. Todavia, a prova estava no chão, diante dele.

Lorde MacInnes parecia presunçoso, e Gabriel decidiu que o mataria primeiro.

– Você é o responsável por espancar essa mulher até a morte? – Gabriel praticamente rugiu, e o líder MacInnes franziu o cenho, em reação.

– Ela não está morta, ainda está respirando.

– Você é o responsável? – exigiu Gabriel, novamente.

– Eu sou – o lorde gritou de volta. – Sem dúvida, eu sou.

Tal resposta soou como uma ostentação para Gabriel, que começou a puxar sua espada. Lorde MacInnes percebeu o que ele ia fazer; ao se dar conta de sua posição delicada, apressou-se em explicar as razões pelas quais espancara a mulher.

– Clare MacKay foi colocada entre os meus criados pelo seu pai – ele gritou. – Ela estava prometida em casamento para o meu filho mais velho, Robert. – Antes de continuar, ele fez uma pausa para acenar para o soldado parado próximo ao seu cavalo. – Eu pretendia unir nossos dois clãs e torná-los um único poder, mas a vadia foi desonrada três meses atrás, MacBain, e por um de vocês. E não adianta negar a verdade, pois o seu manto foi avistado por três de meus homens. Clare MacKay passou uma noite inteira com o homem. No início, ela mentiu e disse ter passado a noite com suas primas, e eu fui tolo o bastante para acreditar nela. Mas, quando descobriu que estava grávida, ela teve o disparate de se gabar de seu pecado: "Não é assim que funcionam as coisas, Robert?".

– Sim, é assim – o filho de Lorde MacInnes respondeu. – Eu não me casarei com uma meretriz – bradou. – Um MacBain a arruinou, então um MacBain que fique com ela.

Depois de apresentar seu julgamento, ele voltou o olhar para a mulher, cuspiu no chão próximo a ela, então avançou com as mãos nos quadris e um olhar malicioso, claramente pretendendo chutar a mulher inconsciente.

Ele moveu sua bota para trás, e quando começou a trazê-la para a frente, determinado a chutá-la, uma flecha o parou bruscamente. Robert soltou um berro de dor e cambaleou para trás – a flecha estava cravada em sua coxa. Suas mãos se moveram para a perna enquanto se voltava, ainda berrando de dor, para ver quem o ferira.

Johanna estava parada no alto da escada à frente da fortaleza com o olhar totalmente focado no soldado. Ela armou outra flecha contra a corda de seu arco e manteve o homem em sua mira. Esperava por um pretexto para matá-lo.

Todos olhavam para ela. Gabriel havia se movido para intervir quando Robert virou a perna para trás para chutar a mulher, mas a flecha de Johanna o atingiu primeiro. Gabriel se virou, viu a expressão no rosto da esposa e no mesmo momento foi em sua direção.

Por um longo instante, ninguém se moveu. Os Maclaurin estavam claramente chocados com o que haviam acabado de testemunhar, e os MacBain decerto bastante impressionados também.

O soldado ferido aproximou-se da mulher, e Johanna achou que ele ia tentar machucá-la outra vez. Não podia deixar que isso acontecesse.

– Tente chutá-la de novo e, por Deus, eu atravesso uma flecha em seu coração obscuro.

A fúria na voz dela varreu o grupo de soldados. Robert recuou de pronto. O padre apressou-se à frente e ajoelhou-se ao lado da mulher, fazendo o sinal da cruz e sussurrando uma bênção.

– Ela é louca – sussurrou Robert, referindo-se a Johanna.

Os seguidores de Gabriel ouviram o comentário e três soldados MacBain avançaram, mas Calum acenou, impedindo-os de continuar.

– Nosso lorde decidirá o que deve ser feito – ele ordenou.

Keith, que estava parado ao lado de Calum, não pôde se controlar.

– Ela não é louca – ele vociferou –, mas me certificarei de que nosso lorde saiba sua opinião sobre a esposa dele.

– Meu filho não quis insultá-la – defendeu Lorde MacInnes –; ele estava apenas falando a verdade. Olhe em seus olhos. É evidente que perdeu a cabeça. E por que motivo, eu lhe pergunto? É apenas uma puta no chão.

Naquele momento, Gabriel não estava prestando atenção em mais ninguém além de sua esposa. Ele subiu a escada, mas não a tocou; apenas aproximou-se e ficou ao seu lado.

Johanna ignorou o marido e, sem pressa, virou-se até ter Lord MacInnes na mira.

Ela estava satisfeita em ver seu rosto feio ficando totalmente branco e seus lábios grossos franzindo de preocupação.

– Qual de vocês bateu nessa mulher? – ela perguntou.

O lorde não respondeu; apenas desviou o olhar para a esquerda e, depois, para a direita, como se estivesse procurando maneiras de escapar.

– Você não deve matá-lo – Gabriel ordenou-lhe em um sussurro tão baixo que apenas ela pôde ouvir. Mas Johanna não demonstrou nenhuma reação visível ao comando. Ele repetiu a ordem, e ela balançou a cabeça, mantendo-se focada no lorde à vista enquanto falava com seu marido.

– Você acredita que a mulher mereceu esse tratamento? Acha que ela é menos importante que um boi estúpido?

– Você sabe muito bem que não devia me fazer tais perguntas – ele retrucou. – Me dê seu arco e flecha agora.

– Não.

– Johanna...

– Veja o que eles fizeram! – ela clamou.

A agonia na voz dela fez seu coração doer. Sua esposa estava prestes a perder por completo a compostura, e ele não podia permitir que isso acontecesse.

– Não deixe que vejam seu desespero – ele ordenou –; isso seria uma vitória para eles.

– Sim – ela murmurou. Suas mãos começaram a tremer, e ela soltou um lamento baixo.

– Quanto mais tempo passarmos aqui, mais tempo a moça ficará sem os cuidados necessários. Me dê sua arma – ele praticamente implorava a Johanna, mas ela não conseguia soltá-la.

– Não posso deixar que a machuquem mais. Não posso. Você não vê? Tenho de ajudá-la. Um dia, eu rezei para que alguém me ajudasse, e ninguém o fez. Mas eu posso ajudá-la. Eu tenho de...

– Não vou deixar que a machuquem – ele prometeu.

Diante da firmeza da esposa, Gabriel decidiu usar uma abordagem diferente. Parecia que uma hora tinha se passado desde que ele se juntara a ela na escada, ainda que soubesse que estava ali há apenas alguns minutos. O tempo não importava. Não lhe importava quanto tempo seria preciso para que sua esposa recuperasse o controle. Os soldados bastardos MacInnes teriam de esperar. Gabriel poderia ter tirado a arma dela, é claro, mas não queria fazê-lo. Queria que ela mesma a entregasse.

– Muito bem, então – ele disse. – Vou ordenar que meus homens matem cada um deles. Isso a deixaria satisfeita?

– Sim.

Sem conseguir disfarçar a surpresa, ele soltou um suspiro, e então virou-se para dar a ordem. Ele não era de blefar. Se Johanna queria que ele matasse os infiéis, então a atenderia. Maldição, ele estava em busca de um pretexto para fazer isso, e agradar sua esposa era motivo mais que suficiente.

– Calum – ele gritou.

– Sim, MacBain?

– Não – Johanna disparou.

Gabriel virou-se para ela.

– Não?

Lágrimas encheram os olhos dela.

– Não podemos matá-los.

– Sim, podemos.

Ela balançou a cabeça.

– Se deixarmos a raiva controlar nossas ações, não seremos em nada melhores que eles. Mande-os embora. Eles reviram o meu estômago.

A força estava de volta à voz dela, e Gabriel assentiu, satisfeito.

– Me dê seu arco e flecha primeiro.

Ela abaixou os braços lentamente, e o que aconteceu em seguida a surpreendeu de tal modo que ela não teve nem tempo de reagir. Gabriel arrancou a arma de suas mãos, deu meia-volta, mirou e disparou a flecha com precisão e velocidade incríveis.

Um uivo de dor se seguiu. A flecha encontrou seu alvo no ombro do mesmo soldado MacInnes que ela havia atingido. Robert, o filho do lorde, puxou a adaga do cinto e estava prestes a lançar a arma quando Gabriel avistou o movimento. Foi tudo tão rápido, que nem Calum nem Keith tiveram tempo de gritar um aviso.

Lorde MacInnes enfureceu-se em defesa do filho, mas a cólera de Gabriel era muito pior. Ele empurrou Johanna para trás de si, jogou o arco no chão e alcançou sua espada.

– Saia das minhas terras imediatamente, MacInnes, ou irei matá-lo agora.

Os soldados MacInnes não perderam tempo em sair dali. Gabriel não deixaria que Johanna se movesse até que o átrio estivesse vazio.

– Keith, mande dez soldados Maclaurin segui-los até a nossa fronteira – ele ordenou.

– Como quiser, MacBain – Keith gritou de volta.

No minuto em que seu marido se moveu, Johanna passou por ele e desceu correndo a escadaria. Atravessou a clareira, desatando seu cinto enquanto corria e, antes de ajoelhar-se ao lado da mulher espancada, tirou seu manto e usou-o para cobri-la. Ela colocou sua mão na lateral do pescoço da mulher, sentiu a pulsação e quase chorou de alívio.

Padre MacKechnie colocou sua mão no ombro de Johanna.

– É melhor entrarmos – ele sussurrou.

Calum abaixou-se e inclinou-se para levantar a mulher, mas Johanna gritou com o soldado.

– Não toque nela!

– Ela não pode ficar aqui, milady – argumentou Calum, tentando ser racional com sua senhora desolada. – Deixe-me carregá-la para dentro.

– Gabriel irá carregá-la – decidiu Johanna. Ela respirou profundamente, tentando se acalmar. – Eu não quis gritar com você, Calum. Por favor, me perdoe. De qualquer forma, você não pode levantá-la, senão vai romper seus pontos.

Calum assentiu. Ele estava surpreso e grato com o pedido de desculpas de sua senhora.

– Ela está morta? – perguntou Keith.

Johanna fez que não com a cabeça. Gabriel colocou a mulher MacKay em pé e inclinou-se para erguê-la em seus braços.

– Tome cuidado com ela – Johanna sussurrou.

– Onde quer que eu a coloque? – perguntou Gabriel, e levantou-se, embalando a mulher inconsciente em seus braços.

– Dê meu quarto a ela – sugeriu Padre MacKechnie. – Eu encontrarei outra cama esta noite.

– Acha que ela irá sobreviver? – Calum perguntou, enquanto seguia o seu lorde pelo átrio.

– Como raios eu vou saber? – Gabriel replicou.

– Ela irá sobreviver – anunciou Johanna, rezando para que estivesse certa.

Calum correu à frente para abrir as portas, e Johanna seguiu seu marido pela entrada. Hilda, que estava descendo pelo corredor da porta dos fundos, avistou sua senhora e chamou-a.

– Posso ter uma palavra com você sobre o cardápio para o jantar com os convidados esta noite?

– Não teremos convidados – disse Johanna. – Eu preferiria jantar com o demônio ou o próprio Rei John do que sofrer na companhia dos MacInnes.

Hilda arregalou os olhos e Johanna começou a subir as escadas atrás de seu marido. Então se deteve.

– Parece que estou descontando em todo mundo, Hilda. Por favor, me desculpe. Não estou sendo eu mesma hoje.

Sem esperar que Hilda aceitasse seu pedido de desculpas, Johanna se apressou pelos degraus. Alguns minutos mais tarde, sua visitante estava acomodada na cama. Gabriel ficou ao lado de sua esposa enquanto ela a examinava, à procura de ossos quebrados.

– Parecem estar intactos – sussurrou Johanna. – As pancadas na cabeça me preocupam. Veja o inchaço acima das têmporas, Gabriel. Não sei quão graves podem ser os danos; ela pode nunca mais acordar.

Johanna não percebeu que começara a chorar até que o marido lhe ordenou que parasse.

– Não fará nenhum bem a ela se você desabar. Ela precisa da sua ajuda, não das suas lágrimas.

Ele estava certo, é claro. Johanna secou as lágrimas que corriam por sua face com as costas das mãos.

– Por que cortaram o cabelo dela desse jeito?

Ela abaixou-se e tocou a lateral da cabeça da mulher. Clare MacKay tinha cabelos castanho-escuros e grossos. Eles eram lisos e mal cobriam suas orelhas. Os homens MacInnes não haviam usado uma tesoura, pois as pontas estavam muito desiguais. *Devem ter usado uma faca*, ela imaginou.

Quanta humilhação, Johanna pensou. Sim, essa era a razão por trás do ato grosseiro: humilhar a mulher.

– É um milagre que ainda esteja respirando – disse Gabriel. – Faça o que puder, Johanna. Agora deixarei o Padre MacKechnie entrar; ele irá querer ministrar os ritos finais para ela.

Johanna queria exprimir uma recusa, pois o sacramento da extrema--unção só era dado às pobres almas que estavam batendo à porta da morte. A razão lhe dizia que era a coisa certa a fazer, mas a mulher estava respirando, droga, e Johanna não queria considerar a possibilidade de que ela não se recuperasse.

– Apenas por precaução – Gabriel insistiu, para ganhar a cooperação dela.

– Sim – ela sussurrou –, apenas por precaução. – Johanna endireitou--se, e então anunciou: – Vou deixá-la mais confortável. – Ela atravessou o cômodo para pegar o jarro de água e a bacia que estavam sobre o baú e trouxe-os de volta para a cama. Ia colocá-los no chão, próximo de seus pés, mas Gabriel, cuidadosamente, arrastou o baú até bem perto dela.

Enquanto sua mulher corria pelo quarto outra vez, para pegar uma pilha de panos de linho, Gabriel foi até a porta, estendeu a mão para pegar a maçaneta, então parou de supetão e virou-se para olhar sua a esposa. Sem prestar atenção nele, ela apressou-se de volta até a cama, sentou-se na beirada e mergulhou um dos panos dentro da bacia de água que acabara de encher.

– Responda uma pergunta para mim – ele ordenou.

– Sim?

– Você já foi espancada dessa forma?

Johanna não olhou para o seu marido quando respondeu.

– Não.

Ele não percebeu, mas havia prendido a respiração, e só a soltou depois que ela respondeu.

Então ela explicou sua resposta.

– Ele raramente acertava meu rosto ou minha cabeça. Uma vez, no entanto, ele foi menos cuidadoso…

– E o resto do corpo?

– As roupas escondiam os hematomas – ela respondeu.

Ela não tinha ideia de como aquilo tudo o afetava. Gabriel estava tremendo. Para ele, era assombroso que Johanna tivesse concordado em se casar novamente. Maldição, ele tinha de conquistar a confiança dela. Sentia-se um completo idiota. Se estivesse no lugar dela, jamais teria voltado a confiar em alguém.

– Ela não terá cicatrizes – sussurrou Johanna. – A maior parte do sangue em seu rosto escorreu do nariz. É incrível que não o tenham quebrado. Ela é uma linda mulher, não é, Gabriel?

– O rosto dela está muito inchado para dizer – ele respondeu.

– Eles não deviam ter cortado o cabelo dela. – Johanna parecia obcecada com aquela punição ínfima.

– Cortar o cabelo dela foi a menor das ofensas, Johanna. Eles não deviam tê-la espancado. Cães recebem um tratamento melhor.

Johanna assentiu e pensou consigo mesma: *cães e bois.*

– Gabriel?

– Sim?

– Estou feliz que tenha me casado com você.

Ela estava muito envergonhada para encarar seu marido quando lhe disse como se sentia, então fingiu estar muito ocupada com a tarefa de torcer cada gota de água do pano.

Ele sorriu.

– Eu sei que está, Johanna.

A arrogância dele estava mesmo saindo do controle, mas aqueceu seu coração. Ela balançou a cabeça, então voltou para a sua tarefa e começou a limpar o sangue do rosto de Clare MacKay. Mesmo duvidando que Clare pudesse ouvir, Johanna sussurrava-lhe palavras de conforto, pois se sentia melhor dizendo-lhe repetidamente que, agora, estava segura. Ela acrescentou a promessa de que ninguém nunca mais a machucaria.

Gabriel abriu a porta e encontrou o corredor repleto de mulheres. Todas vestiam o manto MacBain, e Hilda estava à frente do grupo.

– Gostaríamos de oferecer nossa ajuda para cuidar da mulher – ela disse.

– O Padre MacKechnie deve dar a ela o último sacramento antes que vocês entrem – ordenou Gabriel.

Tão logo ouviu a declaração do lorde, o padre, que estava esperando atrás do grupo, no mesmo minuto abriu caminho entre as mulheres, pedindo-lhes que compreendessem a situação. Ele entrou no quarto, apressou-se até o pé da cama, onde havia deixado sua sacola, e puxou uma longa e estreita estola roxa. Depois de beijar cada uma de suas pontas, ele sussurrou suas preces e colocou a estola em volta do pescoço.

Gabriel fechou a porta e desceu a escada. Calum e Keith estavam esperando por ele na base das escadas e o seguiram até o salão nobre.

Gabriel avistou o manto no chão em frente à lareira, e seu cão não estava lá.

– Onde raios está Dumfries?

– Vagando lá fora – sugeriu Calum.

– Ele saiu de manhã cedo – acrescentou Keith.

Gabriel balançou a cabeça. Johanna teria um ataque se percebesse que o cão tinha desaparecido; ela se preocuparia com seus pontos. Ele forçou sua mente a voltar aos assuntos mais importantes.

– Calum, reúna todos os soldados MacBain – ele ordenou. – Quero que cada homem me diga que não tocou em Clare MacKay.

– E você vai acreditar...

Keith desistiu da pergunta quando seu lorde o encarou.

– Nenhum dos meus guerreiros mentirá para mim, Keith – disparou Gabriel.

– Mas e se um deles admitir que, de fato, passou a noite com a mulher? O que você fará?

– Isso não é da sua conta, Keith. Quero que você vá até o Lorde MacKay e conte-lhe o que aconteceu aqui hoje.

– Digo-lhe que sua filha está morrendo ou abrando a verdade?

– Diga-lhe que ela está recebendo os sacramentos finais.

– E eu digo a ele que um MacBain...

– Diga a ele exatamente as acusações que Lorde MacInnes fez – ordenou Gabriel, com evidente impaciência. – Maldição, eu devia ter matado aqueles bastardos quando tive a chance.

– Você teria uma guerra em mãos se o tivesse feito, MacBain – Keith apontou.

– A guerra já foi declarada – ele disparou. – Acha que vou me esquecer tão facilmente de que o filho do lorde tentou matar minha esposa?

Ele estava gritando quando terminou a pergunta. O soldado Maclaurin balançou a cabeça.

– Não, Lorde. – Ele correu para fora. – Você não esquecerá, e eu estarei ao seu lado nessa questão.

– Estará, sem sombra de dúvida – replicou Gabriel.

Calum deu um passo à frente.

– Os MacKay também podem travar uma guerra se acreditarem que um MacBain, de fato, comprometeu Clare MacKay.

– Nenhum de meus homens agiria de forma tão desonrosa – soltou Gabriel.

Calum acenou em concordância, mas Keith não estava convencido.

– Os MacInnes disseram que viram seu manto – ele relembrou seu lorde.

– Ele estava mentindo – argumentou Calum.

– Lorde MacInnes também disse que Clare MacKay admtiu ter passado a noite com um MacBain – disse Keith.

– Então ela está mentindo – Calum retrucou.

Gabriel deu as costas aos soldados.

– Eu dei a vocês dois suas tarefas. Vão cumpri-las.

Os soldados imediatamente deixaram o salão, deixando Gabriel parado diante da lareira, onde ele ficou por um longo tempo.

Ele tinha um tremendo problema nas mãos. Sabia, sem dúvida, que nenhum de seus homens era responsável por desgraçar Clare MacKay; ainda assim, o manto MacBain fora avistado... três meses atrás.

– Maldição – Gabriel murmurou consigo. Se Lorde MacInnes estava dizendo a verdade, só poderia haver uma resposta: apenas um homem era o responsável pela maldita confusão.

Nicholas.

Capítulo 12

Clare MacKay não acordou até a manhã seguinte. Johanna passou a maior parte da noite ao lado da mulher, até que Gabriel entrou no quarto e, literalmente, arrastou-a para fora. Hilda ficou contente em assumir a vigília para sua senhora.

Johanna acabara de voltar ao quarto e acomodar-se em uma cadeira ao lado da cama, quando Clare abriu os olhos e se dirigiu a ela.

– Eu ouvi você falando comigo.

Johanna sobressaltou-se. Ela pulou da cadeira e foi até Clare.

– Você despertou – ela sussurrou com alívio quase esmagador.

Clare assentiu.

– Como se sente? – perguntou Johanna.

– Sinto dores dos pés à cabeça.

Johanna assentiu.

– Você tem hematomas dos pés à cabeça – ela respondeu. – Sua garganta dói, também? Você parece rouca.

– É verdade que gritei muito – disse Clare. – Posso beber um gole d'água?

Johanna apressou-se em pegar a taça e ajudou Clare a se sentar. Ela tentou ser o mais gentil possível, mas a mulher ainda gemia de dor. Sua mão tremeu quando ela se esticou para pegar a taça.

– Havia um padre aqui? Pensei ter ouvido alguém rezar.

– O Padre MacKechnie lhe deu a extrema-unção – explicou Johanna. Ela apoiou a taça no baú e sentou-se na cadeira novamente. – Não sabíamos se você sobreviveria ou não. Foi apenas uma precaução – acrescentou, sôfrega.

Clare sorriu. Ela tinha belos dentes brancos e olhos castanho-escuros. Seu rosto ainda estava terrivelmente inchado, é claro, e pela forma como evitava mover-se, Johanna podia dizer que ela ainda sentia muita dor.

– Quem fez isso com você?

Clare fechou os olhos. Ela evitou responder; em vez disso, fez uma pergunta:

– Noite passada... você disse que eu estava segura. Lembro-me de ouvi-la sussurrando essas palavras para mim. Você estava dizendo a verdade? Estou segura aqui?

– Sim, claro que está.

– Onde estou?

Johanna apressou-se em se apresentar, e explicou o que acontecera. Ela deixou escapar propositalmente sobre a flecha que cravara na coxa de Robert e a que seu marido acertara no ombro dele. No momento em que terminou de explicar, Clare estava adormecendo outra vez.

– Nós conversaremos depois – ela prometeu. – Agora durma, Clare. Poderá ficar conosco pelo tempo que quiser. Hilda trará algo para você comer em alguns minutos. Você irá...

Johanna parou de falar quando percebeu que Clare MacKay caíra em um sono profundo. Ela jogou os cobertores sobre a mulher, moveu sua cadeira para trás e deixou o quarto.

Gabriel estava alcançando suas botas quando Johanna entrou no quarto deles.

– Bom dia, milorde – ela cumprimentou. – Você dormiu bem?

Ele franziu o cenho em reação. Johanna foi até a janela e puxou as peles para trás. Pelo tom amarelado no céu, imaginou que amanhecera há apenas alguns minutos.

– Eu disse para você ficar na cama – ele começou. – Você esperou que eu voltasse a dormir e saiu outra vez?

– Sim.

A carranca dele se intensificou e ela decidiu tentar acalmá-lo.

– Pensei que descansaria por alguns minutos antes de descer. Estou exausta.

– Você parece meio morta.

– Minha aparência não é importante – ela anunciou, ainda que suas mãos tenham voado até seu cabelo para tentar ajeitar os cachos de volta na trança.

– Venha aqui, Johanna.

Ela atravessou o quarto para ficar na frente dele. Ele abaixou-se para soltar o cinto que prendia o manto dela no lugar.

– Você vai ficar aqui onde eu a deixei – ele anunciou.

Ela tentou estapear as mãos dele para longe.

– Eu não sou nenhum tipo de joia ou bugiganga que você tira da estante só quando está com vontade, milorde.

Gabriel segurou o queixo dela e inclinou-se para beijá-la. A intenção dele era apenas tirar o franzido de sua testa, mas os lábios dela eram tão macios e atraentes que ele se esqueceu da razão. Colocou os braços ao redor de sua esposa e levantou-a contra ele.

Os beijos dele a deixaram fraca e meio tonta. Ela colocou os braços ao redor da cintura do marido e segurou firme, decidida a permitir que ele a roubasse de todos os seus pensamentos. Ele era seu marido, afinal. Além disso, enquanto a beijava ele não fazia cara feia... nem dava sermões.

Ela não se lembrava de ter tirado as roupas nem se deitado na cama. Gabriel deve tê-la carregado para lá e tirado suas roupas. Ele a cobriu com seu corpo, segurou o rosto dela com as mãos e deu-lhe um beijo voraz, sua língua movendo-se para encontrar a dela.

Ela amava tocá-lo, sentir sua pele quente embaixo de seus dedos, acariciar os músculos rígidos ao longo de seus braços e ombros. Quando passava seus braços ao redor de seu marido, ela sentia como se tivesse capturado sua força e seu poder.

Ele era uma milagre para ela, uma revelação. Gabriel era tão forte quanto o melhor dos guerreiros e, ainda assim, incrivelmente gentil toda vez que a tocava.

Ela amava saber que podia fazê-lo perder o controle, e não teve de adivinhar que isso era verdadeiro, pois Gabriel confidenciou-o a ela. Ela se sentia... livre com ele, e também completamente desinibida, pois seu marido parecia gostar de qualquer coisa que ela quisesse fazer.

Ele a fazia perder o próprio controle, é claro. Ela não era o tipo de mulher que gritava suas necessidades, mas no momento em que ele parava de provocá-la e se movia para consumar o ato, ela enlouquecia para fazê-lo terminar a doce agonia.

Ela soltou um grito quando ele a penetrou, e ele parou imediatamente.

– Deus, Johanna, eu não quis...

– Oh, Deus, eu espero que queira – ela sussurrou. Suas unhas se cravaram nos ombros dele. Ela enlaçou as coxas dele com as pernas e o apertou com força para dentro de si.

– Gabriel, não quero que você pare agora. Quero que se mova.

Ele achou que tinha morrido e chegado ao Paraíso. Ignorando a ordem dela, apoiou-se nos cotovelos para fitá-la nos olhos, e a paixão que viu ali quase o fez perder o controle. Meu Deus, ela era linda... e tão absolutamente entregue.

– Você é uma garota lasciva – ele estava tentando estimulá-la, mas sua voz soou rude. – Eu gosto disso – acrescentou com um gemido, quando ela se moveu obstinadamente contra ele.

Gabriel a fizera queimar por ele, e agora se recusava a dar-lhe sua satisfação ou alcançar a sua própria.

– Meu marido, essa atividade requer a sua participação – ela exclamou, evidentemente frustrada.

– Achei que deveria deixá-la louca antes – ele disse em um sussurro rouco.

Acabou sendo uma bravata vazia, pois Gabriel sentiu que quem perdeu a cabeça foi ele quando Johanna o arrastou para um beijo longo e passional e moveu-se contra ele de maneira provocante. Sua disciplina o abandonou. Seus movimentos se tornaram vigorosos e enérgicos, apesar de não tão suplicantes quanto os de sua esposa.

Eles atingiram a satisfação juntos. Johanna agarrou-se ao marido, enquanto ondas de êxtase a varriam. Ela se sentia segura em seus braços fortes, certamente saciada, e quase amada. Era muito mais do que ela jamais tivera ou sonhara que fosse possível.

Adormeceu suspirando.

Gabriel achou que podia tê-la esmagado até a morte. Ela desmanchou-se, totalmente lânguida, em seus braços. Ele rolou de lado e sussurrou o nome dela. Ela não respondeu, mas estava respirando. A paixão a fizera desmaiar? Gabriel sorriu, pois essa possibilidade lhe agradava. Ele sabia a verdadeira razão, é claro: Johanna estava exausta. Passara a maior parte da noite cuidando de sua nova atribuição.

Ele inclinou-se para baixo, beijou-lhe a testa e saiu da cama.

– Você descansará – ele sussurrou e então riu, pois a mocinha o estava obedecendo. Claro que não ouvira sua ordem, uma vez que já estava dormindo profundamente, mas, ainda assim, ele ficou feliz em dar uma ordem e ser obedecido sem hesitação.

Gabriel colocou um cobertor sobre sua esposa, vestiu-se e deixou o quarto em silêncio.

O dia começou bem satisfatório, mas azedou logo. Calum estava esperando pelo seu lorde no salão nobre, com o anúncio de que chegara outro requerimento do Barão Goode, exigindo uma reunião com Lady Johanna. O mensageiro que entregou o pedido veio de Lorde Gillevrey novamente, e esperou ao lado de Calum para ouvir a resposta de Gabriel.

– O barão está aguardando na fronteira de nossas terras? – ele perguntou ao soldado.

– Não, Lorde; ele enviou um representante. Seu objetivo é convencer Lady Johanna a se encontrar com o Barão Goode próximo à fronteira da Inglaterra.

Gabriel balançou a cabeça.

– Minha esposa não vai a lugar nenhum. Ela não quer falar com o Barão Goode. A Inglaterra, agora, é parte do passado dela, e ela só enxerga o futuro aqui. Diga ao seu lorde que eu o agradeço por agir como mediador e que lamento que tenha sido importunado pelos ingleses. Encontrarei uma forma de recompensá-lo por seus esforços em manter o barão e seus vassalos longe de minha propriedade.

– O que exatamente quer que eu diga ao representante? – perguntou o soldado. – Eu memorizarei cada palavra, Lorde MacBain, e repassarei-as do mesmo jeito que as tiver falado.

– Diga a ele que a minha esposa não falará com nenhum barão, e que seria estúpido da parte deles continuar importunando-a.

O mensageiro curvou-se e deixou o salão. Gabriel virou-se para Calum.

– Você não mencionará isso para a minha esposa; ela não precisa saber que o barão está tentando chegar até ela novamente.

– Como quiser, Lorde.

Gabriel assentiu e tentou deixar para lá o incômodo causado pelo barão, mas, ainda assim, seu dia não melhorou. Os Maclaurin não estavam cumprindo suas tarefas, e houve três acidentes antes do meio-dia. Os soldados estavam preocupados; agiam como se tivessem sido insultados gravemente e não pudessem suportar a ideia de trabalhar lado a lado com os soldados MacBain. Parecia que culpavam os MacBain pela bagunça em que acreditavam estar metidos.

Curioso, mas os Maclaurin não gostavam muito de guerrear. Gabriel achava a atitude deles enigmática, e pensava que podiam ter perdido o gosto pela batalha depois de terem perdido quase tudo o que tinham no último cerco arquitetado pelos ingleses. Mesmo assim, Gabriel considerava a postura deles vergonhosa – guerreiros das Terras Altas deviam abraçar a guerra, não abominá-la.

A união dos dois clãs estava levando mais tempo do que ele previra. Gabriel quis dar a cada homem do clã tempo suficiente para se adaptar a todas as mudanças, mas agora percebia que havia sido muito complacente, e que chegara a hora de colocar um basta naquilo. Seus seguidores colocariam suas diferenças de lado, ou sofreriam com o seu descontentamento.

A construção do muro seguia a passos de tartaruga. Em um dia comum, um soldado MacBain podia fazer o trabalho de três Maclaurin; no entanto, aquele dia em particular não podia ser considerado um dia comum. Os Maclaurin resmungavam feito velhos, e sua concentração, com certeza não estava em seu trabalho, pois nada significativo estava sendo feito.

A paciência de Gabriel estava no fim. Ele estava prestes a desafiar alguns dos infratores descarados quando Calum o alcançou com o relato de que outra mensagem havia chegado.

Gabriel não estava com humor para outra interrupção. Preferia muito mais a ideia de chocar algumas cabeças Maclaurin umas contra as outras. Tampouco se importava particularmente com as notícias que estava recebendo; todavia, as novidades sem dúvida agradariam sua esposa, supôs.

Ele queria que Johanna fosse feliz. Não sabia muito bem porque isso lhe importava tanto, mas ele era honesto o suficiente para admitir que a felicidade dela lhe era valiosa.

Maldição, ele estava ficando mole. O mensageiro estava sacudindo suas botas quando Gabriel lhe deu permissão para sair, mas não sem antes repetir a mensagem que enviaria de volta para a Inglarerra, pois a atenção dele se desviara quando Dumfries entrou correndo no salão. O cão latiu, o homem disparou, e Gabriel deu o primeiro sorriso do dia.

A reação de Johanna às novidades não foi o que ele esperava. Ele pretendia esperar até o jantar para contar-lhe, mas ela estava descendo a escada quando o mensageiro tentava correr pelas portas fechadas, e quis saber o que o estranho queria.

Dumfries cheirava os calcanhares do homem. Johanna ficou abismada com o tratamento que o visitante estava recebendo. Ela tirou o cão do caminho, então abriu as portas para o homem, desejando-lhe um bom dia, mas não achou que ele tivesse ouvido. Ele já estava no meio do caminho do átrio, correndo feito um insano, e a risada de Gabriel certamente encobriu as palavras dela.

Ela fechou as portas e foi até a escada. Seu marido estava parado ao lado da lareira, sorrindo como um homem bem presenteado na manhã de Natal. Balançou a cabeça para ele.

– Não é educado assustar nossos convidados, milorde.

– Ele é inglês, Johanna – ele explicou, crente que lhe havia dado uma justificativa adequada para sua conduta.

Com aparência preocupada, ela apressou-se em descer as escadas e foi até seu marido.

– Era um mensageiro, não? Trouxe notícias de quem? Do Rei John? Ou foi o Barão Goode que enviou outro requerimento?

Ela foi da preocupação ao terror em menos de um minuto. Gabriel balançou a cabeça.

– Ele não trouxe notícias ruins, minha esposa – ele adicionou. – A mensagem veio de sua mãe.

Ela agarrou a mão de Gabriel.

– Ela está doente?

Gabriel apressou-se em acalmá-la; detestava vê-la apavorada.

– Ela não está doente – ele disse. – Ao menos não acredito que esteja – acrescentou. – Ela não estaria vindo para cá se estivesse doente, certo?

– Mamãe está vindo para cá? – ela perguntou com um grito.

Gabriel estava espantado, pois Johanna parecia prestes a desmaiar. Não era essa a reação que ele esperava.

– Essas notícias não lhe agradam?

– Eu preciso me sentar.

Ela desabou em uma das cadeiras. Gabriel andou até ela e parou na sua frente.

– Diga-me, esposa, se as notícias não a deixam feliz, que pedirei a Calum que alcance o mensageiro e diga a ele para recusar o pedido.

Ela se pôs em pé.

– Não faça uma coisa dessas. Quero ver minha mãe.

– Então, em nome de Deus, qual é seu problema? Por que está agindo como se tivesse recebido péssimas notícias?

Ela não estava prestando nenhuma atenção ao marido. Sua mente corria de um pensamento a outro. Primeiro, teria de organizar a casa. Depois, iria cuidar para que Dumfries tomasse um banho. Haveria tempo para ensinar algumas maneiras ao cão? Johanna não pretendia deixar o cão rosnar para sua mãe.

Gabriel segurou sua esposa pelos ombros, exigindo que ela lhe respondesse. Ela pediu-lhe que repetisse a pergunta.

– Por que não são boas notícias, minha esposa?

– São notícias maravilhosas – ela retrucou, e fez uma expressão que deu a entender que seu marido estava maluco em achar que a notícia era ruim. – Não vejo mamãe há quatro anos, Gabriel. Será uma reunião esplêndida.

– Então, por que, em nome de Deus, você parece tão indisposta?

Ela retirou as mãos dele de seus ombros e começou a caminhar diante da lareira.

– Há tanto a fazer antes que ela chegue aqui – ela explicou. – Dumfries irá precisar de um banho. A fortaleza precisa ser limpa de cabo a rabo, e não vou admitir que seu animal de estimação rosne para minha mãe, Gabriel. Terei de ensinar bons modos a ele. Oh, Deus, modos. – Ela rodopiou para observar seu marido. – Os Maclaurin não têm nenhum.

Ela despejou seu último lamento. Gabriel não sabia se ria ou se ficava zangado diante daquele comportamento perturbado, mas acabou rindo. Ela franziu o cenho em reação.

– Não deixarei que minha mãe seja insultada – ela disparou.

– Ninguém irá insultá-la, esposa.

Ela resmungou de descrença.

– Não irei desapontá-la, tampouco. Ela me treinou para ser uma boa esposa. – Ela colocou suas mãos nos quadris e esperou. Seu marido não tinha nada a acrescentar. – E então? – ela exigiu saber, quando ele, teimosamente, se manteve em silêncio.

Ele soltou um suspiro.

– E então o quê?

– Você deveria me dizer que sou uma boa esposa – ela clamou sua frustração evidente.

– Tudo bem – ele apaziguou. – Você é uma boa esposa.

Ela balançou a cabeça.

– Não, eu não sou – ela admitiu.

Ele revirou os olhos, sem saber o que ela esperava. Imaginou que lhe diria quando conseguisse se controlar, e esperou com paciência.

– Tenho sido negligente com minhas obrigações. Está tudo no passado, no entanto. Devo começar a ensinar boas maneiras aos seus homens no jantar de hoje à noite.

– Agora, Johanna – ele começou, com um tom de aviso em sua voz –, os homens são...

– Não interfira, Gabriel. Você não precisa se preocupar. Seus soldados ouvirão as minhas instruções. Você acha que estará em casa na hora do jantar? – ela perguntou.

A pergunta o confundiu; ele estava em casa naquele momento, e o jantar seria servido em poucos minutos. Ainda assim, ele lembrou-se de que ela estava perturbada, e talvez nem o tivesse percebido.

– Estou em casa agora – ele disse –, e o jantar...

Ela não deixou que ele terminasse.

– Você precisa ir.

– O quê?

– Vá buscar Alex, meu marido. Tenho sido muito paciente com você – ela acrescentou quando ele começou a franzir o cenho. – Seu filho deve estar em casa quando minha mãe chegar. Alex, provavelmente, também precisa de um banho. Eu vou colocá-lo no riacho com Dumfries. Só Deus sabe que modos seu filho aprendeu. É possível que nenhum. – Ela parou para suspirar. – Vá e traga-o.

Ela tentou deixar o salão depois de lhe dar essa ordem, mas ele a segurou e forçou-a a se virar para olhar para ele.

– Você não me dá ordens, mulher.

– Eu não acredito que está usando essa chance para ser rude, marido. Não tenho tempo para apaziguá-lo hoje; também tenho tarefas importantes para cuidar – ela acrescentou. – Eu quero Alex em casa. Você quer me envergonhar na frente da minha mãe?

Ela parecia horrorizada com aquela possibilidade. Gabriel deixou escapar um suspiro; ele mal se lembrava da própria mãe, e não conseguia imaginar por que Johanna ficara tão agitada com a visita da sua.

No entanto, era importante que tudo corresse bem, e ele queria ver sua esposa feliz. Então decidiu dizer a ela a verdadeira razão de Alex estar fora.

– Alex ficará com seus parentes até que...

– A muralha vai levar uma eternidade – ela interrompeu.

– Há outra razão, minha esposa.

– O que é?

– Eu não o quero aqui enquanto os Maclaurin e os MacBain não tiverem colocado suas diferenças de lado. Não quero que Alex sofra nenhum... desprezo.

Ela estava lutando para se soltar dos braços dele até que ele lhe deu aquela explicação. Então ela ficou totalmente imóvel. Sua expressão era de incredulidade.

– Por que alguém iria desprezar Alex? Ele é seu filho, não?

– Provavelmente.

– Você o reivindica, e não pode mudar de ideia agora. Alex acredita que você é pai dele, Gabriel.

Ele tapou-lhe a boca com a mão, para que cessasse com suas instruções. O sorriso dele estava cheio de ternura, pois ocorreu-lhe que sua gentil esposa nunca pensara em negar o lugar por direito de Alex na família deles. Maldição, ela estava exigindo um tratamento justo.

Ela merecia entender os motivos dele para manter o garoto longe. Gabriel arrastou-a até uma cadeira, sentou-se e colocou-a no colo.

Ela imediatamente ficou tímida. Não estava acostumada a sentar-se no colo de seu marido. Qualquer um podia entrar e vê-los juntos. Por um instante ou dois, ela ficou preocupada com isso, mas então deixou a preocupação de lado. Por que se importaria com o que os outros viessem a pensar? Gabriel era seu marido, afinal. Era o direito dele. Além do mais, ela gostava de ser segurada por ele.

A verdade era que ela estava começando a gostar mais dele do que jamais imaginou ser possível.

– Pare com os devaneios – Gabriel ordenou, quando, ao olhar para ela, viu que parecia estar sonhando, porque olhava fixamente para o nada. – Eu quero lhe explicar algo.

– Sim, meu marido.

Ela colocou o braço ao redor do pescoço dele e começou a acariciar sua pele. Ele mandou que ela parasse, mas ela ignorou o comando e ele franziu o cenho em reação.

– Quando os Maclaurin estavam precisando desesperadamente de um líder para combater os ingleses, eles enviaram um contingente até mim.

Ela assentiu, franzindo o cenho, pois não podia imaginar por que Gabriel queria lhe dizer o que já sabia; no entanto, não o interrompeu. Ele parecia intenso, e teria sido rude de sua parte interrompê-lo com a notícia de que já sabia a razão pela qual ele era um lorde. Nicholas explicara a situação a ela, e Padre MacKechnie tivera a satisfação de dar-lhe mais detalhes.

Havia também o fato de que essa era a primeira vez que Gabriel estava parando para compartilhar suas preocupações com ela. Percebesse isso ou não, ele a estava fazendo sentir-se importante e envolvida em sua vida.

– Por favor, continue – ela pediu.

– Depois que a batalha terminou e os ingleses não eram mais uma ameaça, os Maclaurin ficaram contentes em ter-me como líder. Claro, não tiveram opção – ele acrescentou com um aceno. – Eles não eram tão receptivos com os meus seguidores.

– Os soldados MacBain lutaram junto aos Maclaurin contra os ingleses?

– Sim, lutaram.

– Então, por que os Maclaurin não são gratos? Eles se esqueceram?

Gabriel balançou a cabeça.

– Nem todos os MacBain podiam lutar. Auggie é um exemplo; ele é muito velho para a batalha. Eu pensei que, com o tempo, os Maclaurin e os MacBain aprenderiam a se acertar, mas agora percebo que isso não irá acontecer, e a minha paciência está no fim, esposa. Os homens terão de se entender e trabalhar juntos ou sofrerão o meu descontentamento.

Ele estava rosnando tal qual Dumfries quando terminou sua explicação. Ela acariciou o lado de seu pescoço.

– O que acontece quando você está descontente?

Ele deu de ombros.

– Normalmente mato alguém.

Certa de que isso era uma brincadeira, ela sorriu.

– Eu não permitirei lutas em minha casa, meu marido. Terá que praticar seus assassinatos em outro lugar.

Ele estava muito admirado pelo que ela acabara de dizer para fazer objeção à sua ordem – Johanna acabara de chamar a fortaleza de sua casa.

Era a primeira vez que o fazia. Até então, ela sempre se referira a tudo como pertencendo a ele. Gabriel não havia se dado conta de quanto o isolamento dela, deliberado ou não, o incomodava.

– Este é o seu lar?

– Sim – ela respondeu. – Não é?

– Sim – ele concordou. – Johanna, eu quero que você seja feliz aqui.

Ele soou confuso com a própria admissão, e ela não pôde evitar ficar um pouco descontente ao notar esse detalhe.

– Você parece surpreso – ela pontuou e, em seu íntimo, admirou-se ao olhar para os belos olhos do marido. Pensou que ficaria alegre em olhar para seu marido o dia todo, e não ficaria entendiada. Ele era, de fato, um lindo demônio.

– Eu estou surpreso – ele admitiu.

Ele, repentinamente, quis beijá-la. A boca de Johanna era atraente em um nível absurdo para ele, assim como seus olhos, que tinham o mais claro tom de azul que ele já vira. Maldição, ele gostava até mesmo da forma como ela franzia o cenho para ele. Teve de balançar a cabeça diante daquela constatação tola. Esposas nunca deveriam permitir que seus maridos percebessem sua desaprovação... ou deveriam?

– Alguns maridos querem que suas esposas sejam felizes – Johanna decidiu em voz alta. – Meu pai, certamente, queria que minha mãe fosse feliz.

– E o que sua mãe queria?

– Amar meu pai – ela respondeu.

– E o que você quer?

Ela balançou a cabeça; não pretendia dizer a ele que queria amá-lo. Tal declaração a tornaria vulnerável... ou não?

– Eu quero o que você quiser – ela disparou, na tentativa de desviar a atenção de seus sentimentos. – Você quer que eu me sente diante do fogo, que costure à noite e que descanse o dia todo. É isso o que você quer.

Ela ficou quase rígida nos braços dele. Não estava acariciando o pescoço dele, mas sim puxando seu cabelo. Ele ergueu-se, segurou sua mão e depositou-a no colo dela.

– Ah, esqueci-me de uma última coisa – ela disparou. – Você gostaria que eu ficasse onde você me colocou, certo?

– Não brinque comigo, esposa. Eu não estou no clima.

Ela não estava brincando com ele, mas achou que não fora uma boa ideia dizer-lhe aquilo; não queria alfinetá-lo. Apenas queria que ele ficasse de bom humor para deixá-la fazer as coisas do seu jeito.

– Há mais de uma forma de tirar a pele de um peixe – ela anunciou.

Ele não sabia de que raios ela estava falando. Como achou que ela não sabia também, não lhe pediu que explicasse.

– Acreditei que, com o tempo, nós nos acostumaríamos um com o outro – Gabriel confessou.

– Você nos faz parecer como os Maclaurin e os MacBain – ela retrucou. – Está se acostumando comigo?

– Está levando mais tempo do que eu esperava.

Ele a estava irritando por querer. Johanna tentava esconder dele quão chateada estava ficando, mas a prova estava em seus olhos, que estavam cor de fogo azul agora. Sim, ela estava enraivecida, com certeza.

– Não tive muita experiência com casamento – ele disse.

– Eu tive – ela disparou.

Ele balançou a cabeça.

– Você não era casada. Você era uma escrava. Há uma diferença.

Ela não podia culpá-lo pelo raciocínio, pois fora, de fato, escravizada. No entanto, não queria habitar seu passado.

– E o que exatamente meu primeiro casamento tem a ver com o assunto em discussão?

– Qual é o assunto, exatamente?

– Alex – ela gaguejou. – Eu estava explicando a você que sempre há mais de um jeito de tirar a pele do peixe. Você não entendeu?

– Como, em nome de Deus, eu ia entender? Ninguém tira pele de peixes aqui.

Ela achou que ele estava sendo obtuso de propósito. Ele, certamente, não apreciava ditados sábios.

– Eu quis dizer que sempre há mais de uma maneira de se atingir um objetivo – ela explicou. – Não terei de usar a força para fazer os Maclaurin se comportarem; usarei outros métodos.

Ela podia dizer que ele, enfim, estava avaliando a questão, e aproveitou sua vantagem.

– Você me disse que eu deveria confiar em você; na verdade, você me ordenou a fazê-lo – ela disse. – Agora eu dou a mesma ordem a você. Confie em mim para cuidar de Alex. Por favor, traga-o para casa.

Ele não podia negar isso a ela.

– Muito bem – ele concordou, com um suspiro. – Vou buscá-lo amanhã, mas ele virá apenas para uma visita breve. Se tudo correr bem, então ficará. Senão…

– Tudo correrá bem.

– Não permitirei que ele corra riscos.

– Não, claro que não.

Ela tentou sair do colo de Gabriel, mas ele a deteve.

– Johanna?

– Sim?

– Você confia em mim?

Ela encarou seus olhos por um longo minuto. Ele acreditou que ela estava analisando bem a questão antes de responder. A possibilidade foi descartada. Eles estavam casados há mais de três meses; sem dúvida tempo suficiente para que ela aprendesse a confiar nele.

– Sua hesitação me irrita – ele disparou, mas ela não pareceu particularmente incomodada com isso. Tocou a lateral do rosto dele com a mão.

– Posso ver que sim – ela sussurou. – Sim, Gabriel, eu confio em você.

Ela inclinou-se para a frente e o beijou. O encanto em sua voz, somado à demonstração de afeto, o fez sorrir.

– Você confia em mim?

Ele quase riu, até que percebeu que ela estava falando sério.

– Um guerreiro não confia em ninguém, Johanna, além de seu lorde, é claro.

– Maridos devem confiar em esposas, não devem?

Ele não sabia.

– Eu não acredito que seja necessário. – Ele coçou o queixo, então acrescentou. – Não, isso seria tolo.

– Gabriel?

– Sim?

– Você me faz querer arrancar os cabelos.

– Peço desculpas, senhora – Hilda chamou da porta de entrada. – Posso ter um momento de seu tempo?

Johanna pulou do colo de seu marido. Estava corando no momento em que se virou para a cozinheira e sinalizou para que entrasse no salão.

– Quem está cuidando de Clare? – ela perguntou.

– Padre MacKechnie está com ela agora – respondeu Hilda. – Ela queria conversar com ele.

Johanna assentiu. Gabriel levantou-se.

– Por que não me disse que ela estava acordada?

Ele não deu a ela tempo para responder e foi até a escada. Johanna se apressou atrás dele.

– Eu prometi a ela que podia ficar aqui – ela disparou.

Seu marido não respondeu. Ela tirou Dumfries do caminho e perseguiu o marido na escada.

– O que você está pensando em fazer? – ela quis saber.

– Eu só vou falar com ela, Johanna. Não precisa se preocupar.

– Ela não está apta para uma longa conversa, meu marido, e Padre MacKechnie pode estar ouvindo sua confissão agora. Você não devia interromper.

O padre estava acabando de abrir a porta para sair quando Gabriel alcançou o quarto. Ele acenou quando passou pelo clérigo. Johanna estava logo atrás de seu marido.

– Espere aqui enquanto falo com ela – ordenou Gabriel.

– Mas ela pode ter medo de você, marido.

– Então ela terá de ficar com medo.

Ele fechou a porta na cara de sua esposa. Johanna não teve tempo de ficar ultrajada com sua aspereza, pois estava muito preocupada com Clare MacKay.

Encostou a orelha na porta e tentou escutar, mas Padre MacKechnie sacudiu a cabeça e puxou-a.

– Deixe seu marido ter sua privacidade – ele sugeriu. – Você já deveria saber que o nosso lorde jamais machucaria uma mulher.

– Ah, eu sei disso – Johanna se apressou. – Ainda assim, Clare MacKay não saberia, certo?

Como o padre não teve uma resposta a dar, ela mudou de assunto.

– Você ouviu a confissão de Clare?

– Sim.

Os ombros de Johanna caíram, e o Padre MacKechnie achou aquela uma reação estranha.

– A confissão é um sacramento – ele disse –, e ela queria absolvição.

– A qual preço? – Johanna perguntou em um sussurro.

– Não estou entendendo sua pergunta, moça.

– A penitência – ela disparou. – Foi severa, não foi?

– Você sabe que não posso discutir a penitência – ele disse.

– O Bispo Hallwick gostava se se vangloriar de suas penitências – soltou Johanna.

O padre exigiu vários exemplos e ela os deu, mas guardou o mais repugnante para o final.

– Uma perna por um ovo – ela disse. – O bispo riu depois de sugerir que meu marido aplicasse essa punição a uma garota que era sua serva.

Padre MacKechnie a encheu de perguntas, e quando ela lhe deu todas as respostas, ele balançou a cabeça.

– Estou envergonhado de ouvir isso – ele admitiu –, pois gostaria de crer que todos os padres são bons homens fazendo o importante trabalho de Deus na terra. Bispo Hallwick terá seu dia de cômputo quando estiver diante do Criador e tentar justificar sua crueldade deliberada.

– Mas, Padre, a Igreja está do lado do bispo. Ele tira suas penitências da Bíblia. Ora, até o comprimento da vara está escrito.

– Do que você está falando? De que vara? – o padre perguntou, totalmente confuso, e ela não entendeu por que ele não sabia do que ela estava falando.

– A Igreja dita como um marido e uma esposa devem se comportar – ela lhe explicou. – Uma esposa submissa é uma boa e sagrada esposa, e a Igreja autoriza a agressão de mulheres; na verdade, recomenda tal punição, porque as mulheres tentarão controlar seus maridos se não forem mantidas submissas.

Ela parou para respirar. Discutir o assunto lhe era incômodo, mas não queria que o padre percebesse seu desconforto. Ele podia perguntar por que ela estava desconfortável, e então ela teria de confessar um pecado obscuro e, certamente, mortal.

– A Igreja não aprova o assassinato, é claro. Um marido não deveria bater em sua esposa até matá-la. Uma vara é preferível em vez do punho. Deve ser de madeira, e não de metal, e não mais longa do que isso – ela disse e posicionou as mãos para mostrar-lhe a medida.

– Onde você ouviu essas regras?

– Bispo Hallwick.

– Nem todos na Igreja acreditam...

– Mas deveriam acreditar – ela interrompeu, em aparente exaltação. Ela estava contorcendo suas mãos unidas e tentando não deixar que o padre percebesse quão perto estava de perder a compostura.

– Por que isso, moça?

Por que ele não entendia? Ele era um padre, afinal, e deveria estar mais familiarizado com as regras que governam as mulheres.

– Porque as mulheres são as últimas no amor de Deus – ela sussurrou.

Padre MacKechnie manteve a expressão contida. Deu o braço a Johanna e conduziu-a até o corredor. Não queria que seu lorde saísse e visse sua esposa em tal estado de perturbação.

Havia um banco encostado na parede adjacente às escadas. O padre sentou-se, deu um tapinha no lugar ao seu lado, indicando a Johanna que se sentasse também, e ela o fez imediatamente. Sua cabeça estava abaixada, e ela fingia grande interesse em endireitar as pregas do seu manto.

Padre MacKechnie esperou mais um minuto ou dois para que sua senhora recobrasse a compostura, antes de pedir-lhe que explicasse sua última observação.

– Como você sabe que as mulheres são as últimas no amor de Deus?

– A hierarquia – ela respondeu e, de cabeça baixa, repetiu o que lhe haviam ensinado. Quando terminou, ainda se recusava a olhar para o padre.

Ele se encostou na parede.

– Bem, agora – ele começou –, você me deu uma boa lista para refletir. Diga-me uma coisa, Johanna. Você, de fato, acredita que bois fracos...

– Bois estúpidos, Padre – ela interrompeu.

Ele assentiu. – Tudo bem, então. Você acredita que bois "estúpidos" terão um lugar mais alto no Paraíso do que as mulheres?

Padre MacKechnie era um homem bom e ela não queria desapontá-lo. Não mentiria para o padre, porém; não importavam as consequências.

– Não – ela sussurrou e olhou para cima, a fim de conferir como o padre reagiria à sua negação, mas ele não parecia horrorizado.

Ela respirou e então soltou:

– Eu não acredito em nada disso. Sou uma herege, Padre, e certamente vou queimar no inferno.

O padre balançou a cabeça.

– Eu não acredito também – lhe confidenciou. – São bobagens inventadas por homens amedrontados.

Ela inclinou-se para trás. Estava claramente atônita com a postura do Padre MacKechnie.

– Mas os ensinamentos da Igreja...

Os ensinamentos são interpretados por homens, Johanna. Não se esqueça desse importante detalhe.

Ele segurou a mão dela.

– Você não é uma herege – ele anunciou. – E agora quero que ouça o que tenho a lhe dizer. Existe apenas um Deus, Johanna, mas duas formas de olhar para Ele: a forma dos ingleses e o jeito dos habitantes das Terras Altas.

– Qual é a diferença?

– Alguns ingleses rezam para um Deus vingativo – explicou Padre MacKechnie. – As crianças são educadas para temer a Ele. Elas são ensinadas a não pecar por causa da retaliação terrível na próxima vida. Nas Terras Altas é diferente, embora seu povo sem dúvida não seja menos amado por Deus. Você sabe o que significa a palavra "clã"?

– Crianças – ela respondeu.

O padre assentiu.

– Nós ensinamos nossas crianças a amar Deus, a não sentir medo d'Ele. Ele é comparado a um gentil e amoroso pai.

– E se um habitante das Terras Altas peca?

– Se o pecador se arrepender, ele será perdoado.

Ela pensou sobre essa explicação por um longo tempo antes de falar de novo.

– Então eu não estou condenada por não acreditar que Deus ame as mulheres em último lugar?

O padre sorriu.

– Não, você não está condenada – ele concordou. – Você tem tanto valor quanto qualquer homem. Para lhe dizer a verdade, moça, eu não acredito que Deus mantenha uma lista ou hierarquia.

Ela estava tão aliviada em ouvir que não estava sozinha em suas opiniões e que não era uma herege por se recusar a acreditar nos ditados do Bispo Hallwick que teve vontade de chorar.

– Eu não acredito que Deus queira que as mulheres sejam espancadas até se tornarem submissas – ela sussurrou. – E não entendo por que a Igreja tem tantas regras cruéis contra as mulheres.

Padre MacKechnie soltou um suspiro.

– Homens amedrontados inventaram essas regras.

– De que teriam medo, Padre?

– Das mulheres, é claro. Agora, não repita isso para ninguém, Johanna, mas há, de fato, alguns homens de Deus que acreditam que as mulheres são superiores. Eles não querem que elas ganhem preponderância. Eles acreditam, ainda, que as mulheres usam o corpo para conseguir o que querem.

– Algumas mulheres, provavelmente, o fazem – concordou Johanna –, mas apenas algumas.

– Sim – o padre disse. – Mulheres são seguramente mais fortes, ninguém pode discordar.

– Nós não somos mais fortes – protestou Johanna, sorrindo, por ter certeza de que o padre estava brincando com ela.

– Sim, vocês são – Padre MacKechnie rebateu. Seu sorriso se provou contagioso e ele não pôde evitar sorrir também. – Você acha que muitos homens teriam mais de um filho se sofressem a dor do parto?

Johanna riu. O padre havia criado uma imagem ultrajante.

– Mulheres carregam uma cruz pesada nesta vida – continuou Padre MacKechnie. – Ainda assim, elas sobrevivem e, na verdade, encontram formas de florescer em um ambiente tão restritivo. Elas, certamente, precisam ser mais espertas que os homens, moça, para serem ouvidas.

A porta do quarto de Clare MacKay se abriu, e Gabriel virou-se para fechar a porta atrás de si.

Johanna e Padre MacKechnie se levantaram.

– Obrigada, Padre – ela sussurrou. – Você me ajudou a resolver um problema muito difícil.

– Pela expressão no rosto de seu marido, eu apostaria que ele precisa de uma ajuda para resolver o seu problema – ele sussurrou o comentário, então ergueu a voz ao se virar para o lorde. – Sua conversa correu bem, Lorde MacBain?

A expressão austera no rosto de Gabriel devia ser prova suficiente para o padre de que a conversa não havia ido bem. Johanna decidiu que ele estava apenas tentando ser diplomático.

Gabriel sacudiu a cabeça.

– Ela se recusa a dizer o nome do responsável – ele disse.

– Talvez ela não saiba seu nome – sugeriu Johanna, defendendo instintivamente Clare MacKay.

– Ela me disse que passou uma noite inteira com o soldado, Johanna. Você acredita, honestamente, que ela não tenha perguntado o nome dele?

– Gabriel, não precisa levantar a voz para mim.

Depois de lançar uma boa cara feia para o marido, ela tentou dar a volta nele para chegar ao quarto de Clare, mas Gabriel a pegou pelo braço.

– Deixe-a descansar – ele ordenou. – Ela adormeceu durante minhas perguntas. – Ele virou sua atenção para o padre e acrecentou: – Se o rosto dela não estivesse desfigurado pelo espancamento, eu faria cada um de meus homens subir aqui e olhar para ela. Vê-la talvez clareasse sua memória.

– Então você acredita que um MacBain...

– Não, eu não acredito que um dos meus é responsável – disse Gabriel. – Meus homens são honrados.

– Clare disse que foi um MacBain? – Johanna perguntou, e ele balançou a cabeça.

– Ela não respondeu essa pergunta também.

– MacBain, Keith está de volta das terras MacKay!

Calum gritou da porta de entrada. Gabriel acenou para o padre, soltou o braço de sua esposa e desceu a escada. Quase arrancando as portas das dobradiças, saiu. Calum apressou-se a acompanhar seu lorde. As portas bateram com força, fechando-se atrás dos dois guerreiros.

Johanna passou a próxima hora lutando com Dumfries, enquanto removia seus pontos. Ele se debateu como um bebê; e quando, finalmente, terminou de cutucá-lo, ela passou um longo tempo acalmando o cão. Ela estava sentada no chão e Dumfries, obviamente, não tinha noção do seu tamanho, pois tentou subir no colo dela.

Ela estava certa de que estava cheirando tão mal quanto o cachorro, e decidiu que já passara da hora de Dumfries tomar um bom banho. Megan trouxe-lhe uma corda. Johanna amarrou uma ponta no pescoço do cachorro, pegou seu recipiente de sabonete com perfume de rosas e, saindo pela porta dos fundos, arrastou o animal colina abaixo.

No poço, ela deparou com Glynis. Johanna estava um pouco fora de si. A preocupação constante com Clare MacKay capturava sua mente, e o comportamento vergonhoso de Dumfries estava drenando suas forças. Seus braços doíam de arrastá-lo pelo caminho. Johanna acreditava que teria sido capaz de controlar sua raiva se estivesse em um estado mental melhor.

Glynis foi educada o suficiente para entoar uma saudação apropriada para sua senhora antes de perguntar sobre Clare MacKay.

– Você não está pensando em deixar aquela vadia dormir sob o mesmo teto que nosso lorde, está?

Johanna parou com brusquidão. Virou-se lentamente para olhar para a mulher Maclaurin.

– Clare MacKay não é uma vadia! – gritou para a mulher. Estava prestes a acrescentar uma ou duas lições sobre as recompensas que Glynis receberia em sua próxima vida se mostrasse compaixão agora, mas mudou de ideia. Glynis merecia um belo chute no traseiro, mas Johanna resistiu ao impulso e, em vez disso, decidiu chutar sua arrogância.

– Eu não quis gritar com você, Glynis, pois não é sua culpa se foi levada a acreditar que Clare MacKay era uma vadia. Ainda assim, considerando seu apelido, pensei que você, acima de todas as outras, reservaria seus julgamentos para quanto tivesse todos os fatos. Os Maclaurin não teriam lhe dado tal nome se você não fosse valiosa, teriam? – ela perguntou. Ela acenou para as outras mulheres enfileiradas na parede.

Glynis balançou a cabeça, parecendo confusa e desconfiada. Johanna sorriu com mais suavidade.

– Nós temos apenas a palavra de Lorde MacInness de que Clare não agiu honrosamente, e não estamos dispostos a acreditar em qualquer coisa que aquele homem nos diga, estamos? Clare é uma convidada bem--vinda em minha casa, e espero que ela seja tratada com dignidade e respeito. Com licença; Dumfries e eu vamos ao riacho Creek. Tenha um bom dia, Glynis.

Johanna ajustou a corda no pescoço da fera e saiu andando. Começou a contar. Podia ouvir as mulheres cochichando atrás dela. Duvidou que Glynis conseguiria conter sua curiosidade por mais de um minuto ou dois, mas estava errada. A mulher Maclaurin chamou-a antes mesmo que Johanna tivesse contado até dez.

– Que apelido você ouviu, milady?

Johanna se virou, devagar.

– Ora, Glynis, achei que soubesse. Eles a chamam de Pura.

Glynis engasgou e ficou visivelmente branca. Johanna deveria sentir--se culpada com a mentira, enganou-se. A mulher Maclaurin achava que era tão terrivelmente esperta com seus insultos traiçoeiros, mas não sabia que Johanna entendera que os nomes eram, na verdade, o oposto do que significavam.

– Dumfries – ela sussurrou. – Vamos deixá-la digerir até amanhã. Até lá Glynis terá se dado conta de quão cruel é seu jogo. Então eu lhe direi que inventei o apelido.

A culpa não deixaria que Johanna esperasse tanto tempo. Quando terminou de dar banho em Dumfries, já estava se sentindo despedaçada. Ela tinha certeza de que, se fosse atingida por um raio naquele exato momento, iria direto para o inferno.

Ela decidiu ir até a cabana de Glynis para confessar seu pecado. Graças ao mau comportamento de Dumfries no riacho, ela estava molhada da cabeça aos pés, e fora alvo de vários olhares no caminho de volta ao poço.

– Milady, o que aconteceu com você? – Leila perguntou, afastando-se do cão e mantendo-o em sua vista enquanto esperava a resposta de sua senhora.

– Eu dei um banho em Dumfries e ele me empurrou no riacho – explicou Johanna. – Duas vezes, a propósito. Onde Glynis mora? Gostaria de ter uma palavra com ela.

Leila apontou a cabana. Johanna arrastou o cachorro consigo, murmurando diante de sua teimosia. Ela alcançou a cabana, hesitou por um minuto, enquanto tirava o cabelo do rosto, e bateu à porta.

Glynis abriu. Seus olhos se arregalaram quando viu sua senhora. Johanna notou que os olhos de Glynis pareciam marejados. Senhor, teria seu comentário cruel a feito chorar? Sua culpa se intensificou. Ela também estava um pouco surpresa, pois não esperava que Glynis, uma mulher tão grande, robusta, quase masculina em sua constituição, seria o tipo de mulher que chora.

Ela avistou o marido de Glynis sentado à mesa; não queria que ele escutasse o que iria dizer.

– Você pode separar um momento do seu tempo para mim, Glynis? Gostaria de falar com você a sós.

– Sim, é claro – respondeu Glynis. Olhou de relance por cima do ombro, depois de volta para a sua senhora. A mulher tinha uma expressão preocupada, e Johanna supôs que ela não queria que seu marido ouvisse a conversa.

Apresentações foram feitas. O marido de Glynis era menor que sua esposa. Tinha cabelos ruivos, sardas no rosto e braços e belos dentes brancos. Seu sorriso parecia sincero.

Johanna foi convidada a entrar, mas rejeitou o mais graciosamente possível, usando suas condições lamentáveis como desculpa.

Ela pediu que Glynis saísse, e quando a mulher Maclaurin havia fechado a porta atrás de si, Johanna sinalizou que se aproximasse.

Glynis começou a avançar, então parou. O rosnado baixo de Dumfries obviamente a intimidara.

Johanna ordenou que o cachorro parasse com sua algazarra antes de pedir desculpas.

– Eu vim aqui para lhe dizer que inventei o apelido. Ninguém a chama de Pura – ela anunciou. – Eu fiz sem maldade, Glynis, e peço desculpas pelo meu pecado. Eu lhe causei preocupações desnecessárias, mas, em minha defesa, digo que estava pensando em lhe ensinar uma lição. Machuca provar do próprio veneno, não?

Glynis não respondeu à pergunta, mas seu rosto ficou pálido. Johanna assentiu.

– Eu sei que foi você quem inventou o apelido para mim. Sei também que, quando me chama de Corajosa, você está querendo dizer que sou uma covarde.

– Isso foi antes, milady – disparou Glynis.

– Antes do quê?

– Antes de nós a conhecermos melhor e percebermos que você não era uma covarde, de forma alguma.

Johanna não se deixaria balançar por aquele pequeno elogio. Ela tinha certeza de que Glynis estava apenas tentando se livrar de uma situação desconfortável.

– Eu não me importo com seus jogos estúpidos – ela anunciou com um aceno. – Padre MacKechnie gabou-se de que os habitantes das Terras Altas nunca escondem seus sentimentos. Eles não usam subterfúgios.

Ela teve de parar para explicar o que cada palavra significava antes de continuar.

– Eu descobri que admiro esse traço, Glynis. Se você acha que eu sou covarde, então tenha a coragem de dizê-lo na minha cara. Não invente jogos bobos. Eles são nocivos… e muito parecidos com algo que os ingleses fariam.

Se Glynis acenasse com mais veemência, Johanna achou que seu pescoço poderia quebrar.

– Você contou ao nosso lorde? – ela perguntou.

Johanna balançou a cabeça.

– Esse assunto não diz respeito a ele.

– Eu vou parar de criar apelidos, milady – Glynis resolveu. – E peço desculpas se a magoei com a minha crueldade.

– Você se magoou com a minha?

Glynis não respondeu por um longo minuto, então assentiu.

– Sim – ela sussurou.

– Então estamos quites. E Auggie não é louco – ela acrescentou. – Ele é realmente esperto. Se você passar algum tempo com ele, irá perceber.

– Sim, milady.

– Pronto – anunciou Johanna. – Resolvemos este problema. Tenha um bom dia, Glynis.

Ela fez uma reverência e virou-se para ir embora. Glynis a seguiu até o fim do caminho.

– Nós só a chamamos de Corajosa até você dar um jeito em Dumfries com sua agulha e linhas, milady. Então nós mudamos seu apelido.

Johanna estava determinada a não perguntar, mas a curiosidade venceu.

– E para qual nome vocês mudaram?

Ela se preparou para o insulto que estava por vir.

– Tímida.

– Tímida?

– Sim, milady. Nós a chamamos de Tímida.

De repente, Johanna estava de bom humor outra vez, e voltou para casa sorrindo o tempo todo.

Eles a chamavam de Tímida. Era um bom começo.

Capítulo 13

Johanna não viu seu marido até o jantar. Os homens já estavam sentados nas duas mesas quando ela desceu as escadas até o salão nobre. Ninguém se levantou. Gabriel ainda não estava lá, assim como Padre MacKechnie e Keith. Os criados estavam ocupados colocando longos pratos de carne sobre a mesa. O aroma do carneiro encheu o ar, e uma onda de náusea pegou Johanna de surpresa. Ela achou que o comportamento dos soldados fosse a razão de seu enjoo repentino, pois eles estavam enchendo as mãos de comida antes mesmo que as travessas estivessem postas da maneira correta na mesa. Não estavam esperando pelo seu lorde nem pelo padre para dar a bênção ao jantar.

Já era o bastante. Mamãe teria um ataque do coração se testemunhasse tal comportamento vergonhoso em sua mesa de jantar. Johanna não estava disposta a passar vergonha na frente de sua querida mãe. Ela *morreria antes disso, ou mataria alguns Maclaurin*, refletiu. Eles eram os piores infratores, já que os soldados MacBain estavam, certamente, tentando manter a compostura.

Megan notou sua senhora parada à entrada. Chamou-a, mas logo se deu conta de que Johanna não podia ouvi-la por conta do barulho que os homens faziam, e atravessou o salão para falar com ela.

– Você não vai jantar? – ela perguntou.

– Sim, claro.

– Milady, você não parece bem. Está se sentindo mal? Está mais pálida que a farinha, está sim.

– Estou bem – mentiu Johanna, e respirou profundamente, em uma tentativa de controlar o estômago embrulhado. – Por favor, traga-me uma tigela grande, mas uma que esteja rachada.

– Para que, milady?

– Eu posso ter de quebrá-la.

Megan achou que tinha entendido errado o pedido de sua senhora e pediu-lhe que repetisse a explicação. Johanna balançou a cabeça.

– Você entenderá logo – prometeu.

Megan correu até a despensa, pegou uma tigela pesada de porcelana da prateleira e correu de volta para sua senhora.

– Esta está lascada – ela disse. – Serve?

Johanna assentiu.

– Para trás, Megan. Lascas estão prestes a voar.

– Estão?

Primeiro, Johanna chamou a atenção dos soldados. Ela sabia que não a ouviriam no meio de todo aquele pandemônio, mas pensou que deveria, ao menos a princípio, tentar conduzir de forma elegante seu intuito. Depois tentou bater palmas. Por fim, assobiou. Mas nenhum dos soldados sequer olhou para ela.

Então, desistindo de tentar ser diplomática, ela ergueu a tigela e arremessou-a no meio do salão. Megan deixou escapar um suspiro. A tigela bateu na lareira de pedra e se estilhaçou no chão.

O efeito foi o que ela esperava: todos os homens do salão se viraram para olhar para ela. Eles estavam em silêncio, incrédulos, e ela não podia estar mais satisfeita.

– Agora que tenho a atenção de vocês, tenho muitas instruções a dar.

Vários queixos caíram. Calum começou a levantar-se, mas ela pediu que ele ficasse onde estava.

– Você pretendia arremessar a tigela? – Lindsay perguntou.

– Sim – ela respondeu. – Por favor, me escutem – ela pediu. – Esta é a minha casa, e eu apreciaria, portanto, se vocês seguissem as minhas regras. Primeiro, e mais importante, nenhum de vocês irá comer até que seu lorde esteja sentado e servido. Fui clara?

A maioria dos soldados assentiu. Alguns Maclaurin pareciam irritados, mas ela ignorou as caras feias. Ela percebeu que Calum estava sorrindo, mas ignorou-o também.

– Mas e se o nosso lorde não vier para o jantar? – Niall perguntou.

– Então, você irá esperar até que a sua senhora esteja sentada e servida antes de comer – ela respondeu.

Houve uma quantidade considerável de resmungos durante seu pronunciamento, mas Johanna se manteve paciente.

Os homens se viraram de volta para suas travessas.

– Ainda não terminei – bradou Johanna.

Sua voz foi engolida pela algazarra novamente.

– Megan, pegue outra tigela para mim.

– Mas, milady...

– Por favor.

– Como quiser.

Menos de um minuto se passou antes que Megan entregasse uma segunda tigela à sua senhora. Johanna arremessou-a imediatamente contra a lareira. O estrondo alto chamou a atenção de todos outra vez, e vários soldados Maclaurin lançaram olhares ásperos em sua direção. Ela decidiu que uma ameaça ou duas seriam uma retaliação apropriada.

– Se não prestarem atenção em mim, a próxima tigela não vai ser atirada na lareira – ela anunciou –, mas na cabeça de um de vocês.

– Nós estamos querendo comer, milady – gritou um soldado.

– Eu quero sua atenção primeiro – ela retrucou. – Ouçam com atenção. Quando uma dama entra na sala, os homens se levantam.

– Você interrompeu o nosso jantar para nos dizer isso? – Lindsay gritou, e acrescentou uma risada nervosa, cutucando seu vizinho com o cotovelo.

Ela colocou suas mãos nos quadris e repetiu o ditado, e então esperou. E ficou satisfeita em ver quando cada soldado, por fim, se levantou.

Ela sorriu, satisfeita.

– Podem se sentar.

– Você acabou de nos dizer para levantar – murmurou outro Maclaurin.

Deus do céu, como eles eram difíceis! Ela tentou esconder sua exasperação.

– Vocês se levantam quando uma dama entra, então vocês se sentam quando ela lhes dá permissão.

– O que nós fazemos quando ela entra e depois volta a sair em seguida?

– Vocês se levantam, e então sentam.

– Parece uma chatice para mim – comentou outro Maclaurin.

– Eu vou ensiná-los bons modos, mesmo que isso mate vocês – ela anunciou.

Calum começou a rir, mas o olhar dela o deteve.

– Por quê? – Niall perguntou. – Para que precisamos de bons modos?

– Para me agradar – ela soltou. – Não haverá mais arrotos em minha mesa – ela disse.

– Não podemos arrotar? – Calum perguntou, espantado.

– Não, não podem! – ela disse, quase berrando. – Vocês não podem fazer outros ruídos grosseiros também.

– Mas é um elogio, milady – explicou Niall. – Se a comida e a bebida estiverem boas, o arroto é um agradecimento apropriado.

– Se vocês gostarem da comida, simplesmente digam ao anfitrião que foi uma ótima refeição – ela instruiu. – E enquanto estamos no assunto da comida, devo dizer a vocês que acho gravemente ofensivo quando vejo um de vocês pegando comida da travessa do vizinho. Isso terá de acabar a partir de agora.

– Mas milady — começou Lindsay.

Ela o interrompeu:

– Vocês não irão bater suas taças quando estiverem fazendo um brinde – ela anunciou. – A cerveja espirra para todos os lados.

– Nós fazemos de propósito – explicou Calum.

Os olhos dela se arregalaram ao ouvir aquilo, e Niall se apressou em explicar o porquê.

– Quando nós brindamos, nos certificamos de que um pouco da nossa cerveja espirre nas outras taças. Dessa forma, se houver veneno em uma delas, todos morrerão. Você não vê, milady? Nós fazemos isso para nos assegurar de que ninguém tentará nenhum truque.

Ela não podia acreditar naquelas palavras. Os Maclaurin e os MacBain suspeitavam uns dos outros?

Os Maclaurin ousaram virar as costas para ela novamente e Johanna ficou enfurecida com a falta de educação deles. Estavam sendo propositalmente barulhentos na tentativa de encobrir sua voz.

– Megan?

– Estou buscando, milady.

Johanna ergueu um jarro no ar, virou-se para a mesa Maclaurin, e estava prestes a atirá-lo quando o jarro foi arrancado de suas mãos. Ela virou e deparou-se com Gabriel parado logo atrás dela. Keith e o Padre MacKechnie o ladeavam.

Ela não fazia ideia há quanto tempo eles estavam ali parados, mas a expressão espantada do Padre MacKechnie indicava que a tinham observado por tempo suficiente.

Ela sentiu que estava corando. Nenhuma mulher gostaria de ser pega gritando como uma megera ou arremessando coisas para conseguir atenção. No entanto, Johanna não pretendia deixar que sua vergonha a detivesse. Por Deus, ela começara aquilo, e ela iria terminar.

– O que, em nome de Deus, você está fazendo, esposa?

Seu tom de voz profundo, somado à expressão austera, fizeram-na se encolher. Ela respirou profundamente, então disse:

– Fique fora disso. Eu estou no meio das minhas instruções para os homens.

– Ninguém parece estar prestando atenção, milady – Keith apontou.

– Você acabou de dizer que quer que eu fique fora... – Gabriel estava aturdido demais para continuar.

Ela pegou a essência do que ele queria dizer.

– Sim, quero que você fique fora disso – ela concordou, antes de voltar a atenção para Keith. – Eles vão prestar atenção ou sofrer o meu descontentamento – ela prometeu.

– E o que acontece quanto você está descontente? – o soldado Maclaurin perguntou.

Ela não conseguia pensar em uma resposta adequada; então, lembrou-se do que Gabriel havia dito que fazia quando estava descontente.

– Eu provavelmente matarei alguém – ela se gabou.

Certa de ter impressionado o soldado Maclaurin com aquele pronunciamento, ela acrescentou um aceno, para que ele não achasse que ela estava blefando, e esperou por sua reação.

Não foi como ela esperava.

– Você está usando o manto errado, milady. Hoje é sábado.

Ela repentinamente quis estrangular Keith. Um arroto alto soou atrás dela, e ela reagiu como se tivesse sido esfaqueada pelas costas. Soltou um suspiro, tomou o jarro das mãos de seu marido e virou-se para os homens.

Gabriel segurou-a antes que ela pudesse causar qualquer dano e jogou o jarro para Keith; então virou-a, para que ela olhasse para ele.

– Eu pedi para você não interferir – ela sussurrou.

– Johanna...

– Esta é a minha casa ou não é?

– É sim.

– Obrigada.

– Por que está me agradecendo? – ele perguntou, cauteloso. Ela estava planejando algo, com certeza. O brilho em seus olhos dizia isso.

– Você acabou de concordar em me ajudar – ela explicou.

– Não, eu não concordei.

– Você deveria.

– Por quê?

– Porque esta é minha casa, não é?

– Voltamos a isso?

– Gabriel, eu gostaria de ter autoridade para administrar a minha casa. Por favor? – ela sussurrou.

Ele soltou um suspiro. Droga, era impossível negar-lhe qualquer coisa. Ele não estava nem mesmo certo do que estava aprovando, mas assentiu ainda assim.

– Quantas tigelas e jarros você ainda vai arremessar?

– Quantos forem necessários – ela respondeu.

Ela virou-se e apressou-se até a ponta da mesa Maclaurin.

– Keith, se você pegar uma ponta, e Padre, se você puder erguer a outra, eu vou correr na frente e segurar as portas abertas. Senhores – ela adicionou, seu olhar direcionado para os soldados sentados à mesa agora. – Por favor, ajudem carregando suas cadeiras. Isso não deve levar muito tempo.

– O que você está pensando em fazer? – perguntou Keith.

– Mover a mesa para fora, é claro.

– Por quê?

– Eu quero deixar os Maclaurin felizes – ela explicou. – Eles são parte de meu clã agora e acredito que ficarão contentes.

– Mas nós não queremos ir lá para fora – disparou Lindsay. – Por que você acha que queremos isso? Eu acabei de ter a honra de comer com meu lorde. Quero ficar aqui.

– Não, você não quer – Johanna retrucou e sorriu, apenas para confundir o guerreiro.

– Eu não quero?

– Vocês todos vão ficar mais contentes lá fora, porque não terão que seguir nenhuma das regras da minha casa. A verdade é que vocês comem como animais e, portanto, podem comer com eles também. Dumfries ficará feliz com a companhia.

Todos os Maclaurin olharam para Keith, que olhou para o seu lorde e recebeu seu aceno; então limpou a garganta. Era função dele conter sua senhora.

– Não acredito que tenha entendido a situação aqui, milady. Esta fortaleza tem pertencido ao clã dos Maclaurin desde que qualquer um possa se lembrar.

– Pertence a mim, agora.

– Mas, milady... – começou Keith.

– O que ela quer dizer quando fala que nossa terra pertence a ela? – perguntou Niall.

Johanna juntou as mãos. Gabriel foi até ela e parou ao seu lado.

– Eu ficarei feliz em explicar, mas apenas uma vez; então, por favor, tente acompanhar – ela disse. – Seu rei permutou essa terra. Todos estão de acordo com esse fato?

Ela esperou até que os soldados assentissem.

– O Rei John deu esta terra para mim. Todos concordam com esse fato?

– Sim, claro – concordou Keith. – Mas, veja bem...

Ela não o deixou terminar.

– Me perdoe por interrompê-lo, mas estou ansiosa para terminar esta explicação.

Ela voltou sua atenção para os soldados novamente.

– Agora, então – ela disse e enfatizou: – e prestem atenção dessa vez, por favor, pois eu odeio me repetir. Quando eu me casei com o seu lorde, a terra passou a pertencer a ele. Vocês veem como é simples?

Seu olhar fixou-se em Lindsay, que acenou para agradá-la. Ela sorriu. O cômodo, repentinamente, começou a girar. Ela piscou, tentando trazer todos de volta ao foco, e segurou-se na borda da mesa para se equilibrar. Uma onda de náusea a atingiu, então, tão rapidamente quanto veio, desapareceu. *Foi a carne*, ponderou. O cheiro terrível a estava deixando enjoada.

– O que estava dizendo, moça? – pressionou Padre MacKechnie, radiante de satisfação diante da iniciativa que sua senhora estava mostrando em frente aos homens.

– Queria saber o que a deixou tão irritada.

Johanna não sabia quem fizera aquela pergunta, mas tinha vindo da mesa dos MacBain. Ela desviou seu olhar para aqueles homens e respondeu.

– Megan me contou algo outro dia que me pegou de surpresa. Eu refleti sobre o que ela disse, e ainda não entendo porque teria feito tal comentário.

– O que eu disse? – perguntou Megan, apressando-se para ficar do lado oposto da mesa Maclaurin, a fim de poder olhar sua senhora de frente.

– Você me disse que a cozinheira ficaria feliz em fazer qualquer coisa que eu pedisse, porque ela era uma MacBain e sabia muito bem que não devia reclamar. Perguntei-me o que você quis dizer, é claro, mas agora acho que entendo. Você realmente acredita que Hilda deve ficar grata por poder viver aqui. É isso mesmo?

Megan assentiu.

– É bem verdade que ela deve ser grata.

Os soldados Maclaurin assentiram em uníssono.

Johanna balançou a cabeça para eles.

– Acredito que todos vocês entenderam ao contrário – ela disse. – Os Maclaurin não podem reivindicar esta fortaleza ou esta terra, e isso, cavalheiros, também é um fato. Ocorre que meu marido é um MacBain. Vocês se esqueceram disso?

– O pai dele era lorde dos Maclaurin – interpôs Keith.

– Ele ainda é um MacBain – ela reiterou. – Ele tem sido muito conciliatório, e mais paciente do que eu – ela acrescentou com um aceno. – De qualquer forma, acredito que os MacBain permitiram afavelmente que vocês ficassem aqui. De verdade, detesto trazer esse assunto polêmico à tona, mas recebi notícias importantes, sabe, e preciso colocar minha casa em ordem. Me entristeceria vê-los partir, mas se as regras são difíceis demais para vocês seguirem, e se vocês não podem se acertar com os MacBain, então não acredito que haja muita escolha.

– Mas os MacBain são os forasteiros – protestou Lindsay.

– Sim, eles são – concordou Keith.

– Eles eram – disse Johanna. – Não são mais. Percebem?

Ninguém percebia. Johanna se perguntava se eles estavam apenas sendo incrivelmente teimosos ou se eram naturalmente ignorantes. Ela decidiu tentar fazê-los entender pela última vez, mas Gabriel não o permitiu. Ele puxou-a para trás e deu um passo à frente.

– Eu sou o lorde aqui – ele lembrou os soldados. – Eu decido quem fica e quem vai.

Keith apressou-se a acenar em concordância.

– Nós podemos falar livremente?

– Sim – repondeu Gabriel.

– Cada um de nós jurou lealdade a você – ele começou. – Mas não somos particularmente leais aos seus seguidores. Nós estamos fartos da guerra e queremos reconstruir as coisas antes que entremos em uma batalha novamente. Ainda assim, um dos MacBain instigou uma guerra contra o clã MacInnes e agora se recusa a revelar-se e assumir sua transgressão. Tal comportamento é covarde.

Calum se pôs em pé.

– Você ousa nos chamar de covardes?

Deus do céu, o que ela começara? Johanna estava enjoada de novo. Ela estava, certamente, arrependida de ter dito algo. Dois dos Maclaurin se levantaram e uma briga estava prestes a começar por culpa dela. Gabriel não parecia inclinado a dar um fim naquilo; parecia totalmente indiferente à atmosfera ameaçadora, quase entediado, na verdade.

Um confronto estava finalmente se formando, e Gabriel estava muito feliz com aquilo. Ele deixaria cada guerreiro desabafar sua raiva, então explicaria o que iria acontecer. E aqueles que não quisessem aceitar suas decisões poderiam partir.

Infelizmente, Johanna parecia abalada com o que estava acontecendo. Seu rosto estava branco, e ela torcia suas mãos juntas. Gabriel decidiu levar o conflito para fora. Estava prestes a dar o comando, quando sua esposa deu um passo à frente.

– Calum, Keith não chamou você de covarde – ela gritou, e virou seu olhar para o soldado Maclaurin. – Você não entende, senhor, pois já deixou seu recado ao falar com o pai de Clare MacKay – ela soltou. – Você vê, meu marido perguntou a cada um de seus seguidores se havia... se envolvido com Clare, e cada homem negou qualquer conhecimento sobre a mulher.

– Mas cada homem disse a verdade? – desafiou Keith.

– Eu vou fazer uma pergunta em resposta – ela retrucou. – Se Lorde MacInnes culpasse um Maclaurin e cada um de vocês negasse a acusação ao seu lorde, vocês esperariam que ele acreditasse em vocês?

Keith era esperto o bastante para saber onde ela queria chegar com a pergunta, e assentiu com relutância.

– Meu marido e eu temos absoluta fé em nossos seguidores. Se os homens dizem que não tocaram em Clare MacKay, então eles não o fizeram. Eu não o entendo, senhor. Como pode considerar a palavra de um MacInnes de coração cruel acima de um dos seus?

Ninguém tinha uma resposta rápida para aquela pergunta. Johanna balançou a cabeça de novo. Ela estava se sentindo terrivelmente mal. Seu rosto parecia estar pegando fogo, ainda que seus braços estivessem totalmente arrepiados de frio. Ela queria se apoiar em seu marido, mas segurou-se, pois não queria que ele soubesse que não estava se sentindo bem. Não queria preocupá-lo. Também não queria passar o resto do ano na cama, e conhecendo a obsessão de Gabriel pelo descanso, estava certa de que ele lhe ordenaria isso.

Johanna decidiu subir para o seu quarto e lavar o rosto. Certamente água fria ajudaria a reanimá-la.

– Eu gostaria que todos vocês considerassem o que acabei de explicar – ela solicitou. – Eu não posso ter brigas em minha própria casa. Se me dão licença agora, vou subir para o meu quarto.

Ela se virou para sair, então parou e se virou de volta.

– Quando uma dama deixa o recinto, os homens se levantam.

– Lá vamos nós de novo – um Maclaurin sussurou alto o suficiente para que ela ouvisse.

– E então? – ela exigiu.

Os homens se levantaram e ela sorriu, satisfeita. Então virou-se para sair. O salão de súbito começou a rodar. Ela não tinha nada para se segurar até que tudo retornasse ao lugar.

– Você me chamou de covarde, Keith – Calum murmurou.

– Se você quer acreditar que chamei, então acredite, Calum – Keith retrucou.

– Quais eram as notícias importantes que milady disse ter recebido?

– Gabriel? – A voz de Johanna estava fraca, mas ele ainda conseguiu ouvi-la.

Ele se virou.

– Sim?

– Me segure.

Capítulo 14

Ele segurou-a antes que ela atingisse o chão. Todos começaram a gritar ao mesmo tempo. Padre MacKechnie achou que desmaiaria quando viu quão doente sua senhora parecia.

– Livrem a mesa – ele gritou. – Vamos deitá-la aqui.

Niall e Lindsay varreram a toalha de linho com seus braços. Travessas de comida saíram voando. Megan arrancou a toalha da mesa.

– Alguém busque um curandeiro, pelo amor de Deus – gritou Niall. – Milady precisa de ajuda.

– Ela é nossa curandeira – disparou Calum.

– O que a fez desmaiar?

– Acho que nós fizemos – decidiu Lindsay. – Nós a deixamos muito nervosa. Foi demasiado para ela.

Gabriel era o único que não parecia muito preocupado com sua esposa. O rosto dela estava pálido, mas ele não achou que estivesse de fato doente.

Ele havia notado quanto ela ficara perturbada quando os homens começaram a gritar uns com os outros. Ela tinha aversão a brigas, ele sabia, e portanto concluiu que seu desmaio fora apenas um estratagema para desviar a atenção dos homens de sua discussão.

Ela exagerara um pouco, é claro, e ele lhe diria isso assim que estivessem a sós.

– É tudo nossa culpa, com certeza. Fizemos ela atirar tigelas para conseguir nossa atenção – disse Niall. – Ela quer que tenhamos boas maneiras. Não sei dizer por quê, mas estou achando que é melhor sermos mais cooperativos.

– Sim – outro Maclaurin chamado Michael concordou. – Nós não podemos permitir que ela desmaie o tempo todo. Lorde MacBain pode não estar próximo o suficiente para segurá-la da próxima vez.

– Para trás, homens – ordenou Padre MacKechnie. – Deem à moça espaço para respirar.

– Ela está respirando, não está?

– Sim, Calum, ela está respirando – respondeu o padre. – Sua preocupação com a sua senhora é louvável.

– Ela é a nossa senhora hoje – Lindsay comentou. – Está usando o nosso manto.

– Hoje é sábado – interpôs Keith. – Ela está usando o manto errado.

– Ela não consegue acertar, consegue? – perguntou Calum.

– Por que você está hesitando, MacBain? Coloque a moça sobre a mesa – disse Padre MacKechnie. – Homens, saiam do caminho do lorde.

Os homens se afastaram no mesmo instante. Logo que Gabriel colocou sua mulher sobre a mesa, todos se aproximaram novamente. Ao menos vinte rostos pairavam sobre ela, todos de cenho franzido de preocupação com Johanna.

Gabriel achou que ia sorrir. Os soldados tinham suas diferenças, é claro, mas estavam unidos agora na preocupação com sua senhora. Johanna não era nem uma Maclaurin nem uma MacBain por nascimento. Era uma inglesa. Se os homens podiam conceder-lhe sua lealdade, eles podiam muito bem aprender a conviver uns com os outros.

– Por que ela não abre os olhos? – perguntou Niall.

– Ela não parece ter saído do desmaio ainda – respondeu o padre.

– Você vai dar os ritos finais a ela, Padre?

– Eu não acredito que seja necessário.

– Não deveríamos fazer alguma coisa? – perguntou Calum, acrescentando uma expressão indagadora na direção de seu lorde. Era óbvio que ele esperava que Gabriel resolvesse o que quer que estivesse afligindo sua esposa.

Gabriel balançou a cabeça.

– Ela irá acordar em um minuto ou dois.

– Nós não devíamos tê-la perturbado – disse Michael.

– Por que, do nada, ela ficou irritada como se uma abelha tivesse picado sua... seu braço? – Lindsay substituiu rapidamente a última palavra quando percebeu o olhar de recriminação do padre.

– Foram nossas maneiras que a desestabilizaram – Bryan lembrou o grupo.

– Mas por que agora, eu me pergunto? – Lindsay disparou. – Milady não parecia se importar com o que fazíamos até esta noite.

– A mãe dela está vindo para uma visita.

O lorde deles deu a notícia. Houve um longo e coletivo "ahhh" diante da revelação.

– Não me surpreende que ela esteja querendo que tenhamos boas maneiras – Michael disse, com um aceno.

– Pobre moça – Keith sussurrou. – Deve estar preocupada se iremos envergonhá-la na frente da mãe.

– Faz sentido para mim – concordou Calum.

– É melhor que aprendamos bons modos, então – sugeriu Lindsay, e soltou um suspiro –; afinal, ela matou o mascote.

– E três outros – Keith lembrou o soldado.

Gabriel estava começando a se perguntar por quanto tempo Johanna prolongaria seu desmaio, quando ela repentinamente abriu os olhos.

Quase soltou um grito, mas se deteve a tempo, deixando um suspiro sair no lugar. Então encarou todos os soldados olhando para ela, enquanto lutava para se acalmar do sobressalto.

Levou um minuto ou dois até se dar conta de que estava esticada em cima da mesa de jantar, e não fazia ideia de como chegara ali.

– Por que estou em cima da mesa?

– Estava mais perto que sua cama, milady – respondeu Calum.

– Você desmaiou – Keith acrescentou, caso ela tivesse se esquecido.

– Por que você não nos disse que sua mãe estava vindo visitá-la? – perguntou Niall.

Johanna tentou se sentar antes de responder. O Padre MacKechnie colocou a mão sobre o ombro dela, para deitá-la novamente.

– É melhor ficar onde está, moça. Seu marido ficará contente em carregá-la para a cama. Você está se sentindo melhor agora?

– Sim, obrigada – ela respondeu. – Eu desmaiei? Nunca, jamais, desmaiei antes. Não consigo imaginar por que…

Lindsay decidiu dar a ela sua explicação, antes que ela perguntasse.

– Foram nossos modos que a desestabilizaram, milady.

– Foram?

O soldado assentiu.

– Ela deveria ficar na cama por uma semana pelo menos – recomendou Keith.

– Eu não posso ir para a cama – Johanna argumentou.

Ninguém prestou atenção ao seu protesto.

– Pois digo que deveria ficar na cama por duas semanas – Calum anunciou. – É a única forma de ter certeza de que irá recobrar suas forças. Ela é frágil, se você se lembra – ele aconselhou.

Os homens assentiram, fazendo Johanna sentir-se ultrajada.

– Eu não sou frágil – ela anunciou quase gritando. – Padre, deixe-me levantar; não posso ir para a cama. Tenho que cumprir meu turno ao lado de Clare MacKay.

– Eu ficarei feliz em me sentar com ela – Megan ofereceu-se – Não parece justo permitir que apenas mulheres MacBain cuidem dela. Você não quer que as mulheres Maclaurin briguem por algo tão pequeno, quer, milady?

– Megan, agora não é hora de trazer essa preocupação à tona. – Keith murmurou.

– As mulheres MacBain foram as únicas que se ofereceram para ajudar Clare – Johanna explicou.

– Mas eu estou me oferecendo agora – Megan insistiu.

– Então eu agradeço e, certamente, apreciarei sua ajuda.

Megan sorriu. Ela estava obviamente satisfeita com a gratidão de sua senhora.

Johanna deixou o assunto de lado e voltou a atenção para o seu marido, para quem vinha, deliberadamente, evitando olhar, pois sabia que ele estaria zangado, e na certa preparando-se para provocá-la com seu discurso eu-disse-que-você-era-fraca. Ela preparou-se mentalmente e olhou para ele. Não era difícil localizá-lo na multidão, já que ele se elevava diante de seus soldados. Gabriel estava parado à esquerda da mesa, atrás de Calum. E estava sorrindo, o que a deixou espantada.

Johanna estava certa de que Gabriel estaria furioso ou, no mínimo, preocupado, e deveria ter ficado aliviada com seu humor evidentemente alegre, mas não ficou. Afinal, ela havia desmaiado, e Gabriel já provara se preocupar bastante com seu bem-estar no passado. Ainda assim, ele parecia... feliz. Teria achado seu desmaio engraçado?

Ela olhou para Gabriel com descontentamento, e ele piscou de volta, o que a deixou ainda mais confusa.

– Quando sua mãe vem? – perguntou Keith.

Ela deu sua resposta ao soldado Maclaurin sem desviar o olhar de seu marido.

– Em dois ou três meses, suponho – ela respondeu e sorriu para o Padre MacKechnie, que gentilmente tirou a mão de seu ombro para que ela pudesse se sentar.

Calum tentou erguê-la em seus braços e Keith tentou ajudá-la do outro lado da mesa. De repente, Johanna estava sendo puxada por todos os lados.

Por fim, Gabriel interveio. Empurrou Calum para sair de seu caminho e pegou sua esposa nos braços.

– Descanse a cabeça em meu ombro – ele mandou.

Ela não foi rápida o bastante, então ele empurrou a cabeça dela na posição que ele mandara.

Sob os protestos de Johanna, ele a carregou para fora do salão e subiu a escada.

– Eu estou me sentindo bem agora – ela argumentou –, posso caminhar, meu marido. Coloque-me no chão.

– Eu quero carregar você – ele explicou. – É o mínimo que posso fazer depois de toda a dor de cabeça que teve para convencer meus homens.

– O mínimo que você pode fazer?

– Sim – ele respondeu.

Ela não tinha ideia do que ele estava falando, e seu sorriso era ainda mais confuso para ela.

– Você está agindo como se meu desmaio o entretesse – ela disparou.

Gabriel abriu a porta do quarto deles e carregou-a para dentro.

– É bem verdade que você me entretém – ele admitiu.

Os olhos dela se arregalaram.

– Mas você está sempre preocupado em demasia, implicando comigo para que eu descanse o dia todo. Por que essa mudança repentina de atitude, eu me pergunto?

– Eu não implico. Velhas implicam, não guerreiros.

– Você costumava implicar – ela contrariou, sem poder evitar a irritação. A atitude insensível de seu marido a chateava. Um marido deveria ficar um pouco preocupado se sua esposa desmaiasse, não deveria?

– Sua estratégia funcionou – ele disse. – Meus homens esqueceram a briga. Foi por isso que você fingiu o desmaio, não foi?

Ele praticamente a jogou na cama, e ela pulou duas vezes contra o colchão antes de se acomodar. Johanna achou que ia cair na gargalhada; certamente sentia-se aliviada. Gabriel não era um ser tão desumano; afinal, ele, de fato, acreditava que ela havia fingido o desmaio.

Johanna não queria mentir para o seu marido, mas tampouco queria dizer exatamente a verdade. Se ele percebesse que ela não estava fingindo, provavelmente a forçaria a ficar na cama até a próxima primavera.

Ela não concordou nem discordou do marido, e se ele decidisse tomar seu silêncio como uma confirmação de sua própria conclusão, então que fosse.

Ele desviou a atenção dela enquanto tirava as botas.

– Você não vai se gabar da sua esperteza? – ele perguntou, enquanto jogava as botas no chão e começava a tirar o cinto. Ele manteve o olhar focado nela por todo o tempo.

- Gabar-se é coisa de velhos, milorde - ela respondeu. Ela observava a cintura dele. - Não de esposas de guerreiros.

Senhor, como ela o agradava. Ele adorava a forma como ela manipulava suas palavras, usando o que ele dizia contra ele mesmo. Johanna estava se tornando bem atrevida; tal comportamento era prova suficiente de que superara o medo dele.

Ela ainda corava com certa facilidade, e estava corando agora. Era óbvio que adivinhara o que ele pretendia fazer, mas ele decidiu contar-lhe, de qualquer modo, apenas para prolongar sua vergonha. Então ela ficaria toda sem jeito, e, Senhor, como ele adorava aquela característica feminina. As imagens que ele criou com suas palavras eróticas fizeram o rosto dela queimar, e a forma como ele queria fazer amor a fez pensar que desmaiaria novamente.

A expressão sombria e incrivelmente excitante em seu rosto a fez pensar que ele não estava de brincadeira; ainda assim, precisava ter certeza.

– Homens e mulheres fazem amor desse jeito? – ela soava sem fôlego, mas não podia evitar. Seu coração estava estrondando em uma batida selvagem, e ela lutava contra a própria excitação enquanto tentava decidir se aquilo seria possível. As ideias que Gabriel havia plantado em sua mente a estarreciam e estimulavam ao mesmo tempo.

Ele levantou-a e começou a tirar suas roupas.

– Você está brincando comigo, não está, meu marido?

Ele riu.

– Não.

– Então maridos e esposas realmente...

– Nós vamos fazer – ele respondeu, sua voz um sussurro rouco.

Ela estremeceu.

– É bem verdade que nunca ouvi falar de tal...

– Vou fazer você gostar – ele prometeu.

– Você gostaria de...

– Ah, sim.

– O que é que eu vou...

Ela não conseguia terminar suas frases; estava obviamente agitada. E ele deu-se conta de que também estava agitado; na verdade, estava excitado. Seus movimentos eram atrapalhados enquanto ele lutava contra os lacinhos que amarravam as roupas de baixo dela.

Ele soltou um suspiro de satisfação quando finalmente se livrou da última peça de roupa dela. Então, brutalmente, puxou-a contra si e levantou-a de modo que sua excitação pudesse pressionar diretamente a junção de suas coxas.

Ela moveu-se instintivamente até que estivesse aconchegada nele. Ele grunhiu de prazer e ambos caíram juntos na cama. Gabriel rolou para cima dela; apoiou seu peso com os cotovelos e abaixou-se para capturar sua boca em um longo e extasiante beijo. Suas línguas duelaram e acariciaram uma à outra; e quando ele finalmente se moveu para descer, beijando seu pescoço sedoso, pôde senti-la tremendo de prazer.

Ela, todavia, não terminara de enchê-lo de perguntas. Preocupava-se demais, supôs, e aquela era, certamente, a razão pela qual queria uma explicação completa.

– Gabriel, você realmente está pensando em usar sua boca para me beijar... lá?

– Ah, sim – ele sussurou no ouvido dela. A respiração dele, tão doce e quente contra sua pele sensível, a fez tremer de desejo.

– Então eu também vou... você sabe... beijá-lo... lá.

Ele ficou totalmente imóvel, e ela começou a preocupar-se. Um segundo depois ele se ergueu lentamente e levantou a cabeça para olhar para ela.

– Você não precisa fazer nada – ele disse a ela.

– Você quer que eu faça?

– Sim – ele falou arrastadamente.

Ó Deus, ele era um homem tão sensual. Sentindo como se já o tivesse satisfeito, ela se esticou para acariciar seu rosto, que se inclinou contra a mão dela.

Ele gostava que ela o tocasse; precisava que o fizesse, ela percebeu, quase tanto quanto ela precisava de sua carícia.

Ela soltou um suspiro e colocou seus braços ao redor do pescoço de seu marido. Tentou puxá-lo para baixo para um longo beijo, mas ele resistiu.

– Johanna, você não precisa...

Ela sorriu para ele.

– Eu vou fazer você gostar – ela sussurou.

A cabeça dele tombou na curva do ombro dela. Ele ergueu-se, mordeu o lóbulo da orelha dela e disse:

– Eu sei que vou gostar, mas não sei se você vai...

Agora ele é quem estava tendo dificuldade em terminar as frases. Tudo culpa de sua esposa. Ela abaixou a mão e, gentilmente, tocou a excitação dele. Ele estava muito ocupado, estremecendo, para ter pensamentos coerentes.

Ele estava preocupado se ela gostaria de prová-lo. Ela começou tímida, mas superou a timidez rapidamente e entusiasmou-se.

Ela o deixou louco. Parecia que seu coração ia parar quando ela colocava seu membro ereto dentro da boca. Ela estava selvagem agora, completamente desinibida enquanto o acariciava com a boca, com a língua, e, Deus do céu, deixou-o ainda mais ávido para satisfazê-la.

Ele não pôde suportar o êxtase por muito tempo. Chegou ao clímax antes dela, mas assim que se recuperou dos espasmos que contorceram seu corpo e pôde pensar novamente, voltou sua plena atenção para dar prazer à esposa.

Os gemidos dela logo se transformaram em gritos. A intensidade de seu orgasmo a fez se esquecer de respirar. Exigiu que ele parasse com aquela agonia deliciosa, mesmo que o buscasse vorazmente e o apertasse contra si, em uma súplica contraditória, implorando por mais.

O sabor dela o deixou rígido e latejante em poucos minutos. De repente, ele estava desesperado para penetrá-la. Ele moveu-se, prendeu-a contra a cama e ajoelhou-se entre suas coxas. Agarrou seu traseiro e levantou-a no mesmo instante em que empurrou seu membro para dentro dela.

Sentiu como se tivesse morrido e chegado ao paraíso. Ela era tão deliciosamente apertada, tão incrivelmente doce e entregue, que ele sabia que nunca conseguiria ter o suficiente.

A cama rangia com seus movimentos vigorosos. A respiração de ambos era pesada e ofegante, e quando ela encontrou a satisfação mais uma vez, seu grito ressoou nos ouvidos dele.

Ele estava abolutamente satisfeito, e desmoronou sobre sua esposa, deixando escapar um gemido alto e grave.

Podia escutar o coração dela estrondando dentro do peito. Estava presunçosamente satisfeito e contente, pois a fizera perder a cabeça completamente.

Ela fizera o mesmo com ele, e ele franziu o cenho ao reconhecer isso. Deu-se conta de que se tornara impossível distanciar-se de sua esposa. Não podia simplesmente fazer amor com ela e então voltar para suas obrigações e tirá-la da cabeça. Ela se tornara mais do que simplesmente uma mulher a ser possuída durante as horas escuras da noite. Ela era sua esposa, e, maldição, era ainda mais que isso.

Era o amor da sua vida.

– Maldição – ele murmurou, e então ergueu a cabeça para olhar para ela, que dormia profundamente. Ele ficou aliviado, pois não queria ter de explicar o olhar espantado que certamente tinha no rosto ou a blasfêmia que acabara de pronunciar.

Ele não parecia capaz de deixá-la. Observou-a por longos minutos. Ela era linda, ainda que a aparência dela não tenha sido a razão pela qual perdera a cabeça e se apaixonara, Deus era testemunha. Não, fora o caráter que o conquistara e o desarmara de suas defesas. A aparência se desgasta com a idade, mas a beleza do coração e da alma de Johanna pareciam se tornar mais radiantes a cada novo dia.

Ela o enlaçou por inteiro, cegou-o por completo, e agora era tarde demais para fazer qualquer coisa para se proteger de seu encanto.

Havia apenas uma alternativa: Johanna teria de amá-lo. Por Deus, ele não estava disposto a se deixar tornar tão vulnerável sem a reciprocidade na mesma medida.

Gabriel se sentia melhor; seu plano fazia sentido. Ele não estava certo sobre como a convenceria a se apaixonar por ele, mas era um homem inteligente e pensaria em alguma coisa.

Ele abaixou-se, deu-lhe um beijo na testa e saiu da cama. O ato de amor deles a extenuara, ele supôs, enquanto alcançava seu manto. Aquela possibilidade o fez sorrir enquanto bocejava, e então se deu conta de que também estava extenuado.

Ele a observou por todo o tempo enquanto se vestia, e, quando terminou, parou para cobri-la. Então, é claro, tinha de beijá-la uma última vez antes de deixar o quarto. Ele estava ficando perplexo novamente com seu próprio comportamento vergonhoso. Amar era uma questão delicada, decidiu. Talvez, com o tempo, ele pegasse o jeito. Começou a empurrar a porta com força, mas percebeu isso a tempo e fechou-a o mais silenciosamente possível.

Maldição, estava se tornando atencioso. Ele teve de balançar a cabeça diante daquela qualidade desprezível. Perguntou-se que outras surpresas viriam ao seu encontro, agora que ele reconhecera para si mesmo o fato de que estava amando sua mulher. O futuro o preocupava. Se ele se tornasse um marido dedicado, jurou que teria de matar alguém.

Sim, o amor era uma questão espinhosa.

Johanna dormiu a noite toda. Gabriel deixou o quarto antes que ela acordasse, e ela sentiu-se grata por sua privacidade, pois se sentia tão enjoada que mal podia respirar sem engasgar. Tentou se levantar da cama duas vezes, mas toda vez o quarto começava a girar e seu estômago revirava, em protesto ao movimento. Respirou profunda e longamente para tentar acalmar a náusea, mas isso não ajudou. Foi até o lavatório e pressionou um pano molhado na testa, mas isso também não ajudou. Johanna, por fim, desistiu de lutar contra o inevitável e acabou se ajoelhando no chão, contorcendo-se, até que teve certeza de que desmaiaria outra vez.

Quando começou a vomitar, pensou que morreria; porém, assim que terminou, sentiu-se surpreendentemente bem. Qualquer que fosse a doença que a acometera, ou terminara abruptamente ou tinha sintomas muito estranhos. Até que ela soubesse o que a afligia, não poderia se tratar.

Johanna não era uma mulher mimada, mas não podia evitar a preocupação consigo mesma. Acreditara que seu desmaio na noite anterior fora devido ao estômago vazio, misturado com o cheiro desagradável da carne assada. Mas ela quase desmaiara novamente naquela manhã, e o único cheiro no quarto era o perfume do jardim que entrava pela janela.

Ela tentou não pensar sobre estar doente. Perdera a missa e sabia que teria de procurar o Padre mais tarde e explicar que se sentira indisposta ao levantar. A cor havia voltado ao seu rosto quando ela se vestiu. Penteou os cabelos, arrumou o quarto, e então foi dar uma olhada em Clare MacKay.

Hilda abriu a porta para ela. Johanna sorriu quando viu que Clare estava sentada na cama. Seu rosto ainda estava horrivelmente inchado, é claro, e o lado esquerdo de sua face estava preto e azulado dos hematomas, mas seus olhos estavam límpidos, não nebulosos, e Johanna deduziu que o golpe na cabeça não havia causado danos irreparáveis.

– Como está se sentindo esta manhã, Clare? – perguntou Johanna.

– Melhor, obrigada – a mulher MacKay respondeu com uma voz fraca e sofrida.

– Ela mal tocou na comida que eu trouxe – Hilda interpôs. – Diz que sua garganta está doendo muito. Eu vou voltar para a cozinha e lhe preparar um tônico.

Johanna assentiu, mantendo seu olhar em Clare.

– Você terá de comer para recuperar as forças.

Clare deu de ombros em resposta. Johanna fechou a porta atrás de Hilda e foi até a cama para se sentar ao lado da paciente.

– Você quer melhorar, não quer?

Clare olhou para Johanna por um longo minuto antes de responder.

– Suponho que terei de melhorar – ela sussurrou e, deliberadamente, tentou desviar o assunto. – Foi muito generoso da sua parte trazer-me para cá, Lady Johanna. Eu não a agradeci apropriadamente ainda. Sou imensamente grata.

– Você não precisa me agradecer – protestou Johanna. – Por que você parece tão triste quando diz que provavelmente terá de melhorar?

A mulher MacKay não respondeu. Ela estava nervosa, pois torcia a ponta do cobertor em um nó.

– Meu pai virá para cá?

– Eu não sei – respondeu Johanna, alcançando-a e colocando a mão sobre Clare. – Você ficará feliz em vê-lo se ele vier lhe visitar?

– Sim, claro – Clare se apressou em dizer, mas não soava muito sincera. Johanna estava determinada a obter algumas respostas, mas não iria exigir nada da mulher ferida. Usaria a paciência e a compreensão, e talvez Clare lhe dissesse por que estava tão preocupada.

Ela decidiu acalmá-la.

– Não precisa ter medo, você sabe. Está segura aqui. Ninguém vai machucá-la. Depois que seu bebê nascer e você tiver recuperado suas forças, meu marido e eu a ajudaremos a decidir o que deve ser feito. Pode ficar conosco por quanto tempo desejar, você tem a minha palavra.

Os olhos de Clare se encheram de lágrimas.

– Estou exausta, gostaria de descansar.

Johanna levantou-se imediatamente e ajeitou os cobertores sobre a mulher, agindo como uma mãe zelosa. Pôs a mão na testa de Clare, para certificar-se de que ela não tinha febre e foi checar o jarro, para ter certeza de que sua paciente tinha água suficiente para beber.

Clare parecia estar dormindo profundamente quando Johanna deixou o quarto.

Hilda voltou para assumir a vigília.

Johanna tentou falar com Clare mais tarde, ainda pela manhã, mas logo que ela começou a fazer perguntas Clare disse estar cansada e dormiu novamente.

Megan assumiu um turno, sentando-se com Clare à tarde, para que Hilda pudesse supervisionar os preparativos para o jantar. Johanna pensou em tentar questionar sua paciente mais uma vez, mas foi surpreendida quando seu marido veio caminhando pelo salão nobre com seu filho ao lado.

Johanna acabara de remover os pontos de Calum e tentava fazê-lo prestar atenção enquanto lhe dava instruções. Ele era como uma criança inquieta, ansiosa para voltar para dentro.

– Você não sai daqui até me prometer que irá aplicar essa pomada de manhã e à noite por uma semana, Calum.

– Eu prometo – respondeu o soldado, levantando-se em um salto e saindo correndo pelo salão, deixando o pote de pomada na mesa.

– Estou aqui!

Alex gritou seu importante anúncio e abriu bem os braços, em um gesto tão dramático que seu pai não pôde evitar o sorriso. O garoto certamente não tinha nenhum problema de autoestima. É claro que Gabriel lhe assegurara diversas vezes no caminho de volta para casa que Johanna estava ansiosa para vê-lo.

A reação de sua esposa foi tão divertida para ele quanto a do filho: ela soltou um suspiro, segurou as saias e correu pelo salão para receber Alex.

O garotinho jogou-se nos braços dela, que o abraçou apertado. O topo da cabeça dele alcançava apenas sua cintura. Ele era um menininho tão adorável, e ela estava tão feliz de tê-lo em casa, que seus olhos se encheram de lágrimas.

Gabriel deixou os dois e subiu a escada para tentar conversar com Clare MacKay mais uma vez. Ele estava determinado a descobrir o nome do guerreiro que havia desgraçado a mulher. E também queria dar-lhe a notícia de que seu pai estaria chegando no dia seguinte para levá-la de volta para casa, contanto, é claro, que ela estivesse forte o suficiente.

Gabriel desceu as escadas novamente alguns minutos depois. Clare ainda estava doente demais para responder as suas perguntas. De fato, ela estava tão exausta que adormeceu um minuto depois que ele explicou a razão de sua presença.

Johanna e Alex estavam esperando por ele no pé da escada.

– Algo errado, meu marido? – ela perguntou quando viu sua testa franzida.

– Toda vez que tento falar com a mulher MacKay, ela dorme. Quanto tempo você acha que vai levar para que ela fique forte o suficiente para responder minhas perguntas?

– Eu não sei, Gabriel – ela respondeu. – Você viu como ela estava no dia em que chegou aqui. Vai levar tempo para que se recupere. Seja paciente com ela – sugeriu com um aceno. – É um milagre que esteja viva.

– Suponho que seja – ele concordou. – Johanna, o pai dela está vindo aqui amanhã para levá-la de volta para casa.

Ela não gostou de ouvir as notícias e balançou a cabeça.

– Clare não está em condições de ir a lugar nenhum. O pai dela terá de entender.

Gabriel não estava disposto a discutir com a esposa. A alegria que ele viu em seu rosto quando Alex correu para ela o enchera de prazer e contentamento. Não queria arruinar a reunião com conversas sérias. À noite haveria tempo hábil para discutir o futuro de Clare.

– Por que você não leva Alex lá fora, esposa? Está um dia bonito demais para se ficar dentro de casa.

Sua atenção estava focada em seu filho agora. Alex segurava a mão de Johanna e olhava para ela com verdadeiro encanto. Repentinamente, ocorreu a Gabriel que o menino estava precisando desesperadamente de uma mãe. Isso lhe foi tão revelador quanto o fato de que Johanna precisava igualmente de Alex.

– Sim, está um belo dia – disse Johanna. Os olhos de Gabriel estavam cheios de ternura e ele estava sem defesas agora. O amor que sentia pelo seu filho era totalmente aparente.

Senhor, ela estava emotiva. Johanna sabia que estava prestes a desabar em lágrimas e virou-se, para que seu marido não percebesse sua inquietação. Ele não entenderia, é claro. Homens acreditam que mulheres só choram quando estão infelizes ou com dor, ou assim pensava Johanna, mas suas lágrimas eram apenas uma resposta emocional ao sentimento maravilhoso de felicidade e contentamento que a invadia. Deus a abençoara. Ela era infértil e, mesmo assim, tinha um filho para amar. Sim, ela amaria Alex, pois simplesmente não lhe era possível blindar seu coração contra uma criança tão inocente.

– Nós podemos ir ver os cavalos, mamãe?

Ela caiu em lágrimas, e Gabriel e seu filho ficaram horrorizados.

– Johanna, o que há de errado com você? – a preocupação de seu marido fez sua voz soar quase um grito.

– Nós não precisamos ver os cavalos – soltou Alex, achando que isso podia ser a causa de sua tristeza.

Johanna tentou recuperar o controle. Secou o canto dos olhos com a bainha de seu manto antes de tentar se explicar.

– Não há nada errado – ela disse ao marido. – Alex me chamou de mamãe e isso me pegou de surpresa, você vê, e eu pareço estar muito emotiva hoje.

– Papai disse que eu deveria chamá-la de mamãe – disse Alex. – Ele disse que você gostaria.

O rosto do garotinho estava emburrado. Ele estava, obviamente, ficando chateado, mas Johanna apressou-se em acalmá-lo.

– Seu pai estava certo. Você deve me chamar de mamãe.

– Então, por que você está chorando feito um bebê? – Alex perguntou.

Ela sorriu.

– Porque você me deixa feliz – ela respondeu. – Alex, está um dia muito bonito para ficar aqui dentro. Vamos sair e ver os cavalos.

Ela tentou sair, mas Gabriel a alcançou e a pegou pelos ombros.

– Primeiro você vai me agradecer por ter trazido seu filho para casa – ele anunciou.

Ele queria um elogio, ela supôs.

– Eu o agradecerei mais tarde, milorde, quando estiver pronta.

Ela esticou-se nas pontas dos pés e o beijou. Ouviu Alex fazendo um som de enjoo e caindo na gargalhada. Gabriel sorriu e observou sua mulher e seu filho saindo. Então ele os seguiu parou no alto da escada, e continuou observando-os até que eles desapareceram colina abaixo.

– O que o fez sorrir assim, Lorde?

Padre MacKechnie subiu os degraus e parou ao lado do lorde.

– Eu estava observando minha família – respondeu Gabriel.

Padre MacKechnie assentiu.

– Você tem uma linda família, filho. Deus abençoe vocês três.

Gabriel não se considerava um homem religioso, mas tinha de concordar com a apreciação do padre. Quando era jovem e tolo, rezou por uma família. Agora tinha Alex e Johanna para chamar de seus, e o que era justo era justo; então, imaginou que teria de quitar uma dívida com o Criador. Afinal, Ele atendera suas preces.

A risada de Johanna ecoou pelo átrio, interrompendo os pensamentos de Gabriel, que sorriu instintivamente. Como ele gostava da alegria ruidosa de sua esposa.

Johanna não fazia a menor ideia de que seu marido a estava ouvindo. Alex estava tão cheio de entusiasmo e empolgação de estar lá fora que não conseguia andar devagar. Ele corria tão rápido que seus calcanhares batiam no traseiro, e ela mal podia acompanhá-lo.

Passaram a tarde juntos. Primeiro, foram ver os cavalos; depois foram até o pasto visitar Auggie. O velho guerreiro acabara de retornar do cume, e parecia estar de péssimo humor.

– Por que está com essa cara feia, Auggie? – chamou Johanna.

Alex viu o olhar do soldado e imediatamente escondeu-se entre as saias de Johanna.

– Está tudo bem, Alex – ela sussurrou. – Auggie gosta de resmungar, mas ele tem um bom coração.

– Igual ao papai?

Johanna sorriu.

– Sim – ela respondeu, pensando em como Alex era uma criança esperta. E perceptiva.

Auggie esperou até que os dois o alcançassem antes de justificar sua zanga.

– Estou pronto para desistir do meu jogo – ele anunciou com um aceno dramático. – Não tem utilidade alguma atirar as pedras a nenhuma distância; a maioria se esmigalha com a força da tacada que dou. Elas se esfacelam no ar. Não faz sentido então, certo? Quem é este se escondendo atrás de você, me espiando com esses grandes olhos azuis?

– Este é Alex – Johanna respondeu. – Você se lembra do filho de Gabriel?

– Claro que me lembro do garoto – respondeu Auggie. – Mas estou no meio de um humor ácido, Johanna; não sou uma boa companhia hoje. Vá e me deixe com a minha indisposição.

Johanna tentou não rir.

– Você não pode separar alguns minutos para mostrar a Alex como acertar as pedras nos buracos do prado?

– Não, não posso separar alguns minutos – resmungou Auggie, enquanto movia o garotinho para o seu lado. – Isso não é um jogo para crianças. Quantos anos você tem, garoto?

Alex não queria soltar a mão de Johanna. Não estava disposto a sair do seu lado e ela teve de levá-lo até perto de Auggie.

– Alex não sabe quantos anos tem – Johanna explicou. – Acredito que tenha quatro ou cinco verões.

Auggie coçou o queixo em concentração.

– Abra a boca, garoto. Deixe-me dar uma olhada em seus dentes. Posso dizer quantos anos você tem.

Johanna desatou a rir.

– Ele não é um cavalo – ela disse.

– Quando o assunto são dentes, pode dar no mesmo, ao menos com os mais novos.

Alex inclinou sua cabeça para cima e abriu a boca. Auggie acenou em aprovação.

– Você tem cuidado muito bem de seus dentes, não é mesmo?

– Papai me mostrou como escová-los com avelã verde e limpá-los com um pano de lã – respondeu Alex. – Eu só esqueço algumas vezes.

Auggie apertou os olhos contra a luz do sol ao se abaixar para dar uma boa olhada.

– Ele está perto dos cinco anos, acredito. Não pode ser mais velho que isso; seus primeiros dentes ainda estão bons e fortes – ele explicou, depois de alcançá-los e tentar mexer os dois dentes da frente de Alex. – Muito novos para seis e muito grandes para três. Sim, ele está com cinco. Eu apostaria meu jogo nisso.

Alex, finalmente, pôde fechar a boca. Ele desviou seu olhar para Johanna.

– Eu tenho cinco anos?

– Quase – ela respondeu. – Teremos de escolher um dia para comemorar o seu aniversário, Alex. Então, você fará cinco anos oficialmente.

Alex superara seu medo do guerreiro durão, e agora implorava para jogar o jogo. E Auggie, que disse estar com um humor ácido naquele dia, acabou passando quase duas horas supervisionando a criança. Alex não entendia a palavra concentração e não parava de falar nem um minuto sequer. Auggie foi extremamente paciente com o garoto, mas lançou olhares aborrecidos na direção de Johanna em vários momentos. Alex não parecia lembrar-se de que devia ficar quieto quando Auggie estava prestes a acertar sua pedra.

Johanna sentou-se na beira da colina para assistir os dois e ouviu Auggie contar histórias sobre o passado; de repente, ficou claro para ela que Alex estava fascinado com o guerreiro. Implorava por mais e mais histórias.

O sol estava se pondo e Alex havia começado a bocejar quando Johanna finalmente pôs fim à diversão. Ela levantou-se, ajustou as pregas de seu manto e começou a agradecer Auggie.

Não viu o que que aconteceu depois. Quando abriu os olhos, encontrou Auggie e Alex inclinados sobre ela. O garoto chorava, e Auggie, gentilmente, dava tapinhas no rosto dela e tentava acalmar o menino ao mesmo tempo.

Não levou nem um minuto para Johanna entender o que tinha acontecido.

– Oh, Senhor, desmaiei de novo, não foi?

– De novo? – perguntou Auggie, franzindo o cenho de preocupação. Ele ajudou sua senhora a se levantar. Alex imediatamente sentou-se no colo dela e apoiou-se em seu peito. Precisava que ela o tranquilizasse, e assim ela fez, colocando os braços ao redor da criança e dando-lhe um rápido abraço.

– Eu estou bem agora, Alex.

– Você desmaiou antes? – Auggie persistiu.

Johanna assentiu, e o movimento fez sua cabeça girar.

– Noite passada – ela respondeu. – Gabriel me segurou. Aconteceu tão rápido que não tive qualquer aviso.

– É certo que tenha sido rápido – Auggie concordou e agachou-se no chão próximo a Johanna, continuando a apoiá-la com seus braços. – Você estava estava em pé em um minuto e, no minuto seguinte, estava largada no chão, parecendo um cadáver.

Auggie tentava minimizar o assunto por causa da criança, e disfarçou quanto pôde sua preocupação.

– Eu não entendo o que há de errado comigo – ela sussurrou.

– É melhor você ir ver Glynis – aconselhou Auggie. – Ela conhece alguns truques de cura.

– Ela queria costurar o braço de Calum, então deve ter alguma experiência – observou Johanna. – Sim, irei vê-la amanhã.

– Não – Auggie contrapôs. – Você irá agora. Eu levo Alex para casa.

Pela teimosia expressa em seu queixo, Johanna sabia que seria inútil discutir com o homem.

– Tudo bem – ela concordou –, e voltou a atenção para o filho.

– Alex, não vamos mencionar este desmaio para o seu pai. Nós não queremos preocupá-lo, queremos?

– Que vergonha dizer ao garoto para não...

– Auggie, estou pensando nos sentimentos de Gabriel– argumentou Johanna. – Não quero que ele se preocupe.

Auggie acenou em concordância, embora, é claro, tivesse toda a intenção de dizer ao seu lorde o que acontecera; e quando sua senhora desse um escândalo, ele a lembraria de que ela não o fizera prometer que manteria o fato em segredo.

Auggie e Alex acompanharam Johanna até a porta da casa de Glynis. Mas apenas a deixaram lá depois que Auggie bateu à porta e a mulher Maclaurin respondeu ao chamado.

– Lady Johanna tem uma queixa para lhe contar – anunciou Auggie. – Venha comigo, garoto. É hora do seu jantar.

– Eu fiz algo que a desagradou, milady? – Glynis perguntou.

Johanna sacudiu a cabeça e sinalizou para que fossem para perto de uma saliência de pedra, longe da entrada, para que o marido de Glynis não tivesse a chance de escutar a conversa.

– Por favor, sente-se, Glynis – ela pediu. – Uma amiga minha está doente e eu gostaria de pedir seu conselho sobre o que pode ser feito para ajudá-la.

Glynis imediatamente pareceu aliviada e sentou-se ao lado de Johanna, dobrando as mãos no colo e esperando que ela continuasse.

– Essa mulher já desmaiou duas vezes sem razão aparente – disparou Johanna, e ficou em pé na frente da Maclaurin, esperando que respondesse à declaração.

Glynis simplesmente assentiu, e Johanna não sabia o que pensar daquela reação.

– Ela está morrendo de alguma doença grave?

Johanna torcia suas mãos unidas e tentava não deixar Glinys perceber quanto estava agoniada.

– Ela poderia estar – Glynis respondeu. – Preciso de mais fatos antes de dar-lhe minhas sugestões de tratamento, milady. Sua amiga é jovem ou velha?

– Jovem.

– Ela é casada?

– Sim.

Glynis assentiu.

– Ela tem quaisquer outros sintomas para relatar?

– Eu... quero dizer, ela acordou se sentindo muito enjoada e chegou a vomitar. Seu estômago esteve embrulhado pela maior parte da manhã, mas quando não está enjoada, ela se sente bastante bem.

– Terei de fazer algumas perguntas pessoais antes de lhe dar minha opinião, milady – Glynis disse à sua senhora em um sussurro.

– Eu responderei se souber – Johanna respondeu.

– As regras de sua amiga atrasaram?

Johanna assentiu.

– As regras não vêm há dois meses, mas isso não é incomum, pois ela não é nem um pouco regulada.

Glynis estava tentando não rir.

– Você saberia dizer se os seios dela estão mais sensíveis?

Johanna quase conferiu antes de dar a resposta, mas se deteve a tempo.

– Talvez um pouco, mas não tanto.

– Ela é recém-casada?

Johanna achou que era uma pergunta estranha, mas assentiu.

– Você acha que a pressão do novo casamento poderia causar tais sintomas? Eu acredito que não, Glynis, pois a mulher já havia sido casada.

– Ela teve filhos com o primeiro...

Johanna não deixou que ela terminasse a pergunta.

– Ela é infértil – ela interrompeu.

– Talvez, com um homem, ela fosse – observou Glynis.

Johanna não sabia o que pensar daquele comentário. Então Glynis desviou a atenção dela com outra pergunta.

– Você está... quero dizer, ela está dormindo mais que o normal?

– Sim, está – Johanna gritou. Estava empolgada com as perguntas certeiras que Glynis estava fazendo. – Você já ouviu falar dessa doença antes, não?

– A verdade é que sim – Glynis respondeu.

– Ela morrerá?

– Não, milady, ela não morrerá.

– Então o que ela deve fazer?

Johanna estava quase chorando, e Glynis apressou-se em tranquilizá-la. Seu sorriso estava bem aberto quando ela lhe deu a resposta.

– Ela deve dizer ao marido que está carregando o filho dele.

Capítulo 15

Era uma bênção que Glynis fosse uma mulher tão forte e robusta. E ela provou ser rápida, também, pois segurou sua senhora antes que ela caísse de cabeça contra a parede de pedra.

A incrível notícia causara em Johanna um desmaio repentino. Ela acordou minutos depois, na cama de Glynis. As primeiras palavras saíram da boca dela em um grito.

– Eu sou estéril!

Glynis deu tapinhas na mão dela.

– Com um homem, você era, mas não com o nosso lorde. Você tem todos os sintomas, milady. Está grávida, com certeza.

Johanna balançou a cabeça. A mente dela não podia aceitar tal possibilidade.

– Mulheres são inférteis, não homens.

Glynis resmungou.

– É o que os homens dizem – ela murmurou. – Você e eu temos nossas diferenças, milady, mas gosto de pensar que chegamos a um consenso. Eu conto com você como amiga, especialmente nos dias em que está vestindo nosso belo manto Maclaurin – ela acrescentou, com um sorriso malicioso.

– Eu fico feliz de tê-la como amiga, Glynis. – Johanna respondeu, perguntando-se porque, em nome de Deus, a mulher traria à tona aquele assunto naquele momento, mas a mulher foi rápida em explicar suas razões.

– Amigas guardam as confidências umas das outras – ela disse. – Então, eu lhe pergunto: seu primeiro marido levou alguma outra mulher para a cama dele? Não estou tentando envergonhá-la, milady, apenas desvendar a verdade.

Johanna se sentou primeiro.

– Sim, ele levou outras mulheres para a sua cama – ela admitiu. – E não foram poucas. Ele parecia determinado a se deitar com o máximo de mulheres que pudesse. Gostava de ostentar suas mulheres na minha frente, mas eu não me importava – ela acrescentou apressadamente, quando pegou o olhar piedoso de Glynis. – Eu não gostava do meu marido. Ele era um homem mau.

– Mas o que estou perguntando, na verdade, milady, é se há herdeiros ilegítimos como resultado dos casos amorosos dele.

– Não, nenhum bebê nasceu – Johanna respondeu. – Raulf me dizia que as mulheres usavam uma poção para evitar a gravidez. Ele achou que eu também tinha usado uma, e se enraivecia todos os meses, porque tinha certeza que eu estava frustrando propositalmente as tentativas dele de ter um filho.

– Há algumas poções como essas por aí – respondeu Glynis. – Você, certamente, está grávida, milady; então podemos concluir que não é estéril. Vou manter meu silêncio sobre esta agradável notícia, e fica por sua conta escolher um momento de dizer ao seu marido. O nosso lorde ficará muito feliz.

Johanna deixou a cabana alguns minutos depois e Glynis a seguiu até o muro de pedra. Johanna se virou repentinamente.

– Meu marido não permitirá que eu trabalhe nos campos – ela acrescentou.

– Não, claro que não – Glynis respondeu. – Você é a nossa senhora, não deve fazer trabalhos comuns.

– Eu posso costurar – disse Johanna, e acrescentou um aceno. – Toda noite eu me sento próxima à lareira e trabalho em minha tapeçaria ou faço um pouco de bordado. Eu posso bordar flores nas... coisas – ela acrescentou.

– Onde você quer chegar, milady? Por que não diz o que quer dizer de uma vez?

– Notei que você usa blusas cor de açafrão por baixo de seu manto, e estava pensando se gostaria que eu bordasse flores ao redor do decote para você.

Glynis arregalou os olhos.

– Por que você iria querer...

– Você cuida dos campos o dia todo, Glynis, e eu gostaria de fazer algo para mostrar meu apreço. Se me trouxer uma de suas blusas até o salão, começarei o trabalho esta noite.

Estava muito envergonhada para esperar por uma resposta. Sem entender porque estava se sentindo repentinamente tão tímida e insegura, Johanna acenou e tomou o caminho de volta ao átrio.

Ela diminuiu o passo quando alcançou a colina. A plenitude de sua condição atingiu-a novamente, e, entontecida, ela caminhou o restante da distância até casa.

Auggie encontrou-se com ela no centro do átrio.

– Vou ao jantar esta noite – ele começou. – Vou dizer ao seu marido...

Ele parou a explicação de que ia contar ao lorde que Johanna desmaiara quando viu a expressão em seu rosto.

– O que a faz sorrir como se tivesse encontrado um pote de ouro, moça?

Ela balançou a cabeça.

– Eu contarei a você esta noite – ela prometeu. – É um grande dia, não é mesmo, Auggie, ainda que o tempo esteja atipicamente um pouco frio.

– Agora, moça, é melhor você saber algo sobre o clima aqui.

Auggie queria contar a ela que, na verdade, o clima estava mediano para o começo do inverno. Keith dissera-lhe que sua senhora acreditava que as Terras Altas eram quentes como no verão durante todo o ano, e ele não queria que os soldados rissem pelas costas de Johanna por causa da sua ingenuidade, mas ela começou a divagar bem na sua frente, com a cabeça aparentemente perdida nas nuvens, antes que ele pudesse informá-la sobre o clima das Terras Altas. Auggie decidiu que esperaria até mais tarde para dizer-lhe a verdade.

Johanna sentou à mesa com Alex enquanto ele comia seu jantar. Ele era novo demais para esperar pelos mais velhos. Quando terminou, ela o enviou à despensa para lavar suas mãos e rosto e foi se sentar perto da lareira. Dumfries veio correndo para dentro do salão e ela afagou-o afetuosamente; então se ajeitou na cadeira para costurar um pouco. Dumfries desabou próximo à cadeira dela e descansou a cabeça em seus sapatos.

Alex juntou-se a ela um minuto depois, ainda com manchas de guisado no rosto. Johanna pegou um pano molhado e limpou-o apropriadamente. Ele queria sentar-se ao seu lado na mesma cadeira, e ela moveu-se para lhe dar espaço.

– Você vai querer ficar aqui comigo e com seu pai ou vai sentir falta de seus outros parentes, Alex?

– Eu quero ficar aqui – ele respondeu soltando um alto bocejo, e encostou em Johanna, observando-a colocar a linha na agulha.

– Eu também quero que você fique – Johanna sussurrou.

– Papai diz que você sentiu minha falta.

– Ele está certo, eu senti sua falta.

O peito de Alex se inflou com a sensação de importância.

– Você chorou como um bebê quando sentiu minha falta?

Ela sorriu diante das palavras que o pequeno escolhera.

– Sim, certamente, chorei – ela mentiu. – Você gostaria que eu lhe contasse uma história antes de você ir para a cama?

Alex assentiu.

– Onde você aprendeu histórias? Com Auggie?

– Não – ela respondeu. – Minha mãe me contava histórias quando eu era uma garotinha; e quando eu cresci, aprendi a ler e...

– Por quê?

– Por que o quê, Alex?

– Por que você aprendeu a ler?

O olhar de Johanna estava totalmente focado no rosto de Alex, e por isso ela não notou que seu marido havia entrado no salão. Ele parou no alto da escada, observando sua esposa e seu filho, enquanto esperava que um deles se desse conta da sua presença.

– Eu aprendi porque era proibido – ela respondeu. – Disseram que eu era muito ignorante para ler, e por um tempo eu acreditei nessa bobagem. Então tomei de volta minha iniciativa e decidi que era tão inteligente quanto qualquer um. Foi quando eu aprendi a ler, Alex; e quando você for mais velho eu lhe ensinarei.

Alex estava brincando com seu manto, enquanto escutava a explicação dela. Ele repentinamente soltou um bocejo tão grande que mostrou o fundo da sua garganta, e ela o instruiu a cobrir a boca com a mão quando fosse bocejar. Então começou a contar uma história que costumava ser a sua favorita quando criança.

Menos de um minuto depois, Alex estava dormindo, sua cabeça tombada contra o peito de Johanna. Ela estava tão contente em ter o pequeno em seus braços que fechou os olhos para dizer uma prece de agradecimento. E adormeceu quase tão rápido quanto Alex.

Gabriel não sabia quem carregava primeiro para a cama. Calum veio ajudá-lo e pegou Alex.

– Onde devo colocá-lo para passar a noite, MacBain? – ele perguntou em um sussurro, para que o pequeno não acordasse.

Gabriel não tinha ideia. Clare estava usando o segundo quarto, então não poderia colocar seu filho lá.

Ele também não queria que Alex dormisse com os soldados. O garoto era muito novo, e precisava ficar perto de seus pais, caso ficasse com medo ou desorientado durante a noite.

– Coloque-o na minha cama por enquanto – instruiu Gabriel. – Eu vou pensar em alguma coisa até a noite.

Gabriel esperou até que Calum tivesse carregado Alex para fora do salão, e então voltou a atenção para sua esposa. Ele agachou-se próximo à cadeira dela e começou a alcançá-la, quando ela repentinamente abriu os olhos.

– Gabriel. – Ela disse o nome dele com encanto em sua voz, e ele sentiu como se tivesse sido acariciado.

– Você estava sonhando comigo, por acaso?

Ele tentava provocá-la, mas sua voz estava rouca de emoção. Droga, como amava aquela mulher. Soltou um suspiro, e então acrescentou um franzir de testa, na tentativa de controlar seus pensamentos.

Ele queria se deitar com ela, e sabia que teria de esperar; então, em vez disso, decidiu reclamar.

– Você devia ir para o quarto, esposa. Está claramente exausta. Penso que está trabalhando demais. Eu disse inúmeras vezes para você descansar, mas você descaradamente...

Ela o alcançou e desceu as pontas dos dedos pelo rosto dele. Desnecessário dizer que ele perdeu a concentração, e pensou que aquela podia ser uma distração proposital.

– Eu não estou fazendo muita coisa – ela respondeu. – Eu não estava dormindo agora. Estava apenas cochilando e pensando sobre algo maravilhoso. Eu ainda não consigo acreditar direito, Gabriel. Não parece possível, e quando eu lhe disser minha importante novidade...

Ela parou repentinamente e espiou ao redor de seu marido, para ter certeza de que estavam sozinhos. Não queria que mais ninguém participasse daquele momento especial.

Keith e outros três soldados Maclaurin entraram no salão assim que ela se deu conta de que Alex não estava mais ali.

– Veja só, você estava dormindo – Gabriel disse a ela. – Nem sequer notou que Calum levou meu filho para o quarto.

– Ele é nosso filho – ela corrigiu.

Ele gostava de como aquilo soava. Johanna estava se tornando possessiva, e ele achou que era um bom sinal. Com o tempo, acreditava que sua possessividade se estenderia e ele.

Sim, ele é nosso filho – ele concordou. – Agora, me conte sua novidade.

– Terá de esperar até mais tarde.

– Me conte agora.

– Não.

Os olhos dele se arregalaram. Ele se levantou e a colocou de pé.

– Você ousa me contrariar?

Ela sorriu.

– Eu ouso qualquer coisa atualmente, graças a você, meu marido.

Ele não sabia do que ela estava falando, e decidiu que esperaria até mais tarde para pressioná-la a dar-lhe uma explicação apropriada. Agora estava determinado a fazê-la contar a novidade.

– Eu quero saber o que a estava preocupando. Você vai me dizer agora – ele ordenou.

Ele estava soando arrogante novamente. Por Deus, ela estava começando a apreciar aquele defeito.

– Eu não estou me preocupando – ela disse. – Vou lhe contar minha novidade quando estiver pronta, milorde, e nenhum minuto antes. Não vou me apressar.

– Você vai contar ao seu lorde o que aconteceu lá embaixo, no prado?

Auggie gritou sua pergunta da entrada. Johanna virou-se para olhar para ele. O velho guerreiro desceu os degraus e atravessou a sala. Dumfries soltou um rosnado alto e Auggie apressou-se em rosnar de volta rapidamente.

– Sim – Johanna avisou. – Eu vou contar a ele depois do jantar.

– Se você não contar, eu o faço logo que amanhecer, moça. Veja se não faço…

– O que raios…

– Boa noite, Padre – ela interrompeu propositalmente os resmungos de Gabriel para saudar o padre, e, num sussurro, disse ao marido: – Tente ser paciente desta vez. Eu prometo que você será fortemente recompensado.

Ele resmungou e, pela sua expressão, ela não sabia dizer se ele cooperaria ou não.

– Eu gostaria de ter alguma privacidade quando for lhe contar minha novidade importante.

Ele, finalmente, concordou. Gabriel tentou não sorrir, e pensou que finalmente descobrira o que ela queria lhe contar. Senhor, ele se sentiu bem, e tudo porque a tola mulher finalmente havia se dado conta de que amava seu marido.

Ele a deixaria fazer do seu jeito, decidiu. Se ela queria se declarar para ele na privacidade de seu quarto, ele a atenderia. Droga, mas queria que o jantar terminasse logo. Estava ansioso para ficar a sós com ela. Até então, não se dera conta de quão importante era o amor dela por ele. Esposas não tem de amar seus maridos, mas esta tinha de amá-lo, ele decidiu. Se ele ficaria infeliz, então, por Deus, ela também teria de ficar.

– Questões do coração são tremendamente confusas – ele murmurou sua opinião em voz baixa.

– Perdão? – ela perguntou, sem saber se tinha ouvido.

– Deixe para lá.

– Seus humores, milorde, são como o clima daqui – ela observou. – Você é imprevisível demais.

Ele deu de ombros. A atenção de Johanna desviou-se quando os soldados se enfileiraram no salão.

Ela imediatamente notou uma falha grave em suas maneiras.

– Vocês devem abaixar a cabeça para o seu lorde e sua esposa quando entrarem no salão – ela gritou a instrução e esperou para ver se os soldados estavam dispostos a ser educados. Se lhe dessem qualquer trabalho, ela estava totalmente preparada para pedir a Megan que pegasse mais algumas tigelas.

Os homens abaixaram a cabeça. Johanna ficou satisfeita. Ela deixou seu marido parado ao lado da lareira e foi até a mesa MacBain. Dois dos soldados mais novos, aos quais fora concedido o privilégio de jantar com seu lorde naquela noite, já haviam sentado em seus lugares, e ela pediu-lhes que se levantassem.

– Ninguém se senta até que seu lorde e sua esposa tenham se acomodado em seus lugares – ela explicou, pacientemente.

Houve alguns resmungos diante do pronunciamento dela, mas no fim todos cumpriram sua ordem.

Johanna não queria pressionar demais os homens; por isso, não os repreendeu por gritarem uma ou outra palavra durante o jantar. No fundo, estava bem satisfeita com o progresso deles. Os homens estavam tentando ser educados, e ela não ouviu um único arroto durante toda a refeição.

Auggie perguntou ao seu lorde o que ele iria fazer com o ouro líquido guardado na caverna, e como ele fez a pergunta em um sussurro, todos acharam que algo secreto podia estar acontecendo.

– Do que Auggie está falando? – Keith perguntou ao seu lorde.

Gabriel inclinou-se para trás em sua cadeira e contou ao grupo sobre os barris na caverna. Houve uma quantidade considerável de comemorações e assobios diante da novidade; quando os homens se acalmaram, Gabriel acrecentou o fato de que todos deveriam agradecer a Auggie pelo tesouro.

– Vamos lá pegar um barril ou dois para beber esta noite – Bryan sugeriu, entusiasmado.

Sem dar tempo ao seu marido para concordar ou discordar do pedido de Bryan, Johanna levantou-se e balançou a cabeça para os soldados, que se levantaram imediatamente. A demonstração de bons modos foi impressionante.

– Você vai ficar ou sair? – perguntou Niall.

– Vou ficar – ela respondeu. – Pode se sentar, cavalheiro.

– Mas você ainda está em pé – apontou Lindsay. – Isso é um truque, não é, milady? Assim que nós nos sentarmos, você vai começar a arremessar tigelas novamente.

Johanna manteve a paciência.

– Eu não vou fazer isso – prometeu. – Eu só quis ficar em pé para captar a atenção de vocês.

– Por quê?

Ela franziu o cenho para o soldado MacBain que fez a pergunta.

– Se você for paciente apenas por um momento, eu explicarei. Os barris não são para beber. A cerveja é muito preciosa. Vamos usá-la para trocar pelos produtos de que precisamos.

Ela esperou uma discussão, e não se desapontou. Todos começaram a gritar ao mesmo tempo. Apenas Padre MacKechnie e Gabriel permaneceram em silêncio. Ambos observavam Johanna e sorriam enquanto ela tentava apaziguar os soldados.

– Uma vez que vocês tenham pensado direito sobre isso, irão se dar conta de que o escambo é a única opção para nós.

– Mas por que, em nome de Deus, iríamos querer escambar? – Keith exigiu saber, por cima do barulho.

Ela ouviu a pergunta e virou-se para respondê-lo.

– É pecado roubar, você sabe; se nós usarmos...

Ao perceber que ninguém estava lhe dando ouvidos, ela desistiu de tentar explicar suas razões. Virou-se para o marido, e a expressão em seu rosto dizia-lhe que ele achara graça no comportamento de seus homens. Ela inclinou-se para perto dele, para conseguir ser ouvida no meio da gritaria dos Maclaurin e dos MacBain, e exigiu que ele explicasse por que iriam usar os barris para negociar.

Ele concordou, e ela o agradeceu e sentou-se.

– Silêncio! – Apesar do urro de Gabriel ter sido, certamente, uma conduta inapropriada à mesa de jantar, Johanna pensou, provou-se eficaz. Eles pararam imediatamente de discutir.

Ele assentiu, satisfeito, e então virou-se para ela.

– Agora você pode explicar sua posição sobre a distribuição da bebida.

– Mas eu queria que você explicasse.

Ele balançou a cabeça.

– Você terá de tentar fazê-los entender – ele ordenou. – E, enquanto estiver fazendo isso, terá de me convencer também.

Ela levantou-se em um salto novamente.

– Você quer dizer que não concorda comigo?

– Não, eu não concordo com você.

Ele esperou que ela parasse de ofegar, então continuou.

– Roubar se provou eficaz no passado, Johanna. Não me olhe assim. Eu não a traí.

– Roubar é errado, não é, Padre?

O padre assentiu.

– Ela diz a verdade, Lorde.

Estava difícil escutar o padre no meio do barulho de cadeiras sendo arrastadas quando os homens se levantaram novamente.

– Você vai se decidir, moça? – Keith solicitou.

– Ela está saindo desta vez? – perguntou Niall em um sussurro, mas alto o suficiente para que todos ouvissem.

– Ela não parece estar indo a lugar nenhum – lançou Calum.

– Oh, sentem-se – murmurou Johanna.

Eles não obedeceriam a ordem dela até que se sentasse novamente.

Ela continuou olhando feio para o marido.

– Agradaria a mim, e a Deus também, devo acrescentar, se você parasse de roubar e usasse os barris para trocar pelos víveres de que o nosso clã precisa.

– Sim, isso agradaria a Deus – concordou Padre MacKechnie. – Peço perdão por interromper, mas tenho uma sugestão a fazer.

– Qual é, Padre? – perguntou Gabriel.

– Usem apenas alguns dos barris para obter o que precisamos e guardem o restante para o clã.

Houve mais discussão depois que o padre deu sua sugestão. A maioria dos Maclaurin chegara a um acordo. Os MacBain, no entanto, estavam teimosamente unidos no propósito de manter todo o tesouro para si mesmos. Comportavam-se como crianças que não queriam dividir seus brinquedos. Gabriel infelizmente estava nesse grupo.

Johanna encarava abertamente seu marido agora, e ele tentava não rir. O assunto parecia absurdamente importante para sua esposa, e ele finalmente decidiu que poderia abrir mão do prazer de roubar para agradá-la.

– Vamos fazer como o nosso padre sugere – ele ordenou.

Johanna soltou um suspiro de alívio, e Gabriel piscou para ela.

– Mas você não vai fazer as coisas sempre do seu jeito – ele alertou.

– Não, claro que não vou – ela concordou rapidamente. Estava tão feliz com o marido que atravessou a mesa e segurou sua mão.

– Você vai precisar de um farejador – Auggie fez a declaração e todos se viraram para olhar para ele. Os soldados mais novos não sabiam do que ele estava falando. Lindsay foi o primeiro a perguntar o que os outros estavam pensando.

– O que, em nome de Deus, é um farejador, Auggie?

– Um especialista – ele respondeu com um aceno enfático. – Ele poderá nos dizer quais barris guardar. Você não gostaria de dar em troca os melhores, não é?

– Não, claro que não – disparou Niall.

– Um farejador não acabaria bebendo toda a cerveja nova que estivesse testando? – perguntou Bryan.

– Eu tenho bom gosto para bebida – soltou Lindsay. – Ficarei feliz em ser o seu farejador.

Todos riram com a sugestão do soldado. Quando a gritaria se acalmou, Auggie explicou.

– Um farejador não experimenta a bebida – ele instruiu. – Ele usa seu nariz para farejar o aroma. Basta o cheiro, e ele consegue determinar qual o nível de qualidade do amargor.

– Então é melhor usarmos o Spencer – sugeriu Callum. – Ele tem o maior nariz entre todos os MacBain e Maclaurin.

Auggie sorriu.

– Não é o tamanho, mas a experiência, filho – ele disse. – Habilidade é o que importa. Um farejar pode ser ensinado, mas os melhores são aqueles que têm o talento natural para a tarefa. Há um farejador próximo à ilha de Islay; podemos convocá-lo... imagino que ainda esteja vivo. E ouvi falar de outro farejador vivendo no sul, próximo o suficiente das Terras Baixas para me fazer pensar que possa ser um MacDonnell.

– Nós não podemos trazer um forasteiro para cá – protestou Calum. – Assim que ele vir o tesouro, voltará e contará ao seu lorde... então os MacDonnell virão correndo.

Johanna não estava prestando muita atenção na discussão. No momento, ocupava-se em pensar sobre sua prazerosa condição. Ela diria a Gabriel sobre o bebê naquela noite, quando fossem juntos para a cama. Iria certificar-se de que as velas ainda estivessem queimando, para que pudesse ver a surpresa no rosto dele após ouvir a notícia. A mão dela se moveu até seu estômago. Meu Deus, ela ia ter um bebê.

– Então, de acordo? – Gabriel fez a pergunta. Todos gritaram "sim", quando Johanna notou a expressão horrorizada do Padre MacKechnie. Ele olhava fixamente para ela; assim que conseguiu sua atenção, inclinou a cabeça na direção de seu marido.

Ela imaginou que, o que quer que tivesse sido decidido, não era do agrado do padre.

– O que vocês acordaram?

– Você não estava prestando atenção na conversa?

– Não.

– MacBain – Callum chamou. – Nós não podemos simplesmente enviar um mensageiro para convocar o farejador. Seu clã suspeitará.

– Sim, eles se perguntariam porque queremos um farejador, e certamente o seguiriam na volta – interpôs Keith.

– Teremos de sequestrá-lo – sugeriu Auggie.

– Como nós saberemos qual pegar? – perguntou Lindsay.

– Se formos atrás de Nevers, eu irei junto e o apontarei para vocês.

– Nevers? Que tipo de nome é esse? – um dos Maclaurin perguntou.

– Gabriel, você pode, por favor, me explicar o que foi acordado? – Johanna insistiu.

– Nós resolveremos a questão do que fazer com o farejador – Calum respondeu para o seu lorde – depois que ele selecionar a melhor bebida para nós.

– Sim, resolveremos – Keith acrescentou.

– Estamos todos de acordo então? – Auggie perguntou. – Capturamos Nevers?

Todos gritaram sua opinião a respeito do plano de Auggie de sequestrar o farejador, enquanto Johanna, impacientemente, batia as pontas dos dedos em cima da mesa.

– Por favor, me expliquem... – ela começou de novo.

– Não devíamos trazer os barris para o salão? – Bryan perguntou ao mesmo tempo.

– Onde é a caverna? – Keith quis saber.

Johanna não ia esperar nem mais um minuto pela resposta. Padre MacKechnie ainda parecia preocupado, e ela estava determinada a descobrir o motivo.

– Só um minuto, por favor – ela bradou. – Keith, você disse que decidiu o que vão fazer com o farejador...

– Todos nós decidimos – ele corrigiu.

– E? – ela pressionou.

– E o que, milady?

– O que vocês vão fazer? O farejador voltará para casa, não?

– Meu Deus, não, moça – Auggie disse. A mera ideia lhe causou uma careta.

– Ele não pode voltar para casa, milady.

– E por que não? – ela exigiu saber.

– Ele contaria ao seu lorde sobre os barris – explicou Keith.

– Nós não podemos permitir que o farejador conte – Bryan interveio.

– Com toda a certeza ele contaria – concordou Niall. – Eu contaria ao nosso lorde.

Keith tentou desviar o assunto, mas Johanna não deixou isso acontecer.

– Vocês ainda não responderam minha pergunta – ela persistiu. – O que, exatamente, vocês pretendem fazer com o homem?

– Agora, Johanna, isso não lhe diz respeito – disse Gabriel. – Por que não vai até a lareira costurar um pouco?

Ele estava tentando desviar a atenção dela. Sua suspeita aumentou.

– Não estou no humor para costurar, milorde, e não vou a lugar nenhum até que alguém responda a minha pergunta.

Gabriel soltou um suspiro.

– Você é uma mulher teimosa – ele ressaltou.

Todos os soldados assentiram, pois obviamente, estavam de acordo com a constatação de seu lorde.

O padre decidiu que era seu dever dizer à sua senhora o que havia sido decidido. Ninguém além dele parecia disposto a fazê-lo.

– Estão pensando em matá-lo, moça.

Ela não podia acreditar no que estava ouvindo. Fez o padre repetir, então engasgou, levantou em um salto e balançou a cabeça.

– Você foi a favor dessa solução? – ela perguntou ao marido.

– Ele é o lorde, milady – disse Calum. – Ele não emitiu uma opinião.

– Nosso lorde espera, veja bem; e depois que todos nós damos nossas sugestões, ele decide se é contra ou a favor.

– Então ele vetará a ideia pecaminosa de vocês – ela anunciou.

– Por que ele faria isso, milady? É um plano sensato – argumentou Michael.

Gabriel tinha total intenção de recusar o voto para matar o farejador, pois não achava que seria honroso usufruir dos serviços do homem e então recompensá-lo de forma tão desonesta, mas não gostava da ideia de ter sua mulher o instruindo em seus deveres. Ele também estava tentando pensar em uma alternativa viável para o problema.

– Ninguém vai matar o farejador.

Vários soldados resmungaram em protesto à declaração.

– Mas, milady, é verdade que esta é a primeira vez que os Maclaurin e os MacBain concordam com algo – observou Keith.

Johanna estava indignada. Manteve o olhar em seu marido.

– Eu entendi direito? Você planeja usar as habilidades do farejador, e, quando ele terminar de ajudá-lo, você o matará?

– Parece que sim – Calum respondeu por seu lorde.

O soldado MacBain teve o descaramento de sorrir após admitir seu futuro pecado.

– Então é assim que seus homens retribuem um favor?

Ninguém respondeu à pergunta. Ela avaliou sua plateia, então voltou-se para o marido. Ele concordou. Estava, obviamente, concordando com o plano obsceno.

Johanna decidiu tentar usar a razão para persuadi-lo.

– Gabriel, se roubar é um pecado, o que você acha que é matar?

– Necessário – ele respondeu.

– Não é.

Ela estava ficando perturbada, e ele sabia que devia acalmá-la, dizendo que não deixaria que nada de mal acontecesse com o farejador, mas, Senhor, era tão prazeroso vê-la quando estava nervosa. Como ele pôde pensar que ela era tímida? Lembrou-se de como ela se comportara na primeira vez em que se viram. Ela fora tímida, na ocasião, e aterrorizada também. Sua pequena e gentil noiva percorreu um longo caminho em pouco tempo. As mudanças foram todas para melhor, é claro, e ele gostava de acreditar que era pacialmente o responsável. Ela não se sentira segura quando chegou às Terras Altas, mas certamente se sentia segura agora. Confiava nele, e não estaria esbravejando com ele se ainda o temesse.

– Eu não posso acreditar que está sorrindo, Gabriel. Você perdeu a cabeça?

– Você me faz sorrir, Johanna. Você certamente mudou muito desde que se casou comigo. Os traços estavam todos lá, mas você os manteve escondidos sob seu escudo de indiferença. Por Deus, você me deixa orgulhoso quando me enfrenta. Sim, você deixa.

Ela não podia acreditar que ele a estava elogiando agora, no meio de um debate acalorado que ela estava determinada a vencer. Ele estava tramando algo, ela pensou consigo mesma. Sim, era isso que ele estava fazendo: queria desviar a atenção dela com um pouco de agrado.

Mas ela não ia ceder.

– Você me deixa orgulhosa também – ela disparou. – Mas, ainda assim, não vai matar o farejador. Estou firmando minha posição, meu marido, então é melhor você ceder. Eu não vou desistir até que o faça.

Ela parecia pronta para matar alguém, e ele pensou que poderia muito bem ser o alvo, mas quis provocá-la só mais um pouquinho.

– Eu decidi aceitar a ideia do escambo apenas para lhe agradar, mas terei de ser mais firme em minha posição a respeito do farejador.

Vários resmungos de aprovação se seguiram à declaração do lorde.

– Nós não podemos permitir que o homem volte para casa. Ele trará um exército para roubar os barris – explicou Keith, quando o olhar severo dela se voltou para ele.

– Não, nós não podemos permitir isso – outro Maclaurin gritou.

– Ela está se levantando de novo – disparou Bryan.

– Pelo amor de...

Os homens murmuraram, enquanto se apressavam para levantar. Johanna ignorou-os.

– Gabriel, se o farejador não souber aonde fica a caverna, e se ele não puder ver o caminho até lá, então ele não poderá levar ninguém até os barris, certo? Portanto... – Ela deixou seu marido elaborar sua própria conclusão. Ele era um bárbaro, sim, mas um bárbaro inteligente. Seria capaz de destrinchar em sua mente e descobrir o que ela estava sugerindo.

Calum deu um tapa na mesa.

– Por Deus, ela tem um ótimo plano, Lorde.

– Ela é muito esperta, de fato – anunciou Auggie, com a voz cheia de orgulho.

Johanna não sabia do que os homens estavam falando. Seu olhar estava preso em seu marido, e ele a encarou por um longo minuto antes de falar:

– Você não vai me deixar matá-lo, vai, mulher?

Para ela, ele parecia desolado.

– É bem verdade que não vou. – Deixou que ele percebesse sua exasperação.

– Maldição. – Ele suspirou longa e dramaticamente, e ela interpretou sua blasfêmia como um sinal de que vencera.

– Obrigada – ela sussurrou. – Eu sabia que você podia ser justo.

Ela estava tão aliviada que desabou de volta à sua cadeira. Todos os homens se sentaram novamente.

– Vamos acatar sua sugestão – anunciou Gabriel.

– É meio cruel, mas justa – Keith soava como se estivesse elogiando sua senhora.

– Cruel? – ela achou que as palavras de Keith não estavam fazendo nenhum sentido. O brilho nos olhos de Gabriel igualmente não fazia sentido. Ele estava feliz por perder a discussão?

Ela olhou de relance para ver como o Padre MacKechnie estava reagindo. Ele deveria estar sorrindo diante da vitória, mas não estava. Parecia preocupado outra vez.

Ela baixou imediatamente a guarda.

– Keith, o que exatamente você acha que é cruel?

– É um plano esperto, milady, cruel ou não – disse Calum.

– Que plano?

– O que você acabou de nos dar – ele respondeu. – Não se lembra?

– Ela tem problemas de memória – observou Keith. – Não parece conseguir acertar os dias. Veja só, mesmo agora está usando o manto errado.

– Alguém pode, por favor, me explicar o meu plano?

– Nós vamos cegá-lo.

Keith deu a notícia hedionda, e uma rodada de grunhidos se seguiu.

Ela levantou-se em um salto outra vez, e os homens imediatamente levantaram-se também.

– Eu tenho um plano de amarrar milady em sua cadeira – murmurou Auggie. – Estou ficando cansado de sentar e levantar toda hora.

Johanna estava ficando com uma dor de cabeça pulsante. Sua paciência tinha se esgotado, e ela ordenou aos homens que se sentassem quase urrando.

Ela se deu conta de que gritou, é claro, e imediatamente tentou se acalmar. Razão, ela pensou consigo mesma; sim, iria argumentar racionalmente com os selvagens.

– Homens, sempre há mais de uma entrada para uma fortaleza – ela começou, sua voz rouca ao se controlar.

– Milady – interrompeu Keith. – Nós já discutimos isso. Você ainda não colocou na cabeça? Nós temos uma porta nos fundos e uma na frente...

– Fique quieto! – Johanna ordenou em outro grito. Ela entremeou os dedos nos cabelos e baixou sua voz ao continuar. – Vocês me fazem querer berrar! Por Deus, vocês fazem!

– Você está gritando, milady – Lindsay apontou.

Ela respirou profundamente. Por Deus, ela os faria dar ouvidos à razão, ou morreria tentando. Certamente alguns deles se deram conta de quão pecaminosa era a ideia, mas ela é quem deveria convencer os outros; afinal, eram membros do seu clã, afinal, e, portanto, sua responsabilidade.

– Deus me ajude – ela sussurrou.

– O que ela disse? – perguntou Lindsay.

– Eu não acredito que vocês consideraram a possibilidade de cegar o pobre homem – ela lamentou.

– Você nos deu a ideia, milady.

– Keith, se eu tivesse uma tigela na mão, eu juro que iria...

– Você está irritando sua senhora – Auggie alertou.

Ela virou-se para o seu marido.

– Ninguém irá cegar o homem. Eu não quero ouvir falar disso. Quando eu disse que há mais de uma entrada para a fortaleza, eu estava dando uma lição aos homens, e – por Deus, Keith, se você tentar me instruir novamente sobre o número de entradas juro que vou arremessar algo contra você – o que eu queria dizer, marido... Ah, Senhor, agora perdi o fio da meada.

– Você estava tentando se lembrar de como entrar na fortaleza – Bryan lembrou-a.

– Eu não estava – ela disparou. – Eu estava lhe dando uma lição, homem tolo. Há mais de uma forma de tirar a pele de um peixe, vocês veem; e se vocês não querem que o farejador veja a caverna, então simplesmente coloquem uma venda nele quando o levarem até lá.

– Nós não tiramos pele de peixes aqui – disse Lindsay –; nós os comemos inteiros.

Ela queria matar o soldado, mas em vez disso encarou-o e ficou em silêncio.

– Você está a aborrecendo – gritou Auggie. – Isso não é bom, dada a sua doença. Peça desculpas, garoto – ele ordenou.

– Gabriel, quero a sua palavra de que não machucará o farejador – Johanna exigiu.

Seu marido franzia o cenho para ela, Lindsay gaguejava seu pedido de desculpas, Keith achara que era necessário repetir o número de entradas para a fortaleza mais uma vez, e Calum perguntava-se em voz alta se os inglesses tiravam a pele dos peixes antes de comê-los. Ele acreditava que eram ignorantes o suficiente para adotar essa prática.

– Milady, não deveria estar usando nossas cores hoje? – Michael, o mais novo dos soldados Maclaurin, acabara de notar a falha.

Keith assentiu, e disse resignado:

– Pois é, ela deveria.

– Auggie, o que raios você quis dizer quando falou que minha mulher estava doente?

– Ela desmaiou esta tarde, Lorde – Auggie explicou. – Desabou como um cadáver, foi sim.

O rugido de Gabriel ecoou por todo o salão, e todos silenciaram imediatamente.

Dois meses atrás, tal comportamento a faria sair correndo. Sim, ela teria ficado horrorizada. Mas ela percorrera um grande caminho, pensou consigo mesma, pois agora a fúria de Gabriel somenta a irritava.

Seus ouvidos estavam zumbindo por conta do berro dele; por isso, ela os cobriu com as mãos e encarou seu marido.

– Você precisa fazer isso? – ela perguntou.

Ele ignorou sua repreensão.

– Você realmente desmaiou? Estava fingindo desta vez?

Ela não respondeu.

– Por que todo mundo tem de gritar o tempo todo? Estou avisando agora, homens – ela acrescentou enquanto avaliava a plateia. – Quando minha mamãe chegar aqui, ninguém irá falar acima de um volume respeitável.

Os homens não concordaram com seu ditado rápido o suficiente.

– Vocês me entenderam? – perguntou, gritando ela mesma.

Os soldados assentiram em uníssono, e ela soltou um grunhido nada feminino de satisfação. Então pegou Padre MacKechnie sorrindo. Sua atenção foi desviada, é claro, porque ela não conseguia imaginar o que ele estava achando tão engraçado. Teria de pensar sobre esse estranho comportamento por um segundo ou dois.

Gabriel não seria ignorado.

– Me responda, droga.

Ele estava determinado a ganhar uma explicação decente. Os ombros dela se encolheram. Ela visualizou a si mesma na cama pelos próximos cinco ou seis meses e fez uma careta. Seria melhor tentar apaziguá-lo, ela pensou; afinal, seu marido parecia muito consternado diante de sua possível enfermidade.

– Não é realmente o que parece – ela disse. – Eu não estou doente.

– Você desmaiou ou não?

A cadeira voou para trás quando Gabriel se levantou. Ele pairou sobre ela como o arcanjo vingador que ela imaginava em suas fantasias, e, Senhor, ele era magnífico. Ele inclinou-se para baixo, até que seu rosto estava a centímetros do dela, obviamente pretendendo intimá-la a responder.

Ela o alcançou e colocou sua mão sobre o rosto dele.

– Prometa-me que não vai machucar o farejador, então eu explicarei o que aconteceu.

Ele segurou a mão dela antes de responder.

– Não estou com humor para negociar, mulher. Que razão você teria para fingir um desmaio na frente de Auggie?

– Não era fingimento, Lorde. Eu saberia a diferença.

– Ficarei feliz em discutir esse assunto a sós com você – Johanna sussurrou.

– Eu a levei até Glynis para pedir alguns conselhos – Auggie anunciou.

– Nosso lorde acha que ela fingiu desmaiar noite passada? – Bryan perguntou.

– Ela é maldosa o suficiente para nos enganar – comentou Lindsay.

Calum estava concordando com o Maclaurin.

– Sim, ela é maldosa o bastante.

Johanna estava chocada com os insultos dos homens contra seu caráter, e, desvencilhando-se das mãos de seu marido, virou-se para os soldados.

– Como vocês podem dizer que eu sou maldosa? – ela gritou.

– Porque você é, milady – Bryan disse alegremente virando-se para Gabriel. Ela esperava muito que ele se posicionasse em sua defesa.

– Gabriel, como você pode permitir que seus homens me difamem?

– É um elogio que estão fazendo a você, droga. Você me dará sua total atenção. Quando eu faço uma pergunta, espero tê-la respondida.

– Sim, claro que espera – ela concordou, tentando acalmá-lo. – É só que agora não é a hora... – Sua mente ainda estava focada na opinião dos soldados sobre ela. – Eu não posso acreditar que vocês me acham cruel! – ela gritou.

– Você matou nosso mascote e os outros três lobos – Callum a lembrou.

– Aquilo foi necessário, não maldoso.

– Você veio com o plano de cegar o farejador – disse Keith.

– Vendar o farejador – ela corrigiu.

– Você enfiou uma flecha no soldado MacInnes. Aquilo foi tremendamente cruel, milady.

– Eu faria novamente – ela anunciou. Ela não pretendia fingir que estava arrependida por ter machucado o soldado, pois ele estava prestes a dar um chute em Clare MacKay, e ela não deixaria aquilo acontecer.

– Sim, você faria novamente – Keith concordou. – E esta é a razão pela qual estamos todos pensando que você é cruel, milady. É uma honra tê-la como nossa senhora.

Grunhidos de aprovação se seguiram ao elogio de Keith, deixando Johanna transtornada. Ela ajeitou os cabelos para trás dos ombros, em uma tentativa de agir como se não tivesse se afetado pelos comentários de Keith.

– Suponho que seja tudo bem para vocês me chamarem de cruel, homens, mas vocês não dirão tais coisas na frente de minha mamãe. Ela não entenderia.

– Johanna! – Gabriel gritou, e ela entendeu que ele havia perdido a paciência. Tinha esperado um longo tempo por sua atenção. Virou-se para o seu marido e sorriu.

– Você deseja algo, milorde?

As pálpebras dele estremeceram. Ele certamente esgotara toda a sua paciência. Johanna preparou-se, e disparou:

– Eu não fingi desmaiar da primeira vez e desmaiei de novo esta tarde. No entanto – ela acrescentou rapidamente, antes que ele começasse a berrar de novo –, eu não estou doente. Glynis me explicou o que há de errado comigo.

– Você vai para a cama.

– Eu sabia que você faria uma tempestade em copo d'água! – ela gritou.

Ele segurou a mão dela e virou-se para arrastá-la pelo salão. Ela não estava cooperando muito, e continuava tentando se soltar.

– Quando tempo devo ficar na cama?

– Até que você tenha se recuperado do que quer esteja lhe afligindo – ele ordenou. – Maldição, eu sabia que você não era forte o suficiente para durar um ano inteiro.

O suspiro dela preencheu o salão. Ela discordou veementemente do comentário dele. Os soldados estavam todos assistindo, é claro, e quando ouviram o último comentário de seu lorde e a reação da esposa, sorriram todos ao mesmo tempo.

– Se você acreditava que eu era tão fraca, não deveria ter se casado comigo.

Ele fez uma careta. Ela soltou sua mão e afastou-se o suficiente para que ele não conseguisse pegá-la de novo.

– Estou apostando que ela está prestes a ficar maldosa outra vez – Lindsay disse.

Padre MacKechnie balançou sua cabeça.

– Não com o nosso lorde – ele disse ao soldado. – Ela favorece o MacBain.

Johanna não estava prestando nenhuma atenção aos murmúrios dos soldados. Sua concentração estava centrada em seu marido teimoso.

– Você está arrependido de ter se casado comigo, não está?

Ele não a respondeu rápido o bastante.

– Você só se casou comigo para conseguir as terras, e depois que eu estiver morta e enterrada, lembre-se de se casar com uma mulher gigante, de preferência uma que possa arrotar tão alto quanto qualquer um dos homens.

A expressão no rosto dele a fez parar.

– Você não vai morrer.

Ele sussurrou isso com voz pesarosa, cheia de angústia. Ela estava perplexa. Gabriel soava aterrorizado.

– Eu não vou perder você.

– Não, você não vai me perder.

Ela avançou e pegou na mão dele. Lágrimas encheram seus olhos enquanto olhava para o homem maravilhoso que tentava lhe incutir algum bom senso.

Ele a amava. Ainda não lhe dissera isso, mas a prova estava ali em seus olhos. Johanna estava maravilhada.

Subiram as escadas até a entrada juntos. Ele tremia, e ela podia sentir. Johanna não queria que ele se preocupasse por nem um minuto a mais; então parou no alto da escada que levava aos quartos e virou-se para o marido.

Todos os homens torciam o pescoço para ver o que ia acontecer, mas estavam longe demais para poder ouvir a conversa.

– Gabriel, você se lembra da minha preocupação quando nos casamos?

– Você tinha preocupações demais para que eu acompanhasse todas, esposa. Não empurre minhas mãos. Vou carregá-la para cima. Não percebe que poderia quebrar o pescoço se desmaiasse tentando subir esses degraus íngremes? Você pode não estar preocupada com o seu bem-estar, mas eu, com toda certeza, estou.

Ele sabia que estava expondo totalmente seu coração, e não gostava de se sentir tão vulnerável.

– O que sua mãe vai dizer quando chegar aqui e encontrar sua filha morta? – ele murmurou.

Ela sorriu.

– Mamãe irá gostar de você, Gabriel.

Seu marido pareceu exasperado. Ele ergueu-a em seus braços e ela imediatamente o beijou.

– Você ainda vai para a cama – ele anunciou.

– Na noite após nosso casamento, eu lhe contei que era estéril.

– Não, você não contou. Nicholas me contou.

Ela assentiu.

– Em nossa noite de núpcias, eu certamente mencionei.

Ele assentiu.

– Sim, você mencionou. Várias vezes, na verdade.

Ele começou a subir a escada, com ela descansando a cabeça em seu ombro. Os dedos dela estavam totalmente ocupados acariciando sua nuca.

Ela se perguntou se o bebê deles teria a cor de seu marido. Pensou que podia ter uma menininha, então decidiu que ficaria igualmente feliz se tivesse um menino.

– Eu não sou – ela sussurou em um suspiro.

Esperou que ele compreendesse, e ele não disse nada até chegarem ao quarto.

– Você ouviu o que eu disse? – ela repetiu.

– Você não é o quê?

– Não sou estéril.

Ele abriu a porta, mas se deteve no umbral, com o olhar totalmente focado em sua esposa. Abaixou-a lentamente até o chão.

– Você realmente acredita que isso importa para mim? Você e Alex são toda a família que eu quero. Eu não preciso de outra criança. Mas que droga, mulher, você ainda não se deu conta de quanto eu... que você significa mais do que...

Maldição, ele estava resmungando como uma velha, e sinalizou para que ela entrasse.

– Guerreiros não se preocupam com questões do coração – ele murmurou.

Ele parecia arrasado, e ela não sorriu. Sabia que ele não gostava de dizer-lhe como se sentia, e deu-se conta de que era um traço que ambos compartilhavam.

– Gabriel...

– Eu não quero que você traga mais à tona o fato de ser estéril, Johanna. Agora pare de se preocupar.

Ela caminhou pelo quarto.

– Você pode não precisar de outra criança, milorde, mas eu afirmo que em seis ou sete meses você terá uma.

Ele não entendeu e balançou a cabeça. Então ela assentiu.

– Nós vamos ter um bebê.

Pela primeira vez em sua vida, Gabriel MacBain estava sem palavras. Sua mulher acreditava que essa era uma reação bastante apropriada.

Eles haviam, afinal de contas, recebido um milagre.

Capítulo 16

– Você tem certeza? – Gabriel sussurrou a pergunta para que seu filho não acordasse. Alex estava dormindo em um colchão do outro lado do quarto, e só se via o topo da cabeça dele no meio do monte de cobertores que Johanna julgou necessário para mantê-lo aquecido.

Ela e o marido estavam na cama. Gabriel a aninhava nos braços. Ela estava tão aliviada por ele, finalmente, estar reagindo que deixou escapar um pequeno suspiro. Dera a boa notícia a Gabriel há mais de uma hora, então esperava que lhe dissesse quão feliz ela o fizera, mas ele ainda não havia dito uma palavra sequer.

– Eu tenho todos os sintomas – ela sussurrou de volta. – No início, eu não estava acreditando, é claro, porque durante muito tempo achei que fosse estéril. Você está feliz com o bebê, Gabriel?

– Sim.

Ela suspirou novamente. Estava escuro demais no quarto para ver seu rosto, mas imaginou que ele estivesse sorrindo.

– Glynis me disse que uma mulher pode ser estéril com um homem e fértil com o outro. Você sabe o que isso significa?

– O quê?

– Que homens também podem ser inférteis.

Ele riu e ela pediu silêncio para não acordar Alex.

– Seu primeiro marido, obviamente, era.

– Por que isso lhe agrada?

– Ele era um bastardo.

Ela não podia culpá-lo pela conclusão.

– Por que os homens não reconhecem que podem ser os estéreis no casamento?

– Tal admissão arruinaria seu orgulho, suponho. É mais fácil culpar as mulheres. Não é certo, só mais fácil.

Ela deixou escapar um alto e forte bocejo. Gabriel estava acariciando as costas dela, e isso a deixou com sono. Ele perguntou-lhe algo, mas ela estava cansada demais para responder. Fechou os olhos e, um minuto depois, estava morta para o mundo.

Gabriel não dormiu pela próxima hora. Abraçou Johanna e pensou sobre o bebê. Deveria ter desejado um garoto como primeira opção, pois um homem sempre precisava de mais filhos para ajudar a construir seu império, mas ele realmente esperava por uma menininha. Ela teria olhos azuis e cabelos louros como sua mãe, e, se Deus estivesse disposto a recriar a perfeição, sua filha seria tão irreverente quanto Johanna.

Adormeceu com um sorriso no rosto.

Na manhã seguinte, Lorde MacBain contou ao seu clã sobre o bebê. Johanna ficou lá fora, no alto da escada, ao lado do marido, e Alex ficou próximo a ela. Os Maclaurin e os MacBain comemoraram a novidade. Johanna e Gabriel já haviam contado a Alex, mas o garotinho parecia não se importar muito em ter um irmão ou irmã, e sua falta de interesse convenceu seus pais de que ele estava se sentindo seguro.

Ele mal conseguia ficar parado durante o pronunciamento. Seu pai prometera levá-lo para cavalgar, e, para uma criança de quatro anos, um minuto de espera parecia durar o mesmo que uma hora.

Depois que Gabriel dispensou os simpatizantes, Johanna virou-se para Calum e Keith:

– Eu pensei em vários nomes e gostaria de...

– Meu Deus, moça, você não pode nos dizer o nome do bebê – disparou Keith.

O soldado Maclaurin estava horrorizado com a ignorância dela. Ela não sabia que o nome do herdeiro jamais, em hipótese alguma, deveria ser dito a outra pessoa antes do batismo? Assim que ele conseguiu parar de criticar, fez-lhe essa exata pergunta, e ela disse que não se dera conta disso.

– Nunca prestei atenção nas tradições a respeito de bebês.

– Como assim, milady? – perguntou Calum. – Todas as mulheres casadas tomam o cuidado de seguir cada tradição.

– Eu achava que era estéril.

– Mas não é – Keith observou.

Ela sorriu.

– Não, não sou – concordou.

– Então teremos de fazer o melhor que pudermos para instruí-la sobre a importância do nome que irá escolher.

– O nome de um homem é muito mais que apenas um nome – anunciou Calum.

Antes que ela pudesse perguntar o que em nome de Deus ele queria dizer com aquela declaração, Keith desviou sua atenção.

– Se outra pessoa tomar conhecimento do nome antes do sacramento, poderá usá-lo para conjurar um feitiço contra o bebê.

Calum assentiu em concordância.

Pela expressão séria dos soldados, Johanna podia jurar que não estavam brincando com ela. Eles de fato acreditavam naquela bobagem.

– Vocês estão me instruindo com tradições ou com superstições?

Glynis deu um passo à frente para juntar-se à conversa. Ela queria acrescentar alguns lembretes importantes de seu conhecimento.

– Se o bebê chorar durante o batismo, então é prova suficiente de que o demônio foi afastado, milady. Você sabia disso?

Johanna balançou a cabeça. Ela nunca tinha ouvido algo tão absurdo; no entanto, não queria ferir os sentimentos de Glynis, e por essa razão não sorriu.

– Então eu devo esperar que o bebê chore – ela disse.

– Você também pode dar um pequeno beliscão no pequenino, para assegurar que ele chore – sugeriu Glynis.

– Algumas mães provavelmente o fazem – Keith especulou.

– Se o seu bebê nascer à meia-noite ou no crepúsculo, ele terá o dom da clarividência, é claro. Mas Deus ajude que ele venha durante as horas do sino, pois então terá a habilidade de ver fantasmas e espíritos ocultos do resto de nós.

– Papai, você ainda não está pronto? – perguntou Alex.

Gabriel assentiu e abaixou-se, pedindo que Johanna não se exaurisse, e então ergueu seu filho nos ombros e partiu para os estábulos.

Leila caminhou através do átrio, abaixou a cabeça para o seu lorde quando passou por ele, e correu até Johanna para dar-lhe os parabéns.

– São notícias maravilhosas – ela disse.

– Sim, são – concordou Glynis. – Eu estava acabando de dar a milady algumas sugestões – ela disse à Leila.

– E eu tentarei me lembrar de cada uma delas – prometeu Johanna.

Keith balançou a cabeça.

– Duvido que vá se lembrar – ele disse. – Esqueceu que dia é hoje – ele acrescentou. – Você está usando o manto errado novamente.

– Estou começando a me perguntar se ela não faz isso de propósito – comentou Calum, com um toque de diversão na voz. Assim que o soldado MacBain falou, Leila virou-se propositalmente, a fim de ficar de costas para Calum, mantendo o olhar voltado para o chão. Johanna notou a atitude e estava intrigada com ela.

– Glynis, Megan me disse que você tem uma mão boa para cortar cabelos – disse Johanna.

– É verdade, tenho talento para a tarefa.

– Clare MacKay precisa da sua ajuda – disse Johanna. – Os homens MacInnes fizeram um estrago com o cabelo dela.

– Eu sei que fizeram – disse Glynis. – Eles quiseram fazer esse estrago para que qualquer um que a visse soubesse da sua vergonha.

Johanna não queria entrar em uma longa discussão sobre Clare.

– Sim – ela concordou –, mas o pai de Clare está vindo hoje, e eu estava pensando se você poderia...

– Não diga mais nada, milady. Ficarei feliz em pegar minhas tesouras e tentar fazer a moça parecer um pouco mais apresentável.

– Obrigada – disse Johanna. – Leila, por favor não se vá ainda – ela acrescentou, quando a mulher Maclaurin tinha se virado para acompanhar Glynis pelo jardim.

– Como Lady Johanna está usando as cores MacBain, presumo que seja sua responsabilidade hoje – Keith disse a Calum.

– Eu posso tomar conta de mim mesma, cavalheiros – disse Johanna. – Vocês perdem tempo me seguindo por todo lado.

Ambos os homens ignoraram seu protesto.

– Sim, ela é minha responsabilidade – disse Calum.

Johanna decidiu que teria de falar com Gabriel sobre a estupidez daquela ordem, mas os homens continuariam a rastreá-la até que fossem liberados da tarefa pelo seu lorde.

Keith curvou-se para a sua senhora e foi cumprir suas obrigações. Calum estava prestes a voltar para dentro, mas Johanna o deteve, segurando-o pelo braço.

– Calum, posso ter um minuto do seu tempo? Eu gostaria de lhe apresentar a Leila.

Ele lançou um olhar que sugeria que ela havia perdido a razão.

– Eu conheço Leila há um tempo, milady – ele disse, sem dispensar um único olhar para a mulher Maclaurin ao dizer seu nome.

Johanna virou-se para Leila, que olhava insistentemente para o chão.

– Leila, você conhece Calum?

– Você sabe que sim – Leila sussurrou.

– Então me digam, por favor, vocês dois: por que agem como se nunca tivessem se conhecido? Estou muito curiosa, e provavelmente interferindo em algo, mas garanto que tenho as melhores intenções. Pensei, pelos olhares que vocês tentam não trocar... bem, pensei que vocês podem de fato dar muita importância um ao outro.

– Ele é um MacBain.

– Ela é uma Maclaurin.

– Com licença, milady, por favor – disse Calum, com voz dura e pausada. – Eu tenho deveres que requerem minha atenção. Não tenho tempo para tal conversa tola.

Dito isso, ele saiu sem nem sequer acenar na direção de Leila, e ela manteve seu olhar desviado. Johanna alcançou-a e tocou seu braço.

– Desculpe, eu não queria deixar nenhum de vocês dois aborrecidos. Você se importa com Calum, não é?

Ela fez um aceno abrupto.

– Eu tentei negar esses sentimentos, milady – ela sussurrou –, mas não pareço capaz de me conter.

– Acredito que Calum tenha sentimentos por você, Leila.

– Não – ela argumentou. – Ele jamais se permitiria sentir-se atraído por uma Maclaurin.

– Eu não sabia que a separação entre os clãs chegava a esse ponto – observou Johanna.

– Como poderia não saber? A forma como os homens se portam quando você usa o manto errado deveria ser prova suficiente da importância que dão à questão. Estamos todos tentando conviver uns com os outros, mas ainda assim nos mantemos separados.

– Mas por que devem ficar separados?

Leila confessou que não sabia.

– Nós somos todos muito agradecidos pela paciência do nosso lorde conosco – ela disse. – Eu ouvi o que você disse à mesa de jantar sobre a terra pertencer aos MacBain agora. Todos estavam falando sobre isso, milady, e o que você disse fez sentido para alguns de nós. No entanto, os soldados Maclaurin não gostaram de ouvir a verdade.

– Sabe o que eu acho? Temos mantos demais.

– Sim, temos – Leila concordou. – Mas nenhum clã irá abrir mão de suas cores, não importa quanto você peça.

– Não vou pedir nada a ninguém – disse Johanna. – Você poderia me responder uma pergunta? Se Calum fosse um Maclaurin, ele a cortejaria?

– Eu esperaria que sim – ela respondeu –, mas ele não é um Maclaurin, e não sente nada por mim, de qualquer modo.

Johanna mudou de assunto.

– Você gostaria de voltar para o salão e ajudar com as tarefas de vez em quando?

– Ah, sim, milady, eu gostaria. Assim poderei ver... – Ela parou antes que se entregasse.

Johanna não deixou passar.

– Sim, você poderá ver Calum com mais frequência.

Leila corou.

– Nosso lorde não quer que eu...

– Mas é claro que quer – disse Johanna. – Venha para o jantar esta noite, Leila. Você se sentará ao meu lado. Vamos discutir suas tarefas depois que comermos.

– Eu ficaria honrada de me sentar à sua mesa – sussurrou Leila, com a voz trêmula de emoção.

– Devo entrar agora e assumir meu turno ao lado de Clare. Vejo você à noite, Leila.

Johanna apressou-se em subir a escada e ir direito para o quarto de Clare. Mal entrou, dispensou Megan da tarefa de cuidar da mulher e sentou-se para conversar com ela.

– Você subiu a escada sozinha, milady? – Megan quis saber.

– É claro – Johanna respondeu, surpresa pela censura no tom de Megan.

– Você poderia cair – retrucou Megan. – Não deveria correr riscos.

– Megan, há pessoas suficientes preocupadas comigo. A verdade é que vou ficar maluca se for seguida por todos os lados dia e noite. E eu segurei no corrimão – ela acrescentou, quando Megan parecia pronta para reclamar.

– Você está doente, Lady Johanna? – perguntou Clare.

– Ela está grávida, como você – soltou Megan. Ela assentiu, então fechou a porta atrás de si.

– Parabéns, milady. Espero que dê ao seu marido um garoto saudável.

Clare lutou para se sentar na cama e Johanna ajeitou os cobertores ao redor da mulher antes de sentar-se também.

– Uma garota será tão bem-vinda quanto – ela ressaltou.

Clare balançou a cabeça.

– Eu não gostaria de ter uma garota. Meninos têm muito mais vantagens, já as meninas são usadas apenas para barganhar. Não é verdade?

– Sim – Johanna concordou. – Ela dobrou suas mãos no colo e sorriu para a mulher MacKay.

Clare estava franzindo o cenho para ela.

– Então por que você ia querer uma menina? Terá de se preocupar se o seu marido a entregar em casamento para algum homem maldoso, e ela passará o resto da vida...

– Com medo?

Clare assentiu e completou, num sussurro:

– ... e machucada.

– Meu marido jamais entregaria sua filha a um monstro – ela disse. – Seu pai sabia que os MacInnes eram homens cruéis?

Clare deu de ombros.

– Ele só se importava em unir os dois clãs.

Johanna ficou de coração partido ao ouvir aquela notícia.

– Seu pai a ama?

– Tanto quanto qualquer pai amaria sua filha – ela respondeu.

– Garotas são mais espertas – disse Johanna –; até o Padre MacKechnie acredita que isso é verdade.

– Elas ainda podem ser espancadas e humilhadas. Você não se dá conta de quão afortunada é, Lady Johanna. Seu marido a trata bem.

Johanna inclinou-se para trás em sua cadeira.

– Eu não ficaria aqui se ele não me tratasse bem.

Clare não parecia acreditar em Johanna.

– Como poderia ir embora? – ela perguntou.

– Eu encontraria um modo – Johanna explicou. – Clare, quando eu era casada antes, com um homem inglês, eu rezava todas as noites para não conceber. Eu não queria dar a ele uma garota, porque sabia que ele a maltrataria sempre que tivesse vontade de vingar sua raiva, mas também não queria lhe dar um garoto, porque sabia que ele seria tirado de mim e criado à imagem de seu pai. Eu não queria tais atitudes horríveis sobre mulheres sendo passadas adiante, sabe.

– Você apanhava?

– Sim.

– Como o inglês morreu? Você o matou?

Johanna ficou surpresa com a questão e negou com a cabeça.

– Houve momentos em que quis matá-lo, e certamente queimarei no inferno por admitir tal pecado da contemplação, mas não cedi à raiva. Eu não queria ser como ele, Clare. Eu me sentia aprisionada, sim, e então me dei conta de que era inteligente o bastante para encontrar uma saída.

– Como ele morreu?

– O Rei John disse que ele caiu de um penhasco próximo à cidade, sobre as águas. Eu nem soube que ele deixara a Inglaterra.

Clare assentiu, e Johanna resolveu mudar de assunto.

– Glynis estará aqui em alguns minutos com suas tesouras. Ela tentará arrumar o seu cabelo.

– Quando meu pai chega?

– Esperamos que esta tarde.

– Eu não quero que arrumem meu cabelo. Costumava ser longo como o seu até que o estragaram. Eu quero que meu pai veja o que os homens MacInnes fizeram com a filha dele.

– E sua mãe?

– Ela está morta – respondeu Clare. – Faz quatro anos. Estou grata que não esteja aqui agora. Ficaria de coração partido ao me ver desse jeito.

– O bebê que você está esperando... seu pai o...

– Eu estou exausta agora, milady. Gostaria de descansar.

Johanna olhou para Clare por um longo tempo. A mulher MacKay fechou os olhos, fingindo dormir.

– Clare, você não pode continuar com isso por muito tempo – disse Johanna. – Você vai ter de falar sobre o que aconteceu.

– Eu estou com dor, Johanna. Você não tem misericórdia?

Johanna assentiu.

– Eu sei que você está ferida.

– Então, por favor...

– Clare – Johanna interrompeu-a. – Meu marido está muito ansioso para que você conte quem, dos soldados MacBain...

– Eu não darei o nome dele.

Clare desabou em lágrimas e Johanna segurou a mão dela.

– Vai ficar tudo bem – ela sussurrou –, não precisa ter medo.

– Você me disse que se sentia aprisionada, e eu me sentia da mesma forma. Não podia me casar com o bastardo. Não podia. Eu fiz algo que não desejaria ter...

– Sim?

Clare sacudiu a cabeça.

– Não importa – ela sussurrou. – Serei descoberta em breve. Por favor, me deixe descansar agora. Não estou forte o suficiente para falar sobre o que aconteceu.

Johanna desistiu. Glynis bateu na porta e entrou, tendo nas mãos uma escova de cabelo e uma tesoura.

– Estou pronta para ver o que posso fazer – ela anunciou. Johanna se levantou.

– Clare não quer que mexam em seu cabelo.

– Você quer dizer que todo o trabalho que tive para encontrar esta tesoura foi por nada, milady?

– Na verdade não, Glynis. Eu posso fazer uso de seus serviços. Tenho esperado para cortar meus cabelos há um certo tempo. Venha comigo até meu quarto e você poderá usar a tesoura em mim.

Glynis animou-se. Sua missão, afinal, não havia sido em vão. No entanto, ela e Johanna entraram em uma discussão sobre o tanto que devia ser aparado, no entanto. Glynis não queria cortar muito, mas sua senhora era enfática.

Os cabelos de Johanna mal alcançavam seus ombros quando Glynis terminou.

– Devo admitir que está encantadora, milady.

– Não me dei conta de que ficaria tão ondulado.

– Quando o cabelo está comprido, o peso desmancha os cachos – explicou Glynis.

– O peso me dava uma tremenda dor de cabeça todos os dias – acrescentou Johanna. – Muito obrigada, Glynis. – Ela entremeou os dedos pelos cabelos e riu. – Não sei muito bem o que está parecendo, mas a sensação é maravilhosa.

– O MacBain vai ficar louco quando vir o que fiz?

Pelo sorriso de Glynis, Johanna podia dizer que ela fora irônica em sua pergunta.

– Duvido que vá reparar – Johanna respondeu.

– Ele notará, com certeza, pois repara em tudo sobre você. Todos nós rimos do modo como ele a olha. Ele nutre afeto por você, milady.

– Rezo para que continue sentindo afeição por mim esta noite. Ele certamente ficará irritado quando eu me juntar a ele na mesa de jantar. A verdade é que todos ficarão irritados com a surpresa que preparei.

A curiosidade de Glynis foi atiçada, é claro.

– O que planejou?

– Não posso lhe contar – respondeu Johanna. – Terá de esperar para ver.

Glynis insistiu com sua senhora por vários minutos, até que desistiu.

– Você vai descer a escada? Eu seguro o seu braço para garantir que não caia nos degraus.

– Eu vou ficar aqui – ela respondeu. – Você se importa de me emprestar sua tesoura? Devolverei à noite.

– Guarde-a aqui – Glynis disse. – Quando Clare quiser que eu corte seus cabelos, saberei onde procurar. Bom dia para você, milady.

Glynis estava acabando de alcançar a maçaneta da porta quando Johanna a deteve com uma pergunta.

– Todas as mulheres têm os mesmos sintomas quando estão grávidas?

Glynis se virou.

– A maioria sim – ela respondeu. – Por que a pergunta?

– Eu estava me perguntando – respondeu Johanna. – Quando a barriga aparece?

– Depende – Glynis respondeu. – Algumas aparecem no quarto mês, outras esperam mais um mês para engordar. Você deveria estar começando a perder cintura – ela acrescentou. – Está?

– Sim – Johanna disse.

Ela agradeceu Glynis novamente, e logo que a porta se fechou atrás da mulher, Johanna começou a trabalhar em sua surpresa. Ela abriu o manto MacBain estendido sobre a cama e cortou-o ao meio; depois, fez o mesmo corte no manto Maclaurin. Então, sentou-se na cama com as duas metades e as costurou juntas. Quando terminou, era impossível dizer onde terminava o xadrez MacBain e começava o xadrez Maclaurin.

Keith, provavelmente, ficaria de cama por uma semana quando visse o que ela tinha feito. Johanna sabia que iria causar um tumulto, mas não se importava. Já passava da hora de todos colocarem suas diferenças de lado e se unirem para formar um único clã sob a liderança de Gabriel.

Pensou que deveria contar ao marido o que ia fazer, mas não o fez. Dobrou as tiras restantes e as colocou embaixo da cama, e escondeu o novo manto que acabara de costurar. Ela não vestiria o traje até o jantar.

Ela estava bocejando quando terminou a tarefa; precisava de um cochilo. Tirou seu manto, colocou-o sobre a cadeira, juntamente com o cinto, e então deitou-se na cama. Descansaria apenas por um minuto ou dois.

Johanna adormeceu pensando em Clare MacKay. A mulher começara a lhe contar algo que havia feito, mas mudara de ideia. Ela parecia terrivelmente assustada.

Ela era certamente um enigma. O que quisera dizer quando mencionou que, com o tempo, seria descoberta?

Johanna dormiu durante três horas. Ao abrir os olhos, encontrou Alex dormindo profundamente ao seu lado. Seu filho estava babando por todo o seu braço; obviamente tinha o sono pesado, um traço que ela esperava que seu irmãozinho ou irmãzinha compartilhasse.

Ela sentou-se lentamente, para não incomodar Alex, e quase desatou a rir quando viu Dumfries dormindo ao pé da cama.

Ela não podia dar ordens ao cão sem acordar Alex. Saiu com cuidado da cama, lavou-se e vestiu o manto MacBain novamente. Ondas de náusea fizeram a simples tarefa durar uma eternidade. Johanna teve de se sentar várias vezes para esperar que o enjoo passasse.

Gabriel abriu a porta no momento em que ela estava ajustando o cinto. Ele viu que seu filho ainda estava dormindo e sinalizou para que Johanna se juntasse a ele no salão.

Ele estava olhando fixamente para ela, ou assim ela acreditava, e franzindo o cenho com óbvio desgosto. Mas ele iria superar essa irritação, ela resolveu, e, apressando-se no quarto, com um sorriso no rosto, foi até o corredor. Gabriel fechou a porta e virou-se para ela.

– Você está muito pálida – ele murmurou.

– É por isso que está zangado, milorde?

Ele assentiu, e ela beliscou as bochechas para ganhar alguma cor.

– Você por acaso notou alguma diferença?

– O pai de Clare foi avistado subindo a colina.

Ao ouvir a notícia, ela se esqueceu de que tentava ganhar um elogio por seu corte de cabelo.

– Quero que você e Alex fiquem no nosso quarto até que Lorde MacKay e seus homens tenham ido embora.

– Quantos soldados cavalgam com o lorde?

Ele deu de ombros.

– O suficiente.

Gabriel estava acabando de se virar quando ela balançou a cabeça para ele.

– Eu quero falar com o pai de Clare – anunciou.

– Ele não vai estar com o humor para ser educado, Johanna. Faça como mandei.

– O lorde está zangado com o clã MacInnes, não conosco – ela o lembrou.

– Não – ele disse. – Sua fúria está totalmente direcionada a todos os MacBain. Ele nos culpa pela desgraça de sua filha.

A tez de Johanna alterou-se drasticamente, e, naquele momento, ela tinha certeza de não estar pálida. No espaço de uma pulsação, sentiu seu rosto ficar vermelho de raiva.

Ela não perguntou ao seu marido como ele obtivera essa informação, mas se ele disse que o Lorde MacKay os culpava, então devia ser verdade. Gabriel não era do tipo que tirava conclusões precipitadas sem comprovar todos os fatos.

– Quem está com Clare agora?

– Com Hilda – ele respondeu. – Volte para dentro – ele ordenou. – Não quero que a raiva dos MacKay chegue perto de você.

Johanna não concordou nem discordou da ordem do marido, e ele presumiu que iria cooperar. Ela voltou para dentro do quarto, mas apenas por um ou dois minutos, até que tivesse certeza de que seu marido descera a escada para esperar pelo pai de Clare. Então, correu para o quarto de Clare e mandou Hilda ficar com Alex.

– Seu pai estará aqui em poucos minutos, Clare. Você quer vê-lo a sós ou quer que eu fique com você?

Clare esforçou-se para se sentar na cama. Ela deixou escapar um pequeno queixume de aflição, e Johanna não tinha certeza se fora por causa do movimento, que havia causado dor, ou se por causa da notícia de que seu pai estava chegando. Dava pena ver o medo no rosto de Clare...

– Por favor, fique – ela disse.

Johanna esticou os cobertores na cama, mais para difarçar o nervosismo do que para deixar Clare confortável.

– Não sei o que dizer a ele.

– Apenas diga o que aconteceu – aconselhou Johanna.

Lágrimas encheram os olhos de Clare.

– Eu não posso – ela lamentou.

A verdade golpeou Johanna de uma só vez, e era uma bênção que estivesse próxima da cadeira, pois pôde se sentar antes de cair.

– Você não entende, Johanna.

– Oh, Senhor, acho que entendo. Você inventou tudo, não foi? Não havia nenhum MacBain... e você não está grávida...

Clare começou a chorar. Ela balançou a cabeça, tentando negar as acusações de Johanna. No entanto, o medo em seus olhos zombou de sua tentativa de sustentar a mentira.

– Você está errada – ela protestou.

– Estou? – perguntou Johanna. – Toda vez que um de nós tentou lhe fazer perguntas, você fingiu exaustão.

Clare não deixou que Johanna continuasse.

– Eu estava cansada – ela se defendeu.

Johanna podia sentir o pânico de Clare. Queria confortá-la, mas não o fez. Em vez disso, tentou ser indiferente à sua dor, pois estava determinada a descobrir a verdade. Só assim poderia ajudá-la.

– Você se entregou, você sabe.

– Não.

– Você me disse que se sentia aprisionada e que fez algo que sabia que, cedo ou tarde, seria descoberto. Fingir esperar um bebê, afinal de contas, acaba por ser descoberto, estou certa? Você não se deu conta de que as pessoas notariam que você não está engordando?

Clare soluçava abertamente.

– Não pensei em nada mesmo – ela confessou.

Johanna inclinou-se lentamente em sua cadeira.

– O que, em nome de Deus, nós vamos fazer com essa confusão?

– Nós? Somente eu sofrerei as consequências quando meu pai descobrir que menti.

– Por que inventou tal mentira?

– Eu estava desesperada – admitiu Clare. – Você não entende? Era horrível demais viver lá, e cada dia ficava pior.

– Eu entendo – disse Johanna. – Mas...

Clare a interrompeu; estava ansiosa para explicar suas razões, para que Johanna não a condenasse.

– Meu pai me colocou na equipe doméstica dos MacInnes para me treinar. Eu deveria me casar com o filho do lorde em seis meses, mas não levou muito tempo para que eu me desse conta de quão terríveis eles eram. Você sabia que o lorde tem duas filhas mais velhas? Elas nasceram antes de seu precioso filho – ela acrescentou rapidamente. – Um dos servos me disse que, toda vez que o lorde ficava sabendo que sua esposa havia dado à luz uma filha, ele subia para o quarto do parto e espancava a pobre mulher. Ela morreu depois de lhe dar um filho homem. Provavelmente ficou feliz em morrer. Eu ficaria, se fosse casada com aquele monstro.

– E o filho é igual ao pai, não é? – Johanna perguntou, já sabendo a resposta. Ela tinha memórias vívidas do filho do lorde parado acima de Clare, com os punhos cerrados.

– Ele é pior que seu pai – disse Clare, e sua voz vacilou de desgosto. – Eu não podia suportar a ideia de me casar com ele. Tentei falar com meu pai, mas ele não me deu ouvidos. Eu corri de volta para casa, você vê, mas...

Clare ficou em silêncio por alguns minutos; não conseguia prosseguir. Seus soluços eram debilitantes. Johanna estava com extrema dificuldade para manter a compostura. Clare não apenas fora entregue nas mãos de um monstro como também fora traída pelo próprio pai. Isso era impensável para Johanna, pois seu próprio pai teria matado Raulf se o velho e amado homem estivesse vivo e soubesse da angústia que sua filha sofria.

– Seu pai a levou de volta para o clã MacInnes, não, Clare?

– Sim – ela sussurrou. – Acho que nunca me senti tão abandonada... ou... desesperada. Alguns dias depois, ouvi os soldados MacInnes conversando; eles diziam que tinham visto soldados vestindo o manto MacBain atravessando a fronteira.

– E foi quando você inventou a mentira?

Clare assentiu, balançando a cabeça.

– Os soldados não perceberam que eu estava escutando. Quando sussurraram o nome de seu marido, pude ouvir o medo em sua voz. Então decidi que iria atrás desses soldados, mas sem ter a menor ideia do que aconteceria se os encontrasse. Eu não tinha um plano, Johanna. Só queria que alguém me ajudasse.

– Sim – concordou Johanna, sua voz em um delicado sussurro. Ela entregou a Clare um pano de linho para secar seu rosto, então segurou a mão dela. – Eu teria feito a mesma coisa.

– Teria?

– Sim.

A convicção na voz de Johanna deixou Clare segura. Johanna sentia um laço forte com a aquela mulher. Elas estavam juntas agora, pois a memória dos pesadelos do passado as uniu contra as atrocidades infligidas às mulheres por um bando de homens opressores e covardes.

– Eu já apanhei uma vez por insolência – disse Clare –, e sabia que aconteceria de novo e de novo. Eu nunca encontrei os soldados MacBain; quando desisti de minha busca, já estava anoitecendo. Então, passei a noite em uma cabana abandonada de um agricultor. Meu Deus, eu estava com medo. Estava com medo de voltar para a fortaleza MacInnes e com medo também de ficar ali – ela acrescentou. – Eles me encontraram na manhã seguinte.

Clare segurava a mão de Johanna com tanta força que estava marcando sua pele.

– Você se sentiu desamparada, não?

– Oh, sim – Clare respondeu. – Mas até aí eu ainda não havia inventado a mentira. Então, certa manhã, três meses depois, o lorde anunciou que a data do casamento seria mudada. Ele disse que Robert e eu nos casaríamos no sábado seguinte.

A voz de Clare estava rouca de tensão e choro. Johanna tentou se levantar para pegar um copo d'água para ela, mas Clare não soltou sua mão.

– Minha mentira não foi premeditada – ela disse. – Eu juntei coragem e enfrentei Robert. Disse-lhe que jamais me casaria com ele, e ele enfureceu-se. É um homem possessivo e ciumento; eu sabia que não ia me querer se achasse que eu tinha voluntariamente me entregado a outro homem. Lembrei-me, então, dos soldados MacBain que haviam cruzado a fronteira, e lembrei-me também de que os soldados MacInnes temiam o seu lorde, e foi quando inventei a história. Eu sabia que estava fazendo algo errado, e peço desculpas por ter mentido para você, que tem sido tão boa comigo. Hilda me contou o que você fez com Robert. Eu queria que a sua flecha tivesse penetrado em seu coração negro. Meu Deus, como eu o odeio. Eu odeio todos os homens, até meu pai.

– Você tem razões sólidas para detestar Robert – disse Johanna. – Com o tempo, irá superar seu ódio. Você pode até mesmo começar a sentir pena dos homens.

– Eu não sou tão piedosa.

– Clare, sei que você não está com humor para sermões, mas ainda devo instruí-la a não culpar a maioria dos homens pelos pecados de alguns.

– Você não odiava seu primeiro marido?

Johanna suspirou.

– Sim – ela admitiu. – Mas eu não odiava todos os homens. Meu pai, se estivesse vivo, teria me protegido de Raulf, eu teria encontrado refúgio nele. Meu irmão, Nicholas, veio me resgatar assim que descobriu o que estava acontecendo.

– Assim que descobriu? Você não contou a ele após a primeira agressão?

– É difícil explicar, Clare – respondeu Johanna. – Raulf não era como Robert, e eu era muito, muito mais nova na época. As agressões não começaram logo depois que nos casamos. De início, ele dedicou-se a destruir minha autoconfiança. Eu era ingênua e assustada, e quando você é chamada de ignorante e de imprestável repetidamente por alguém que deveria amá-la e protegê-la... bem, com o tempo parte de você começa a acreditar no absurdo que estão lhe dizendo. Eu não disse ao meu irmão o que estava acontecendo porque tinha muita vergonha, e continuei achando que as coisas poderiam melhorar. Eu nunca acreditei que merecesse um tratamento tão degradante. Por fim, me dei conta de que Raulf nunca iria mudar, e aí eu soube que tinha de encontrar um jeito de escapar. Eu teria procurado Nicholas, mas, da forma como as coisas aconteceram, não foi necessário. Meu marido foi morto.

Johanna parou para respirar e acalmar-se.

– Você não odiaria Nicholas se o conhecesse. Ele é a razão pela qual me casei com Gabriel – ela acrescentou. – E você não pode odiar o meu marido. Na verdade, não imagino que alguém possa odiá-lo.

– Eu não o odeio – disse Clare. – Ele tem me protegido, e eu sou grata. Mas ele me assusta. Você obviamente não nota o homem gigante que ele é, milady, ou que suas maneiras são muito... bruscas.

– Ele pode ser contundente, mas apenas se você permitir – respondeu Johanna, com um sorriso na voz. – Clare, você mostrou uma coragem incrível enfrentando Robert, mesmo sabendo o que aconteceria. Você quase foi morta.

– Meu jogo acabou, certo? Eu vou dizer a verdade ao meu pai, prometo.

– Ele fará você voltar aos MacInnes?

– Não sei – disse Clare. – Ele quer a aliança.

Johanna ficou enjoada. A ideia de Clare sendo forçada a voltar para as garras de Robert lhe era simplesmente aterrorizante. Apenas uma coisa era certa em sua mente: ela não deixaria que isso acontecesse.

– Não diga a verdade ao seu pai ainda – ela disse –, preciso pensar sobre isso. Não posso permitir que você volte. Não, não posso deixar isso acontecer. Teremos de juntar nossas ideias e encontrar uma solução.

– Por que você se importa, milady? Você se coloca em perigo ao me proteger. Sua compaixão a meterá em encrenca. Meu pai...

Johanna não a deixou terminar seu protesto.

– Clare, acredito que você já tenha superado o desafio mais difícil.

– E qual foi, Johanna?

– Você estava em uma situação intolerável, e deu o primeiro passo, e também o mais difícil. Eu não teria escolhido o seu caminho para a liberdade, mas isso não vem ao caso agora. Você escapou, entende isso? Você não pode considerar retroceder agora.

– O que acontecerá quando os soldados de meu pai entrarem em guerra contra os MacBain por causa de minha mentira?

Johanna sacudiu a cabeça.

– Nós vamos encontrar um modo de evitar um conflito – ela anunciou.

– Como?

– Eu não sei... ainda não, mas você e eu somos inteligentes. Podemos encontrar uma forma de consertar essa confusão.

– Mas por que você colocaria seu clã em tal posição delicada?

– Eu não acredito que uma mulher deva ser sacrificada pela outra – disse Johanna. – Eu acredito que toda mulher tem a responsabilidade de cuidar das outras. Quando uma está em cárcere ou em sofrimento, então não estamos todas sofrendo?

Johanna sabia que não estava fazendo muito sentido. Era difícil para ela expressar seus sentimentos de forma coerente.

– Mulheres são subestimadas por alguns homens. Há membros da nossa Igreja que nos consideram inferiores, mas Deus não concorda. Lembre-se desse fato importante, Clare, que eu levei muito tempo para entender: os homens fazem as regras, não as mulheres; eles nos dizem que estão interpretando as visões de Deus, e esperam que sejamos ingênuas o suficiente para acreditar neles. Nós não somos tão inferiores. – A voz dela estava cheia de convicção. – Como mulheres, nós devemos tentar nos unir... como irmãs, e quando virmos uma injustiça devemos com certeza tentar interferir. Juntas... se houver mulheres suficientes unidas, nós podemos ajudar. Atitudes podem ser mudadas.

– E por onde começamos? Com nossos filhos?

– Começaremos ajudando umas às outras agora – explicou Johanna. – Mais tarde, quando tivermos filhos e filhas, ensinaremos a eles que se amem e honrem uns aos outros. Somos todos feitos à imagem e semelhança de Deus, homens e mulheres, igualmente.

O som dos homens descendo pelo corredor interrompeu a conversa. Clare surpreendeu Johanna, pois não parecia estar com muito medo. Ela soltou a mão dela, endireitou os ombros e alisou as cobertas.

A porta estava se abrindo quando Clare sussurrou.

– Juntas.

Johanna assentiu, e então ecoou a promessa.

– Juntas.

Capítulo 17

Gabriel foi o primeiro a entrar no quarto. Ele não parecia feliz em ver sua mulher ali e balançou a cabeça para ela, mas ela fingiu que não notou.

Padre MacKechnie deixou que Lorde MacKay entrasse no quarto. O padre acenou para Johanna, antes de voltar sua atenção à Clare.

– Você parece um pouquinho melhor hoje – ele anunciou.

Lorde MacKay foi até o lado do padre para conseguir ver sua filha. Ele começou a avançar, então parou abruptamente.

– Meu Deus – ele sussurrou, alto o suficiente para que todos no quarto ouvissem.

A visão do rosto ferido de sua filha fez o lorde empalidecer. Johanna estava preparada para não gostar do homem que se recusara a ouvir o clamor de sua filha e a forçara a voltar para os homens MacInnes. Ainda assim, a reação dele fez Johanna reavaliar sua opinião. Talvez ele não tivesse se dado conta de quão horríveis eram as circunstâncias de Clare.

Não, ela pensou consigo mesma, não lhe daria o benefício da dúvida. Pouco se importava se estava sendo impiedosa ou pior; em sua mente, o pai de Clare era tão responsável quanto Robert MacInnes por ela quase ter morrido.

A aparência do Lorde MacKay não era muito agradável. De estatura média, a julgar pelo fato de Gabriel ser muito maior que ele, tinha pelo menos o dobro da idade de seu marido e grossas mechas acinzentadas marcando seus cabelos castanhos. Também tinha linhas profundas ao redor da boca e dos olhos, que, como os de sua filha, eram castanhos. Seu nariz um tanto grande e curvado, como o bico de um falcão, era, porém, sua característica mais marcante. Clare teve sorte de não ter herdado aquele traço do pai.

Gabriel aproximou-se para ficar ao lado de Johanna. A janela estava diretamente atrás deles e as peles que serviam de cortina estavam amarradas. Uma brisa leve bateu de leve nas costas de Johanna.

– Bom dia, Padre.

Lorde MacKay finalmente recuperou-se do susto inicial. Ele se aproximou da lateral da cama, abaixou-se e pegou a mão de sua filha.

– Clare, o que você fez consigo mesma?

Havia zelo na voz dele, mas Johanna achou a pergunta um tanto obscena, e ficou possessa. Ela aproximou-se para se colocar entre pai e filha, e o lorde soltou a mão de Clare e recuou. E, ao notar o olhar de fúria no rosto de Johanna, afastou-se ainda mais.

– O que Clare fez, você pergunta? Acredita, honestamente, que ela infligiu essas marcas contra si mesma?

Os olhos do lorde se arregalaram e ele deu outro passo para trás, obviamente tentando escapar da ira de Johanna. Ela derramou-se sobre ele como água fervente.

– Não, eu não acho que ela o fez – ele respondeu.

– Robert MacInness e seu pai são os responsáveis... e você, Lorde MacKay – ela anunciou. – Sim, você também é responsável.

O pai de Clare virou-se para Gabriel.

– Quem é esta mulher? – ele gritou.

Gabriel aproximou-se para ficar mais perto de Johanna.

– Ela é minha esposa – ele anunciou, com voz firme. – E você não levantará a voz na frente dela.

– Ela não deve ser dessas redondezas – Lorde MacKay fez o comentário em um tom de voz bem mais brando.

– Ela é da Inglaterra.

– As filhas inglesas são autorizadas a falar com os mais velhos nesse tom de voz desrespeitoso, imagino?

Gabriel virou-se para Johanna. Pensou que ela provavelmente estava doida para responder a provocação de MacKay, e disse:

– Ela falará por si mesma.

Johanna manteve seu olhar fixo em MacKay.

– A maioria das filhas inglesas são sim encorajadas a expressar suas opiniões – ela disse. – Seus pais, você vê, as amam e prezam por elas. Eles as protegem, também, ao contrário de certos lordes que colocam alianças à frente da segurança e da felicidade de suas filhas.

O rosto de MacKay ficou vermelho. Johanna sabia que o estava provocando, mas parecia não se importar.

– Você ama a sua filha? – ela perguntou.

– É claro – o lorde respondeu. – Eu a valorizo, também.

Johanna assentiu.

– Você percebe, senhor, que sua filha quase morreu?

O lorde balançou a cabeça.

– Eu não me dei conta – ele admitiu.

Padre MacKechnie limpou a garganta para chamar a atenção.

– Talvez eu deva explicar como, exatamente, Clare chegou até nós.

Ele esperou pelo aceno do lorde, então prosseguiu, descrevendo as circunstâncias da chegada de Clare. Ele contou como ela havia sido despida e amarrada em um saco de tecido. O padre não poupou nenhum detalhe no relato, incluindo até mesmo o fato de que Robert MacInnes cuspira na moça.

– Ele estava pronto para dar-lhe um chute – acrescentou Padre MacKechnie –, mas a flecha de Lady Johanna o deteve.

O pai de Clare permaneceu com as mãos atadas nas costas, enquanto escutava o padre contando a história tenebrosa. Seu rosto não demonstrou nenhuma reação visível ao que estava ouvindo. Seus olhos, no entanto, contavam outra história. Estavam marejados.

– O clã MacInnes irá pagar por seus pecados contra minha filha – anunciou MacKay, com sua voz tremendo de raiva. – Eu falo de guerra, MacBain, não de alianças. Fui informado pelo seu primeiro comandante que vocês também procuram vingança. Qual a sua razão?

– Robert MacInnes ousou pegar sua adaga, e a teria atirado contra minha esposa se eu não o tivesse impedido.

Johanna ainda não sabia que seu marido planejava declarar guerra ao clã MacInnes. A fúria que ela ouviu em sua voz quando ele explicou sua razão para querer vingança fez seu estômago embrulhar.

– Mas ele não tocou em sua esposa – disparou Lorde MacKay.

– Onde você quer chegar, MacKay?

– Robert pertence a mim – o lorde respondeu. – É meu direito vingar minha filha.

Gabriel sentiu-se fortemente pressionado a concordar.

– Vou levar isso em consideração – ele murmurou.

Lorde MacKay assentiu e voltou sua atenção à sua filha. Johanna bloqueou a visão dele e o lorde deu um passo para o lado, para conseguir ver Clare.

– Achei que você havia exagerado ao descrever sua situação. Eu sabia que você não queria se casar com Robert, e pensei estupidamente que, com o tempo, você aprenderia a se dar bem com ele. Nunca me passou pela cabeça que os homens MacInnes a tratariam com tamanha brutalidade. O insulto deles é imperdoável... e o meu também, filha. Eu deveria ter escutado você. A mulher MacBain está certa. Eu também sou responsável.

– Oh, papai – Clare sussurrou. – Me desculpe. Eu o envergonhei com a minha... – seus soluços a preveniram de continuar e Johanna apressou-se em entregar-lhe um pano de linho.

– Pare com isso agora – ordenou seu pai. – Não quero vê-la chorando.

– Me desculpe – disse Clare novamente –, eu não consigo parar.

O lorde balançou a cabeça.

– Você devia ter me forçado a ouvi-la quando veio correndo para casa, filha, em vez de se desgraçar com um MacBain. Ficar grávida não era a solução. Agora você me dará o nome do bastardo e eu acertarei minhas contas com ele.

– Perdão por interromper – disse Johanna –, mas achei que Clare tinha ido para casa à sua procura logo após a primeira agressão. Não foi isso?

– Não havia marcas – o lorde respondeu –, e achei que ela havia inventado a história para me sensibilizar. Eu sou um homem que admite quando está errado – ele acrescentou com um aceno.

Padre MacKechnie estava satifeito em ouvir a confissão do lorde.

– É um bom começo – observou. E, voltando-se para Clare, disse: – Me dê o nome do homem, Clare.

– Padre, desculpe-me por desapontá-lo. Você não deve culpar os MacBain, pois esse pecado foi todo meu.

– Eu quero o nome, filha.

Johanna não se importou com o tom ríspido do lorde e moveu-se para ficar entre pai e filha.

Gabriel viu a expressão no rosto dela, e imediatamente alcançou-a para segurar seu braço. Lorde MacKay também se deu conta do que Johanna estava fazendo.

– Você pensa em proteger minha filha de mim? – ele perguntou, atônito.

Johanna não respondeu à pergunta dele, mas tentou desviar sua atenção.

– Eu o julguei mal, senhor, pois agora me dou conta de que ama sua filha. Clare precisa descansar agora. Ela levou muitos golpes na cabeça e está muito fraca. Como pode ver, agora mesmo ela está lutando para manter os olhos abertos.

Ela rezou para que Clare entendesse o sinal e acenou para o lorde, para enfatizar sua mentira; então moveu-se para o lado, a fim de que ele pudesse ver sua filha.

Clare dera sequência ao plano. Seus olhos estavam fechados, e ela parecia já estar adormecendo. Johanna baixou sua voz ao dizer:

– Você vê, Lorde? Ela precisa descansar se realmente quiser se recuperar. A verdade é que ainda corre risco de morrer.

– Eu estava querendo levá-la de volta para casa comigo – o lorde sussurrou de volta.

– Ela está recebendo excelentes cuidados aqui, Lorde – Padre MacKechnie anunciou. – Sua filha não parece estar forte o suficiente para ir a lugar nenhum. Melhor deixá-la por aqui. Ela está sob a proteção de Lorde MacBain, e não poderia ter nada melhor que isso.

– Ela tem algo melhor – Gabriel interveio. – Ela tem a proteção de minha esposa.

Lorde MacKay deu seu primeiro sorriso.

– Eu posso ver que tem.

– Talvez nós devamos ir lá para baixo para discutir esse assunto preocupante – sugeriu Padre MacKechnie. – A questão sobre quem a engravidou pode esperar, não pode?

– O homem se casará com a minha filha. Estou esperando a sua garantia, MacBain.

Gabriel franziu o cenho.

– Eu perguntei a cada um...

Johanna interrompeu.

– Ele perguntou a alguns de seus soldados – ela disparou –, mas não a todos, é claro. Há... tantos deles, e alguns ainda não retornaram de suas tarefas, não é mesmo, marido?

Gabriel nem piscou diante da mentira de sua mulher.

– Isso mesmo – ele anunciou.

– Mas estou querendo saber, Lorde, se você está comigo nessa questão do casamento – murmurou MacKay. – Você exigirá que o soldado responsável por desgraçar Clare se case com ela?

– Exigirei.

MacKay parecia satisfeito. O padre apressou-se até a entrada e abriu a porta. Lorde MacKay deu um tapinha desconfortável no ombro de sua filha, e então virou-se para deixar o quarto. Antes de seguir o pai de Clare até a porta, Gabriel lançou um duro olhar para Johanna, do tipo espere-só-até-ficarmos-a-sós.

– Você acolheu a minha filha, MacBain, e também a protegeu, e sua mulher demonstrou sua compaixão. Eu não o confrontarei se um casamento se realizar; poderemos fazer uma aliança justa...

Padre MacKechnie empurrou a porta para fechá-la, cortando as observações de Lorde MacKay.

Johanna desabou na cadeira e deixou escapar um suspiro alto.

– Pode abrir os olhos agora, Clare.

– O que vamos fazer, Johanna? Preciso contar a verdade ao meu pai.

Johanna mordeu seu lábio inferior enquanto pensava sobre o problema.

– Agora pelo menos nós sabemos que você não será mandada de volta para o clã MacInnes. Seu pai devia estar cego pela febre da aliança, mas certamente abriu os olhos agora. Quando viu os hematomas no seu rosto, ele se convenceu. Ele a ama, Clare.

– Eu o amo, também – sussurrou Clare. – No fundo, não quis dizer que o odiava. Eu estava... zangada. Oh, que confusão eu armei. Eu não sei o que papai fará quando descobrir que não estou grávida.

Longos minutos se passaram em silêncio. Então Johanna endireitou-se em sua cadeira.

– Há apenas uma solução para este problema.

– Eu sei – disse Clare, prevendo que Johanna a instruiria a dizer a verdade. – Eu tenho de...

Johanna sorriu.

– Se casar.

– O quê?

– Não fique tão espantada, Clare. É uma boa solução.

– Quem iria me querer? Eu supostamente, estou grávida, lembra?

– Nós somos espertas o suficiente para pensar em uma solução – insistiu Johanna. – Vamos encontrar alguém adequado.

– Eu não quero me casar.

– Você está sendo teimosa ou sincera?

– Ambos, eu acho – ela admitiu. – A ideia de me casar com alguém remotamente parecido com Robert MacInnes faz meu estômago revirar.

– Claro que faz, mas e se encontrarmos alguém que reconheça seu valor e a trate com respeito, então você não ficaria feliz em se casar com esse homem?

– Tal homem não existe.

– Meu marido é um homem assim.

Clare sorriu.

– Ele já é casado.

– Sim, ele é – Johanna concordou –, mas há outros homens quase tão perfeitos quanto ele – ela acrescentou em um sussurro.

– Você é tão sortuda, Johanna.

– Por que isso, Clare?

– Você ama seu marido.

Johanna não reagiu à verdade por um longo minuto. Então inclinou-se para trás em sua cadeira e deixou que toda a sua indecisão e insegurança se fossem.

– Sim, eu o amo.

O encanto em sua voz fez Clare sorrir.

– Você acaba de se dar conta disso?

Johanna balançou a cabeça.

– Eu o amo – ela repetiu. – Mas percebo agora que o amo há um longo tempo. Não é estranho que eu não conseguisse reconhecer meus sentimentos nem para mim mesma? Eu tenho tentado me proteger estupidamente – acrescentou com um aceno. – Ninguém gosta de se sentir vulnerável. Bom Deus, eu amo Gabriel com todo o meu coração.

O som de sua risada preencheu o quarto. Era tão cheia de felicidade que Clare se pegou rindo também.

– Presumo que você nunca disse a ele como se sente – observou Clare.

– Não – Johanna respondeu.

– Então o que você responde quando ele diz que a ama?

– Oh, Gabriel nunca disse que me ama – ela explicou. – Ele não se dá conta disso, você vê, pelo menos ainda não. Um dia ele reconhecerá que me ama, mas duvido que me diga isso.

Ela parou para rir novamente.

– Meu marido é tão diferente dos barões da Inglaterra, e eu agradeço a Deus por essa bênção. Os homens que conheci cantavam canções doces para as mulheres que eles estimavam e contratavam outros para escrever poemas de amor para que recitassem a elas. Os homens eram bastante rebuscados em seus lindos discursos. A maior parte era bobagem, é claro, e, certamente, mentirosa, mas os barões acreditavam que eram verdadeiros cavalheiros. Todos tinham grande apreço pelo amor cortês.

A curiosidade de Clare foi atiçada, e ela fez várias outras perguntas a Johanna sobre os homens na Inglaterra. Uma boa hora de conversa se passou antes que Johanna por fim insistisse para que Clare descansasse.

– Agora que seu pai a viu, deixe que Glynis corte seus cabelos.

Clare concordou. Johanna levantou-se para sair.

– Você dirá ao seu marido a verdade sobre mim? – perguntou Clare.

– Sim – Johanna respondeu, e acrescentou rapidamente: – Por certo, mas devo escolher o momento oportuno.

– O que ele vai fazer?

Johanna abriu a porta antes de responder.

– Ele vai resmungar algo áspero, imagino, depois me ajudará a pensar no que fazer.

Hilda estava descendo pelo corredor com uma bandeja de comida para sua paciente e Johanna recuou para que a cozinheira pudesse passar por ela.

– Lorde MacKay se foi – anunciou Hilda. – Ele deixará que fique aqui até que esteja forte o suficiente para ir para casa com ele, moça. Lady Johanna, eles a estão esperando para começar o jantar. Os homens estão mal-humorados de fome; melhor descer logo.

Hilda colocou a bandeja no colo de Clare.

– Você, moça, vai comer tudo, e eu vou ficar aqui para vê-la terminar. Você precisa recuperar suas forças – ela acrescentou, com um aceno.

Johanna virou-se para descer, então parou repentinamente.

– Se vocês ouvirem um tumulto vindo do salão, não se preocupem, por favor. Eu planejei uma pequena surpresa, e alguns dos soldados podem ficar um pouco perturbados.

Hilda e Clare quiseram saber qual era a surpresa, mas Johanna balançou a cabeça.

– Vocês vão descobrir logo logo – prometeu.

Johanna não deu tempo para que elas a convencessem a explicar-se. Foi até seu quarto e vestiu o manto que havia escondido embaixo da cama. Alex entrou no quarto enquanto ela estava arrumando suas pregas dentro do cinto.

– Entre rápido e feche a porta – ela ordenou.

– Por quê? – Alex perguntou.

Ele não parecia querer uma explicação, e também não notou nada diferente no manto dela. O garotinho correu para a sua cama, levantou o colchão e puxou uma longa espada de madeira.

– Auggie vai me ensinar a usar a espada – ele anunciou.

– Você já jantou? – perguntou Johanna.

– Eu comi com Auggie – Alex respondeu, enquanto corria para a porta.

– Um minuto, por favor.

Ele deslizou até parar.

– Venha e me dê um beijo de tchau – ela ordenou.

– Eu não quero que você vá embora.

Ele mal teve tempo de gritar sua preocupação, pois Johanna se apressou em tranquilizá-lo.

– Eu só vou descer para o jantar – ela lhe disse.

Alex não estava convencido. Então soltou sua espada de madeira e correu para ela, jogando-se em seus braços e abraçando-a com força.

– Não quero que você vá embora – ele repetiu.

Senhor, o que ela causara?

– Alex, eu sou sua mãe agora, quero que me beije quando for sair. Entendeu? Você me disse que ia ficar com Auggie, e foi por isso que pedi um beijo antes que você saísse.

Levou mais dez minutos para que ela convencesse a criança. Ela acariciou as costas dele até que estava pronto para deixá-la.

– Eu não vou embora – ele disse novamente. – Só vou lá fora.

Ela abaixou-se perto de Alex e ele esticou-se e deu-lhe um beijo molhado na bochecha.

Alex pegou sua espada e correu para a porta.

– Você devia se sentar perto da lareira e costurar, mamãe. Foi o papai que disse.

– É mesmo?

Alex abriu a porta.

– É sim – ele respondeu. – Papai disse.

– E o que mais seu pai disse?

Alex virou-se e apontou para ela.

– Que você deveria estar onde ele manda. Não lembra?

Ela ia ter uma conversa séria com Gabriel sobre as coisas ultrajantes que ele estava dizendo ao filho deles.

– Lembro sim – ela respondeu. – Agora vá; você não quer deixar Auggie esperando.

Alex saiu sem fechar a porta. Johanna terminou de ajustar seu manto, respirou fundo e desceu a escada.

Megan estava começando a subir os degraus para encontrar sua senhora e quase tombou contra o corrimão quando notou o que Johanna estava vestindo.

– Você não pode estar com tanto frio que precise de dois mantos, milady. Está abafado aqui.

– Eu não estou vestindo dois mantos – explicou Johanna. – Estou usando apenas um.

Megan subiu mais alguns degraus para ver mais de perto.

– Meu Deus, você fez um novo manto. Nosso lorde sabe?

– Ainda não – Johanna respondeu.

Megan fez o sinal da cruz. Johanna tentou fazê-la entender.

– Tenho certeza de que meu marido me dará seu total apoio. Minhas opiniões e sugestões são importantes para ele. Sim, tenho certeza de que ficará do meu lado nessa questão.

Megan fez outro sinal da cruz; ela obviamente não estava convencida.

Johanna ficou exasperada.

– Vai ficar tudo bem – ela prometeu –, e agora pare de fazer isso – acrescentou, quando a mão de Megan voou até a testa novamente para mais um sinal da cruz.

– Ninguém a viu ainda – Megan disparou –; há tempo para se trocar e usar o manto adequado.

– Bobagem – respondeu Johanna, tentando manter sua expressão serena. Na verdade, a reação de Megan a deixara um pouco nervosa, mas ela endireitou os ombros e continuou a descer a escada. Megan ergueu as saias e passou correndo por ela.

– Onde você vai? – Johanna perguntou, quando Megan foi em direção ao corredor que levava aos fundos da fortaleza.

– Vou pegar algumas tigelas extras, milady. Tenho a sensação de que precisará de, no mínimo, cinco antes que consiga a cooperação dos homens.

Megan desapareceu pelo canto, antes que Johanna pudesse dizer-lhe que não tinha a intenção de arremessar nada. Padre MacKechnie chamou sua atenção ao entrar e ela lhe sorriu. Ele a olhou estupefato.

Johanna ficou no pé da escada e esperou até que o padre se recuperasse de sua surpresa.

– Ora, ora – ele sussurrou. – Ora, ora.

– Boa noite, Padre.

Ele não respondeu ao cumprimento; parecia estar em alguma espécie de torpor. Sua reação estava a deixando apreensiva.

– Você acha que meu marido e seus soldados vão ficar muito aborrecidos comigo?

O padre abriu um largo sorriso repentinamente.

– Ficarei ao seu lado quando seu marido descobrir – ele disse. – E ficaria honrado em escoltá-la até ele.

O padre deu o braço para Johanna, mas ela não notou.

– Prevejo que vão ficar um pouco abalados no início – ela explicou –, mas apenas um pouco.

– Sim – ele concordou. – Me diga, moça, quando foi sua última confissão?

– Por que me pergunta?

– É preferível receber a absolvição antes de encontrar seu Criador.

Johanna forçou um sorriso.

– Você está exagerando na reação dos homens. Ninguém ousaria fazer algo contra mim.

– Eu não estava pensando nos homens – ele respondeu –, mas considerava a reação de seu marido. Venha comigo, moça. Estou ansioso para testemunhar a batalha que você está prestes a travar.

– Eles vão superar a raiva.

– Pode ser – especulou o padre. – Os guerreiros das Terras Altas consideram seus mantos sagrados, Johanna.

– Oh, Senhor, eu não devia ter...

– Claro que devia – o padre refutou, enquanto estava no processo de tirar a mão dela do corrimão.

– Padre, você é a favor ou contra esta mudança nos mantos?

– Sou a favor – o padre respondeu. – Quase jejuei em penitência hoje, e agora estou feliz de não tê-lo feito. Eu teria perdido...

Antes que ele terminasse a explicação, ela soltou um gemido.

– Você está me deixando terrivelmente nervosa – ela confessou.

– Me perdoe, moça. Não pretendia provocá-la. Você sabe que vai ter de soltar esse corrimão em algum momento.

– Vou agir como se nada estivesse acontecendo – ela disparou. – O que acha desse plano?

– É bastante ignorante, moça – ele disse a ela.

– Sim, é isso o que vou fazer. – Ela soltou o corrimão e segurou o braço de Padre MacKechnie. – Vou alegar ignorância. Obrigada. Você me deu uma sugestão maravilhosa.

– Se eu fosse você, alegaria insanidade.

Padre MacKechnie arrependeu-se da brincadeira no segundo em que as palavras saíram da sua boca. Ele também estava pagando por seu comentário, pois teve que arrastar sua senhora pelos degraus.

– Eu ficarei ao seu lado – ele prometeu. – Não se preocupe. Tudo vai se resolver.

Os soldados estavam todos ao redor das mesas. Gabriel estava parado próximo à despensa. Conversava com Calum e Keith. Ele a avistou antes de todos.

Ele piscou na direção dela, então fechou seus olhos e olhou novamente. Ela sorriu enquanto continuava se dirigindo ao seu lugar à mesa.

Keith e Calum se viraram ambos ao mesmo tempo.

– Meu Deus, o que ela fez com o nosso manto? – Calum gritou sua pergunta.

– Estou vendo o que acho que estou vendo? – Keith perguntou gritando.

Todos se viraram para olhar para Johanna, e um suspiro coletivo preencheu o ar.

Johanna fingiu não notar a expressão horrorizada no rosto dos homens.

– Eu disse que ficaria tudo bem – ela sussurrou para o padre.

Gabriel inclinou-se para trás, contra a parede, e continuou a olhar para sua esposa.

– MacBain, é melhor você fazer alguma coisa antes que o diabo seja solto – disse Calum.

Gabriel balançou a cabeça.

– É tarde demais – ele observou. – E já passou da hora de algum de nós fazer alguma coisa – acrescentou.

O rosto de Keith ficou totalmente vermelho.

– Lady Johanna, o que você fez?

– Estou tentanto agradá-lo, Keith – ela respondeu.

Ele olhou duas vezes.

– Você pensa em me agradar unindo o tartan MacBain ao meu? Como pode pensar... como pôde acreditar que eu fosse...

Ele estava realmente cuspindo. Ela rezou para que fosse por surpresa, e não por indignação.

– Você sabe que eu não consigo acertar meus dias. Você notou essa falha, não notou?

– Falha?

– Minha memória falha – ela explicou. – Venha e sente-se ao meu lado, Keith; devo lhe dar uma explicação decente para a minha ação audaz. Calum, você fica com o lugar de Keith na outra mesa.

Johanna continuou lançando ao seu marido olhares receosos de tempos em tempos, mas ele não demonstrou nenhuma reação visível à surpresa dela... ao menos por enquanto.

– Gabriel, você está pronto para se sentar? – ela o chamou.

Ela estava agarrando com força o braço do Padre MacKechnie, que deu tapinhas na mão dela para que o soltasse.

– Onde você gostaria que eu me sentasse, moça?

– À esquerda de Gabriel – ela respondeu –, e na minha frente. Ficará mais fácil para você me dar os ritos finais se for necessário – ela acrescentou em um sussurro.

– Você se esqueceu que dia é hoje, e essa foi sua razão para vestir os dois mantos? – Lindsay quis saber.

– É apenas um manto – explicou Johanna. – Eu cortei cada um deles ao meio e costurei as metades juntas para formar este. Vê como as cores se misturam harmoniosamente?

Johanna alcançou sua cadeira e virou-se para Gabriel, que ainda estava apoiado na parede, encarando-a.

O silêncio dele a deixou ainda mais nervosa.

– Gabriel?

Ele não respondeu. Ela não podia mais ficar esperando que ele dissesse o que pensava de sua ousadia.

– Por favor, diga-me: como se sente a respeito dessa mudança? – ela questionou.

Ele afastou-se repentinamente da parede. Sua voz estava dura e raivosa quando ele falou.

– Estou muito descontente.

Ela voltou sua atenção para a mesa, tentando esconder sua mágoa e desapontamento. Esperava que ele a apoiasse, é claro, mas, na verdade, já contava com aquela reação. De qualquer forma, a decepção dele abalou-a consideravelmente.

Ela ouviu vários grunhidos de aprovação a Gabriel, mas não olhou para ver quem eram os ofensores.

Gabriel andou até a mesa, ergueu o queixo dela e, então, colocou as mãos em seus ombros.

– Eu já deveria ter pensado nisso há muito tempo, Johanna.

Levou um minuto até ela se dar conta de que ele estava aprovando o que fizera.

– Você é muito mais esperta do que eu.

Ela tentou agradecê-lo pelo elogio, mas não conseguiu. Caiu em lágrimas.

Todos começaram a gritar ao mesmo tempo. Keith culpava a reação rude de Calum às roupas de sua senhora pelo estado aflito dela, e Calum era tão enfático quanto ele em sua opinião de que as táticas constantes de intimidação de Keith eram a verdadeira razão por trás do choro de Lady Johanna.

Gabriel parecia ser o único que não se afetara pelas lágrimas de sua mulher. Ordenou que ela se sentasse, depois moveu-se para trás dela, colocou uma mão em seu ombro e voltou sua total atenção para os soldados.

– Ver minha mulher vestida com os dois tartans abriu meus olhos. Acabo de me dar conta da grande distância que Johanna percorreu para atender às necessidades de todos vocês. Ela tem sido instruída sobre qual manto vestir, em qual cadeira se sentar, com quem andar e tudo mais, e tem sido absolutamente graciosa em sua intenção de agradá-los. Desde o dia em que chegou aqui, ela tem aceitado a todos vocês, Maclaurin e MacBain, da mesma forma. Ela tem tratado Calum e Keith com igual afeição. Tem oferecido a todos vocês sua devoção e lealdade. Mas a recompensa dela tem sido suas críticas e desdém. Ela foi até mesmo chamada de covarde por alguns, e nem sequer me procurou para reclamar; sofreu a humilhação em silêncio, provando, sem sombra de dúvida, que é muito mais compreensiva e misericordiosa do que eu jamais serei.

O silêncio se seguiu ao discurso do lorde. Gabriel apertou o ombro de sua mulher antes de continuar.

– Sim, ela tem sido tremendamente acolhedora – ele reforçou. – E eu também. – A voz dele estava dura e raivosa agora. – Eu tenho tentado ser paciente com vocês, mas percebi que é uma droga de esforço, pois não sou um homem paciente, de forma alguma. Já estou farto desse conflito e, obviamente, minha mulher também. Deste momento em diante, nós estamos unidos como um só clã. Vocês me aceitaram como seu lorde, e agora vocês irão aceitar uns aos outros. Aqueles entre vocês que não conseguirem fazer isso têm a minha permissão para deixar as terras assim que amanhecer.

Um ou dois minutos de silêncio se seguiram ao pronunciamento do lorde. Então Lindsay deu um passo à frente.

– Lorde MacBain, qual manto devemos usar?

Gabriel voltou sua atenção ao soldado Maclaurin.

– Vocês me juraram lealdade, e eu sou um MacBain. Irão vestir minhas cores.

– Mas seu pai era um Maclaurin – Keith lembrou a seu lorde.

Gabriel voltou sua carranca para seu primeiro comandante.

– Ele não me reconheceu e nem me deu esse nome – ele respondeu. – Eu não o reconheço. Eu sou um MacBain. Se vocês me seguem, usarão minhas cores.

Keith assentiu.

– Eu o sigo, Lorde.

– Eu também, Lorde – disparou Lindsay. – Mas estou me perguntando agora o que faremos com os mantos Maclaurin.

Gabriel ia sugerir que queimassem as peças, mas mudou de ideia.

– O manto pertence ao seu passado – ele anunciou. – Vocês irão transmiti-los aos seus filhos juntamente com as lendas de sua história. O manto MacBain que vocês vestirem amanhã será o começo de seu futuro. Unidos, nós nos tornaremos invencíveis.

A tensão no salão foi quebrada pela observação do lorde. Um ânimo retumbante emergiu.

– Isso é motivo para uma celebração – anunciou Padre MacKechnie.

– Merece um brinde – concordou Gabriel.

– Sem derramar cerveja – disparou Johanna.

Por alguma razão, sua instrução foi motivo de muita risada entre os homens. Ela não podia imaginar por que estavam agindo daquela forma; então pensou que talvez estivessem apenas rindo de alívio. Houve alguns minutos preocupantes durante o discurso de Gabriel; pelo menos ela ficou bem preocupada.

Johanna secou os cantos dos olhos com seu pano de linho, envergonhada por não conseguir parar de chorar. Meu Deus, estava muito agradecida por ter se casado com Gabriel. Até então, sua vida fora tão vazia e desolada. Ela nunca soube o que era a alegria até que ele entrou em sua vida.

Tais pensamentos apenas a faziam chorar mais. Os homens já não estavam prestando nenhuma atenção nela. Ela ouviu Keith sussurar que era a sua condição delicada que estava causando a manifestação indigna de emoções, e Calum acenou em concordância.

Johanna olhou para cima e avistou Leila parada à entrada. Então, levantou-se imediatamente e sinalizou para que a mulher viesse até ela.

Leila parecia hesitante. Todos os homens se levantaram com suas taças. O jarro estava sendo passado pela fila, para que cada soldado se servisse. Johanna passou pelo grupo e encontrou Leila no centro do salão.

– Você ouviu?

– Oh, sim, milady, eu ouvi – interrompeu Leila. – Seu marido fez um discurso poderoso.

– Venha e sente-se ao meu lado, Leila, à mesa.

– Mas eu sou uma Maclaurin – ela sussurrou. – Pelo menos era até alguns minutos atrás.

Ela corou depois de fazer o comentário. Johanna sorriu.

– Você ainda é uma Maclaurin, mas agora também é uma MacBain. Calum não terá nenhuma desculpa para não cortejá-la agora – ela acrescentou, em um sussurro.

Leila ficou ainda mais corada. Johanna segurou a mão dela e puxou-a consigo.

Os soldados haviam acabado de terminar o brinde ao seu lorde e ao futuro. Estavam prestes a se sentar em seus lugares novamente quando Johanna chamou sua atenção.

– Eu gostaria de fazer algumas mudanças nas cadeiras – ela começou.

– Nós gostamos de onde nos sentamos, milady – Michael disse a ela.

Ela ignorou o protesto.

– É apropriado que ambos os comandantes se sentem com o seu lorde. Keith se sentará à esquerda de seu lorde, e Calum à direita.

Gabriel discordou com a cabeça para ela.

– Por que não? – ela quis saber.

– Você se sentará ao meu lado.

Ele não soou como se fosse ceder na questão.

– Tudo bem, então – ela concordou. – Calum, você se sentará ao meu lado. Leila, venha cá; sente-se ao lado de Calum.

Johanna continuou a fazer suas mudanças. Quando terminou, havia um Maclaurin se sentando ao lado de um MacBain em cada mesa.

Padre MacKechnie sentou-se na ponta da segunda mesa, onde Keith costumava se sentar. Ele estava emocionado com a honra que lhe fora concedida. Keith estava igualmente satisfeito com a nova disposição, se o seu sorriso assim indicava, porque agora estava sentado ao lado do seu lorde.

– Por que importa onde cada um de nós se senta? – Lindsay perguntou à sua senhora.

Ela não pretendia dizer-lhe que, na verdade, queria eliminar totalmente a divisão entre os clãs. Nunca mais queria ver os Maclaurin agrupados em uma mesa e os MacBain em outra.

O soldado repetiu sua pergunta, quando Johanna não o respondeu imediatamente. Ela não conseguia pensar em uma razão lógica para dar ao homem curioso. Então ofereceu-lhe uma ilógica.

– Por que mamãe está vindo. É por isso.

Lindsay assentiu, então virou-se para repetir a explicação dela a um soldado MacBain sentado ao lado dele.

– A mãe dela está vindo. Milady quer que tudo fique dessa forma.

O soldado MacBain assentiu.

– Sim, ela quer – ele concordou.

Johanna voltou sua atenção à mesa, para que os homens não a vissem sorrindo. Queria rir da ingenuidade de Lindsay, mas não ousaria.

O jantar foi um sucesso extraordinário para ela. Calum e Leila começaram duros como tábuas, mas, ao final da refeição, já estavam conversando em sussurros baixos. Ela estava se esforçando para ouvir o que diziam quando Gabriel se deu conta do que estava fazendo e a puxou para perto de si.

– Logo haverá um casamento – Gabriel observou, com um aceno na direção de Calum.

Johanna sorriu.

– Sim – ela sussurrou.

A menção do casamento a fez pensar em Clare. A mulher MacKay precisava de um marido, e, pela estima de Johanna, havia várias possibilidades à mesa.

– Keith? Você já – Johanna começou, pensando em perguntar a ele se refletia sobre seu futuro.

Keith não a deixaria finalizar a pergunta.

– Eu estava esperando que puxasse esse assunto – ele disse.

Os olhos dela se arregalaram de surpresa.

– Estava?

– Era meu dever contar ao seu marido, milady. Tentei manter o que lhe prometera, até me senti um pouco aliviado, porque me sentia responsável pela mulher Maclaurin e sua ofensa, mas não pude continuar o dia sem me dar conta de que a minha lealdade pertence primeiro ao MacBain.

– Do que você está falando?

Johanna nunca vira um homem crescido corar até agora. Keith estava ficando vermelho de vergonha.

– Deixe para lá, milady.

Ela não estava disposta a deixar o assunto morrer.

– O que exatamente você disse ao meu marido?

Gabriel a respondeu.

– Ele me explicou sobre os apelidos, Johanna, e como Glynis os inventou...

Ela não o deixaria terminar.

– Ela se arrependeu, marido. Você não deve criar caso com ela. Prometa que não irá falar com ela sobre isso.

Como Gabriel já havia falado com Glynis, achou seguro fazer a promessa à sua esposa.

Ela assentiu, satisfeita.

– Perguntei-me como você sabia que eu tinha sido chamada de covarde – ela disse, e virou sua careta para Keith –; no entanto, nunca me passou pela cabeça que você tinha contado ao meu marido. Achei que outra pessoa havia ouvido Glynis dizer, e então contar o caso a ele.

– Era dever dele me contar – Gabriel anunciou. – Você deve agradecê-lo, esposa, não puni-lo.

– Tudo saiu na lavagem de roupa suja – anunciou Johanna.

– O que raios isso quer dizer? – perguntou Gabriel.

– Ela está nos dando outra lição, Lorde – Keith explicou, com um sorriso malicioso.

– Estou vendo – Gabriel respondeu.

– Não, Lorde, você não verá. Nenhuma das lições da sua mulher faz sentido.

Johanna explicou o que quis dizer com seu comentário, mas Alex capturou sua total atenção quando veio correndo para o salão. Ela viu seu olhar assustado e imediatamente levantou-se.

Alex circundou a mesa e se jogou nos braços dela, enterrando o rosto em seu manto.

– O que houve, Alex? – ela perguntou, com a preocupação aparente na voz. – Você teve um pesadelo?

– Tem alguma coisa embaixo da cama. Eu ouvi.

Gabriel revirou os olhos em exasperação e moveu-se para puxar seu filho de Johanna. Alex não a soltou até que seu pai mandou que o fizesse.

– Você está dormindo em um colchão no chão, Alex – disse Gabriel. – Não é possível que nada entre embaixo dele.

– Não, papai – argumentou Alex. – Eu subi na sua cama. Está embaixo dela. Pode me pegar se eu fechar os olhos.

– Alex... – seu pai começou.

– Melhor você subir com ele e dar uma olhada embaixo da cama, marido. É a única forma de convencê-lo. Além do mais, pode haver realmente alguma coisa embaixo.

– Tem sim – insistiu Alex.

Gabriel soltou um suspiro alto antes de atender o desejo da família. Levantou-se, pegou o filho nos braços e saiu do salão.

Johanna sentou-se novamente e sorriu para Keith. Estava empolgada em ter a atenção dele sem Gabriel. Seu marido certamente interferiria na conversa.

– Crianças – Johanna lançou. – Elas são uma grande alegria. Quando você se casar e tiver sua própria família, entenderá o que estou dizendo. Você vai se casar um dia, não vai, Keith?

– Sim, milady – ele respondeu. – No próximo verão, a propósito. Bridgid MacCoy concordou em se tornar minha esposa.

– Oh!

Mal podendo esconder sua decepção, ela virou seu olhar para a mesa e pensou em Michael como outra possibilidade. Ele a pegou olhando em sua direção e sorriu. Ela assentiu.

– Crianças – ela começou novamente. – Elas são incríveis, não são, Michael?

– Se você diz, milady.

– Oh, eu digo – ela respondeu. – Quando você se casar, entenderá. Você planeja se casar um dia, não, Michael?

– Talvez – ele respondeu, dando de ombros.

– Você tem alguém em mente?

– Você está querendo fazer um arranjo, milady? – perguntou Keith.

– Por que pensaria isso?

– Eu irei me casar com Helen, quando estiver pronto – Michael interpôs. – Eu disse a ela que irei, e ela concordou em esperar.

Johanna franziu a testa. As possibilidades estavam ficando um pouco limitadas. Então ela virou-se para Niall.

– Crianças... – ela começou.

– Ela está tentando fazer um arranjo – anunciou Keith.

Foi como se ele tivesse acabado de soar o alarme de que estavam sendo sitiados. Os soldados literalmente pularam das cadeiras, curvaram-se diante de Johanna e deixaram o salão no intervalo de um único minuto. Ela nem teve tempo suficiente para ordenar que voltassem aos seus lugares.

Apenas os soldados com quem ela já falara permaneceram. E Padre MacKechnie, é claro, mas ele não era uma possibilidade viável, porque padres não podem se casar.

Gabriel voltou a um salão quase vazio e olhou ao redor, confuso. Então deu de ombros e sentou-se novamente para terminar seu jantar.

Ele sorriu para sua esposa.

– E então? – Ela quis saber.

Ele parecia encabulado.

– Havia algo embaixo da cama.

Ela riu, pois achou que ele estava brincando com ela. Então, explicou.

– Dumfries rastejou para debaixo da cama.

Leila e Calum se levantaram. Leila curvou-se ao seu lorde.

– Obrigada por me conceder a honra de jantar com vocês – ela disse.

Gabriel assentiu, e Leila corou.

– Obrigada a você também, milady.

– Está escuro – anunciou Calum.

Ele não tinha mais nada a acrescentar. Johanna tentou não rir.

– Se está escuro, talvez você deva acompanhar Leila até em casa – ela sugeriu.

O soldado assentiu.

– Como quiser, milady.

Calum sinalizou para que Leila caminhasse à sua frente, e Johanna virou-se de volta para o marido. Keith chamou sua atenção então. A expressão de surpresa em seu rosto indicava que ele havia acabado de se dar conta de que um romance estava florescendo entre Calum e Leila.

Ele sorriu repentinamente, levantou-se e curvou-se ao seu lorde. Então chamou:

– Espere um pouco, Calum. Eu vou com você.

Johanna pôde ouvir a risada na voz dele, e percebeu também que Calum não ficou contente com a oferta.

– Não precisa...

– Mas eu quero – ele disse, e apressou-se em alcançar o casal –; está escuro lá fora.

Leila continuou andando, enquanto Calum tentava expulsar Keith, que insistia em acompanhá-lo. E foram se empurrando para lá e para cá, enquanto deixavam o salão.

– Fico me perguntando se um dia esses dois vão aprender a conviver – observou Johanna.

Padre MacKechnie estava se sentindo só; pegou sua taça e foi até o lugar de Keith na outra mesa.

– É apenas um pouco de rivalidade do bem entre dois comandantes – o padre comentou. – Lorde, você fez um ótimo discurso esta noite.

– Sim, foi mesmo – concordou Johanna. – Mas gostaria de perguntar algo – ela acrescentou. – Por que esperou tanto tempo para falar? Por que não fez seu discurso um ou dois meses atrás? Teria me poupado de muitas irritações, marido.

Gabriel inclinou-se para trás em sua cadeira.

– Nessa época eles ainda não estavam prontos, Johanna.

– Mas estavam prontos esta noite – o padre interveio com um aceno.

Ela ainda estava intrigada.

– O que os deixou prontos justamente nesta noite?

– O que, não – disse o padre. – A pergunta, moça, é "quem os deixou prontos?".

Ela não entendeu, mas Gabriel assentiu, e um brilho sincero tomou conta de seus olhos.

– Você os deixou prontos para aceitar a mudança.

– Como eu fiz isso?

– Ela está implorando por reconhecimento – Gabriel disse ao padre.

– Parece que sim – Padre MacKechnie brincou de volta.

– Eu estou implorando para entender – ela refutou.

– Foi seu desafio silencioso – Gabriel, finalmente, explicou.

Ela ainda não sabia do que ele estava falando, mas o padre pareceu entender, pois acenou várias vezes.

– Explique-me meu desafio silencioso.

Gabriel riu.

– Você nunca me fará acreditar que não conseguia prestar atenção em qual manto deveria vestir em qual dia – ele disse. – Você esquecia de propósito, não é mesmo?

– Gabriel, ninguém esquece de propósito – ela argumentou.

– Você não se importou em manter o controle sobre isso – disse o padre.

Ela suspirou e admitiu:

– É verdade; eu achava que era bobagem, mas...

– Desafio silencioso – Gabriel repetiu. – Foi por essa razão que você aprendeu a ler – ele acrescentou. – Não foi?

– Sim, mas isso foi diferente – ela explicou.

– Não, não foi.

Johanna soltou um suspiro. Sabia que não devia deixar que seu marido acreditasse que ela vestia os mantos errados deliberadamente, apenas para fazer com que os homens se dessem conta de quão estúpidos eram em sua determinação de manter a separação dos clãs. Não seria honroso aceitar um elogio por algo que não havia feito.

– Não sou tão esperta assim – ela ressaltou.

– Sim, você é – seu marido disse. – Você convenceu Lorde MacKay a esperar mais algumas semanas antes de levar sua filha para casa.

– Clare não está em condições de fazer uma longa jornada.

– E você impediu que eu contasse a MacKay que nenhum de meus homens havia tocado em sua filha. Sei que o estava atrasando propositalmente, para que Clare pudesse ficar aqui, e fiquei em silêncio – ele acrescentou –, mas quando MacKay retornar, terei de dizer a verdade a ele.

– E ela também dirá – disse Johanna. – Estará forte o suficiente então.

– E, com sorte, casada, Johanna pensou consigo mesma, se ela conseguisse encontrar um pretendente adequado.

Gabriel poderia ser útil.

– Marido, eu também acho honroso que você tenha tanta fé em seus soldados. Para saber com toda certeza que nenhum deles jamais tocou em Clare...

– De onde você tirou isso?

– De você – ela respondeu, confusa com a pergunta.

– Johanna, você não pode acreditar que meus homens não pegariam o que lhes fosse oferecido.

– Mas você os defendeu e me fez acreditar que nenhum a tocara – ela argumentou.

Ele parecia exasperado.

– Estamos falando de duas questões diferentes – ele explicou. – Tenho certeza de que nenhum de meus homens recusaria a oportunidade de se deitar com uma mulher disposta – ele disse. – No entanto, eu também estou certo de que, se um deles a tocasse, não a deixaria lá, mas a traria para casa com ele.

– Há ainda o fato de que o soldado, certamente, admitiria que ter se deitado com a moça. Ele não mentiria para o seu lorde – Padre MacKechnie acrescentou.

Gabriel assentiu.

– E este, você vê, é o real problema.

Ela não entendeu, mas não queria discutir com seu marido. Em sua opinião, ele estava tornando o problema muito mais complicado do que precisava ser.

Padre MacKechnie levantou-se para se retirar. Mais uma vez, cumprimentou Gabriel por seu discurso astuto e vigoroso, então virou-se para se curvar a Johanna.

– Você percebe, moça, que salvou os Maclaurin de certo exílio? Você usou suas artimanhas para ganhar a cooperação deles, e acabou ganhando também seu afeto.

Johanna estava honrada com a opinião do padre. Ela sussurrou um agradecimento por suas palavras gentis, ainda que achasse que, no dia seguinte, teria de retificar sua opinião. Gabriel era a razão pela qual os Maclaurin cooperaram e, certamente, o padre se daria conta desse fato em breve.

Padre MacKechnie deixou o salão. Johanna e Gabriel continuaram sentados à mesa. Finalmente estavam a sós. Ela estava se sentindo repentinamente envergonhada e tímida, pois o elogio que havia recebido a estava sobrecarregando.

– Eu farei Padre MacKechnie entender a verdade amanhã – ela sussurrou.

– Que verdade?

– Que você é a verdadeira razão pela qual os Maclaurin estão finalmente cooperando.

Gabriel levantou-se e puxou-a para si.

– Você terá de aprender a aceitar um elogio quando este for dirigido a você.

– Mas a verdade...

Ele não a deixou terminar. Ergueu seu queixo, para que ela olhasse para ele, e disse:

– A verdade é fácil de entender, moça. Você se tornou a graça salvadora dos Maclaurin.

Ela pensou que aquela era a coisa mais linda que Gabriel já lhe dissera. Lágrimas encheram seus olhos, mas ela achou que não iria chorar; afinal, não era tão indisciplinada.

Então Gabriel a fez esquecer tudo sobre se manter digna.

– E minha, Johanna; você também é a minha graça salvadora.

Capítulo 18

Gabriel deixou a propriedade na manhã seguinte. Ele foi evasivo sobre sua missão. Johanna imediatamente suspeitou e quis saber se o seu marido planejava algum roubo, mas ele fez objeção à pergunta dela, é claro, e acabaram discutindo.

– Eu lhe dei a minha palavra de que não roubaria – ele murmurou. – É melhor você aprender a não me insultar com tais acusações, mulher.

– É apenas porque me preocupo com a sua segurança – ela refutou. – Eu ficaria muito triste se algo acontecesse com você enquanto estivesse... caçando.

– Você acabou de me insultar novamente – ele anunciou, embora sua voz não estivesse mais tão rude. – Você acredita tão pouco em mim? Meus homens e eu somos tão silenciosos quando pegamos o que precisamos que ninguém nos ouve. Nós entramos e saímos dos depósitos deles antes mesmo que seus animais sintam o nosso cheiro.

Ela deixou escapar uma bufada meio deselegante, pois não estava nem um pouco impressionada com as vanglórias dele.

– Ocorre que eu tenho total confiança em você – ela murmurou. – Estava meramente curiosa para saber onde estava indo. Foi apenas isso o que perguntei; no entanto, se não quiser me contar, não conte.

Ele não contou. Quando descobriu que ele planejara ficar fora por pelo menos duas semanas, talvez até mesmo três, ela ficou ainda mais curiosa, mas não o pressionou. Não por achar que estivesse acima de tais táticas, mas porque Gabriel simplesmente não lhe deu tempo para isso. Ele disse a ela que estava partindo, discutiu por um minuto ou dois, então a beijou com firmeza e se foi.

Ele não confidenciou a ela o motivo de sua partida porque não queria preocupá-la. A verdade é que ele e o contingente completo de soldados estavam se juntando ao Lorde MacKay na guerra contra o clã MacInnes, e, uma vez que tivessem acabado com aqueles infiéis, Gabriel planejava cavalgar até Lorde Gillevrey, pois outro requerimento do Barão Goode havia chegado, implorando por uma audiência com Johanna. O homem inglês por certo não entendia o significado da palavra não. Gabriel planejou insistir pessoalmente, e por meio da força, para que o barão desistisse. Queria ter certeza de que soubesse o que lhe aconteceria se ousasse importunar Johanna novamente. Rezou para que o barão não tivesse enviado um vassalo.

Sua esposa estava ocupada com Alex, Clare MacKay e as tarefas domésticas diárias e mundanas. Glynis cortou o cabelo de Clare, e após duas semanas descansando em seu quarto, a mulher MacKay por fim estava forte o suficiente para se juntar a Johanna para jantar no salão nobre.

Clare estava ficando mais bela a cada dia. Assim que os hematomas sumiram e seus traços não estavam mais distorcidos pelo inchaço, ela se tornou uma mulher surpreendentemente bonita. Tinha um senso de humor incrível e um sotaque atraente, que soava como música para Johanna, que até tentou copiá-lo, mais para divertir Clare.

Johanna tentou manter-se concentrada nas preparações para a visita de sua mãe. Estava ansiosa para vê-la, mas, na verdade, esperava que ela demorasse mais que um ou dois meses para chegar, pois assim, com um pouco de insistência, conseguiria convencê-la a ficar até que o bebê nascesse.

Johanna estava ficando mais larga na cintura, mas ainda não dava para notar, e também estava dormindo muito. Tirava um cochilo à tarde e, mesmo assim, ia cedo para a cama à noite. Ela e Alex mantinham os mesmos horários, e levá-lo para a cama se tornara parte de sua rotina diária. Depois que ele se lavava e limpava seus dentes, ambos se ajoelhavam lado a lado, ao pé da cama, e juntos faziam suas preces noturnas.

Em geral, ele já estava cochilando quando terminavam. Alex sempre queria adiar a hora de dormir, e, por essa razão, gostava de incluir todos que já conheceu na vida em suas preces. Gabriel estava sempre no topo da lista, é claro. Primeiro, rezavam para ele; depois, pelos parentes de Alex e de Johanna; e então, depois que todos os conhecidos haviam sido nomeados, Johanna insistia em rezar por Arthur, o sobrinho do Rei John. Alex queria saber porque estava rezando para ele, e Johanna explicava que Arthur deveria ter sido rei, e como esse direito lhe fora negado, eles rezariam para que ele chegasse ao paraíso.

Gabriel chegou em casa minutos depois de Johanna ter levado Alex para a cama, mas, até que terminasse de ouvir o relatório de Keith e de jantar, sua mulher e seu filho já estavam dormindo profundamente.

Estava quente como o inferno dentro do quarto. O inverno havia chegado às Terras Altas, e com ele uma brisa gelada que sua mulher mal conseguia tolerar. Peles cobriam a janela, e sua esposa estava escondida sob um monte de cobertores. Como Alex não estava dormindo em seu colchão, Gabriel presumiu que também estivesse escondido em algum lugar entre as cobertas.

Encontrou seu filho ao pé da cama e carregou-o até seu colchão. Alex devia ter passado por um dia exaustivo, pois nem sequer abriu os olhos enquanto estava sendo carregado de uma cama para a outra.

Gabriel preparou-se para deitar em total silêncio. Tirou as roupas, lavou-se, e então começou a tirar os cobertores, na tentativa de encontrar sua esposa.

Johanna dormia no centro da cama. Ele esticou-se ao lado dela e gentilmente puxou-a para os seus braços. Precisava dela naquela noite. Maldição, ele sempre precisava dela, pensou consigo mesmo. Durante o tempo em que estiveram separados, não se passava nem uma hora sem que Gabriel pensasse nela. Era um hábito vergonhoso que estava adquirindo, pois comportava-se como um marido grudento, que só queria ficar em casa com sua esposa.

Os confortos da vida em família haviam realmente tomado o lugar do prazer de guerrear.

Johanna estava vestindo um pijama longo branco, e ele odiou aquela roupa. Queria sentir seu corpo macio pressionado contra o dele. Ele subiu a roupa acima das coxas dela e começou a acariciá-la, enquanto se aninhava em seu pescoço.

Ela demorou para acordar; no entanto, ele não desanimou. E quando ela finalmente se deu conta de que seu marido estava ao seu lado e de quais eram suas intenções, sua reação foi de entusiasmo.

Foi um desafio e tanto para Gabriel impedi-la de emitir aqueles sons excitantes de que ele gostava tanto, mas não podia permitir que Alex acordasse. Assim, os gritos de êxtase de Johanna foram selados com longos e quentes beijos. Quando chegou ao clímax, ela estreitou-se toda ao redor dele e soltou um gemido suave. E ele, no entanto, quando encontrou seu prazer, deixou escapar um grito.

– Papai?

Johanna ficou rígida nos braços de seu marido, e sua mão moveu-se até a boca para segurar o riso.

– Está tudo bem, Alex. Volte a dormir.

– Boa noite, papai.

– Boa noite, filho.

A cabeça de Gabriel desabou na curva do pescoço de Johanna, que se virou para mordiscar o lóbulo da orelha dele.

– Bem-vindo de volta ao lar, meu marido.

Seu resmungo em resposta a fez sorrir. Ela adormeceu, dando-lhe um abraço apertado, e ele dormiu desejando ter forças suficientes para fazer amor com ela de novo.

Foi um regresso ao lar totalmente satisfatório.

Nicholas chegou tarde no dia seguinte. Gabriel estava no topo das escadas, do lado de fora, esperando que seu cunhado desmontasse. Calum, que estava ao lado do seu lorde, notou a expressão de desgosto em seu rosto.

– Você vai matá-lo desta vez? – Ele perguntou.

Gabriel balançou a cabeça.

– Não posso – ele respondeu em uma voz que soou um pouco desamparada. – Minha esposa ficaria infeliz, mas, por Deus, essa é a única razão pela qual o irmão dela ainda está respirando.

Calum escondeu o riso; sabia que a raiva de seu lorde era apenas fingimento. Então virou-se para observar o convidado.

– Algo está errado, MacBain. O barão não está ostentando o sorriso idiota de sempre.

O irmão de Johanna estava totalmente só, e com pressa para chegar até MacBain, pois girou a perna por cima de seu cavalo e pulou no chão antes que o animal tivesse parado. A pelagem do animal estava suada, indicando que tinha sido extremamente pressionado.

Algo estava errado, com certeza. Nicholas não era o tipo de homem que abusava de sua montaria.

– Cuide desse cavalo – Gabriel ordenou para Calum. – Ele desceu as escadas e avançou para encontrar seu cunhado.

Nenhum dos guerreiros era chegado às saudações apropriadas. Nicholas foi o primeiro a falar.

– É péssimo, MacBain.

Gabriel não o questionou; simplesmente esperou que ele explicasse.

– Onde está Johanna?

– Ela está lá em cima, preparando Alex para dormir.

– Eu poderia tomar uma bebida.

Gabriel tentou conter sua impaciência e conduziu Nicholas para dentro. Para que tivessem um pouco de privacidade, dispensou Megan de terminar a tarefa de preparar as mesas para o jantar. Nicholas esperou ao lado da despensa enquanto seu cunhado servia uma bebida.

– É melhor você se sentar para ouvir essa notícia – sugeriu Nicholas, – É uma maldita confusão, e Johanna está no meio dela.

Johanna acabara de descer a escada quando ouviu a voz de seu irmão. No entanto, em vez de erguer as saias e correr para Nicholas, ela parou abruptamente, pois a irritação no tom de voz do irmão, somada às suas palavras preocupadas, fizeram-na esperar para ouvir a confusão a que ele se referia antes de se intrometer na conversa.

Ela sabia que não era educado escutar escondido, mas a preocupação e a curiosidade venceram as boas maneiras; além disso, ela sabia que, se os interrompesse, eles iriam mudar de assunto. Seu marido e seu irmão eram muito protetores com os sentimentos dela. Sim, eles mudariam o assunto, com certeza, e ela teria de insistir muito para conseguir alguma resposta de qualquer um deles. Ouvir a conversa podia não ser apropriado, mas era certamente eficaz. Além do mais, ela ouvira o seu nome, e sabia que a confusão, de alguma forma, a envolvia. Inclinou-se um pouco mais próximo da entrada e esperou para ouvir os próximos comentários de seu irmão.

– Apenas desembuche, Nicholas – ordenou Gabriel.

Johanna assentiu. Estava totalmente de acordo com a exigência de seu marido, e sentindo-se tão impaciente quanto ele.

– Barão Raulf retornou dos mortos e quer sua esposa de volta.

Johanna não conseguiu ouvir a reação de seu marido à notícia de Nicholas. Estava chocada demais para ouvir qualquer coisa. Ela sentiu como se tivesse acabado de receber um golpe poderoso. Um grito se formou no fundo de sua garganta e ela recuou até que o corrimão a impediu de ir além. Johanna sacudiu a cabeça em negação. Não podia ser verdade. Raulf havia caído de um penhasco. Havia uma testemunha. Ele estava morto.

Demônios permaneciam no inferno, não?

Então ela correu. Não tinha nenhum destino em mente. Queria simplesmente encontrar um lugar onde pudesse ficar totalmente só até que conseguisse controlar o pânico e o medo que a inundaram.

Ela foi direto para o corredor dos fundos, mas, assim que alcançou a porta que levava ao lado de fora, deu-se conta do que estava fazendo e do motivo. O medo fora imediato e instintivo. Era um resquício obscuro do seu passado, ela pensou. Antes, seu medo a controlava. Não deixaria que a controlasse agora.

Johanna sentou-se no banco, inclinou as costas contra a parede e respirou profundamente várias vezes para se acalmar. Depois de alguns minutos, o pânico começou a se abrandar, e com ele o medo.

Ela era uma mulher diferente agora, lembrou-se. Havia encontrado a coragem e a força, e ninguém, nem mesmo um demônio, poderia arrancar dela essas conquistas.

A mão dela moveu-se até sua barriga, em um gesto de proteção, e lágrimas encheram seus olhos. Mas eram lágrimas de alegria, não de apreensão, pois ela pensava no milagre crescendo dentro de si.

Johanna fez uma oração em agradecimento por todas as bênçãos que Deus lhe dera, e agradeceu, sobretudo, por Gabriel, por Alex e pelo bebê dormindo em seu ventre. E agradeceu também por Deus ter lhe dado um porto seguro, onde ela podia ficar livre da dor e aprender a amar. Por último, agradeceu por ter se tornado forte e inteligente.

Então decidiu usar sua inteligência para encontrar uma saída para a situação.

Johanna ficou sentada no banco, no escuro, por quase uma hora, mas quando finalmente se levantou, tinha um plano claro em mente. Estava se sentindo em paz; na verdade, serena. O mais importante em sua mente era a certeza de que estava no controle total.

Sim, ela havia percorrido um longo caminho. Sorriu diante do elogio que acabara de fazer a si mesma e teve de balançar a cabeça, porque estava agindo como uma louca, e não estava maluca. Acreditava que ficaria bem. Se acabasse em uma batalha de habilidades, Raulf não teria chance contra ela. No seu entender, homens que batiam em mulheres eram ignorantes, além de ter a mente fraca e serem completamente inseguros. Raulf tinha todos esses traços lamentáveis. Sim, ela sairia vitoriosa se a batalha fosse travada na corte de Londres, com ameaças e acusações. Usaria seu conhecimento dos pecados dele para condená-lo.

Mas se Raulf decidisse usar seus punhos e sua espada para conseguir o que queria, Johanna sabia que não tinha força física o suficiente para resistir ao seu ataque. Mas não importava. Raulf podia convocar um exército para ajudá-lo, mas, no fim, ela ainda sairia vitoriosa. Por causa de Gabriel. Ele era o seu campeão, o seu protetor, a sua graça salvadora. Ela tinha total confiança na habilidade dele de manter sua família a salvo. Raulf não era páreo para ele.

Um demônio, afinal, podia facilmente ser esmagado por um arcanjo.

Johanna soltou um suspiro. Estava pronta para deixar que seu marido a confortasse. Então segurou as saias e correu até ele.

Nicholas interceptou-a no meio do salão, erguendo-a em seus braços e girando-a no ar.

– Oh, Nicholas, estou tão feliz em vê-lo! – ela gritou.

– Coloque-a no chão, droga! – rugiu Gabriel. – E tire as mãos dela. Minha esposa não está em condições de ser jogada por aí como um tronco.

Johanna e Nicholas ignoraram as ordens de Gabriel. Ela beijou seu irmão e abraçou-o com força. Ele finalmente a colocou no chão e envolveu seu braço ao redor dos ombros dela.

– Minha irmã pode parecer delicada, MacBain, mas você já deve ter notado que ela é forte como um touro.

– Notei que você não a soltou ainda – disparou Gabriel. – Johanna, venha aqui. Você deve ficar perto de seu marido.

Ele soava rude, mas o brilho em seus olhos indicava que estava satisfeito em vê-la feliz. Johanna achou que Gabriel poderia até gostar realmente de Nicholas, mas que iria para o túmulo antes de admitir isso. Homens, ela aprendera, eram muito complicados.

Ela soltou-se de seu irmão e foi até seu marido, que imediatamente colocou o braço ao redor dos ombros dela e puxou-a para bem perto, ao seu lado.

– Por que não trouxe mamãe com você, Nicholas? Ela teria ficado contente com sua companhia, e ela está planejando vir para uma visita. Não é mesmo, marido?

Gabriel assentiu.

– Sim, Nicholas – ele disse. – Por que não a trouxe?

– Ela ainda não estava pronta para deixar a Inglaterra – Nicholas retrucou. – Além do mais, um pequeno problema surgiu por lá, Johanna...

Gabriel não deixaria que ele terminasse.

– Sua mãe virá no próximo mês.

– Explique, por favor, qual é o problema – ela pediu.

Ambos os homens pareciam receosos, e ela percebeu que não sabiam como dar-lhe a má notícia. Depois de vários minutos de insistência, no entanto, ela chegou à conclusão de que nenhum deles tinha a intenção de contar sobre Raulf.

Gabriel mal podia soltar Johanna. Quando se sentaram à mesa para compartilhar o jantar, ele continuava se esticando para segurar a mão dela.

Nicholas sentou-se à frente de sua irmã e ao lado de Gabriel. Keith sentou-se ao lado dele, e Clare juntou-se a eles alguns minutos depois, sentando-se ao lado de Johanna.

Nicholas e Gabriel levantaram-se quando Clare entrou no salão, e Johanna teve de sinalizar para que os outros soldados também se levantassem.

Nicholas manteve o olhar na adorável mulher andando à sua frente, e Gabriel manteve total atenção no cunhado. Esperava por um sinal de reconhecimento.

– Você conhece esta mulher, Nicholas? – ele exigiu saber.

Seu cunhado não gostou do tom de voz de Gabriel.

– Como raios eu poderia conhecê-la? Ainda não fui apresentado a ela.

Johanna apressou-se em fazer as apresentações. Clare fez uma reverência, mas como Nicholas estava de cara feia, ela não sorriu.

Gabriel ainda não estava disposto a admitir sua derrota, pois, como Nicholas vestira o manto em sua última viagem de volta à Inglaterra, achava que tinha resolvido a questão e encontrado a única conclusão lógica possível para o manto MacBain que fora avistado próximo às terras MacInnes. Como nenhum dos outros soldados estivera próximo à propriedade, Nicholas tinha de ser o homem responsável por engravidar Clare MacKay.

– Está me dizendo que nunca encontrou Clare MacKay antes? – ele perguntou.

– Sim, é o que estou lhe dizendo, com certeza – Nicholas falou arrastadamente.

– Maldição.

– Gabriel, qual é o problema? – perguntou Johanna. – Clare, venha e sente-se ao meu lado, por favor.

– Achei que seu irmão era o responsável pela condição de Clare.

– Como pôde pensar isso? – bradou Johanna. – Ele jamais abandonaria...

– Era uma conclusão lógica – defendeu-se Gabriel.

– Foi uma conclusão pecaminosa – contrapôs Johanna.

Nicholas, que estava tentando acompanhar a discussão crescente, por fim entendeu que Gabriel estava tentando culpá-lo de alguma coisa e Johanna tentava corajosamente defendê-lo, mas ele não fazia a mínima ideia do que estava sendo acusado.

– De que, exatamente, você me culpa? – ele perguntou a Gabriel.

– Nicholas, esse assunto não lhe diz respeito – disse Johanna.

– Como não poderia dizer respeito a ele? – Gabriel perguntou. – Se ele é o pai...

Ela não o deixaria terminar.

– Ele não é – ela disparou.

A expressão no rosto de Gabriel era perturbadora.

– Estou vendo – ele comentou e sentou-se, sinalizando para que Nicholas fizesse o mesmo, e então se virou de volta para sua esposa.

– Então você sabe quem é o homem, não sabe, Johanna?

Johanna assentiu. Ela pretendia realmente explicar a situação ao seu marido, mas queria esperar até que estivessem a sós.

– Nós temos companhia – sussurrou, esperando que seu lembrete fizesse Gabriel se dar conta de que ela não queria discutir assunto tão delicado naquele momento, mas ele se recusou a entender o sinal.

– Você vai me dar o nome do homem – ordenou.

Ela deixou escapar um suspiro. De cabeça baixa e punhos cerrados no colo, Clare estudava cuidadosamente o tampo da mesa. Então ergueu o olhar quando o marido de Johanna exigiu uma resposta, respirou profundamente e disse:

– Não há nenhum homem, Lorde MacBain.

Gabriel não estava preparado para aquela resposta. Inclinou-se para trás em sua cadeira e encarou a mulher MacKay por um longo minuto, antes de se virar para sua esposa.

Johanna assentiu imediatamente.

– Não há nenhum homem – ela disse, repetindo a declaração de Clare.

Johanna manteve o olhar em seu marido, enquanto alcançava Clare e segurava sua mão.

– É melhor você se preparar – ela sussurrou.

– Preparar-me para o que, milady? – Clare sussurrou de volta.

– Rugidos.

Gabriel ignorou o gracejo; ainda estava reagindo à notícia que acabara de receber. Os desdobramentos estavam se esclarecendo, e por mais que ele tentasse, não conseguia entender por que a mulher se colocaria em tamanho perigo por uma mentira.

Ele balançou a cabeça, e Johanna assentiu.

– São ótimas notícias, Gabriel – ela observou.

O rosto dele ficou vermelho, fazendo-a crer que ele não era da mesma opinião. Clare estava espremendo as mãos, obviamente com medo.

– Você não tem motivo para ficar assustada – disse-lhe Johanna. – Meu marido jamais a machucaria. Ele apenas ficou surpreso, só isso. Em um minuto ou dois irá superar.

– Alguém pode me dizer o que raios está acontecendo aqui? – Nicholas quis saber.

– Não! – Gabriel, Johanna e Clare gritaram ao mesmo tempo.

Johanna foi a primeira a se dar conta do quão mal-educados estavam sendo com o irmão dela.

– Gabriel, este assunto pode esperar até mais tarde para ser discutido – ela anunciou. – Por favor? – acrescentou, quando seu marido parecia pronto para iniciar uma discussão, e ele assentiu.

– Devemos ter apenas conversas agradáveis à mesa de jantar – ela disse. – Não está certo, Clare?

– Sim – Clare respondeu. Ela soltou a mão de Johanna e endireitou-se na cadeira. – Você já deu a boa notícia ao seu irmão?

– Meu marido deu – Johanna respondeu.

– Não, não dei – Gabriel disse.

Ele ainda soava irritado, mas ela não estava abalada.

– Por que não contou a ele?

– Achei que você gostaria de contar – ele respondeu.

Ela sorriu. A curiosidade de Nicholas foi atiçada, é claro.

– Que novidade é essa?

– Eu quero contar a ele – Johanna insistiu.

– Contar o quê? – Nicholas perguntou.

– Seu irmão é um homem muito impaciente – Clare observou. – Mas, afinal, a maioria dos homens ingleses são, não é mesmo?

– Não, eles não são – Nicholas soltou. – Johanna, me conte sua novidade.

Clare estava espantada com o tom de voz ríspido de Nicholas. Seus ombros se endireitaram um pouco mais, e ela franziu o cenho para o homem que, agora, decidira tratar-se de um bruto.

– Ela não é estéril – Gabriel fez o pronunciamento e sorriu. Todos os seus soldados acenaram em concordância, imediatamente.

– É verdade, ela não é estéril – ressaltou Keith.

Todos os homens assentiram novamente. Então, Calum e Leila entraram no salão; estavam de mãos dadas, mas as soltaram quando começaram a descer a escada. Johanna sorriu diante da visão do casal feliz, antes de voltar sua atenção ao irmão.

Ele parecia não ter entendido ainda.

– Eu vou ter um bebê, Nicholas.

– Como é possível?

Johanna começou a corar. Gabriel riu, pois achou o constrangimento de sua esposa engraçado. Ele ainda estava determinado a dar-lhe uma bronca por não ter contado a verdade sobre Clare MacKay, é claro, mas não levantaria a voz quando fosse comunicar seu descontentamento, dada a condição delicada dela.

– Ela está casada com um guerreiro das Terras Altas – disse Gabriel em resposta à pergunta ridícula de Nicholas. – E foi assim que isso aconteceu.

Nicholas riu e deu um soquinho no ombro de Gabriel, enquanto o parabenizava; então voltou sua atenção à irmã.

– É uma notícia maravilhosa – ele disse, com a voz trêmula de emoção. – Mamãe ficará muito feliz.

Johanna ficou com os olhos marejados. Alcançou o pano de linho que mantinha guardado na manga de sua blusa.

– Sim, mamãe ficará muito feliz – ela disse, enquanto secava o canto dos olhos com seu paninho. – Conte a ela quando retornar à Inglaterra, Nicholas. Ela vai querer começar a costurar para o bebê.

– Agora você entende por que não quero minha esposa perturbada com nenhuma notícia desagradável? – perguntou Gabriel.

– Entendo – respondeu Nicholas.

Eles realmente não lhe contariam nada sobre Raulf, ela tinha certeza disso. Ambos tentavam protegê-la da preocupação, mas alguém teria de contar em algum momento, é claro, e ela perguntou-se por quanto tempo eles achavam que seriam capazes de guardar segredo.

A motivação deles era bem-intencionada, ela supôs, mas Johanna não deixaria que a tratassem como uma criança. Além do mais, o assunto precisava ser discutido. Ela tinha um plano sólido em mente para impedir Raulf de criar problemas, e queria conversar com Gabriel sobre isso.

Seu marido ficou preocupado. Nicholas também parecia estar preso em seus próprios pensamentos. Ambos os homens franziam o cenho, e nenhum deles estava comendo.

Johanna não estava disposta a puxar o assunto até que os homens tivessem terminado seu jantar. Decidiu desviar conversa para assuntos cotidianos.

– Você notou que a nossa muralha está quase pronta, Nicholas? Os homens avançaram bastante no trabalho desde a sua última visita.

Nicholas assentiu.

– Keith, já disse como você fica bem vestindo o manto MacBain? – ela observou.

O soldado sorriu.

– Sim, milady, disse isso pelo menos dez vezes hoje.

– Ela disse que meus ombros parecem mais largos e fortes com o manto MacBain – Michael interveio.

– E que eu pareço mais alto – Lindsay declarou.

– E fui sincera em cada um de meus elogios – Johanna disparou. – Cada um de vocês fica melhor com o manto MacBain.

Os soldados riram.

– Nós aceitamos as cores do nosso lorde, milady, não precisa mais se preocupar com isso.

– Eu não tenho me preocupado – ela se defendeu.

– Então por que você está nos elogiando de repente? – Keith perguntou.

Ela deu de ombros, e os homens acharam graça. Johanna mudou propositalmente de assunto, para algo menos constrangedor. Todos os soldados haviam ignorado Nicholas; quando um deles mencionou o incidente com os lobos, eles gritaram uns por cima dos outros na ânsia de contar a história sobre a sagacidade de sua senhora.

Johanna não acreditava que seu irmão precisasse ouvir a história, mas seu protesto foi ignorado. Gabriel aproximou-se e segurou a mão dela. Os homens estavam rindo e gritando agora, e, no meio do caos, Gabriel inclinou-se para perto de Johanna.

– Você sabe que eu sempre a protegerei, não sabe?

Ele sussurrou sua pergunta, e Johanna inclinou-se para o lado de sua cadeira e lhe deu um beijo.

– Eu sei.

Nicholas viu o momento terno entre Johanna e Gabriel e assentiu, satisfeito. Fizera a coisa certa insistindo que ela se casasse com o lorde.

Calum fez uma pergunta a Gabriel e Johanna se moveu para trás, em sua cadeira, virando para Clare.

– Está se sentindo bem? – ela sussurrou.

– Sim, milady – Clare respondeu.

Johanna não estava muito convencida, pois Clare mal tocara na comida e permanecera em silêncio durante a maior parte da refeição.

Ela achou que Nicholas podia ser o motivo do comportamento tímido de Clare. Por alguma razão, ambos haviam desenvolvido uma antipatia imediata um pelo outro. Se Clare não estava se sentindo mal, então Nicholas era a única razão possível para a sua conduta estranha. Ambos continuaram encarando um ao outro; e quando um pegava o outro olhando, o resultado era uma rápida expressão de irritação.

O comportamento deles era bizarro e angustiante, pois Johanna cultivara uma grande afeição por Clare e queria que a jovem mulher se sentisse como parte da família.

Ela deixou a questão de lado quando os homens pediram permissão para sair.

– Onde está Padre MacKechnie? – ela perguntou.

Keith levantou-se antes de responder.

– Auggie queria que ele provasse uma amostra de sua nova produção de cerveja.

– Se você se encontrar com ele, pode lhe dizer, por favor, que eu gostaria de falar com ele?

– Sobre o que você quer falar com ele? – Gabriel perguntou.

– Sobre uma questão importante.

– Questões importantes você discute comigo – ele ordenou.

– Sim, claro – ela concordou –, mas eu também gostaria de ouvir a opinião do Padre MacKechnie.

Ela virou-se de volta para Clare, antes que seu marido pudesse lhe fazer mais perguntas.

– O que acha do meu irmão? Ele é bonito, não?

– Bonito? Milady, ele é inglês – sussurrou Clare.

Johanna riu e virou-se para o seu irmão.

– Clare parece não gostar de homens ingleses, Nicholas.

– É irracional não gostar de uma nação inteira de homens – ele comentou.

– Eu não sou uma mulher irracional – defendeu-se Clare. – Se eu fosse inglesa, talvez achasse seu irmão belo.

Era tudo o que Clare estava disposta a conceder, e Nicholas não pareceu se importar com a opinião dela, ainda que Johanna não pudesse ser enganada pelo comportamento indiferente de seu irmão. Ele estava interessado em Clare MacKay, com certeza, e tentava não deixar que ninguém percebesse, e Clare, por sua vez, estava um pouco na defensiva demais.

Johanna, repentinamente, endireitou-se na cadeira, e Gabriel, notando a expressão de surpresa em seu rosto, exigiu saber qual raios era o problema.

Ela deu tapinhas na mão dele e, gentilmente, disse que não se importava com seu tom de voz grosseiro, mas também não respondeu sua pergunta.

– Nicholas?

– Sim, Johanna?

– Quando irá se casar?

O irmão dela não estava preparado para a pergunta franca e riu.

– Estou adiando isso pelo máximo de tempo possível – admitiu.

– Por quê?

– Eu tenho outras questões mais importantes para pensar antes disso.

– Mas você tem alguém em mente para quando decidir se casar?

Nicholas balançou a cabeça.

– Eu, realmente, ainda não pensei sobre isso. Quando estiver pronto, me casarei. Agora chega dessa conversa.

Ela ainda não terminara de discutir o assunto.

– Um bom dote seria importante ao fazer sua escolha?

Ele soltou um suspiro.

– Não – ele respondeu. – Eu não preciso de um bom dote.

Ela sorriu, então virou-se para Clare.

– Ele não vai querer um bom dote – ela repetiu.

Confusa, Clare franziu o cenho, mas apenas por um segundo ou dois. Então se deu conta de qual era o plano de Johanna.

Seus olhos se arregalaram, e ela balançou a cabeça veementemente.

– Você não pode pensar que eu, algum dia, consideraria um homem inglês – sussurrou.

Johanna tentou acalmá-la.

– Eu não estava pedindo que considerasse nada – ela disse, mentindo descaradamente, é claro, pois suas razões eram óbvias, e ela não acreditava que estava cometendo um pecado. Enfim, alcançara seu objetivo, pois tudo o que queria era plantar a ideia na mente de Clare.

– Meu pai morreria.

– Ele se recuperaria.

– Como alguém se recupera da morte? – Gabriel quis saber.

Johanna ignorou a pergunta dele.

– Ninguém vai forçá-la a fazer nada que não queira – ela disse a Clare, e virou-se para seu marido.

– Correto, Gabriel?

– O que está correto? Johanna, não faço a mínima ideia do que está falando.

Johanna não estava incomodada com a irritação do marido.

– Quando o pai de Clare voltará aqui?

– Amanhã ou depois.

Nicholas estava encarando Clare. A expressão no rosto dela o aborrecia tremendamente. Quando ela ouviu que seu pai estava vindo, seus olhos se encheram de lágrimas, e, por Deus, como parecia assustada. Nicholas não entendeu a própria reação. Ele mal conhecia a mulher e já decidira que não gostava muito dela; mesmo assim, sentiu a urgência de tentar resolver problema.

– Você não quer ver o seu pai? – ele perguntou.

– Claro que quero vê-lo – Clare respondeu.

– Clare não estará pronta para ir para casa amanhã ou depois – Johanna disse a seu marido. – Ela não se recuperou completamente ainda.

– Johanna – Gabriel começou em um tom de voz de alerta.

– Para mim, ela parece bem o suficiente – Nicholas observou, perguntando-se do que raios estavam falando. – Você esteve doente? – ele perguntou a Clare.

Ela balançou a cabeça. Johanna assentiu, e Nicholas ficou totalmente exasperado.

– Clare esteve muito doente – Johanna disse então. – Ela precisa de tempo para recuperar suas forças.

– Então é por isso que seu cabelo está cortado como o de um garoto – Nicholas observou. – Ela teve febre, não teve?

– Ela não teve febre – Johanna disse. – Gabriel, devo insistir que diga a Lorde MacKay que sua filha ainda não está em condições de fazer uma jornada.

– Acho que não conseguirei desencorajá-lo – respondeu Gabriel, e virou seu olhar para Nicholas. – É uma pena que você não seja o pai do filho dela – ele murmurou. – Isso resolveria todos os nossos problemas.

Nicholas abriu a boca para dizer algo, mas estava muito espantado para dizer qualquer coisa apropriada.

– Eu ainda não acredito que você achou que meu irmão seria tão desonroso – disse Johanna.

– Ele está aqui – Gabriel retrucou. – O padre os casaria. Você me ouviu prometer ao MacKay que haveria um casamento, não?

– Eu não poderia me casar com ele.

Como Clare estava apontando para Nicholas quando fez sua declaração enfática, ele teve de supor que estava falando em se casar com ele.

– Com certeza você não poderia – ele disparou. – Também devo mencionar que não a pedi em casamento.

Clare se pôs de pé rapidamente.

– Com licença, por favor – ela disparou –; de repente, sinto que preciso de um pouco de ar fresco.

Gabriel assentiu. Clare imediatamente deixou o salão. Nicholas a assistiu saindo, então voltou-se novamente para sua irmã, que franzia o cenho para ele.

– Algum de vocês irá me dizer o que raios está acontecendo?

– Você magoou Clare, Nicholas. É melhor ir atrás dela e pedir desculpas.

– Como a magoei?

– Você se recusou a se casar com ela – explicou Johanna. – Não foi, Gabriel?

Seu marido estava, na verdade, adorando a confusão de Nicholas.

– Sim, ele se recusou – Gabriel concordou, apenas para provocar o humor do cunhado.

– Comece a se explicar – exigiu Nicholas.

– Seria errado de nossa parte falar sobre o problema de Clare – Johanna disse. – Ela lhe dirá quando estiver pronta. Nicholas, por que veio até aqui?

A mudança de assunto o pegou de surpresa. Ele não conseguiu inventar uma desculpa rápido o suficiente, então virou-se para Gabriel, como se pedisse ajuda. Padre MacKechnie, inadvertidamente, veio em socorro de Nicholas e Gabriel. Entrou correndo pelo salão.

– Keith disse que queria falar comigo, milady – ele clamou. – É conveniente agora ou gostaria que eu voltasse mais tarde?

Gabriel e Nicholas literalmente saltaram sobre a oportunidade de desviar a atenção de Johanna.

– Venha juntar-se a nós, Padre! – gritou Gabriel.

– É bom vê-lo de novo – Nicholas gritou ao mesmo tempo.

Se o padre se surpreendeu com os cumprimentos empolgados dos guerreiros, não deixou transparecer.

– Ouvi dizer que estava de volta, Nicholas – disse Padre Mackechnie. – Veio conferir a situação da sua irmã? Você pode ver que ela está feliz – acrescentou com um aceno.

– Foi por isso que percorreu todo esse caminho? – Johanna perguntou.

Era pecado admitir, mas ela estava se divertindo muito com o desconforto de seu irmão. Johanna não gostava de mentir para ele, e a expressão em seu rosto indicava isso. Sua expressão era bastante reveladora, considerando a inocência por trás da pergunta.

Gabriel o salvou.

– Você já jantou, Padre? Johanna, onde estão suas maneiras? Peça aos servos que sirvam o homem.

– Eu já comi – o padre anunciou, e sentou-se ao lado de Johanna. Rejeitou a bebida oferecida, e então contou em detalhes sobre a última produção de cerveja de Auggie.

– O sabor é marcante, com certeza – ele anunciou –; bastaria um gole, e um corpo poderia voar através do átrio.

Johanna riu do exagero do padre.

– Irá nos esquentar quando chegarem as longas... – O padre estava prestes a dizer que a cerveja aqueceria o estômago deles nas noites rigorosas de inverno que estavam próximas, mas mudou rapidamente seu comentário. – Se sobrar alguma coisa.

– Longas o quê? – Johanna perguntou.

– Longas noites mornas de inverno – o padre resmungou, com o olhar fixo em Nicholas. Ele obviamente ainda culpava o irmão de Johanna por causa da mentira que contara a ela sobre o clima ameno nas Terras Altas.

Nicholas estava surpreso que todos ainda estivessem escondendo a verdade de sua irmã. Ele quase riu, mas se deteve a tempo.

– Nicholas, sabe que desde que cheguei aqui o clima tem sido muito imprevisível? Algumas noites são até mesmo frias.

– Não, moça, nunca está frio – Gabriel argumentou.

– Agora, Johanna... – começou Nicholas.

– Você vai me dizer porque veio até aqui? Obviamente há algum problema; se não houvesse, você teria esperado para acompanhar mamãe, Nicholas.

– Por que você está aqui, filho? – o padre também queria saber.

Nicholas estava sendo fortemente pressionado a inventar uma resposta.

– O clima – ele anunciou após um momento de pausa. – Eu não posso viver com essa mentira por mais tempo, Johanna. Eu vim dizer-lhe a verdade.

A risada repentina de Johanna lhe disse que ela não acreditava. Mesmo assim, uma vez que ele começara com a lorota, estava condenado a acabar com ela.

– Eu menti para você. Aí está, acabo de dizer o que pretendia.

– Você quer dizer que mentiu para mim sobre o clima?

Nicholas sorriu. A risada dela era contagiosa, e sua esperteza também. Repentinamente ocorreu-lhe que ela já sabia que ele mentira.

Ele inclinou-se para a frente e apontou o dedo para ela.

– Você sabia... o tempo todo, não sabia?

Ela assentiu.

– Eu estou vestindo um manto de lã, Nicholas. É claro que sabia.

– Então toda vez que um de nós mentia e lhe dizia que o tempo estava atipicamente frio, você sabia a verdade, moça?

O padre soava perplexo. Johanna assentiu.

– Foi gentil da parte de vocês sustentar a mentira do meu irmão, pois só tinham minha felicidade em mente, Padre.

– Você tem um senso de humor distorcido, esposa – Gabriel anunciou.

– Tão torto quanto um escudo deixado por tempo demais sob a chuva – Nicholas concordou.

Ela riu, e os homens imaginaram que ela não estava aborrecida com seus insultos.

Johanna bocejou e imediatamente pediu desculpas. Gabriel exigiu que ela subisse para a cama.

– Primeiro gostaria de conversar sobre algo com todos vocês – ela disse. – Depois então irei para a cama.

– Do que você quer falar? – Nicholas perguntou.

– Eu ajudarei, se puder – o padre prometeu.

– Estou com um problema – começou Johanna.

– Diga-nos o que é, moça – insistiu o Padre MacKechnie.

Johanna olhou fixamente para Gabriel quando deu a resposta.

– Parece que tenho dois maridos.

Capítulo 19

– Você só tem um marido, Johanna.

O tom de voz de Gabriel sugeria que ela não discutisse com ele, mas ela segurou a mão dele e assentiu.

– Você escutou quando eu estava contando ao seu marido sobre Raulf, não foi, Johanna? – perguntou Nicholas.

– Sim – ela admitiu.

– Essa não foi uma conduta apropriada, mulher – seu marido decretou.

Ela balançou a cabeça.

– Não foi uma conduta apropriada da sua parte achar que podia esconder essa notícia importante de mim.

– Estou tentando entender isso – o padre interveio. – Estão dizendo que Barão Raulf está vivo?

– Sim, estamos – Nicholas respondeu.

– Deus do céu – o padre murmurou. – Onde ele esteve esse tempo todo?

– Trancafiado em uma masmorra do outro lado do oceano – respondeu Nicholas. – Ele foi enviado para o outro lado do mundo para atuar como representante do Rei John, a fim de negociar um acordo comercial. Raulf deixou a Inglaterra antes que John começasse a disputa com a Igreja. O rei não dá a mínima para apaziguar o papa agora.

Depois de terminar sua explicação, ele virou-se para sua irmã.

– O quanto você escutou?

– Tudo – ela mentiu.

– Maldição.

Ela ignorou a blasfêmia.

– Por favor, explique ao Padre a confusão em que estou metida.

Nicholas pegou sua taça e bebeu todo o seu conteúdo em um só gole. Johanna repentinamente sentiu necessidade de ficar mais perto de Gabriel; então levantou-se e foi até ele, que colocou o braço ao redor da sua cintura, puxando-a para perto de si. Ela, por sua vez, colocou o braço ao redor do pescoço dele e inclinou-se em sua direção.

– Barão Raulf caiu de um penhasco e todos acreditavam que havia morrido.

– Eu estava na Inglaterra quando a mensagem chegou – o padre relembrou Nicholas.

– Sim, bem, ele não morreu – ele murmurou. – Ele está de volta à Inglaterra e furioso como uma vespa, porque sua mulher e suas terras foram dadas. O rei quer aquietar o bastardo, só Deus sabe por quê. John ordenou que Johanna retorne para Raulf e, em uma tentativa de pacificar MacBain e evitar uma guerra, concordou em deixar que ele fique com a propriedade.

Padre MacKechnie murmurou algo entre sua respiração.

– Não faz diferença o que seu rei deseja, filho. O casamento de Johanna foi anulado, e isso é um fato. O próprio papa assinou o decreto. Não foi isso o que você me contou, moça?

Johanna assentiu.

– Isso mesmo. Não imaginei que precisaria de uma anulação; apenas a solicitei para atrasar os planos do rei para que eu me casasse novamente.

– John decidiu tornar-se ele mesmo o papa. Desde que começou a brigar com a Igreja, desfez praticamente todos os laços com o Pai Sagrado. Padres já fugiram para as Terras Baixas, em antecipação ao interdito. John certamente será excomungado.

– Então o seu rei acredita que pode trocar maridos tão facilmente quanto estala os dedos? – Gabriel perguntou ao seu cunhado.

– Sim, acredita – respondeu Nicholas. – Ele não dará ouvidos à razão. Tentei conversar, mas ele continua teimosamente determinado a deixar Raulf feliz. Juro por Deus que queria saber o motivo.

– O que acontecerá quando nosso lorde se recusar a devolver Johanna? – o padre perguntou.

– John irá enviar tropas para Raulf.

– Para qual propósito? – o padre perguntou.

– Guerra.

Nicholas e Gabriel responderam juntos.

– Não posso deixar isso acontecer – sussurrou Johanna. – Nós acabamos de nos reconstruir, Gabriel. Não deixarei que tudo seja destruído.

– Não acho que possamos fazer nada a respeito disso, Johanna – seu irmão disse.

– Você viu Raulf? – Johanna perguntou.

– Se o tivesse visto, eu o teria matado pelo que fez com você. Não, eu não o vi.

Johanna balançou a cabeça.

– Você não pode matá-lo. O rei voltaria sua raiva contra você.

– Ouça-a, filho – o padre aconselhou e ele soltou um alto suspiro. – Temos um senhor problema em nossas mãos.

– Quanto tempo Gabriel tem para anunciar sua decisão?

– Johanna, você não pode acreditar que eu consideraria desistir de você – seu marido murmurou.

– Dois mensageiros e quatro soldados em escolta estarão aqui amanhã ou depois para apresentar as exigências do Rei John ao seu marido.

– E onde está Raulf? – perguntou Johanna.

– Recebi a promessa de meu rei de que Raulf seria mantido na corte com ele, até que isso esteja resolvido.

Johanna tombou na direção de seu marido. Gabriel imediatamente arrastou sua cadeira para trás, para que pudesse colocá-la no colo.

– Isso não nos dá muito tempo para pensar em um plano de ação – o padre disse.

– Sim, nos dá – Gabriel argumentou. – Os mensageiros terão de retornar para a Inglaterra com o informe de que rejeitamos as exigências, e isso nos dará tempo suficiente.

– Tempo para fazer o quê? – perguntou Johanna.

– Nos preparar – Nicholas respondeu.

Johanna mudou de assunto.

– O que vocês ouviram sobre Arthur? Disseram-nos que o sobrinho do rei foi assassinado. Você ouviu algo mais a respeito disso?

Nicholas franziu o cenho diante da mudança de assunto. No entanto, Johanna parecia exausta, e ele decidiu que ela estava tentando desviar a conversa para um assunto menos desgastante.

– Houve muitos informes contraditórios – respondeu Nicholas. – O Barão Goode jurou que descobriria o que aconteceu com Arthur. Ele está levantando cada pedra em sua busca, e cada vez mais pessoas acreditam que Arthur foi morto. Ele era um concorrente pelo trono – ele explicou ao Padre MacKechnie –, e uma verdadeira ameaça à posição de John. Goode não foi o único a defender o sobrinho. Arthur tinha um exército e tanto apoiando sua causa.

– O que seu rei diz sobre esse mistério? – perguntou Johanna.

– Ele jura que não sabe como seu sobrinho morreu – respondeu Nicholas. – A crença mais comum é de que apoiadores fanáticos do Rei John capturaram Arthur e ameaçaram castrá-lo, e então ele morreu de pavor.

– Isso daria conta – murmurou Gabriel.

– As especulações ainda continuam – disse Nicholas. – Vou lhe dizer; se qualquer um dos barões tivesse uma prova de que John está envolvido na morte de seu sobrinho, a Inglaterra seria tomada pela rebelião. Os barões pendurariam John pelo... – Nicholas se deteve antes de dizer algo que Johanna, certamente, acharia ofensivo, e substituiu rapidamente por outra palavra mais apropriada. – ...pé.

Johanna soltou outro bocejo alto, desculpou-se com os homens, e disse:

– E essa, vocês veem, é a razão pela qual o Rei John quer deixar Raulf feliz.

Antes que Johanna soltasse outra palavra, Gabriel adivinhou o que ela estava prestes a dizer. Agora tudo se encaixava. Johanna não apenas sabia que Arthur havia sido assassinado, como também sabia quem o matara.

Johanna, explique o que acabou de dizer – Nicholas perguntou. – Você sabe por que John quer acalmar Raulf?

Ela estava prestes a responder a pergunta de seu irmão quando Gabriel apertou-a de leve.

– Ele é um de seus barões preferidos – ela disse.

Gabriel afroxou o aperto e ela supôs que sua resposta o tinha satisfeito. Esperaria até que estivessem a sós para perguntar-lhe por que não queria que Nicholas soubesse o que ela tinha a dizer.

– John não quer deixar Raulf feliz – disse então Gabriel. – Ele quer matá-lo. E essa, você vê, é a razão pela qual ele, por fim, o enviará até mim.

A discussão se acalourou, mas Johanna estava muito exausta para ficar no andar de baixo ouvindo seu marido e seu irmão argumentando sobre o que deveria ser feito.

Padre MacKechnie pediu a honra de acompanhar sua senhora até o quarto. Na verdade, ele queria mesmo era ficar a sós com ela. Assim que deixaram o salão, ele segurou sua mão e perguntou-lhe se ela iria se preocupar com aquela notícia sórdida ou se, como uma moça inteligente, entregaria o problema nas mãos de Deus e teria uma boa noite de descanso.

Gabriel também estava com medo de que sua esposa se preocupasse a ponto de acabar ficando doente. Estava totalmente preparado para tentar acalmar seus medos, mas descobriu que não era necessário, pois não conseguiu sequer mantê-la acordada por tempo suficiente para lhe dar um beijo de boa noite. Ela estava morta para o mundo, e dormindo como uma inocente que não tinha nada com que se preocupar.

No meio da noite, Johanna acordou assustada, com um peso sobre seus pés. Assim que ela se mexeu, Gabriel se sentou e viu seu filho no pé da cama, e imediatamente ordenou-lhe que voltasse para o seu colchão.

– Não o acorde – Johanna sussurrou. – Ele está na nossa cama há mais de uma hora. Apenas afaste-o da minha perna, por favor.

Seu marido soltou um suspiro alto o suficiente para acordar os mortos, mas Alex nem se mexeu, e continuou dormindo enquanto Gabriel o transferia de uma cama para outra.

– Ele tem cobertores suficientes? – sussurrou Johanna. – Está frio aqui – ela acrescentou, com um aceno.

Gabriel voltou para a cama e puxou sua esposa para seus braços.

– Ele é meu filho – ele disse. – O frio não o afeta.

Ela achou que a observação de seu marido era totalmente ilógica e ia dizer isso a ele, mas ele desviou sua atenção com seu comando rude para beijá-lo.

Gabriel pretendia apenas dar-lhe um beijo rápido, mas o gosto dela era tão bom e ela respondia tão maravilhosamente que ele decidiu que queria um pouco mais. E a beijou de novo, de forma lenta e firme. Então resolveu que queria tudo.

Foi uma agonia fazer amor sem nenhum ruído, e o último pensamento coerente de Gabriel, antes que sua esposa o levasse além dos limites do seu controle, foi como ele ficaria feliz quando seu filho se mudasse para o outro quarto.

Ele gostava do modo como sua esposa se aconchegava nele depois do ato. Maldição, ele gostava de tudo nela, pensou com um sorriso.

– Gabriel?

– O que foi?

– Eu gostaria de lhe dizer algo – ela sussurrou na escuridão. – Eu sei por que o Rei John quer se livrar de Raulf.

– Descanse agora, Johanna. Falaremos sobre isso amanhã.

– Eu quero falar sobre isso agora.

Ele cedeu.

– Tudo bem – ele concordou –, mas se você começar a ficar abalada, irá colocar a preocupação de lado até amanhã.

Ela ignorou a condição.

– Eu queria ter dito a você mais cedo – ela começou.

– Você ia contar a Nicholas também, não ia?

– Sim – ela respondeu. – Por que você me impediu?

– Porque Nicholas não é apenas seu irmão, ele também é um barão inglês. Se ouvisse notícias perturbadoras sobre o comportamento de seu superior, poderia ser forçado a agir a respeito. Ninguém destronará John agora; se Nicholas tentar, acabará morto.

Ela não pensara na possibilidade de Nicholas sentir-se compelido a desafiar o rei. Agora ela estava grata por Gabriel tê-la impedido de dizer--lhe o que sabia.

– Como você adivinhou que – ela tentou dizer, mas ele impediu-a de terminar.

– Eu tenho apenas uma pergunta para você, Johanna, e sua resposta não sairá deste quarto.

– Eu lhe direi qualquer coisa que quiser saber.

– O rei matou Arthur ou foi Raulf que o fez?

Ela não hesitou ao dar a resposta.

– Eu acredito que Raulf o tenha matado, mas a ordem veio do Rei John.

– Você tem certeza?

– Oh, sim – ela sussurrou. – Tenho certeza.

Ela estava tão aliviada em, finalmente, compartilhar o peso que vinha carregando, que lágrimas encheram seus olhos.

– Como você tomou conhecimento disso?

– Eu ouvi o mensageiro do rei lendo a ordem – ela explicou. – Raulf não sabia que eu estava escutando, mas o mensageiro me viu no corredor. Eu não sei se ele contou ao meu marido ou não, mas tenho certeza de que contou ao rei. Raulf partiu pouco antes da Páscoa e não voltou para casa até o meio do verão. Um mês depois, ouvi rumores de que Arthur desaparecera. E anos mais tarde, depois de receber a notícia da morte de Raulf, eu fui enviada a Londres e trancada a sete chaves. O rei veio me ver várias vezes, e, durante cada encontro, ele, propositalmente, mencionava Arthur.

– Ele estava pescando para ver se descobria o que você sabia – especulou Gabriel.

Johanna assentiu.

– Eu fingi ignorância, é claro.

– Quem era o mensageiro que o rei enviou até Raulf com a ordem de matar Arthur?

– Barão Williams – respondeu Johanna. – John, certamente, não teria confiado em um mensageiro da corte. Williams e Raulf eram os confidentes mais próximos do rei, ainda que os dois barões não confiassem um no outro.

– Você teve uma tremenda sorte de não ser morta pelo rei. Ele correu riscos deixando-a viver com o segredo.

– Ele não tinha certeza de que eu sabia – ela argumentou. – Além do mais, ele sabia que eu não testemunharia contra ele. Mulheres não são autorizadas a fazer nenhuma acusação na corte contra ninguém; podem apenas acusar os próprios maridos, e, ainda assim, por alguns poucos delitos.

– Barão Goode acredita que você sabe de algo, não? Por isso ele tentou conversar com você.

– Sim – ela respondeu. – Todos os barões estavam cientes da relação entre John e seus dois favoritos, Raulf e Williams. Como sabemos agora, Raulf deixou a Inglaterra logo antes de Arthur desaparecer. Goode está imaginando que possa haver uma ligação entre os dois e, provavelmente, quer me questionar sobre as datas envolvidas. Ele não poderia saber que escutei algo escondido.

– Quero que você me ouça com atenção – ordenou Gabriel. – Você não dirá a ninguém que escutou, nem mesmo ao seu irmão. Me prometa, Johanna.

– Mas tem uma pessoa com quem eu, realmente, preciso falar – ela sussurrou.

– Quem?

– Rei John.

Ele se deteve antes que gritasse.

– Está fora de questão.

– Acredito que posso fazer com que ele ouça a razão. É o único jeito, marido. Não quero uma guerra.

Gabriel decidiu usar a lógica para fazê-la entender sua situação de perigo.

– Você acabou de me dizer que não pode testemunhar contra o rei. Se você pensa que poderá ameaçá-lo com a promessa de contar aos barões o que sabe e inflamar uma rebelião contra a Coroa, John simplesmente a silenciará antes que possa prosseguir com seu plano.

Um longo minuto se passou em silêncio. Gabriel acreditava que Johanna, finalmente, estava se dando conta da estupidez que era seu desejo de falar com o rei.

– Não era isso o que eu planejava fazer – ela suspirou.

– Então, em nome de Deus, qual é o seu plano? Você acha que poderia ganhar a simpatia de John?

Ela balançou a cabeça.

– Não – ela disse. – Eu apenas pensei em mencionar a mensagem que ele enviou a Raulf.

– E como esse lembrete ajudaria?

– Ele enviou uma mensagem escrita, Gabriel, de próprio punho. Raulf acha que a queimou...

Gabriel ficou tenso de ansiedade.

– Ele não a queimou?

– Depois que Williams leu a ordem para Raulf, ele a colocou sobre a mesa e preparou-se para sair, quando me viu. Eu acenei para ele e continuei seguindo pela entrada, e então desci para o corredor dos fundos, pois queria que Williams achasse que eu havia acabado de chegar ali.

– E então? – Gabriel pressionou, impaciente para ouvir o resto da história.

– Raulf acompanhou Williams até o lado de fora. Quando retornou ao salão, ele pegou o rolo e jogou no fogo, e ficou lá assistindo, até que o pergaminho fosse totalmente destruído.

Um sinal de riso mudou a expressão de Gabriel. Deus, ele se casara com uma mulher muito esperta.

– O que foi que ele queimou?

– Um dos importantes sermões do Bispo Hallwick sobre a inferioridade das mulheres.

– Raulf não sabia que você podia ler, sabia?

– Oh, não; não sabia – ela se apressou a dizer. – Ele teria me espancado se soubesse que eu provei que estava errado propositalmente, pois me dissera muitas e muitas vezes que eu era ignorante demais para aprender. Claro, ele também me batia porque eu era ignorante, então não acredito que...

Foi a primeira vez que ela falou tão abertamente sobre as agressões, e embora ele já soubesse da verdade há um longo tempo, ainda o atormentava ouvi-la dizer em voz alta.

– Não acredita que o quê? – ele perguntou, com a voz rouca de emoção.

Ela se espremeu para mais perto dele antes de responder.

– Eu não acredito que ele tenha, algum dia, precisado de razão para me bater – ela sussurrou.

– Ele nunca mais encostará em você – prometeu Gabriel.

A fúria na voz dele era de arrepiar.

– Eu sei que você me manterá segura – ela disse.

– Sem dúvida, manterei – ele reforçou.

A reação dura de Gabriel não a incomodara; pelo contrário, a confortara. Ele estava ultrajado em nome dela.

– Você correu um risco terrível ao trocar os pergaminhos – ele disse então. – E se Raulf tivesse decidido reler a ordem de seu rei?

– Acredito que o risco valeu a pena – ela respondeu. – Era um papel importante de se guardar. A assinatura de John aparece no final, e o selo dele está colado.

– Ele foi um tolo de colocar seu nome...

– Ele acredita que é invencível – ela disse. – Acho que sabia que Raulf não acreditaria em Williams sem uma ordem por escrito. Ganhar tempo era importante, ainda que eu não tenha certeza do motivo, e certamente essa foi a razão pela qual o Rei John não convocou Raulf até Londres para dizer-lhe o que ele queria que fosse feito.

– Onde está o pergaminho?

– Eu o enrolei em panos de algodão macios e o escondi dentro do altar da capela que Raulf acabara de construir para o bispo. Está preso entre duas placas de mármore.

Gabriel sentiu o arrepio dela e abraçou-a com mais força.

– Eu quase o destruí pouco antes de saber da morte de Raulf, mas mudei de ideia.

– Por quê?

– Eu queria que, no futuro, alguém o encontrasse e soubesse a verdade.

– Estou mais interessado em mantê-la segura, Johanna. Não deixarei que você fale com o Rei John.

– Eu não quero uma guerra – ela sussurrou.

Ela parecia prestes a chorar. Ele deu um beijo em sua testa e exigiu que ela parasse de se preocupar.

– Eu convencerei o rei da Inglaterra a nos deixar em paz.

Ela tentou discutir com ele.

– Você não está pensando em ir para a Inglaterra, está?

Ele não respondeu.

– É tarde, Johanna. É hora de você dormir.

A exaustão venceu. Ela decidiu que teria de esperar até o dia seguinte para incutir algum bom senso em seu marido. De uma coisa ela tinha certeza: não estava disposta a deixá-lo confrontar o Rei John ou Raulf sem um plano à prova de falhas em mente. Ela exigiria que ele levasse consigo ao menos uma liga de guerreiros das Terras Altas.

O dia seguinte provou ser tarde demais para Johanna exigir que seu marido fosse razoável. Quando ela se vestiu e desceu a escada para encontrar Gabriel, Nicholas deu-lhe a notícia de que ele já havia deixado a propriedade.

Ela não ficou histérica, mas precisou de cada centímento de força que possuía para controlar a si mesma. Passou o dia andando de um lado para o outro e se preocupando. Pela hora do jantar, seus nervos estavam à flor da pele.

Padre MacKechnie sentou-se na ponta da mesa, por insistência de Johanna, ela à direita do padre e ao lado de Clare; Nicholas estava à sua frente.

A ideia de comer revirou o estômago de Johanna. Ela mal suportava ver os outros comendo. Não disse uma palavra até que as travessas foram retiradas da mesa.

– Nicholas, por que você o deixou ir? – ela lamentou.

– Deixá-lo ir? Johanna, eu dei um argumento forte, mas seu marido teimoso não me ouviu.

Ela tentou se acalmar.

– Então você também se dá conta do perigo...

Nicholas balançou a cabeça.

– Eu não argumentei contra a partida dele. Tentei convencê-lo a deixar que eu fosse junto.

– Ele não levou soldados suficientes.

– Ele sabe o que está fazendo – defendeu Nicholas.

– Ele não teve tempo o bastante para elaborar um plano. Ele não pode irromper na corte de John exigindo ser ouvido.

Nicholas sorriu com malícia.

– Sim, ele pode – ele retrucou. – Seu marido pode ser muito persuasivo quando quer. Ele conseguirá sua audiência, com certeza.

– Você deveria ter ido, Nicholas – Clare disparou. – Você é um barão. Seu rei lhe daria ouvidos.

Nicholas voltou sua atenção para a bela mulher que franzia o cenho para ele, com óbvia indignação.

– Este foi o meu argumento – ele disse a ela.

Johanna balançou a cabeça.

– Somente Gabriel pode fazer o rei escutar a razão – ela disse.

Nicholas inclinou-se para trás em sua cadeira.

– Por que isso, Johanna?

Ela arrependeu-se imediatamente do comentário.

– Porque ele é meu marido – ela respondeu. – Além do mais, noite passada você disse que já havia tentado falar com John e ele não o ouviu.

– Eu ainda deveria ter ido com ele – seu irmão disse.

– Por que não foi? – Clare perguntou.

– Ele me pediu que ficasse aqui – ele respondeu. – Gabriel me fez responsável por você, Johanna, e ele ficará tremendamente infeliz se retornar e descobrir que você ficou doente de preocupação.

– Se ele retornar – Johanna sussurrou.

– Você envergonha Gabriel fazendo tais comentários – Nicholas disse. – Deveria confiar em suas habilidades.

Johanna desabou em lágrimas. Padre MacKechnie soltou o pedaço de pão que estava mordendo e alcançou Johanna para tocar seu ombro.

– Calma, calma, moça. Tudo vai ficar bem.

Enquanto o padre tentava confortar sua senhora, Clare atacou Nicholas com uma defesa da conduta de Johanna.

– Ela ama seu marido – ela disparou. – Como ousa criticá-la? Ela está preocupada com a segurança dele, e, certamente não precisa que você a faça se sentir culpada ou envergonhada!

Clare estava gritando no momento em que terminou seu discurso. Ela se pôs de pé num salto e cruzou os braços sobre o peito, enquanto encarava Nicholas.

Ele não mostrou nenhuma reação ao comportamento dela ou às suas palavras. Na verdade, não estava ofendido. Ao contrário; Nicholas achou admirável a defesa de Clare em favor de Johanna.

– Como você se tornou tão leal à minha irmã em tão pouco tempo? – A voz dele era gentil e branda. A agitação pareceu deixá-la de uma vez só, e ela desabou de volta na cadeira, endireitou o manto nos ombros, ajeitou uma mecha de cabelo para longe de seus olhos e olhou para Nicholas outra vez.

Ele estava sorrindo para ela. Era um belo homem, ela pensou consigo mesma, e a expressão de ternura em seus olhos a fazia sentir-se aquecida por dentro. Ela balançou a cabeça diante de tais pensamentos e tentou lembrar-se da pergunta dele.

– Sua irmã salvou a minha vida.

Johanna esfregou os olhos, agradeceu ao padre por sua preocupação e se virou para Clare.

– Você salvou a si mesma, Clare.

– Você teve uma mão nisso – Padre MacKechnie anunciou.

Alex apareceu na entrada. Ele estava saltando de um pé para o outro, enquanto esperava conseguir alguma atenção. Johanna avistou seu filho e imediatamente pediu licença e saiu da mesa.

– Preciso colocá-lo para dormir – explicou.

– Você voltará? – perguntou Clare.

– Estou muito exausta esta noite – Johanna respondeu. – Acho que irei direto para a cama.

– Eu vou subir com você – anunciou Clare. Ela levantou-se, curvou-se para o padre, e então virou para Nicholas e disse: – Eu não quis gritar com você.

Nicholas levantou-se logo depois que sua irmã deixou a mesa. Clare andou até a ponta da mesa para deixar o salão, mas parou quando chegou ao lado dele.

Ele se elevava acima dela. Ela inclinou a cabeça para cima, para que pudesse olhá-lo nos olhos. Eles eram lindos, pensou consigo mesma... para um homem inglês.

– Eu pedi desculpas, Barão. E você, não tem nada a me dizer em resposta?

– E me meter em encrenca de novo? Você parece discordar de tudo que falo, Clare MacKay.

– Eu não o fiz – ela se defendeu.

Ele sorriu maliciosamente. Padre MacKechnie bufou com sua risada.

– Ele pegou você, moça. Você acaba de provar que ele está certo.

Clare não sabia se Nicholas estava brincando com ela ou não. Podia sentir-se corando, e não entendia o motivo. Por certo não fizera nada para se sentir envergonhada.

Decidida de que já havia perdido tempo suficiente tentando entender o estranho homem inglês, Clare virou-se para o padre, desejou-lhe boa noite e então murmurou o mesmo para Nicholas.

– Durma bem, Clare.

O carinho na voz dele mexeu com ela, que o fitou de relance. Ele, por sua vez, piscou para ela.

Ela não se apressou a sair do salão; andou em um ritmo digno de uma dama, e não sorriu até alcançar a entrada. Então subiu os degraus suspirando e com um enorme sorriso no rosto. Barão Nicholas era um homem totalmente inaceitável, e, Deus a acudisse, ela estava começando a gostar dele.

Nicholas observou-a deixando o salão. Padre MacKechnie pediu-lhe que se sentasse novamente.

– Não saia ainda. Divida um pouco de cerveja comigo. Nenhum de nós irá dormir muito essa noite, preocupados como estamos.

Nicholas alcançou o jarro e serviu a bebida na taça do padre.

– Clare me intriga – ele observou.

– Claro que sim – concordou Padre MacKechnie. – É uma belíssima moça, não é?

Nicholas assentiu.

– Você estava aqui quando ela chegou?

– Sim, eu estava – disse Padre MacKechnie.

Nicholas esperou que o padre lhe contasse mais, mas ele não parecia disposto a fazê-lo.

– Enquanto Clare estiver aqui, também sou responsável pela segurança dela, Padre – ele disse.

– Sim, você é.

– MacBain me disse que o pai dela virá buscá-la amanhã ou depois.

– Eu não ouvi nada sobre isso ainda – o padre respondeu. – O que você vai fazer? Deixá-la partir?

– Você terá de me dizer o que aconteceu com a mulher. Não posso tomar nenhum tipo de decisão até que conheça a história dela. Clare parecia transtornada com a notícia.

– Você quis dizer transtornada porque o pai está vindo buscá-la?

Nicholas assentiu, e o padre soltou um suspiro alto.

– É melhor você ouvir o que aconteceu com a pobre moça. Clare MacKay chegou aqui tão ensanguentada e ferida que parecia ter sido atacada por lobos. É um milagre que seu rosto não tenha ficado com cicatrizes. É um milagre até mesmo que tenha sobrevidido. Eu ministrei os ritos finais para ela – ele acrescentou, a fim de que Nicholas entendesse que não havia exagero em suas palavras.

Ele tomou um longo gole de sua bebida, e então contou a Nicholas a história completa. Ficou satisfeito com a reação do barão. Nicholas estava ultrajado.

– Então ela está esperando um MacBain? – Nicholas perguntou, quando o padre terminou sua explicação.

– Não, filho, ela não está grávida. Ela inventou isso, você vê, e confessou toda a verdade para o nosso lorde apenas na noite passada. Clare me disse esta manhã, mas não em confidência ou confissão, então tenho liberdade para falar sobre o assunto – apressou-se em explicar. – Ela disse que estava se sentindo aliviada. É uma mulher orgulhosa, não gosta de mentir.

– Então por que o fez?

– Foi a única forma que encontrou para se livrar dos homens MacInnes. Ela chegou ao extremo. Lá podia ter sido morta.

– Pelo que você me disse sobre seus ferimentos, ela chegou muito perto de ser morta – Nicholas comentou.

O padre concordou com um aceno.

– O pai de Clare é o único que ainda não sabe a verdade. Ele espera encontrar o pai do bebê de Clare e marcar a data do casamento.

A conversa bizarra da noite anterior estava finalmente fazendo sentido para Nicholas.

– MacBain ficou me perguntando se eu reconhecia Clare. Ele pensou que eu fosse o responsável.

– Ninguém está lhe acusando agora, filho. Teria sido conveniente se fosse você, ao menos eu imagino que o nosso lorde teria achado conveniente.

Nicholas sacudiu a cabeça.

– Filho da...

Ele impediu a si mesmo de dizer a blasfêmia bem a tempo.

– O que o pai de Clare fará quando descobrir que ela mentiu?

– Não há como prever – respondeu o padre. – Eu tentarei, é claro, interceder se ele perder a cabeça, mas a verdade é que temo por ela. Lorde MacKay é um homem rígido. Ele ama sua filha, mas quando descobrir que ela mentiu, pode querer casá-la com o primeiro homem solteiro do clã que avistar. Ela tem um futuro difícil à sua frente.

Nicholas pensou sobre o que o padre lhe dissera por vários minutos.

– Eu não fui capaz de salvar Johanna.

A voz de Nicholas era um sussurro suave, como se estivesse se confessando. O padre soltou sua taça e virou-se para o barão.

– Você não pode se culpar pelo que aconteceu com Johanna. Ela me disse que escondeu a verdade de você porque sentia vergonha.

– Eu deveria ter tomado conhecimento do que estava acontecendo – murmurou Nicholas. – Raulf a mantinha escondida, e eu deveria ter sido esperto o suficiente para me dar conta de suas razões. Ele não queria que eu visse os hematomas dela, é claro. Meu Deus, como eu queria matá-lo.

O padre decidiu desviar os pensamentos do barão.

– É melhor que decida o que fará quando Lorde MacKay chegar aqui. Johanna não quer que Clare vá embora, é bom que saiba, filho. Você terá de se entender com sua irmã e também com o pai de Clare. Além disso, há os mensageiros do rei que estão vindo para cá com suas exigências de levar Johanna de volta para a Inglaterra.

– John garantiu que enviaria apenas os mensageiros e quatro acompanhantes em escolta – Nicholas disse. – Levará apenas alguns minutos para dar-lhes a resposta de Gabriel e mandá-los para casa.

– Meu lorde acredita que será capaz de fazer seu rei mudar de ideia, não é?

– Sim, ele acredita.

– Eu me pergunto como ele pretende alcançar esse objetivo – Padre MacKechnie disse.

Nicholas balançou a cabeça.

– Ele estava tremendamente confiante de que convenceria o rei a retirar seu apoio ao Barão Raulf, mas não me contou o que planejava dizer.

– Você está em um dilema, não está? Não pode convocar seus próprios vassalos para lutar ao seu lado, pois está nas Terras Altas agora e a batalha pode muito bem ser travada contra o seu próprio rei.

– Estamos vivendo tempos difíceis – disse Nicholas. – É impensável para um vassalo perder a confiança e a fé em seu superior. A maioria dos barões da Inglaterra já se encheu das artimanhas de John. Há rumores constantes de uma rebelião.

– Posso entender o motivo – o padre comentou. – Seu rei fez mais inimigos do que aliados.

– Isso é verdade – concordou Nicholas –; ele até mesmo virou o santo papa contra si. A mudança está no ar, Padre, e se John não corrigir sua conduta, ele pode ser forçado a abrir mão do seu poder apenas para permanecer rei.

– Um rei sem poder? Como isso é possível?

– John será forçado a conceder direitos específicos aos barões – explicou Nicholas.

O padre nunca ouvira falar em tal coisa, ainda que em todos os seus consideráveis anos ele jamais tenha visto um líder tão incompetente quanto John. As histórias que ouvira a respeito do comportamento do Rei John não podiam ser todas exageradas; e se apenas algumas delas fossem verdadeiras, então o líder da Inglaterra certamente teria muitas explicações a dar quando se visse diante do Criador.

– Você confia em seu rei?

– Eu continuarei servindo meu superior até que ele quebre o vínculo. Sou seu vassalo.

– Mas você confia nele?

Nicholas não disse nada. Empurrou sua cadeira para trás, deu boa noite ao Padre MacKechnie e deixou o salão.

O silêncio foi sua resposta.

Capítulo 20

O diabo estava à solta no dia seguinte.

O clima era o prelúdio de um desastre. Uma tempestade violenta irrompeu pouco antes do amanhecer. Os raios derrubaram dois pinheiros gigantescos, um deles se chocando contra a cabana do curtidor e outro destruindo consideravelmente o telhado da cozinha. Trovões fizeram as muralhas do castelo estremecer. A tormenta parecia implacável.

Alex agarrou-se em Johanna. O barulho aterrorizou a criança, e toda vez que outra série de trovões soava, ele tentava se esconder embaixo dela.

Quando a tempestade cessou, Johanna e Alex estavam exaustos e dormiram até mais tarde.

Clare sacudiu Johanna para acordá-la.

– Por favor, acorde, Johanna. Preciso falar com você. Meu pai está cavalgando pela última colina. O que vou dizer a ele? Ele ficará furioso. Não consigo pensar no que fazer. – Alex acordou assustado, e Clare tentou acalmá-lo. – Oh, Alex, por favor não chore. Eu não pretendia assustá-lo.

Johanna sentou-se na cama bem a tempo de pegar seu filho quando ele se atirava em seus braços.

Ela acalmou o garotinho primeiro; quando finalmente o convenceu de que nem ele nem sua mãe corriam nenhum perigo, ele parou de chorar. Alex estava mal-humorado desde a partida de seu pai, e Johanna achou que ela poderia muito bem ser a responsável, que o pequenino estava se contaminando com seus medos, e decidiu que teria que ficar mais atenta em esconder suas preocupações.

– Clare, ajude Alex a se vestir, por favor. Devo me apressar se quiser falar com Nicholas antes que seu pai chegue aqui. O que fiz com meu manto?

Johanna correu para se vestir. Estava grata pelo enjoo matinal ter passado, pois naquele momento não havia tempo para lidar com tais episódios.

Ela lavou o rosto com água fria, limpou seus dentes, mas não teve tempo de pentear o cabelo. No caminho para o corredor, entremeou os dedos na bagunça dos fios, para tentar livrar-se dos nós.

– Mamãe, espere por mim – Alex gritou.

Johanna parou no topo da escada e esperou por Alex, que veio correndo e segurou a mão dela.

– Você gostaria de visitar Auggie esta manhã? Lindsay o levará até a cabana dele. Ele ficará feliz com sua companhia.

Alex estava animado, pois Auggie se tornara uma de suas companhias preferidas. Ele assentiu avidamente, soltou a mão de Johanna e correu degraus abaixo, gritando o nome de Lindsay.

Nicholas não estava no salão nobre. Clare chamou Johanna e sinalizou para que fosse até a porta, que ela já abrira parcialmente.

– Papai está aqui – ela sussurrou –; Nicholas está esperando por ele.

– Fique aqui dentro, Clare – Johanna ordenou. – Vou tentar alcançar meu irmão...

– Eu vou com você – Clare anunciou.

Johanna não discutiu. Clare empurrou a porta e seguiu Johanna para o lado de fora.

Estava frio e úmido. As nuvens estavam cinzas e a neblina se formava. Lorde MacKay avistou sua filha e imediatamente fez-lhe um aceno rápido em cumprimento. Ainda estava montado em seu cavalo, e havia ao menos vinte homens do clã com ele.

– Onde está MacBain? – o lorde gritou.

Nicholas esperou até que o pai de Clare desmontasse antes de responder.

– Ele teve uma questão importante para resolver e partiu ontem de manhã. Sugiro que você retorne em duas ou três semanas, quando ele deverá estar de volta.

Lorde MacKay franziu o cenho, enraivecido.

– Clare MacKay – ele gritou.

– Sim, meu pai?

– Você já se casou?

Clare desceu a escada e avançou pelo átrio. Sua voz tinha uma nota de medo quando deu a resposta.

– Não, pai.

– Então, que seja guerra – gritou Lorde MacKay.

As veias do lado do pescoço dele saltaram. Nicholas balançou a cabeça.

– MacBain não tem tempo de guerrear contra você – ele anunciou. – Ele tem outra batalha mais importante nas mãos.

MacKay não sabia se devia se sentir insultado ou não.

– Contra quem ele está guerreando? – ele quis saber. – Contra os Gillevreys? Ou seria contra os O'Donnells? Eles são um bando de traiçoeiros. Não faz diferença qual é o clã, pois ambos são fracamente treinados e podem ser derrotados em apenas um dia.

– Lorde MacBain foi para a guerra contra a Inglaterra, papai – Clare disparou a mentira.

Seu anúncio ganhou a total atenção do pai.

– Bem, então tudo bem – ele decidiu.

– Lorde MacKay, você parece encharcado. Não quer entrar e se aquecer em nossa lareira? – Johanna tentou mostrar-se uma anfitriã graciosa, na esperança de abrandar o temperamento do velho homem. – Você deve estar faminto depois de sua longa jornada – ela acrescentou, enquanto descia os degraus.

– Eu não estou com fome e não consigo imaginar porque precisaria me aquecer. Está quente como sempre hoje.

– Papai, por favor, entre.

Lorde MacKay balançou a cabeça.

– Não darei um passo enquanto não ouvir o nome do homem que a desgraçou, Clare. Estou querendo saber quem é meu genro, e quero saber agora. Qual MacBain a envergonhou, garota?

– Não houve nenhum MacBain.

A voz de Clare tremeu quando ela respondeu ao seu pai, e Johanna tentou silenciá-la antes que ela dissesse mais alguma coisa.

Clare balançou a cabeça.

– Ele terá de saber – ela sussurrou.

– O que você acabou de dizer? Não houve um MacBain? – seu pai exigiu saber.

– Pai, você pode me ouvir, por favor? – Clare implorou. – Preciso explicar o que aconteceu.

– A única coisa que estou querendo ouvir é o nome do homem com quem você irá se casar.

Nicholas parecia totalmente despreocupado, e não dissera uma palavra sequer durante o embate entre pai e filha. Mas quando Clare tentou passar por ele para aproximar-se de seu pai, ele a alcançou e segurou seu braço, impedindo-a de ir mais longe.

– Nicholas? – Johanna sussurrou.

– Maldição – murmurou Nicholas.

Clare estava totalmente confusa pela atitude de Nicholas.

– Por favor, me solte – ela disse. – Esse problema não diz respeito a você.

– Oh, diz sim – ele retrucou.

Ela sacudiu a cabeça. Ele assentiu.

– Sou responsável por você, Clare MacKay, e você é da minha conta. Eu não lhe dei permissão para ir a lugar nenhum. Vá para trás de mim e fique lá. – O último comando dele foi dado em um tom de voz rígido, evidentemente cruel.

Clare estava atônita demais para argumentar. Então virou-se para obter orientações de Johanna. A irmã de Nicholas deu de ombros, parecendo tão confusa quanto ela com o comportamento de Nicholas.

– Faça isso agora.

Clare obedeceu a ordem antes que tivesse tempo para pensar. Foi para trás de Nicholas, então se inclinou na ponta dos pés para que ele pudesse ouvir seu sussurro de protesto.

– Eu não sou da sua conta.

Nicholas não se incomodou em sussurrar sua resposta.

– Você será.

Clare não entendeu o que Nicholas estava lhe dizendo, mas Johanna sim, e aproximou-se de seu irmão. De repente Keith apareceu e bloqueou seu caminho. Ele, obviamente, não queria que ela chegasse muito perto de Lorde MacKay.

Ela tentou ignorar a interferência do soldado.

– Nicholas? Tem certeza de que quer fazer isso?

Seu irmão não respondeu. Lorde MacKay marchou em frente, querendo pegar sua filha de volta.

– MacBain me prometeu um casamento – ele anunciou. – Ele não é homem de voltar atrás em sua palavra.

– Não, ele não é – Nicholas concordou. – Haverá um casamento.

Parecendo mais calmo, o lorde grunhiu baixo e fez um aceno enérgico.

– Pai, não há...

– Fique em silêncio, moça, enquanto eu me informo dos detalhes – ordenou seu pai, mantendo o olhar centrado em Nicholas. – E quem é meu futuro genro?

– Sou eu.

O queixo de Lorde MacKay caiu. Seus olhos pareciam estar prestes a saltar para fora das órbitas. Ele balançou a cabeça em negação e deu um passo para trás, na tentativa de distanciar-se do homem inglês.

– Não! – ele berrou.

Nicholas não deixou o lorde recuar.

– Sim – ele respondeu, com sua voz enfática.

Clare agarrou a túnica de Nicholas e tentou puxá-lo de volta.

– Você ficou louco? – ela perguntou.

Johanna tirou Keith de seu caminho e apressou-se até Clare.

– Solte-o – ela ordenou.

Clare começou a protestar contra a promessa ultrajante que Nicholas fizera a seu pai, mas Johanna a impediu, agarrando sua mão e exigindo, em um sussurro, que esperasse até mais tarde para argumentar.

– É um truque, então? – Clare perguntou, achando que Nicholas podia estar fazendo a promessa imprudente apenas para ganhar tempo.

– Pode ser – Johanna concedeu, sabendo muito bem que seu irmão nunca dizia nada à toa. Ele iria se casar com Clare MacKay, com certeza, e pelo olhar determinado em seu rosto, ninguém iria impedi-lo, nem mesmo uma noiva relutante.

– Você é inglês – gritou o lorde. – É impensável.

Nicholas não parecia estar nem um pouco afetado pela fúria do velho homem. Na verdade, riu quando disse:

– Eu não vou requerer um dote considerável.

– Clare MacKay, o que você está fazendo é o mesmo que ter pego uma adaga e cravado no coração de seu pai – o lorde lamentou.

– Mas, pai...

– Fique quieta – Nicholas disparou a ordem, sem tirar o olhar do pai de Clare, esperando para ver se o velho guerreiro raivoso o atacaria ou recobraria seu próprio controle.

Johanna tentou acalmar Clare, mas era difícil para ela prestar atenção no que estava fazendo e ao mesmo tempo manter os olhos no lorde. Ela estava mesmerizada pelo comportamento do homem. Lordes não choravam, mas este parecia prestes a se debulhar em lágrimas a qualquer momento. Ele estava certamente tendo dificuldade em aceitar o pronunciamento de Nicholas.

– Um barão inglês casado com a minha filha? Eu vou morrer antes disso, eu vou.

Johanna parou de alisar o ombro de Clare e deu um passo à frente:

– Um barão muito rico – disparou.

O lorde franziu o cenho para Johanna com o que ela pensou que fosse indignação.

– Riqueza não está em questão aqui – ele murmurou. – Quão rico?

Uma hora depois, Clare e Nicholas estavam casados.

Não houve tempo para celebrações. Padre MacKechnie acabara de abençoar a união quando Michael entrou correndo no salão nobre à procura de Keith ou Nicholas para dar sua notícia.

Ele avistou o barão primeiro.

– Um de nossos soldados em patrulha na fronteira acabou de chegar com a notícia – ele disse. – Soldados ingleses foram avistados vindo para as nossas terras. É um exército, Barão, e a apenas uma hora de distância da fortaleza.

– Quantos foram avistados? – exigiu saber Keith.

– Mais do que se pode contar – Michael disse a ele.

Nicholas deixou escapar um rugido tão vigoroso e tão cheio de fúria que o som certamente alcançou as Terras Baixas.

Seu rei o traíra. O laço entre vassalo e superior fora destruído. John havia mentido para seu barão, pois não enviara um mensageiro e uma escolta, mas sim um exército.

A fortaleza estaria sitiada em menos de uma hora. Keith imediatamente assumiu a tarefa de preparar a área para o ataque, posicionando guardas em toda a extensão das muralhas, e Nicholas assumiu a responsabilidade de liderar um contingente de homens colina abaixo, para surpreender os ingleses em um ataque pelas laterais.

Lorde MacKay foi avisado para voltar para casa antes que a batalha começasse, mas ele rejeitou a ordem e montou em seu cavalo para cavalgar ao lado de seu genro. Ele disse a um de seus homens que voltasse cavalgando como um raio para a sua própria fortaleza e reunisse suas consideráveis tropas. Nicholas estava tremendamente agradecido pela interferência do velho homem. Ele sabia que iria precisar de cada guerreiro disponível.

Clare parecia não conseguir decidir se ficava histérica por ter se casado com um homem inglês ou se queria ser útil na batalha contra os intrusos. Então Nicholas virou-se para sair, e Clare segurou suas saias e correu atrás dele.

– Não ouse me fazer viúva, Barão – ela exigiu. – Quero uma anulação, não um funeral.

Nicholas alcançou sua montaria, tomou as rédeas em uma mão, e então se virou para sua noiva:

– Você não terá nenhum dos dois.

Ela não sabia o que dizer. Nicholas a encarou por um longo minuto, então decidiu que já havia perdido tempo suficiente com sua nova esposa. Ele começou a se virar.

– Espere.

– Sim?

As palavras ainda lhe fugiam. Então ela simplesmente se jogou nos braços dele, e Nicholas soube o que fazer em seguida. Ele soltou as rédeas, envolveu sua noiva trêmula em seus braços e lhe deu um beijo cheio de promessa, comprometimento e uma boa dose de luxúria.

– Você parece um garoto com esse cabelo tão curto, mas certamente beija como uma mulher, Clare MacKay.

Ela se esquecera de respirar. Não conseguiu colocar a cabeça no lugar até que seu marido sumiu ao longe.

– Cuide dele, papai! – ela gritou.

– Eu cuidarei, filha. Entre e fique por lá. – Clare virou-se para fazer justamente isso quando viu Johanna correndo pelo jardim.

– Johanna, onde você está indo? Não é seguro ficar aqui fora.

Johanna não estava ouvindo. Ela percorreu todo o caminho até a cabana de Auggie, e estava chorando quando chegou lá.

Alex deu uma olhada em sua mãe e começou a chorar. Ela pegou a criança no colo e a abraçou apertado.

– Auggie, leve Alex para o meu quarto. Estou tornando você responsável por ele. Não deixe que nada o machuque. Me prometa.

– Eu prometo – ele disse. – E onde você estará enquanto eu estiver cuidando do garoto?

– Não há tempo para explicar – ela respondeu. – Rei John enviou um exército quatro vezes maior que o nosso.

– Nós já sobrevivemos antes, moça. Vamos sobreviver outra vez.

O preço a pagar era muito alto para Johanna se manter racional. Ela não queria que um único homem morresse por causa de sua briga com o rei da Inglaterra. Acreditava que era a única que podia evitar um massacre.

– O rei traiu meu irmão – ela disse. – Ele trapaceou, Auggie, então eu vou usar a verdade para parar isso antes que seja tarde demais.

Johanna beijou Alex e entregou-o a Auggie.

– Vá – ela sussurrou. – Eu devo saber que vocês dois estarão seguros.

– Se ficar muito ameaçador, eu pego o garoto e nos escondemos, mas o trarei de volta quando tudo tiver terminado.

– Como sairá das muralhas?

– Eu tenho meus meios – vangloriou-se Auggie. – Pare de chorar, menino. Nós estamos em uma aventura agora. Vamos pegar sua espada de madeira e ter a nossa própria batalha.

Johanna ficou na cabana de Auggie por vários minutos. Por fim, ajoelhou-se e fez uma oração pedindo coragem. Quando terminou suas preces, fez o sinal da cruz e levantou-se. Clare e Keith estavam na porta, observando-a.

– Eles estão se espalhando pelas colinas, milady – Keith anunciou. – Teremos de encontrar um jeito de sair daqui. Não podemos nos defender contra tais números.

Clare estava tentando não chorar.

– Papai e Nicholas serão mortos. Eu nunca vi tantos soldados juntos, Johanna. Eu não sei o que vamos fazer.

– Eu tenho um plano – anunciou Johanna. – Eles estão aqui para me pegar, não? Keith, você simplesmente me entregará a eles.

Keith balançou a cabeça.

– Não posso, milady.

– Você não tem escolha – ela retrucou. – Ouça com atenção. Nós fomos pegos de surpresa, certo?

Ela esperou pelo aceno dele para continuar.

– Se tivéssemos tido tempo para nos preparar, o que teríamos feito?

– Teríamos chamado nossos aliados – Keith respondeu. – E quando eles chegassem, nós estaríamos em maior número do que o inimigo.

Agora mesmo a mensagem está sendo transmitida pelas Terras Altas, pois a visão de um exército tão grande se espalhará como um incêndio. A maioria dos nossos aliados está ao norte, e eles provavelmente estão acabando de ouvir a notícia. Eles virão.

– Mas será tarde demais, não será?

– Sempre há esperança, milady.

– Há também um plano melhor – ela respondeu. – Se eu for voluntariamente até os soldados ingleses, eles vão recuar.

– Eles irão levá-la de volta para a Inglaterra! – Clare berrou.

– Irão se Keith não conseguir preparar um ataque a tempo. Quanto tempo você precisa para reunir homens suficientes?

– Um dia inteiro – ele respondeu.

– Gabriel ainda não chegou à Inglaterra. Ele saberá. Acrescente-o aos seus números.

Johanna continou tentando fazer o comandante dar ouvidos à razão, no entanto Keith não concordava com seu plano e continuava insistindo que sacrificaria a própria vida para mantê-la segura.

Então, recorrendo a artifícios para conseguir o que queria, ela fingiu desistir.

Keith pediu-lhe que voltasse para o salão nobre e esperasse lá, juntamente com Clare, até que ele enviasse homens para escoltá-las para fora da fortaleza; Johanna acenou em concordância e começou a subir colina com Clare ao seu lado. Todavia, assim que Keith montou novamente e cavalgou para longe, ela virou-se para sua amiga:

– Você vai ter de me ajudar – ela anunciou. – Você sabe que é o único jeito, Clare. Eu não vou me machucar.

– Você não pode ter certeza disso, Johanna – Clare sussurrou com medo. – E o bebê?

– Nós vamos ficar bem. Raulf não sabe que estou grávida, e as pregas do meu manto escondem minha condição – ela assentiu novamente. – Nós vamos ficar bem.

– E se for o Barão Raulf quem está liderando o exército? Como o impedirá de machucá-la?

– Eu não esqueci de como me acovardar – respondeu Johanna, com a voz repleta de tristeza. – E vou tentar não incitar a raiva dele. Clare, eu amo meu irmão e todos esses bons homens daqui. Não posso deixá-los morrer por minha causa.

– Meu Deus, não sei o que fazer.

– Por favor, me ajude.

Por fim persuadida, Clare fez um aceno rápido.

– Você não está com medo, Johanna?

– Oh, sim – Johanna respondeu –, mas não estou dominada por ele. Em meu coração, sei que é um bom plano. Gabriel irá me encontrar.

Lágrimas escorreram pelo rosto de Clare, que forçou um sorriso para esconder seu terror.

– Eu queria ter alguém como Gabriel que eu pudesse amar e confiar.

– Oh, Clare, você tem. Nicholas é tão gentil e bom quanto meu marido.

O sorriso de sua amiga se tornou genuíno então.

– Meu Deus, esqueci de que estava casada – ela disparou. – Venha agora. Temos que tirá-la daqui antes que eu também me esqueça que tenho coragem.

As duas mulheres mudaram de direção e correram para a entrada, aos fundos dos estábulos. Vinte minutos depois, e após consideráveis subterfúgios e escapes sorrateiros, Johanna cavalgou para fora da fortaleza e desceu a colina íngreme.

Ela iria voltar para o inferno. Mesmo quando ela avistou Raulf cavalgando em sua direção, seu coração não parou de bater e seu estômago não se revirou em agonia.

Johanna não estava aterrorizada, mas sim determinada. Ela tinha um plano sólido.

Tinha Gabriel.

Capítulo 21

Eles levaram Johanna para a fortaleza de Gillevrey. Raulf e seu exército haviam cruzado a fronteira do clã e imediatamente ficaram sob ataque. Os soldados das Terras Altas eram corajosos na batalha, mas a avaliação de Lorde MacKay provou-se verdadeira, pois eram um grupo de homens fracamente treinado, e levou apenas um dia para que os infiéis ingleses conquistassem a terra e o castelo.

Lorde Gillevrey e trinta de seus homens estavam presos nos porões abaixo do salão nobre. Os outros homens do clã eram mantidos nas dependências dos soldados na muralha mais baixa.

A rendição de Johanna foi imediata. Ela cavalgou colina abaixo direto para as garras do inimigo, que a envolveu e a cercou.

Embora estivesse a apenas um pé ou dois de distância de Raulf, ela não falou com ele. Simplesmente se sentou em sua montaria, com as mãos unidas, e esperou para ver o que ele faria.

Raulf vestia uma armadura completa de cavaleiro, mas sua cabeça estava coberta com o antigo elmo cônico aberto, que ele preferia em vez dos capacetes modernos, totalmente fechados. Dizia que melhorava sua visão, mas Johanna acreditava que ele o usava por pura vaidade.

Era difícil para Johanna olhar para ele. Sua aparência não havia mudado muito. Seus olhos estavam verdes como sempre, sua tez ainda incólume, e, agora, havia apenas algumas linhas de expressão novas marcando suas pequenas bochechas. Então ele tirou seu elmo, e ela percebeu, afinal, que houvera uma mudança dramática. O cabelo dele, que era da cor do trigo da última vez que ela o viu, agora estava branco.

– Nós vamos para casa agora, Johanna, e tudo isso ficará no passado.

– Sim – ela concordou imediatamente.

A resposta dela o agradou, e ele guiou sua montaria para perto dela, alcançando-a para tocar seu rosto.

– Você está ainda mais bela – ele observou. – Eu senti sua falta, meu amor.

Johanna não conseguia olhar para Raulf, pois tinha certeza de que ele perceberia o repúdio em seus olhos. Então abaixou a cabeça e rezou para que esse gesto parecesse um ato de submissão.

Raulf aparentemente estava satisfeito. Colocou o elmo de volta, redirecionou seu cavalo, e então deu a ordem para partirem.

Não pararam para beber água nem descansar, e chegaram até a propriedade Gillevrey no fim daquela tarde.

Johanna imediatamente alegou exaustão.

À direita estava o salão, um cômodo grande, em formato quadrado, com uma varanda acima dele cercando-o por todos os lados. Johanna ficou desalentada com aquela constatação, pois sabia que, se fosse mantida no andar de cima, não poderia escapar pela porta sem que os guardas no salão a vissem.

Ela ficou com o terceiro quarto. A porta ficava ao centro da varanda; Raulf abriu-a para ela. Johanna manteve a cabeça baixa e tentou passar rapidamente por ele, mas ele agarrou seu braço e tentou beijá-la. Ela virou a cabeça para longe e não deixou que o fizesse. Então ele a puxou brutalmente para seus braços e a abraçou. As mãos dele brincavam em seus cabelos.

– Eles a fizeram cortar os cabelos?

Ela não o respondeu.

– Claro que fizeram – ele decidiu. – Você jamais cortaria o cabelo por vontade própria, pois certamente se lembra de quanto eu gostava deles.

– Eu me lembro – ela sussurrou.

– Mas crescerá novamente – ele falou com um suspiro.

– Sim.

Raulf repentinamente apertou o abraço.

– Por que você anulou o nosso casamento?

A dor que ele estava lhe causando a fez recuar.

– O rei queria que eu me casasse com o Barão Williams. Eu exigi a anulação para ganhar tempo, pois não acreditava que você estava morto.

A resposta satisfez Raulf.

– John não me disse que Williams a queria como esposa. O bastardo a cobiçou, não foi? E você nunca gostou muito dele.

– Estou com muito sono – ela disparou. – Não me sinto nem um pouco bem.

Raulf finalmente a deixou ir.

– A euforia foi demais para você. Você sempre foi fraca, Johanna, e somente eu sei como tomar conta de você. Vá para a cama agora. Não a incomodarei esta noite. Coloquei um de seus vestidos na cama, use-o amanhã. Quando se juntar a mim lá embaixo, terei uma surpresa para você.

Ele, enfim, a deixou só. A porta tinha uma fechadura, mas a chave havia sido removida. Ela decidiu que teria de encontrar algo para bloquear a entrada. Não confiava que Raulf a deixaria em paz, e se ele se esgueirasse para dentro do quarto durante a noite, ela estaria preparada. E, se tentasse tocá-la, ela o mataria... ou morreria tentando.

Johanna até então estava no total controle de suas emoções; e, embora exausta com a pressão, ainda estava orgulhosa de si mesma por não ter permitido que sua raiva ou seu medo ganhassem preponderância. Era seu dever único proteger seu bebê de qualquer ameaça até que Gabriel viesse buscá-la. Sim, aquela era sua única obrigação.

Mensageiros haviam partido atrás de Gabriel logo que o exército inglês fora avistado. Johanna rezou para que os homens do clã não tivessem de percorrer todo o caminho até Londres para encontrar seu lorde.

Os aliados dos MacBain certamente também estavam se preparando para cavalgar naquele momento, ela pensou. Pois bem, na noite do dia seguinte ou na do outro ela seguramente seria resgatada.

Johanna focou-se em defender seu pequeno quarto de um ataque. Ela empurrou um baú vazio contra a porta para bloqueá-la. Sabia que não impediria que alguém invadisse, mas esperava que o ruído do baú sendo movido a acordaria, caso ela acabasse adormecendo.

Apressou-se até a janela, puxou as peles que a cobriam e olhou para baixo. Então soltou um palavrão. Não era possível fugir pela abertura. Era uma queda direta de dois andares, e a parede de pedra era lisa demais para encontrar apoios para as mãos e conseguir descer.

O quarto era frio e úmido. De repente ela se sentiu tão exausta que precisou sentar-se. Tirou o cinto, enrolou-se em seu manto e foi para a cama.

Ela viu o vestido esticado sobre os cobertores e o reconheceu rapidamente. Seu cansaço desapareceu, e uma fúria como ela jamais havia experimentado a invadiu. Ela foi consumida pela raiva, e tudo o que queria fazer era gritar tão alto quanto um guerreiro entrando em batalha.

Era seu vestido de casamento. Os sapatos que ela tinha usado também estavam ali, e os laços, meu Deus, os laços que ela amarrara no cabelo estavam espalhados nas cobertas.

– Ele é louco – ela sussurrou.

E determinado, acrescentou silenciosamente. Ele prometera-lhe uma surpresa pela manhã, e agora ela entendia perfeitamente o que ele planejava. O imbecil realmente acreditava que se casaria com ela de novo.

Johanna estava literalmente tremendo de raiva quando alcançou o vestido. Arremessou a peça pelo quarto, e os laços e sapatos voaram em seguida.

Sua raiva rapidamente drenou o restante de suas forças. Johanna esticou-se na cama, puxou seu manto para cobrir a cabeça, pegou a adaga da bainha, que ela havia amarrado com uma corda ao redor da coxa, e segurou a arma com as duas mãos.

Minutos depois, adormeceu.

O ruído arrastado que o baú fez quando foi movido pelo chão de pedra a acordou. A luz do sol fluía pelo quarto, pelas laterais das peles cobrindo a janela. Johanna soltara sua adaga em algum momento, durante a noite, mas a encontrara em uma dobra do manto e estava pronta para atacar quando se sentou.

– Posso entrar, milady?

O pedido sussurrado veio de uma mulher mais velha. Ela segurava uma bandeja em suas mãos, mas hesitou na porta até que lhe fosse dada permissão.

– Pode – Johanna anunciou.

A mulher apressou-se para dentro e usou o calcanhar para fechar a porta.

– Barão Raulf ordenou que eu lhe servisse – ela disse, enquanto se aproximava.

– Você é uma Gillevrey. – Johanna adivinhou quando avistou o manto colorido.

– Eu sou – a mulher respondeu. – E você é a esposa de Lorde MacBain, não é?

– Sim – Johanna respondeu. Sua voz estava incisiva, pois estava com pressa de obter algumas respostas que a mulher Gillevrey poderia lhe dar.

– Há guardas posicionados do lado de fora da porta?

– Há um deles – a serva respondeu.

– Quantos no salão abaixo?

– Mais do que posso contar – a mulher respondeu. Ela colocou a bandeja no pé da cama. – Meu lorde está trancado no porão, milady. Eles o estão tratando como um bandido comum. Eu fui autorizada a levar comida para ele esta manhã e ele enviou uma mensagem importante para você; sussurrou as palavras que queria que eu lhe repetisse.

– Qual é a mensagem dele?

– O MacBain irá vingar essa atrocidade.

Johanna sorriu. A serva parecia ansiosa.

– Seu lorde requer uma resposta?

– Sim.

– Então, diga a ele que sim, o MacBain certamente vingará essa atrocidade.

A mulher fez um aceno rápido.

– Que assim seja feito – sussurrou. Ela soava como se estivesse rezando.

– Qual o seu nome? – perguntou Johanna.

– Lucy.

Johanna saiu da cama, segurou seu manto com uma mão e ofereceu a outra mão para a mulher.

– Você é uma mulher boa e corajosa, Lucy – ela sussurrou. – E agora tenho um favor a lhe pedir.

– Farei qualquer coisa que puder para ajudar, milady. Eu sou velha e modesta, mas vou me esforçar para servi-la.

– Eu preciso encontrar uma maneira de permanecer dentro deste quarto pelo maior tempo possível. Você é boa em mentir?

– Quando necessário – Lucy respondeu.

– Então diga ao barão que ainda estou dormindo profundamente. Diga-lhe que deixou a bandeja, mas não quis me incomodar.

– Eu o farei – prometeu Lucy. – O barão não parece estar com pressa de que você desça, milady. Ele está andando de um lado para o outro impaciente, mas apenas porque o homem que ele mandou buscar ainda não chegou.

– Que homem?

– Eu não ouvi o nome – disse Lucy. – Mas ouvi que é um bispo, e está vivendo em algum lugar próximo às Terras Baixas.

– Bispo Hallwick?

– Milady, por favor, fale mais baixo. O guarda a ouvirá. Eu não ouvi o nome do bispo.

O coração de Johanna acelerou.

– Claro que é Hallwick – ela murmurou.

– O bispo irá ajudá-la, milady?

– Não – Johanna respondeu. – Ele é um homem mau, Lucy. Ele apoiaria Lúcifer se houvesse ouro envolvido. Diga-me uma coisa, por favor. Como sabe que Barão Raulf mandou buscar alguém?

– Ninguém presta atenção em mim porque sou velha, e posso parecer caduca quando quero. Eu estava parada próxima ao canto do salão quando os soldados invadiram para tomar o lar de nosso lorde. O barão não perdeu um minuto dando suas instruções. Ele enviou seis homens para cavalgarem até as Terras Baixas, que escoltarão o bispo na volta.

Johanna esfregou os braços para afastar os arrepios. Raulf fora bastante metódico em seus planos. Ela se perguntou que outras surpresas a aguardavam.

Johanna agradeceu a serva, que se apressou em fazer como ela lhe pedira, e ficou na cama por um longo tempo, esperando a intimação chegar.

Raulf deixou-a em paz. A prorrogação abençoada durou até a tarde. Johanna passou uma boa parte do tempo olhando pela janela. As colinas abaixo estavam cobertas de soldados ingleses, e ela imaginou que eles provavelmente cercavam a fortaleza por todos os lados.

Como Gabriel chegaria até ela?

Ela endireitou os ombros, pois isso era problema dele, não dela. Mas, Senhor, como desejou que ele se apressasse.

Lucy voltou para o quarto à tarde e trouxe-lhe outra bandeja de comida.

– Eles têm chegado e saído o dia todo, milady. Agora os homens estão pegando baldes de água quente e trazendo para uma banheira de madeira. O barão exigiu um banho para você. Agora por que cargas d'água ele pensa no seu conforto está além da minha compreensão.

– Ele acha que vou me casar com ele – explicou Johanna. – O bispo está aqui, não está?

– Está – Lucy respondeu. – Há outro barão lá embaixo também; ele se chama Williams. É um homem bem feio, com cabelo frisado, cor de terra e olhos negros. Ele e Barão Raulf discutiram durante a maior parte da tarde. É uma briga calorosa, com certeza, e seria uma bênção se eles matassem um ao outro e poupassem seu marido do trabalho.

Johanna sorriu.

– Sim, seria uma bênção. Lucy, por favor, fique e vigie a porta enquanto eu tomo banho.

– Então você irá atender aos desejos do homem imundo?

– Eu quero estar o mais bonita possível para meu marido – explicou Johanna. – Ele estará aqui a qualquer momento agora.

– Você irá colocar o vestido inglês? – perguntou Lucy, apontando para o canto onde Johanna tinha jogado o traje.

– Eu vestirei o meu manto.

Lucy assentiu.

– Vou pegar roupas de baixo limpas para você quando for buscar o sabonete e as toalhas secas – ela disse.

Johanna foi em frente com sua determinação de usar o manto. Ela sabia que Raulf ficaria furioso, mas também sabia que ele não a agrediria na frente de testemunhas. Teria de se certificar de nunca ser deixada a sós com ele. Não sabia bem como conseguiria esse milagre, e, droga, onde estava Gabriel?

Johanna recusava-se, absolutamente, a considerar a possibilidade de que seu marido pudesse não chegar a tempo, e toda vez que um pensamento preocupante surgia em sua mente, ela o afastava.

Demorou-se no banho. Lavou até mesmo os cabelos. Então sentou-se na beira da cama para secá-los com as toalhas que Lucy lhe dera. A serva insistiu em pentear seus cabelos; quando terminou, e os cachos caíram sobre seus ombros, declarou que ela estava tão linda como uma princesa.

A ordem de comparecimento veio uma hora depois. Lucy torcia as mãos quando repetiu a ordem, mas Johanna estava extremamente calma. Sabia que não podia adiar o confronto por mais tempo.

Fez mais uma prece ao Criador para ajudar Gabriel a alcançá-la a tempo, enfiou sua adaga no cinto, cobrindo-a com uma dobra do manto, e desceu a escada.

Eles a fizeram esperar na entrada por quase dez minutos antes de ordenarem que entrasse no salão. Raulf e Williams estavam em uma mesa redonda do outro lado do cômodo, discutindo sobre um papel que Williams agitava em sua mão.

Os dois barões eram opostos na aparência, mas muito semelhantes no temperamento. Ambos se atacavam como cães raivosos, um com sua massa desgrenhada de cabelos brancos e o outro com suas mechas cor de terra e sua alma negra. Os dois eram monstruosos para ela.

Bispo Hallwick também estava no salão. Sentado em uma cadeira de encosto alto no centro do cômodo, ele segurava um rolo em suas mãos e parecia estar lendo aquilo repetidamente. A cada dois minutos ele balançava a cabeça, como se estivesse confuso.

O bispo havia envelhecido consideravelmente nos últimos anos, e também parecia doente, pois sua tez tinha um tom amarelado. *Lúcifer deve estar dançando em antecipação,* pensou Johanna. Hallwick estava velho e esgotado, e não levaria muito tempo até que fosse recebido em casa pelo próprio demônio.

Johanna notou um movimento acima. Quando olhou, viu Lucy caminhando pela varanda. A serva estava parando em cada quarto e abrindo a porta antes de continuar. Supôs que haviam ordenado que fizesse isso para arejar os cômodos.

– Mas eu manterei a posição de que este casamento é apenas uma formalidade, uma renovação de nossos votos, se preferir – anunciou Raulf em um tom de voz tão alto e raivoso que Johanna o escutou.

Williams assentiu.

– Sim – ele concordou –, uma renovação. Quando o papa e o nosso rei resolverem suas diferenças, enviaremos estas explicações para Roma. De qualquer forma, duvido que Inocêncio irá se envolver pessoalmente no assunto.

Raulf virou-se e avistou Johanna parada na entrada. Franziu o cenho ao ver o que ela estava vestindo.

Williams ordenou que ela se aproximasse, e Johanna obedeceu. No entanto, ela não cruzou a sala, mas parou quando estava a vários pés de distância à frente do Bispo Hallwick.

Ele acenou para ela, que o ignorou. Williams notou seu desdém.

– Esqueceu-se de que deve ajoelhar-se na presença de um homem de Deus, Lady Johanna?

O escárnio em sua voz a enojava.

– Eu não vejo um homem de Deus nesta sala – ela respondeu. – Só uma paródia patética vestida em um traje negro de padre.

Ambos os barões pareceram bastante chocados com sua opinião. Williams foi o primeiro a se recuperar e deu um passo à frente.

– Como ousa falar com o Bispo Hallwick com tamanho desrespeito?

Raulf assentiu. A expressão de fúria em seus olhos era arrepiante.

– Quando o sagrado bispo ouvir sua confissão e me der sua penitência, Johanna, você irá se arrepender de seu surto irresponsável.

Pelo canto dos olhos, pois se recusava a olhar diretamente para o velho homem, Johanna o viu acenar. No entanto, sua atenção estava em Raulf.

– Hallwick não é sagrado – ela anunciou –, e eu nunca irei me ajoelhar diante dele e dar-lhe a minha confissão. Ele não tem poder sobre mim agora, Raulf. Ele ensina blasfêmias contra mulheres. Na verdade, ele é um déspota e malfeitor. Não, nunca me ajoelharei diante dele.

– Você irá pagar pelos seus pecados, mulher.

A voz arranhada do bispo estava cheia de malícia, e ela finalmente voltou seu olhar para ele.

– E você irá pagar pelas punições terríveis que infligiu contra todas aquelas mulheres honradas que o procuraram para aconselhamento, cuja única culpa foi ter acreditado que você era um representante de Deus. Elas não se davam conta, assim como eu, do monstro que você é. Eu me pergunto, Hallwick, se você tem medo de dormir à noite. Pois deveria, sabe? Você está velho e doente, irá morrer logo; então, por tudo que há de mais sagrado, será responsabilizado por suas torturas.

O bispo levantou-se em um salto.

– Você está falando heresias – ele gritou.

– Eu estou falando a verdade – ela retrucou.

– Esta noite você aprenderá que suas opiniões deveriam ser guardadas para você – anunciou Raulf. Ele assentiu para Williams, e então deu vários passos em sua direção.

Ela não recuou diante dele.

– Você é um tolo, Raulf. Não tenho qualquer pretensão de me casar com você novamente. Eu já tenho um marido, mas você, convenientemente, parece ter se esquecido desse importante fato.

– Ela não pode querer ficar com o bárbaro – disse Williams. – Sua mente foi corrompida, Raulf. É por isso que os demônios estão falando por ela.

Raulf parou.

– Ela foi possuída por um espírito do mal?

O bispo aceitou a possibilidade de imediato e assentiu com veemência. Então virou-se para andar até a porta lateral, que estava sendo bloqueada pelo Barão Williams.

– Ela terá de ser purificada antes que possa dizer seus votos de renovação – ele declarou. – Eu vou pegar a água benta e a vara, Barão. Você terá de espancar os demônios para fora dela, pois eu não tenho força suficiente.

O bispo estava sem ar no momento em que terminou de dar seu recado, e arfou por todo o caminho através do cômodo. Johanna não mostrou nenhuma reação à ameaça e tentou manter sua expressão o mais serena possível.

Raulf a observava de perto.

– Você não parece estar com medo do que vai acontecer com você – ele observou.

Ela voltou sua atenção a ele, que parecia ao mesmo tempo nervoso e confuso. E riu.

– É você, Raulf, que foi possuído se acha que algum dia eu iria preferir você ao meu lorde.

– Não é possível que você ame o selvagem – disparou Williams.

Ela manteve seu olhar direcionado para Raulf quando deu sua resposta.

– Oh, eu certamente o amo – ela respondeu, com sua voz forte de convicção.

– Você será punida por esses comentários traidores e desleais contra mim – ameaçou Raulf.

Ela não estava nem impressionada nem assustada; apenas inclinou a cabeça enquanto analisava o homem que tanto a aterrorizara no passado. Raulf lhe parecia digno de pena, e ela de repente ficou tão cheia de repugnância que mal conseguia olhá-lo.

Ele nunca poderia destruí-la. Nunca.

– Você honestamente acredita que você, Williams e Hallwick são superiores a um guerreiro das Terras Altas? Como são estúpidos – ela acrescentou, balançando a cabeça.

– Nós somos os conselheiros mais próximos do Rei John – Williams soltou a vanglória.

– Ah, sim, o Rei John – ela zombou. – Vocês três merecem a companhia uns dos outros.

O desdém na voz dela foi um tapa na cara para o orgulho de Raulf, que estava visivelmente tremendo de raiva.

– O que lhe aconteceu? – ele exigiu saber em um sussurro ríspido. – Você nunca ousaria falar comigo com tal desrespeito no passado. Você se sente segura porque está na Escócia? É isso, Johanna? Ou acredita que estou tão dominado de alegria em tê-la de volta que vou fazer vista grossa para os seus insultos? Você faria bem em lembrar-se da dor que sofreu no passado por causa das punições necessárias que me forçou a aplicar. Sim, faria bem em se lembrar.

Ela não estava se acovardando diante dele. Raulf estava confuso com seu comportamento, pois não via medo em seus olhos, mas desafio.

– Esta noite eu lhe mostrarei o que acontece com uma esposa que se esquece de seu lugar – ele ameaçou.

Ele pretendia aterrorizá-la, mas soube que falhara quando ela simplesmente balançou a cabeça para ele.

– O que aconteceu com você? – ele perguntou novamente.

– Você é ignorante demais para entender o que aconteceu comigo – ela respondeu.

– Os guerreiros das Terras Altas fizeram isso com ela! – gritou Williams.

Raulf assentiu.

– Não há qualquer semelhança entre nós e o lixo da Escócia – murmurou Raulf.

Ela assentiu. A concordância rápida fez Raulf parar, então ela explicou.

– Você disse sua primeira verdade – ela afirmou. – Não há semelhanças entre você e meu Gabriel, e eu agradeço a Deus por isso. Você jurou seu amor por mim milhares de vezes no passado, e então usou seus punhos para me mostrar o quanto me amava. Gabriel nunca disse que me ama, ainda que eu saiba que sim, mas ele nunca levantaria a mão contra mim ou contra qualquer outra mulher. Ele é honrado e corajoso, e tem um coração e uma alma tão puros quanto um arcanjo. Oh, não, vocês dois não se parecem em nada.

– Como você ousa dizer tamanha blasfêmia! – As veias nas laterais do pescoço de Raulf saltaram com a força de seu grito.

Ela sabia que estava provocando sua raiva, mas não conseguia impedir que as palavras saíssem. Ficara ofendida demais que ele ousasse se considerar superior a qualquer homem das Terras Altas. A opinião dele sobre si mesmo era perversa, e ela estava determinada a colocá-lo em seu lugar.

– Mostre-me com quem você andas e lhe direi quem és. Minha mãe me ensinou essa lição valiosa, mas duvido que algum de vocês entenda o significado por trás disso. Ocorre que eu estou em ótima companhia. Meu clã é minha família, e cada um de nós morreria pela segurança dos outros. Eles todos são homens e mulheres honrados.

Ela balançou a cabeça diante dos dois barões. A repulsa ecoou em sua voz quando ela continuou.

– Não, vocês não podem entender. Como poderiam? Vocês não sabem o que é honra. Olhem para as suas companhias. Vocês não podem dar as costas um para o outro por medo de tomar uma facada nos ombros. Ambos matariam o próprio pai se fosse lhes conceder mais poder. Você, Raulf, desobedeceu cada mandamento, assim como seu superior. Você e Williams conspiraram com seu rei para cometer um crime hediondo atrás do outro; irão pagar pelos seus pecados um dia, e muito em breve irão pagar por me forçar a deixar o meu refúgio. Vocês são dementes se acreditam que podem sair ilesos dessa atrocidade que estão cometendo. Se meu marido tem algum defeito, afinal, é o de ser um homem terrivelmente possessivo. Oh, Gabriel virá atrás de mim, com certeza. Vocês ousaram capturar a mulher que ele ama, e ele não mostrará nenhuma piedade. E quando vocês estiverem mortos, duvido também que Deus mostre alguma misericórdia. Você é um demônio, Raulf, e Gabriel é meu próprio arcanjo. Ele o esmagará.

A fúria de Raulf se tornou incontrolável. Seu rugido ecoou por todo o salão. Johanna preparou-se para o ataque e alcançou a sua adaga.

Raulf correu em sua direção; estava a apenas alguns metros de distância quando ergueu o punho para o primeiro golpe que iria desferir, mas uma flecha impediu seu avanço, atravessando completamente seu punho fechado. O grito de raiva de Raulf se tornou um grito de agonia. Ele cambaleou para trás e olhou para cima, para encontrar o homem que o atacara, e os viu por toda a parte.

A varanda estava repleta de guerreiros com o manto MacBain. Eles cercaram o salão nobre por todos os lados, e todos, com exceção de um soldado, tinham suas flechas armadas em seus arcos. O Barão Raulf estava em sua mira.

Antes de morrer, Raulf teve um ou dois segundos de consciência; talvez tenha até reconhecido o guerreiro gigantesco parado exatamente acima de Johanna, para o qual estava olhando, e que também olhava para ele. O olhar de Gabriel estava preso no barão. Ele lentamente colocou o braço para trás, para pegar uma segunda flecha de seu suporte.

A morte capturou a expressão de terror de Raulf. A flecha seguinte penetrou no centro de sua testa e tirou sua vida. E então outra flecha, e outra, e mais outra cortaram o silêncio para rasgar seu alvo. O impacto de tantas flechas atingindo-o ao mesmo tempo impulsionaram Raulf para a frente e para trás; e quando ele finalmente desabou no chão, havia mais de cinquenta flechas cravadas em seu corpo.

Lúcifer recebeu sua alma.

Johanna virou-se e viu Gabriel parado acima dela. Nicholas estava ao seu lado. Ambos os guerreiros entregaram seus arcos e suportes aos soldados atrás deles, e então se viraram para descer a escada. Todos os outros homens do clã tinham flechas novas armadas em preparação. O alvo agora era o Barão Williams, que se acovardava no canto do salão.

Johanna não esperou que Gabriel chegasse até ela. Logo que ele alcançou a entrada do salão, soltou sua adaga e correu para ele.

Ele não deixaria que ela o abraçasse. Nem olharia para ela. Seu olhar estava totalmente focado no Barão Williams.

– Isso ainda não acabou – ele anunciou em um tom de voz áspero, e gentilmente empurrou-a para ficar atrás dele. – Você deve me mostrar sua afeição mais tarde, esposa.

Seu comentário seguinte, certamente salvou a vida de Williams. Gabriel começou a avançar, mas parou quando ouviu o sussurro dela em resposta.

– E você deve me explicar sua razão para chegar tão atrasado, milorde.

Um sorriso lento abrandou a sisudez dele, que continuou andando pelo salão e agarrou Williams pelos ombros, forçando-o a ficar em pé; então golpeou seu rosto com o punho.

– Você irá viver apenas para um propósito – anunciou Gabriel. – Levará uma mensagem a seu rei e me poupará da jornada. Fiquei separado por tempo suficiente da minha esposa, e não posso digerir a ideia de ter de ir atrás do Rei John.

Sangue pingava do nariz quebrado do Barão Williams.

– Sim, sim – ele gaguejou. – Eu levarei qualquer mensagem que quiser me passar.

Gabriel arrastou o barão até a mesa e arremessou-o em uma cadeira. Sua voz estava baixa demais para que Johanna ouvisse o que dizia a Williams. Ela tentou se aproximar, mas repentinamente viu-se cercada pelos soldados, que bloquearam seu caminho de propósito.

Nicholas também queria descobrir o que Gabriel estava dizendo ao barão, mas os soldados não o deixariam chegar mais perto. Virou-se para sua irmã, notou que ela estava olhando para Raulf, e imediatamente colocou-se em sua frente.

– Não olhe para ele – Nicholas ordenou. – Ele não pode mais lhe machucar, está morto.

Era algo ridículo a se dizer, pois o corpo de Raulf estava coberto de flechas dos pés à cabeça. Ela estava prestes a dizer isso ao seu irmão quando ele vangloriou-se:

– Eu o matei.

– Não, Nicholas, eu o matei – disse Keith, quase gritando e dando um passo à frente.

Calum avançou em seguida.

– Nicholas, você nem estava com sua flecha pronta quando eu o matei.

De repente todos os soldados do salão vanglorivam-se de ter sido o responsáveis por acabar com a vida do Barão Raulf. Johanna não entendeu o que estava acontecendo, ou porque parecia tão importante para cada homem reivindicar a autoria do assassinato do barão.

Então, ao notar sua confusão, Nicholas sorriu e apressou-se em explicar.

– Seu marido está me protegendo do meu próprio rei, Johanna. Gabriel nunca vai admitir, é claro, mas está se certificando de que eu não possa ser acusado de ter matado outro barão. Cada um de seus homens vai continuar se vangloriando do ato. No entanto – ele acrescentou quando Keith assentiu –, é um fato que eu realmente o matei.

– Não, garoto, eu o matei – gritou Lorde MacKay, da varanda.

E então começou tudo de novo. O salão estava ecoando em gritos quando Gabriel terminou com o Barão Williams. Ele se pôs em pé, olhou ao redor, e assentiu em satisfação. Então esperou que a gritaria cessasse e disse a Williams:

– Você dirá a seu rei que ao menos sessenta homens levaram o crédito pela morte de seu barão favorito.

– Sim – disse Williams. – Eu direi a ele.

– E, depois que lhe der minha outra mensagem importante, sugiro que faça uma última coisa para me agradar.

– Qualquer coisa – prometeu Williams. – Eu farei qualquer coisa.

Gabriel encarou o homem por um longo minuto antes de lhe dar sua instrução final.

– Esconda-se.

Ele não precisava dizer mais nada; Williams entendera perfeitamente seu recado. Assentiu e correu para fora do salão.

Gabriel o observou partir, e então se virou, ordenando que dois soldados removessem o cadáver do salão. Lindsay e Michael se apressaram para cuidar da tarefa.

Nicholas e Johanna ficaram perto um do outro, do outro lado do salão, com Keith e Calum.

– Acabou, irmãzinha – sussurrou Nicholas. Ele colocou o braço ao redor de seus ombros e a puxou para perto de si. – Ele nunca mais poderá machucá-la novamente.

– Sim – ela respondeu. – Acabou, e agora você se livrará de sua culpa. Você nunca foi responsável pelo que me aconteceu no passado. Eu estava no comando do meu próprio destino, mesmo naqueles tempos mais difíceis.

Seu irmão balançou a cabeça.

– Eu deveria ter tomado conhecimento – ele disse. – Deveria tê-la protegido.

Ela inclinou a cabeça para olhar para ele.

– Foi por isso que você se casou com Clare, não foi? Você a estava protegendo.

– Alguém tinha de fazê-lo – ele admitiu.

Johanna sorriu e decidiu que as razões pelas quais seu irmão se casara com Clare não eram importantes. O que importava era seu futuro juntos. Clare, Johanna acreditava, acabaria se apaixonando por Nicholas. Ele era um homem gentil, de tão bom coração; com o tempo, Clare se daria conta de sua sorte. E Nicholas também viria a amá-la, pois Clare era uma mulher doce. Sim, Johanna resolveu, eles teriam um casamento sólido.

Gabriel olhava para ela. Lorde MacKay estava ao seu lado, gesticulando agitado, enquanto conversava com o marido de Johanna. De vez em quando ele balançava a cabeça.

– Eu me pergunto o que deixou Lorde MacKay perturbado – Johanna observou.

– Ele provavelmente está querendo saquear o castelo antes de libertar o lorde Gillevrey do porão – respondeu Nicholas.

Johanna não podia tirar os olhos de seu marido, que estava demorando uma eternidade para ir até ela. Ele não se dava conta de quanto ela precisava de seu conforto?

– Por que Gabriel está me ignorando? – ela perguntou ao seu irmão.

– Eu não posso ler seus pensamentos – respondeu Nicholas –, mas apostaria que está tentando se acalmar antes de falar com você. Você deu um tremendo susto nele, e é melhor preparar um bom pedido de desculpas. Eu tentaria parecer humilde – ele aconselhou.

– Eu não posso imaginar porque ele ia querer um pedido de desculpas.

Keith deu um passo à frente para responder.

– Você não ficou onde ele a deixou, milady.

Nicholas tentou não rir. Pela expressão de sua irmã, ele poderia jurar que ela não tinha gostado de ouvir a explicação. Se olhares pudessem ferir, Keith estaria se contorcendo no chão com dores agudas naquele momento.

Johanna afastou-se de seu irmão.

– Eu fiz o que era necessário – ela disse a Keith.

– O que achou que era necessário – Nicholas corrigiu.

Gabriel acenou do outro lado do salão, e Johanna soube então que ele estava ouvindo a conversa.

Em um tom de voz muito mais alto, ela disse:

– Eu estava protegendo o meu clã ao partir.

– Cada um de nós morreria para proteger os outros – interveio Calum. Ele sorria para Johanna enquanto repetia cada palavra dela. Calum obviamente estivera escondido em uma das portas abertas na varanda durante o confronto entre ela e Raulf.

– Quanto você ouviu? – ela perguntou.

– Tudo – Calum respondeu.

Keith assentiu.

– Nós estamos em boa companhia – ele disse. – Todos nós entendemos sua lição, milady.

Johanna começou a corar. Nicholas pensou que a óbvia adoração dos soldados por sua senhora era a causa do constrangimento dela. Keith e Calum pareciam prestes a se ajoelhar na frente dela a qualquer momento para lhe prestar homenagens.

– Você nos deixou muito orgulhosos, milady – sussurrou Calum, com a voz trêmula de emoção.

Ela corou com mais intensidade. Se eles continuassem com os elogios, ela sabia que começaria a chorar, deixando-os envergonhados, e isso não podia acontecer. Então ela apressou-se em mudar de assunto. Olhou de relance para a varanda e virou-se para Keith.

– É uma boa queda das janelas até o chão – ela começou. – Como, em nome de Deus, vocês entraram?

Keith riu.

– Não acredito que está me perguntando isso – ele disse.

– Estou lhe perguntando – ela retrucou, perguntando-se o que ele achara tão engraçado. – Por favor, explique. Como entraram aqui?

– Lady Johanna, sempre há mais de uma entrada para um castelo.

Ela desatou a rir. O som estava tão repleto de alegria que o corpo todo de Gabriel reagiu. Sua garganta estreitou-se, seu coração começou a bater em um ritmo estrondoso, e ele estava com dificuldades tremendas para respirar fundo. Sabia que, se não a pegasse nos braços logo, certamente perderia a cabeça. Ele queria privacidade, pois, uma vez que começasse a tocá-la, não conseguiria parar.

Meu Deus, como ele a amava.

Ele começou a andar até ela, e então se forçou a parar. Por Deus, ela se daria conta do inferno que o fizera passar, ele pensou consigo mesmo. Sim, ela tirara uns bons vinte anos de vida dele. Quando seus homens o alcançaram e disseram que ela estava nas mãos do Barão Raulf, um terror que Gabriel jamais vivenciara encheu sua mente, seu coração e sua alma. Ele teve certeza de que morrera milhares de vezes no caminho até a propriedade Gillevrey. Outro susto como aquele o levaria para o túmulo. Só a deixaria confortá-lo depois que ganhasse a promessa dela de que nunca mais correria tais riscos.

Gabriel pediu a MacKay que descesse a escada e libertasse o lorde de sua prisão, e então se virou para Johanna.

– MacBain quer sua atenção, Johanna – Nicholas sussurrou.

Ela olhou para o seu marido, que acenou e ordenou que ela fosse até ele, curvando os dedos.

A expressão em seu rosto dizia-lhe que estava prestes a tomar uma bronca. Ela não queria desperdiçar tempo ouvindo-o esbravejar e delirar sobre o perigo em que havia se colocado. Estava terminado agora e ela estava segura; era o que importava. Além do mais, ela queria ser confortada, e já esperara tempo suficiente. Estava sem paciência, e necessitando desesperadamente do toque de seu marido.

A única forma de conseguir o que queria era pegando seu marido desprevenido e levando-o a esquecer sua intimidação.

Ela deu um passo na direção de Gabriel e parou, forçando uma careta, enquanto cruzava os braços sobre o peito. Esperava estar parecendo descontente.

Gabriel estava atônito com seu comportamento.

– Johanna?

A incerteza na voz dele a fez querer rir, mas ela não ousou, é claro, porque queria abrandar seu temperamento, não provocá-lo.

– Sim, Gabriel?

– Venha cá.

– Em um minuto, milorde – ela respondeu, com uma voz tão doce e serena quanto uma brisa de verão. – Primeiro gostaria de lhe fazer uma pergunta.

– O que é?

– A expressão "em cima da hora" significa alguma coisa para você?

Ele queria sorrir, mas encarou-a. Sabia o que ela estava fazendo; pretendia fazê-lo se sentir culpado por não ter chegado antes.

Ele não deixaria que ela virasse o jogo contra ele. Se alguém iria pedir desculpas, por Deus, seria sua esposa teimosa e indisciplinada.

Ele balançou a cabeça para ela, deu outro passo à frente e anunciou:

– Levará uma vida inteira para você me acalmar.

Ela não quis contradizê-lo, mas tinha certeza de que só levaria um minuto ou dois, e avançou para ficar diretamente na frente dele.

Ela juntou suas mãos e sorriu. Olhou para ele com aqueles lindos, enfeitiçadores olhos azuis, e Gabriel soube então que não haveria nenhuma conversa sobre segurança naquela noite.

– E levará uma vida inteira para que você diga à sua esposa que a ama?

Ela aproximou-se e gentilmente acariciou o rosto dele. Sua voz estava repleta de ternura quando disse:

– Eu amo você, Gabriel MacBain.

A voz dele tremeu ao responder com sua própria jura.

– Nem perto do quanto eu amo você, Johanna MacBain.

E então ela estava nos braços dele, que a beijava e a abraçava, dizendo-lhe em sussurros pausados quanto a amava e como sabia que não a merecia, mas que isso não importava, porque jamais a deixaria ir, porque ela se tornara o centro da sua vida.

As palavras dele eram meio desconexas, mas ela não se importou, pois parte do que ele dizia estava fazendo sentido; na verdade, a maior parte. Mas nada disso importava. Ela estava chorando, e recitava também todas as palavras de amor que mantivera escondidas dentro de si.

Os beijos deles se tornaram apaixonados, e quando Gabriel finalmente se afastou, ela estava tremendo. Ele soltou-a, mas apenas por um minuto; então segurou-a pela mão e caminhou para fora do salão. Ela estava corando, e manteve a cabeça abaixada quando passaram por seu irmão e pelos homens do clã. Gabriel diminuiu o passo ao subir a escada, para que Johanna pudesse acompanhá-lo; então abriu caminho entre a multidão de homens que havia na varanda até alcançar o primeiro quarto, empurrou-a para dentro, fechou a porta e voltou a envolvê-la.

As roupas se tornaram um obstáculo. Gabriel não queria parar de beijá-la pelo tempo necessário para se despir, então tentou fazer as duas coisas ao mesmo tempo.

Eles chegaram à cama, embora quase não tivessem conseguido, e fizeram amor com uma intensidade que deixou ambos estremecidos. Ele foi gentil. Ela foi sedenta. E cada um acabou plenamente satisfeito.

Ele permaneceu dentro dela por um longo tempo depois do ato. Cobriu-a dos pés à cabeça, apoiando-se nos cotovelos para não esmagá-la, e beijou-lhe a testa, a ponta do nariz, e por fim seu queixo.

Ela bocejou alto e com vontade, e Gabriel rolou para o lado. Então cobriu-a com seu manto e puxou-a para os seus braços.

– Você devia dormir agora – ele sussurrou.

– Eu não sou fraca, Gabriel.

Ele sorriu na escuridão.

– Não, você não é fraca – ele concordou. – Você é forte, corajosa e honrada. – Ele inclinou-se para beijar o topo da cabeça dela antes de acrescentar: – Mas você está grávida, meu amor, deve descansar pelo bem do bebê. Alex e eu estaríamos perdidos sem você. Você é o centro de nossa família, Johanna. Sei dessa verdade há muito tempo, e acho que é por isso que fui um pouco superprotetor. Queria trancá-la a sete chaves para que nada acontecesse com você.

Havia um sinal de riso na voz dela quando respondeu.

– Você me deixou costurar.

– Diga novamente que me ama. Gosto de ouvir sua jura.

Ela aninhou-se em seu marido e sussurrou:

– Eu amo você. Acho que desde o começo. Meu coração amoleceu por você no dia em que nos conhecemos.

– Não – ele retrucou. – Você tinha medo de mim.

– Até que você me fez sua promessa – ela corrigiu.

– O que lhe prometi?

– Que não morderia.

– Você ainda estava assustada.

– Talvez apenas um pouco – ela concordou. – Mas então Deus me deu um sinal e eu soube que tudo ficaria bem.

Ele estava intrigado.

– Explique esse sinal – ele ordenou.

– Você vai rir.

– Não vou.

– Foi o seu nome – ela sussurrou. – Eu não o havia escutado antes da cerimônia de casamento. Nicholas o chamava de MacBain, e seus homens também. Mas você deu seu nome verdadeiro ao padre, e foi quando eu soube que estaria segura.

Ele quebrou a promessa e riu, mas ela não se importou. Esperou até que ele terminasse e disse:

– Você recebeu o nome do mais sagrado dos anjos – ela explicou. – Mamãe me ensinou a rezar para o arcanjo Gabriel – ela acrescentou. – E você sabe por quê?

– Não, amor, não sei.

– Porque ele é o protetor dos inocentes, o vingador do mal. Ele zela pelas mulheres e pelas crianças e é o nosso próprio guardião especial.

– Se isso for verdade e não um pensamento fantasioso, então ele não fez um trabalho muito bom cuidando de você – disse Gabriel, pensando nos anos em que ela suportara a miséria sob o controle de Raulf, e imediatamente começou a ficar com raiva de novo.

– Oh, mas meu arcanjo me protegeu – ela disse.

– Como? – Gabriel quis saber.

– Ele me deu você.

Ela esticou-se e beijou seu queixo.

– Não importa se você entende ou acha que sou louca, Gabriel. Apenas me ame.

– Eu amo, mulher. Eu amo. Você tem ideia de quão orgulhoso fiquei quando ouvi o elogio que me fez esta noite?

– Você quer dizer enquanto estava na varanda?

– Sim.

– Raulf precisava saber a verdade. – Ele não entendia o que era o amor verdadeiro – ela acrescentou. Inclinou-se novamente para sorrir para o marido. – Eu sei quando você percebeu que me amava – ela se gabou. – Foi quando me encontrou na árvore e viu os lobos.

Ele balançou a cabeça.

– Não – ele disse. – Foi muito antes desse lamentável incidente.

Ela insistiu para que ele explicasse.

– Foi sua aceitação imediata de Alex. Quando ele perguntou a você se eu havia lhe dado um presente de casamento, você se lembra do que disse? Pois eu me lembro de cada palavra – ele acrescentou antes mesmo que ela tivesse tempo de assentir. – Você disse "Ele me deu um filho". Foi aí que o meu coração se desmanchou por você. Apenas levou algum tempo para que eu reconhecesse.

A menção do filho deles a fez franzir o cenho.

– Alex deve estar desesperado. Quero ir para casa... com você. Não quero que vá para a Inglaterra.

– Não terei de ir – ele disse. – Williams dará meu recado ao Rei John.

– O que ele dirá a ele?

– Que nos deixe em paz.

– Você contou a Williams sobre o pergaminho que escondi na capela?

– Não.

A negação dele a surpreendeu.

– Mas eu achei que...

– Raulf está morto – explicou Gabriel. – O rei não tem mais nenhuma razão para nos incomodar agora. Se ele decidir enviar mais tropas para cá por qualquer razão que seja, então nós mencionaremos a maldita evidência.

Johanna pensou sobre a explicação de seu marido por um longo tempo, até finalmente chegar à conclusão de que ele estava certo. O rei não precisava saber que ela guardara o pergaminho.

– Você quer que ele pense que acabou.

– Sim.

– Alguém saberá a verdade sobre Arthur algum dia?

– A maioria dos barões já acredita que o rei está por trás do assassinato – disse Gabriel. – Até Nicholas tem suas próprias suspeitas. Mas ele tem outra razão para se virar contra seu superior.

– Que razão é essa?

– John traiu a confiança dele. Ele deu sua palavra a Nicholas de que enviaria apenas um mensageiro e uma escolta, e garantiu ao seu irmão que Raulf ficaria em Londres.

– Ele mentiu.

– Sim.

– O que Nicholas fará?

– Ele se juntará ao Barão Goode e aos outros.

– Rebelião?

Ele podia ouvir a preocupação na voz dela.

– Não – ele respondeu –, mas um rei sem vassalos leais e sem um exército tem pouco poder. Nicholas me disse que os barões planejam forçar John a fazer concessões necessárias. Você sabe por que Nicholas a entregou a mim?

Ela sorriu diante de sua escolha das palavras.

– Ele não me entregou a você – ela sussurrou. – Ele estava meramente nos arranjando.

– Porque ele a ama.

Ela não entendeu o que ele estava dizendo.

– Ele é meu irmão; é claro que me ama.

– Ele estava lá quando você nasceu e viu você crescer, mas me contou que partiu para lutar pelo rei quando você tinha apenas nove ou dez anos de idade e retornou muitos anos depois...

– Sim – ela disse. – Ele voltou para casa poucos meses depois que me casei com Raulf.

– Você havia se tornado uma mulher muito bonita – disse Gabriel –, e Nicholas repentinamente começou a ter pensamentos não fraternais a seu respeito.

Ela deu um salto na cama.

– Era sobre isso a discussão no dia do nosso casamento? Você ficou nervoso e arrastou Nicholas para longe – ela o lembrou.

Ele assentiu.

– Quando eu ouvi seu nome completo, soube que não era seu parente... de sangue, e eu já havia notado que ele parecia um pouco protetor demais para um irmão.

Ela balançou a cabeça.

– Você está enganado.

– Ele raramente a visitava quando você estava casada com Raulf e se sente tremendamente culpado por essa negligência, porque, se não tivesse feito de tudo para esconder seus sentimentos, ele teria descoberto como você era tratada pelo bastardo.

Ela balançou a cabeça novamente, mas Gabriel não discutiria. Apenas puxou-a para si e passou os braços ao seu redor.

– Ele parece ter superado a aflição.

– Ele nunca esteve aflito – ela retrucou. – Além do mais, ele é um homem casado agora.

– Nicholas?

Johanna sorriu. Gabriel soou bastante surpreso.

– Sim, Nicholas – ela disse. – Ele se casou com Clare MacKay. E pare de rir para que eu possa explicar – ela acrescentou. – Eles serão felizes assim que Clare superar o fato de que está casada com um homem inglês.

A risada de Gabriel ecoou pelo quarto; seu peito chacoalhava tanto que ele quase jogou a cabeça de Johanna contra seu ombro.

– Eu estava mesmo me perguntando porque Lorde MacKay se juntou à nossa luta – ele disse.

– Ele não lhe disse?

– Ele apenas disse que estava protegendo seus interesses, mas não mencionou o casamento. E eu provavelmente não teria prestado nenhuma atenção se ele tivesse tentado explicar, pois estava totalmente ocupado tentando chegar até você.

– Levou um longo tempo.

– Não levou tanto tempo – ele retrucou. – Eu já havia dado meia-volta e estava voltando para casa quando meus homens me alcançaram com a notícia de que você havia sido capturada.

– Você já havia dado meia-volta? Então ouviu falar sobre o exército, não?

– Sim – ele disse. – Um dos soldados MacDonald me avisou.

– Eu não ouvi nem avistei vocês na varanda, Gabriel. – Você e seus homens foram sorrateiros como ladrões – ela elogiou.

– Nós somos ladrões – ele a lembrou.

– Vocês eram – ela corrigiu. – Não são mais. O pai dos meus filhos não rouba. Ele escamba o que precisa.

– Eu tenho tudo que sempre quis – ele sussurrou. – Johanna... aquelas coisas que você disse sobre mim... ouvir você dizer.. saber que você acreditava...

– Sim?

– Eu não sou bom em colocar em palavras como me sinto – ele murmurou.

– Sim, você é – ela sussurrou. – Você disse que me amava, e eu não preciso nem quero mais nada. Você me agrada do jeito que é.

Johanna fechou os olhos e suspirou de contentamento.

– Você nunca mais vai correr riscos desnecessários – ele disse a ela. – Tem ideia da preocupação que me causou?

Gabriel supôs que ela não soubesse, e esperou por um minuto inteiro que ela respondesse sua pergunta antes de se dar conta de que ela havia adormecido. Deixou o quarto alguns minutos depois para agradecer Lorde Gillevrey pela hospitalidade. Os soldados ingleses se dispersaram como ratos colina abaixo, sob os olhares atentos dos aliados de Gabriel ao norte. Os guerreiros das Terras Altas eram em número três vezes maior que seu inimigo e se fizeram notar. Barão Williams teria sido um estúpido se considerasse um ataque; e embora Gabriel tivesse certeza de que ele voltaria correndo para John, ainda não estava disposto a correr riscos. Dobrou o número de guardas necessários ao longo do perímetro da propriedade e insistiu que seu aliados ficassem enquanto Johanna estivesse dentro da fortaleza.

Johanna dormiu por doze horas seguidas e, na manhã seguinte, estava totalmente recuperada de sua provação, e ansiosa para ir para casa. Porém, quando estavam prestes a partir, ela insistiu em retornar até o salão nobre. Gabriel não pretendia perdê-la de vista e acompanhou-a de volta para dentro, ficando de guarda na entrada.

Sua esposa segurou a mão de uma das servas e conduziu-a até parar à frente do lorde.

– Eu não posso ir embora antes de lhe dizer como Lucy é uma mulher digna e corajosa – começou Johanna. – Você não tem ninguém mais leal que essa mulher, Lorde Gillevrey – ela acrescentou.

Ela passou uns bons cinco minutos elogiando a serva e, quando terminou, o lorde se levantou e sorriu para Lucy.

– Você será generosamente recompensada – ele anunciou.

Satisfeita em ter cumprido o seu dever, Johanna curvou-se para o lorde, agradeceu Lucy mais uma vez pela ajuda e conforto e se virou para partir. Mas parou abruptamente.

O Bispo Hallwick capturara sua total atenção. Ele estava parado no centro da porta do outro lado do salão, encarando-a. Ela olhou para o rosto dele por não mais que um segundo ou dois, mas foi tempo suficiente para que visse sua expressão cheia de repúdio e desdém.

Vestia um robe vermelho de cardeal, e Johanna perguntou-se se ele decidira promover-se na hierarquia da Igreja da noite para o dia. A bagagem já estava próxima ao seu pé, e dois soldados Gillevrey estavam atrás dele, provavelmente para escoltá-lo até em casa.

A visão dele fez a pele de Johanna arrepiar. Ela teria deixado o salão ignorando a presença do homem diabólico, mas, assim que se virou, notou a longa haste estreita projetando-se para fora de uma de suas malas, e soube que não podia ir embora sem cuidar de uma última tarefa importante.

Ela caminhou lentamente até o bispo, com o olhar focado no objeto de sua raiva. Antes que Hallwick pudesse pensar em pará-la, Johanna apanhou a vara de punição e recuou até estar diretamente na frente dele.

Hallwick deu um passo para trás. Tentou sair, mas os soldados Gillevrey bloquearam sua passagem.

Johanna ergueu lentamente a vara diante dos olhos de Hallwick. O ódio em sua expressão se transformou em medo.

Ela ficou lá parada por um minuto, sem dizer uma palavra. Então encarou a vara que havia levantado. Hallwick encarou-a. O salão ficou silencioso, em expectativa. Alguns devem ter pensado que ela estava prestes a agredir o bispo. Gabriel a conhecia melhor e a seguiu até próximo do velho homem, parando um ou dois passos atrás dela.

Johanna repentinamente mudou a forma de segurar a vara. Pegou uma ponta com a mão esquerda e a outra com a direita. E ergueu a arma diante do bispo novamente. A firmeza de suas mãos era tão feroz quanto sua determinação, e suas mãos doeram no esforço de tentar quebrar a vara ao meio.

A madeira era grossa demais, nova demais, mas Johanna não desistiu. Se levasse o dia todo para destruir a vara, que fosse. Seus braços tremiam enquanto ela aplicava toda a força que possuía.

E de repente ela tinha a força de vinte pessoas. Gabriel aproximou-se por trás e colocou suas mãos sobre as dela, esperando que ela lhe permitisse ajudá-la, e ela permitiu.

A vara de punição se quebrou em duas. O rompimento foi como a explosão de um raio no salão silencioso. Gabriel soltou e se afastou. Johanna continuou segurando a arma quebrada por alguns segundos, então jogou os dois pedaços aos pés do bispo. Virou-se segurou a mão de seu marido e saiu do salão caminhando ao seu lado.

Não olhou para trás.

O anoitecer era a hora preferida do dia para Gabriel. Ele gostava de demorar-se à mesa, conversando sobre os eventos do dia e planejando os afazeres do dia seguinte com os soldados. Mas ele nunca ouvia de verdade as sugestões ou comentários dos homens. Fingia fazê-lo, é claro, mas o tempo todo ele observava Johanna.

Nicholas e Clare haviam partido para a Inglaterra há três meses. Clare não queria deixar as Terras Altas, e Nicholas precisou de tempo e paciência para convencê-la a ir.

Um parente havia partido, mas outro estava a caminho.

A mãe de Johanna deveria chegar no dia seguinte ou no próximo. Assim que chegou a mensagem de que ela estava a caminho, Gabriel enviou uma escolta para esperá-la na fronteira de suas terras.

Em duas semanas, ele partiria para participar de sua primeira reunião do conselho com os outros lordes, mas não demoraria muito tempo, porque o parto do bebê de Johanna estava previsto para o próximo mês.

Auggie e Keith haviam capturado o farejador do clã Kirkcaldy, que o Lorde Gillevrey mencionara como o melhor das Terras Altas. Auggie o manteve trancado por um bom tempo depois que ele selecionou as melhores bebidas para eles. O farejador se chamava Giddy, e era inofensivo o suficiente. Depois de um mês ou dois de tédio, Auggie ficou com pena dele e o deixou experimentar o jogo das pedras. Em uma semana, Giddy pegou a febre. Agora havia dois fanáticos cavando buracos por todo o jardim, pelo pasto e pelo vale abaixo, e Gabriel suspeitava que, uma vez que os barris fossem trocados e Giddy pudesse voltar para casa, provavelmente não iria embora. Ele e Auggie se tornaram amigos rapidamente; e, quando não estavam rebatendo pedras, estavam arrastando panelas de cobre para a cabana de Auggie, para convertê-las em aparatos mais eficazes para produzir cerveja.

Johanna se sentava diante do fogo todas as noites e trabalhava em sua tapeçaria. Dumfries esperava até que ela se ajeitasse na cadeira e então se deitava a seus pés. Tornou-se um ritual para Alex espremer-se ao lado dela e adormecer ouvindo suas histórias sobre guerreiros destemidos e donzelas leais. As fábulas de Johanna tinham um toque único, pois as heroínas de suas histórias nunca precisavam ser resgatadas por seus cavaleiros em armaduras brilhantes. Na maioria das vezes, as donzelas leais os resgatavam.

Gabriel não podia discordar de sua esposa. Ela estava contando a verdade a Alex. Era fato que donzelas podiam resgatar guerreiros poderosos e arrogantes. Johanna certamente o resgatara de uma existência vazia, solitária. Dera-lhe uma família e um lar. Ela era o seu amor, a sua alegria, a sua companhia.

Ela era a sua graça salvadora.

Epílogo

Inglaterra, 1210

O quarto estava velho e mofado, com cheiro de carne morta. O cômodo estava cheio de padres e alunos cercando a cama por todos os lados, segurando velas e entoando preces diante de seu estimado bispo.

Hallwick estava morrendo. Sua respiração era fraca e irregular. Ele não tinha mais forças para abrir os olhos. Do outro lado do quarto, havia uma mesa redonda repleta de moedas que os padres coletavam da congregação para pagar as indulgências ao seu bispo. Eles pretendiam comprar um lugar para ele no paraíso, e o ouro seria doado à Igreja como garantia de que quaisquer pecados passados que o sagrado homem pudesse inadvertidamente ter cometido fossem perdoados.

Hallwick nunca tentara esconder seu ódio e repugnância pelas mulheres. Ainda assim, os padres que ele havia treinado não acreditavam que aquelas visões fossem pecaminosas. Aceitaram como fato cada um dos ditados que o bispo lhes transmitiu, e estavam determinados a pregar suas crenças a seus próprios súditos, para que a palavra santa do Bispo Hallwick fosse transmitida ao longo de gerações.

Mesmo assim, o bispo se contradisse na hora da morte. Morreu clamando pelo nome da mãe.

TIPOGRAFIA	ADOBE GARAMOND PRO
PAPEL DE CAPA	CARTÃO 250g/m²
PAPEL DE MIOLO	LUX CREAM 70g/m²
IMPRESSÃO	IMPRENSA DA FÉ